闪光的人生

高致大 著

图书在版编目（CIP）数据

闪光的人生 / 高致大著． -- 北京 ： 北京燕山出版社，2014.1
ISBN 978-7-5402-3453-9

Ⅰ．①闪… Ⅱ．①高… Ⅲ．①长篇小说－中国－当代 Ⅳ．①I247.5

中国版本图书馆CIP数据核字（2014）第006506号

闪光的人生

责任编辑	满 懿
特约编辑	杨春燕
封面设计	朱元祺
出版发行	北京燕山出版社
社　　址	北京市西城区陶然亭路53号
电　　话	010-65240430
邮　　编	100054
经　　销	新华书店
印　　刷	北京市墨阁印刷有限公司
开　　本	710毫米×1000毫米　1/16
字　　数	300千字
印　　张	17
版　　次	2014年4月第1版
印　　次	2014年4月第1次印刷
定　　价	39.00元

版权所有　翻版必究

永不磨灭的乡村

　　乡村是小说的源头,时代的变迁赋予了乡村小说全新的内涵。高致大《闪光的人生》一书正是一部时代的变迁曲。作者笔下的山前村是一幅历史的缩影,是发黄褶皱的老时光与现代文明鲜明的对比,也是一个有笑有泪、有血有肉的村庄的传奇。

　　小说一开始,主人公出场,书中关于坟茔的情节是村庄最后的留存,应该是作者高致大潜意识里埋葬了乡村的过去。大桥无形中是一种意向,传达了作者对乡村通向广阔世界的美好愿望。有改革就意味着有阻碍,逃离与回归也是作者另外一个立意,乡村看似绝望的生活让人选择了逃离。钱桂花的逃离代表了一部分逃离乡村的现实,最后的回归,也是割舍不断的乡村情感的体现。

　　《闪光的人生》主要描述的是从改革开放前到现在三四十年的生活画卷。主人公山前村农民李志林当兵退役后回到村里,不甘心在山沟里碌碌无为虚度年华,通过艰苦奋斗建起一座"连心桥",改变了山前村与外界隔绝的状态。接任村党支部书记以后,揣着朴实的感情,在改革大潮中,率领全村群众艰苦奋斗发家致富。

　　李志林探索改制,创办企业,几经周折使山前村走向富裕;企业兴旺,组建集团,走出山沟,带动了一方经济,开创了农村改革新局面;一场百年不遇的洪水,毁掉了山前村,却带来了难得的大发展机遇,在李志林的带领下重建家园,在废墟上崛起了一座新兴城市。

　　李志林历经江湖险恶,迈过沟沟坎坎,树立起几座丰碑。群众崇敬他,称呼他"贴心书记"。领导赞扬他,喊他"附加值老板"。农民出身的企业家,双重社会身份,在这位领头羊的带领下,乡村迎来了开天辟地的变革与日新月异的变化,也迎来了更为广阔的精神自由。

十八届三中全会以后，农村将迎来更为剧烈的社会转型。城镇化的进程无疑会将乡村存留在我们的记忆中。以农村、农民、农村地域色彩为主要创作对象的文学无疑也会成为记忆。从一个封闭的农村，到社会城市化程度的提高，到最后一座现代化城市的屹立，这是《闪光的人生》一书作者高致大对经济命脉的把握、走向和关注。他目睹了经济发展与社会变革，塑造了一个带领大家转型的人物形象，时间、空间跨度极广，从坎坷的土路到通天的大道，从贫瘠破败的山村到最后崛起的新兴城市。作者对时间、时空的高超把握，三十余年的乡村变革、爱恨情仇、生离死别在小说里无一不有，无一不尽情，这应该也是作者本人深深的乡土情感的守护与宣泄。

乡土小说无疑也是对历史和命运的考问。开放的时间和空间里，高致大给了我们不一样的解读，时间跨度上的纵横将书中主人公的经历及情感也拉得极为长远。历史的进程容不得细细的讲述，我们走马观花，从最原始的农村生活场景一步步拉到改革初期探索变革与改变的思考，容不得我们停留，轰轰烈烈的农村经济又率先飘起了改革的大旗，股份制企业、私营企业的兴起，以及20世纪90年代初期整个国家从计划经济向市场经济的逐步转移，广大农村和农民不可阻挡地卷入了改革的洪流中。

那个时代对人们来说，充满了生活的艰难与变革的痛苦。那也是一个快速发展、鱼龙混杂的年代。在改革的进程中，绝不是如人们所想象的那般有趣、完美，伴随着改革的还有阵痛与滋生物。有光的地方就有影子，我们自然不会因为贪腐、黑暗交易而否定改革本身。高举改革的大旗不遗余力带领村民奋斗的人与假公济私、贪财弄权者、投机倒把者、中饱私囊的反面人物，轮流登场。诸多人物在时空的舞台上你方唱罢我登台，给人以无限的遐想，丰富了小说的广度与深度。

正气是一种信仰，高致大多年的法官生涯，让他有了更多的思考。作为一个传统与现代之间的跋涉者。从行文里不难看出高致大对乡村的钟爱，同时夹杂着一种法官般审视的犀利，以最原汁原味的语言絮絮叨叨人生、梦想以及历史的进程。相似的题材，截然不同的命运，用乡村的不能再乡村的语言，土得掉渣的语言令人愕然，而这恰恰是一种见证，见证了农村走向富强的道路，在努力重生的过程中，也是一面镜子，显形了一些趁着时代变迁而浑水摸鱼、中饱私囊、丧失了操守的人的丑态。正如作者法官般的犀利眼神，把自己置身于法官的审视之下，他看到的将更多。书中反面人物无一例外地都受到了法律的审判，受到了时代的审判。

作者没有站在小说来源于现实却又高于现实生活的立场上对小说进行加工，这就使得小说是一种原生态体现。没有大量的解析或者独白去展示纷乱的生活图景，简单得近乎贫乏的情节，与现实生活保持着相似的风貌。另外作者没有下意识地去解读生活、提升生活，没有把价值观强加于读者，但是我认为正是这琐碎的描述以及日常生活才是作者真正的高超之处，仅仅把回忆和思索留给读者。

《闪光的人生》这部长篇小说中，原生态的方言土语，以大量的人物对话还原那个年代乡村生活的场景，乡村生活栩栩如生地跃然纸上，把大多数人关于乡村的记忆从脑海中调了出来。关于乡村，关于农民写得活灵活现，原汁原味的乡村生活片段和农村方言充满着鲜活的气息，实在是难能可贵。从那个时代过来的人以及没赶上那个时代的年轻人，不妨都读一读这部作品，时代的变迁、人们精神世界的改变、经济的发展脉搏，以及那个时代人们淳朴的感情，都会从中了解和感悟到。

当然，《闪光的人生》也并非是完美无缺的。其中有关故事的展开和叙述尚显得突然，人物的刻画有的地方也存在不足，细节的描写也有不到位之处。但瑕不掩瑜，这无疑是一部主题突出、故事感人、人物鲜活的好作品。

也许与作者坎坷的人生经历有关，作者笔下主人也经历了万般挫折，但他依然保持着与乡村生活血肉联系的情感。他的根扎在积淀厚重的乡间生活土壤里，他的作品也便多少带着某种苦涩，某种沉郁。于其中，我们也看到了作者的艰难挣扎，他的思考正是一个作家应该思考的。犀利直白，冷静又沉稳地通过小说诉说他孜孜追寻的人生的意义，同作者另外一部小说《苍茫》一样，都是作者的情感寄托。

直面深刻的社会生活和形形色色的人生情状，作品才有力量，才有价值。乡村依然屹立在我们的回忆里，我们依然坚守乡土情感。《闪光的人生》是一部值得普遍关注的小说。

方青于燕西台

2014年1月20日

目录

1		引子
2	第一章	祖孙遇险
7	第二章	英金河咆哮
11	第三章	熏陶（上）
16	第三章	熏陶（下）
23	第四章	梦想造桥
29	第五章	风波
36	第六章	牛气
41	第七章	破解
46	第八章	背井离乡
52	第九章	猎人
57	第十章	骗子
64	第十一章	打官司
70	第十二章	满载而归
76	第十三章	血染石桥
82	第十四章	英雄
87	第十五章	剪彩
92	第十六章	冲击波
96	第十七章	接挑子
100	第十八章	收购站
104	第十九章	那些事儿
109	第二十章	附加值
114	第二十一章	算计
119	第二十二章	遐想
124	第二十三章	虎视眈眈
128	第二十四章	别有用心

133	第二十五章	嫌疑人
138	第二十六章	忍气吞声
141	第二十七章	潜逃
146	第二十八章	孽债
151	第二十九章	私营
158	第三十章	自称港商
162	第三十一章	忽悠
167	第三十二章	来历不明
172	第三十三章	人间温暖
177	第三十四章	真情实意
181	第三十五章	天堂地狱
187	第三十六章	重打锣鼓
192	第三十七章	欲望
197	第三十八章	洗刷耻辱
203	第三十九章	集团
208	第四十章	链条
213	第四十一章	丹阳牌
218	第四十二章	没有句号的现场会
223	第四十三章	丢车保帅
227	第四十四章	剑拔弩张
231	第四十五章	惊心动魄
237	第四十六章	祸兮！福兮！
242	第四十七章	向往
247	第四十八章	抹不去的苦涩
252	第四十九章	一念之差
256	第五十章	尾声

引 子

山峦起伏，一条河从山谷里流出，在山口处冲出一片平川。河水奔腾而下，把一座新兴的城市劈成两半。一座雄伟的石桥，飞架在大河上，桥的一端，矗立着一座高大的坟墓。墓前立着一块石碑，碑上刻着"建桥英雄李向春"几个大字，落款是丹阳县人民政府，一九八九年立。

两位老人、两名学生，肃立在放着鲜花的墓前。

老者沉痛地述说着："孩子，爹对不起你。你那小肩膀，爹给你压上的包袱太重了，不满二十岁，还没娶媳妇，就倒下了，回到了这片土地。爹心里有愧。"

婆婆抹着眼泪念叨："儿呀，娘没把你养好，你刚爬出娘肚子哭出第一声的时候就挨饿。娘吃不饱，没奶水，你是吃娘嚼的米面饼子活下来的。十几岁时，像个瘦猴子。冬天披着山羊皮熬三九，胸前冻开了花，八九岁就干农活，活到今天有多好啊。儿啊，睁眼看看今天的红火日子。你侄子、侄女给你上坟送钱来了，咱们李家人丁兴旺，你在九泉之下安息吧。"

"伯父，您刚刚到我这样年龄就走了，我们爷儿俩没能见到面，只能想象您的模样。您年轻的生命虽然短暂，您的英雄事迹是长存的，侄儿有您这样的伯父感到骄傲。"侄子跪着哀悼。

侄女跪着嘤嘤地道："伯父，您修桥工地的两岸，荒滩已变成青松翠柏绿柳成荫，当年贫穷的小山村，建设成青山绿水、车水马龙的城市。您的无私奉献，永远铭刻在乡亲们的心中。"

两位老人、两名学生的泣诉，伴着潺潺流水，驾着清风飘向远方。

老者叫李志林，历尽沧桑的脸上爬满皱纹，刻着一路走过来的人生艰辛。在漫长的岁月里，他的儿子是怎样成长为建桥英雄，他是怎样从荆棘丛生的改革路上走过来，在改革的潮流中，带领着全村人掀开新时代的序曲？

一位农民成长为叱咤风云的企业家的故事，就是从这条河流淌出来的……

第一章
祖孙遇险

　　李志林挑着一担山野菜，领着两个儿子，到英金河对岸光明村赶集。爷仨走到村口，影影绰绰看到前面走着几个人，不用说也是赶集的。光明村的集市是三六九，今天是九。爷仨说说笑笑来到英金河边，看到了这样的一幕：

　　一位老婆婆挎着一小筐鸡蛋，领着一个小女孩，看着前面走着的几个人，顺顺当当地蹚过了河。婆婆和女孩，脱掉鞋子放在篮子里，走进河中试探前进，不知不觉婆婆意外陷进了漩涡，在激流中摇摇晃晃，眼看着水齐了婆婆的腰，淹到小女孩的胸部，前进不了，后退不能，一老一小在漩涡里挣扎。生长在河边的孩子懂得水性，小女孩没有恐惧，显得很镇静，拉着婆婆的衣角提醒："奶奶小心，倒下去就起不来了。"

　　走在祖孙前边赶集的村民，一心地走路没有回头看到河中的一幕。走在后面的李志林父子看到了，李志林感到情势危急，急忙放下担子，甩掉鞋子，拉上两个儿子冲向河中。他们就要冲到婆婆和女孩的跟前，婆婆摇晃了一下倒在激流中，婆婆倒下，拉着婆婆衣角的女孩也随着淹没在漩涡里。李志林扑上去，费了好大劲从漩涡里救起婆婆，大儿子李向春从漩涡中拽起挣扎的女孩。鸡蛋倾倒在水中，筐子空了，浮在水面晃晃悠悠向下游飘去。

　　李志林将呛水昏迷的婆婆背上岸，平放在一块石碑旁边，进行急救，婆婆几口水喷出，昏迷在那儿。

　　李向春背着女孩走出来，把她放躺在婆婆身边。女孩吐出两口水睁开了眼，坐起来看见了昏迷不醒的婆婆，扑在身上，小拳头轻轻垂着婆婆的胸脯，撕心裂肺地呼唤："奶奶！奶奶！你一定要醒过来，我们还要去看姥姥。"

　　在女孩的声声呼唤中，婆婆呼吸逐渐平稳，仍是处在昏迷中。这时又有两名赶集的村民来到婆婆跟前，听了李志林的介绍，摇头叹息："姜婶命苦，儿媳失踪娘家人来闹腾，老头急火攻心病死。这几天儿子也不知道干什么去了，不见人影，苦命的姜婶支撑着这个家。"

　　他们边议论边施救，好大一阵姜婶幽幽醒来，呼吸微弱喘息着，灌进肚里的水排出来了，脱离了危险。女孩不停地呼唤奶奶，姜婶微微睁开了眼，她看看围在身边的几个人，凝视着小女孩，挣扎着要起来，李志林父子轻轻扶她坐起。姜婶有气无力地用手理了理女孩的头发，紧紧搂在怀中，生怕她跑了似的。李志林等人静静地看着祖孙遇险得救后的亲情流露。

婆婆的神志清醒过来，挣扎着要站起来，李志林等人没有让她站起，商议着把姜婶背回家中。

一张嘴同时说不了两家的话，这里需要交代一下，英金河有激流，就没有渡船？自然不是。一位张家老汉在河上行船，为来往的行人提供方便，怎奈雨季没有来临，英金河只有中间有一趟不宽的激流，两边是浅滩无法行船，行人只好蹚水。年富力强的蹚过激流没有多大危险，老人、孩子走进激流可就不是那么回事了。今天婆婆有要紧的事，她才涉险过河，终究没有蹚过去，还险些丢了性命。

婆婆用感激的目光看着李志林等人，叹息："唉！人老了不中用了，看着有两个人在前面顺顺当当蹚过了河，我们跟着过，人家顺顺当当地蹚过去了，我们娘俩陷进漩涡。哎！真是不中用了。"

李志林看着浑身打战的婆婆，冷得嘴唇发紫的女孩，问道："姜婶，也是去赶集？"

"玲子的姥姥得了重病，捎话来想看看外孙女。不能空着手，带上一筐鸡蛋，到光明村看病人。"姜婶摇摇头声音颤抖："今天多亏了你们，不是你们父子这个时候来到河边，我和玲玲就再也见不到你们和家里的人了。你是我和玲玲的救命恩人，玲玲快给恩人磕头。"

玲玲很乖，趴在地磕了三个头，说："谢谢李叔叔，救了我和奶奶，您的救命大恩，永远记在心里。"

"好乖的孩子，快起来我们回村吧，看姥姥过几天再去。"玲玲爬起来，仍是依偎在奶奶身边。

说着话李志林蹲下来，让村民把姜婶扶在背上，背起老人往回走，两位村民也跟回来，回村的路上他们轮流背着老人。李志林问老人："姜婶，您这把年纪，领着孩子过英金河太难了，怎么没有见玲子的爹？"

姜婶红了眼圈，吧嗒吧嗒掉下泪来，凄楚地说："大侄子，没办法啊，玲子的娘上山捡蘑菇，把个大活人丢了，活不见人，死不见尸，你也没少费心思帮着寻找。玲子的爹抱着媳妇还活在世上的念头，又外出找人了。玲子的姥姥病在炕上想外孙女，只好我领着孙女去看亲家了。这条该死的河，要是有一座桥该有多好。"

姜婶有一座"桥"有多好的感叹，李志林心头一震。

姜婶在李志林的背上感到"桥"字说出口，李志林心里好像在想什么事情。几个人轮流背着姜婶唠嗑回到村里，来到姜婶家中。玲玲打开门，李志林把姜婶背进屋，让她靠墙坐在炕上，拿过一床被子给她盖上。

姜婶声音颤抖着说："我们家不知道该怎么谢你，姜家欠你的恩情太多，等玲玲长大了报答吧。"

"姜婶，快别说报答了，有人遇险，谁碰到也都会这么做的，别把这当成多大的事。您老人家好好休息几天，养养身子骨。"

李志林告辞的时候说："姜婶，熬一碗姜汤喝驱驱寒气，明天我再来看你。"

李志林父子回到家中，把山野菜又挑回来，妻子赵晓娟很纳闷，怎么这么快就回来了，没有去赶集，是咋回事？

两个儿子争抢地把姜奶奶英金河遇险的事，说给了母亲。赵晓娟听完了，感叹："英金河上要是有一座桥，老人就不会遇险了。"

又是这个"桥"字，敲打李志林的心。

第二天，李志林夫妇提了一筐鸡蛋，来到姜婶家。姜婶被冷水激着了，感冒发烧病倒在炕上，见李志林夫妇来了，她挣扎着要坐起来，赵晓娟上前仍然让她躺着，坐在老人跟前，说："姜婶，你是这一家子主事的人，要养好身子骨，支撑这个家。这几天不要再操劳了，家务的事就交给我吧。"

姜婶扑簌簌地落下了泪，"你们一家人都是好心肠，我不知道该怎么谢你们。玲子很乖巧，有她照看就可以了。"

李志林也在旁边安慰："我们都年轻力壮，跑跑没有什么，你老人家就不要不好意思了。"赵晓娟接着道："玲子的姥姥要看外孙女，过几天你好了，我和儿子向春，领着玲子去她姥姥家看看，你这把年纪，经不起冰冷的河水泡，就不要去了。"

"你们两口子，比我儿子想得都周到，李三爷真是命好，遇上你们这样的儿子和媳妇，是他的福气。"姜婶躺在那里，说，"你们来了我高兴，可心里又过意不去。高兴你们来了，说说家常话开心，让你们劳神费力的，心里头过意不去。英金河作孽，我躺在炕上想起往事，也想和你们两口子拉拉呱。"

李志林道："姜婶有什么话就说吧，说出来心里痛快。"

"大侄子，昨天我被你们救了躺在石碑旁边，那块石碑是不是刻着'通天桥'三个字？"

李志林熟悉那里的一草一木，嗯了一声，点点头。姜婶也不顾自己发烧，就说开了故事：

"英金河上要是有一座桥，就不会发生那么多不幸了。我爷爷那辈子人，做梦都想英金河上有一座桥，那一辈子人为了一座桥，没少费心血。"姜婶抬头看看李志林夫妇，李志林夫妇在用心地听。老人继续说：

"我的爷爷和你们的老太爷年轻的时候，二人很对心思，有什么事都能想到一块，那会他们合计着在英金河上造一座木桥，喊着村里人上山砍木头，跌跌撞撞地过了两个夏天，在立碑的地方架起一座木头桥，人和牲畜、牛车、马车过河再也不犯愁了。夏天不怕有大水，冬天也不担心掉进冰窟窿。他们高兴，就给木头桥起了个名字，叫'通天桥'。那个意思是，我们这里是地，过了河就是天。祖辈人的梦想实现了。"

姜婶叹了口气继续讲她的故事："英金河不是好惹的，有人说河里有水怪，可是谁也没有看见过水怪长什么模样。有人说有河神，那个河神就更没看见过，都是瞎传，大侄子，你经得多，见得广，见过水怪和河神吗？"

李志林摇摇头。

"木头桥架起来的那年夏天，有一天下了一场大雨，夜间村里人在睡梦中，听到英金河鬼哭神嚎地闹腾了一宿，那叫瘆人，谁也不敢到河边上去看。天亮了，一帮年轻人跑到河边要看个究竟，到了河边傻了眼，木头桥没了。木头桥一夜的工夫无影无踪，村里就嚷嚷开了。老人们都说这座木头桥不吉利，惹恼了河神爷，派来水怪报应。从此人们再也不敢架桥了。"

李志林熟知这个故事，他不扫老人的兴致，专心地听。

姜婶接着说："河神报应，老人们信，年轻人是半信半疑。有一天来了一位道士，老人都说他仙风道骨的，在英金河岸转悠了一阵，晚上住在我们家。爷爷和道士拉起家常，我爷爷就问道士：我们架桥是不是惹恼了河神水怪？道士轻轻摇了摇头，又说出来一番话，大概的意思是哪里有什么河神水怪，你们这里有龙脉，你们架桥的地方没有选对，伤了龙脉动了灵气，大水卷走木桥是灵气报应。再往下游挪几十丈，就伤不了龙脉了。爷爷问鬼哭神嚎是咋回事？道士说鬼哭神嚎是河水冲击木桥，木桥垮倒的响动，你们心里惧怕什么河神，把大水卷走木桥的声音，听成鬼哭神嚎。道士临走时，和爷爷说他是张天师的后人。后来人们才知道，当时人人都知道的张半仙就是他。从此山前村的大人、孩子，都相信我们这里有龙脉。一辈接一辈，就传下来相信龙脉，老支书乔本山都信龙脉，大侄子，你信不信龙脉？"

李志林朝姜婶笑了笑说："我小时候也信，当了兵开了眼界，学了知识，就破除了迷信。"

李志林说破除了迷信，姜婶轻轻摇头，接着她的龙脉话头继续说："共产党来了，讲破除迷信，你们年轻人不信河神和龙脉了。老一辈的人心里还是嘀嘀咕咕的。对龙脉灵气深信不疑，山坡上那座山神庙，供奉山神爷，保佑龙脉。老人们常去烧香拜佛。人们说有了共产党就不许讲迷信，不信什么山神土地。支部书记老乔头，倒不信山神土地，他信龙脉和灵气。"

这里需要交代一件事。姜婶说的玲子娘，叫钱桂花。是光明村的姑娘嫁过来的，村里人说她是不张风的老实媳妇，夫妻、婆媳很少拌嘴，更没有剑拔弩张过。

三年前姜家的媳妇失踪了，钱桂花的失踪，闹出了一场风波。钱桂花的娘家哥哥领着一帮人和钱桂花的父母来到姜家讨公道，硬说是钱桂花在婆家挨打受气，跑到山里寻了短见，和姜家要人。

姜家丢了媳妇不知有多闹心，媳妇的娘家人又来折腾，钱桂花的老公公受不了，气得病倒炕上，娘家人还不肯离去。老支书乔本山出面调解，也劝不听，只好把光明村的支部书记赵普找来，平息纠葛。赵普来了，给钱家的人做工作劝说，好说歹说保证查明情况，钱家的人才离去。钱家人走了没有几天，姜婶的老伴就撒手西去了。

公安局的人来了，经过三天调查，得出结论：钱桂花在姜家没有受到虐待，是尚未查明原因的失踪。

常言道：好事不出门，坏事传千里。钱桂花失踪，很快在十里八乡的传开了。村民说什么的都有，有人说被野兽吃了，有人说是跟人家跑了，更多的人说因为穷怕了起了心离家出走了。帮着姜家寻找钱桂花，李志林费了不少的心思，听着村民议论心里头翻个，为人和善的钱桂花是怎么啦？难道真是因为穷？是穷逼走了她？！

钱桂花的娘家人，听到公安局的调查结论和村民的议论，平息了对姜家的怒气，又觉得脸上无光，平时很少走动。钱桂花的母亲得了重病，思念女儿又得不到音信，就想看看外孙女。善良的姜家人，理解亲家母的心情，为了让亲家母看到外孙女，姜婶和孙女在英金河里遇险的事就发生了。

姜婶英金河里遇险，山前村骚动了一段日子，人们说姜家人祖上行善，这辈子积德，老姜婆在英金河里才遇上李志林父子搭救。

姜婶激流里得救，在村民中激起的波澜平静下来没有多久，山前村又有一件让人更为震惊的事发生。

第二章
英金河咆哮

村民张兴元夫妻人到中年，膝下有一儿一女，儿子九岁，女儿六岁。这天儿子吵着要爸爸到集市上买肉包饺子吃，女儿也跟着哥哥嚷着吃饺子。张兴元答应了儿子、女儿的要求。

一场大雨过后，张兴元上山捡了一些新鲜蘑菇，挑着去光明村赶集，打算卖了蘑菇买猪肉，回家老婆孩子包顿饺子吃。他挑着担子走出家门的时候，嘱咐妻子，要吃青椒馅饺子。

张家的小院里，种了一些茄子、青椒等。张桂芳领着儿子、女儿摘了一小筐青椒，回到屋里掰开青椒，摘掉辣芯子放在盆里清洗，准备做饺子馅，吃一顿猪肉青椒饺子。

儿子的要求得到满足，高高兴兴地帮助妈妈洗青椒。青椒的筋是辣的，辣粘到母子的手上。辣味在空气中发散，呛得母子眼睛流泪。儿子用小手去擦泪，这一下不得了，辣得儿子眼睛疼得直蹦高。

妹妹站在旁边，看着哥哥蹦高，急得抹着眼泪直跺脚。张桂芳的手也是辣的，不敢用手给儿子洗眼睛，儿子两只手都是辣的，越是揉眼睛，就更疼。情急中的张桂芳，赶忙找到一条毛巾，沾湿了给儿子擦眼睛。折腾了好一阵，儿子平静下来。

儿子的眼睛不痛了，张桂芳的右眼皮跳个不停。人常说："左眼跳财，右眼跳灾。"她心里不踏实。难道灾是应在儿子的眼上，这也算不上什么灾星，难道应在自己男人身上……儿子、女儿跑出去玩耍，她在屋里剁着菜馅准备包饺子，不着边际的瞎想。

张兴元和几名村民结伴赶集，他们蹚过英金河来到集市上。光明村的集市规模不大，也不兴旺，附近的几个村庄的农民到这里赶集，进行农副产品交易。常到这里出摊点的，有了固定的地方。张兴元不常到集市上来，他随便找了一块空地方，放下他的蘑菇挑子，吆喝着卖蘑菇。今天集市上卖鲜蘑菇的只有他这一份，他的鲜蘑菇很受欢迎，要价也合理，不多一会就全卖掉了。他对结伴来的村民说："你们继续赶集，我到妹妹家看看。"

他把卖蘑菇的全部收入都用上，买了二斤肥猪肉。在集市打了个转，来到妹妹家，给妹妹留下一斤。妹妹留他吃顿饭再走，他说："赶回去给你侄子、侄女包饺子吃，你嫂子和孩子在家里等着呢。"

张兴元辞别妹妹往回赶，不知是他运气不好，还是老天爷和他过不去。西北天的一角，一片黑压压的云，从天边冒出来，黑浪滚滚，很快就占领了西部半边大，像奔驰的野马，驾着风裹着雨，伴着雷鸣闪电，说来就来，张兴元快步急忙往家里赶。

狂风大作扑过来，天空突然划过一道闪电，轰隆隆一串响雷在张兴元的头顶炸开，震的他直哆嗦。暴雨来了没商量，说下就下。

赶了三十多分钟的路，快步来到河边。狂风不怒吼了，暴雨变成稀稀落落的雨点打击着地面。张兴元站在河边，像个落汤鸡，他抹了几把脸上的水，抬头远望，他看见了英金河上游泛着浪花的水头，琢磨了一下，仗着识水性心存侥幸，冒险过河。他蹚过激流游过深水区，就要靠近河岸，水头翻滚来到身边。张兴元哪是大浪的对手，他在浪涛中忽隐忽现，人没胜天。站在河岸上观水的几个半大孩子，看见他在翻滚的浪涛中挣扎了一阵，举着双手淹没在洪流中，向英金河投诚了。孩子们赶忙跑回村里报信。老支书乔本山听到不幸以后，发动村民帮着张家沿河寻找。第二天人们在下游河滩上找到了张兴元的尸体，他买的那一斤猪肉，还攥在手中。

张兴元被英金河水吞噬，引起周围的人震撼和关注。当地的习俗要守灵三天，才能出殡，亲朋好友，老邻旧居的帮凑搭起灵棚。

张兴元的妻子领着一双儿女守灵，张兴元的妹妹陪在嫂子身边。李志林来吊唁，看到张兴元的妻子，头碰棺材正在号啕："张兴元，我的天哟！你怎么那么傻，为了一顿饺子，你真傻，你真傻。我的天哟！你走了，我们娘几个可怎么活哟！挨刀的英金河，夏天掀浪头，冬天玩冰窟窿，伤天害理，老天爷不整治你，就没有人能整治你这个恶煞的。"

张兴元的妹妹也在哭诉："哥！咱们最后一次见面，你都没有在妹妹家吃上一顿饭，为什么那么急？吃一顿饭，灾星也就躲过去了。哥！你死得冤，我们多给你送点买路钱，你到阎王爷去告状，告造孽的英金河，让阎王为你申冤。"

姑嫂哭了个天昏地暗，凄凄惨惨。李志林听着很心酸，走向前扶起满脸泪水的姑嫂，安慰说："人走了，哭不回来了，让他入土为安吧。少哭几声，多想想今后。"

说着，他把哭得浑身瘫软的姑嫂劝进了屋。拿出一个纸袋，塞在张嫂手中说："这是我们李家弟兄几个凑的份子，先把兴元大哥发送了，今后有什么难处,村里人会帮忙的,我们李家不会坐视不管。"

张嫂止住哭声抹着泪,对李志林诉说:"张兴元走了,这是他爷爷,把他叫到阴曹地府做伴去了。他爷爷就是在一年的春天过英金河,掉进冰窟窿,没有回来,冰化开了也没有找到尸首。要是英金河上有桥,也就不会发生祖孙身上这种事。"

张兴元的妹妹也说:"英金河上有一座桥,就不会淹死人冲走牲口了。"

李志林听着姑嫂的渴望,心潮起伏,是啊!桥!要是……

山前村从此多了一个寡妇。

老支书乔本山来到张寡妇家,代表村里安慰中年丧夫的张寡妇。李志林帮着张家操持着出殡,乔本山走到灵前,上了三炷香,行了鞠躬礼,告慰亡灵安慰活在世上的亲人。张寡妇和儿子陪着跪在灵前。

姜婶也来了,安慰死者亲人,特意送上一座纸糊的桥,寄托着在阴间遇水搭桥。

有送纸人的,让死者阴间有人做伴不寂寞。也有送纸糊的船,说是过阴河用得上。

乔本山走过来和姜婶搭上话:"老嫂子,你也来为兴元送行来了,他是不该就这么走啊。咳!都怪咱们村子太穷,修不成一座桥。"

姜婶说:"我们的命不好,都生在山前村这个破地方,受英金河的气。"

"老嫂子,我们是祖祖辈辈受英金河的气,就盼着国家富起来,政府有了钱在我们这里修桥,就不受英金河的气了。"

"我怕是等不到那个时候了,前些时候看亲家要不是遇上李志林他们爷几个,我就葬在英金河里了。好险啊,我们全家人都怕过这条河了,要是住在光明村就不会出这种事了。"

山前村和光明村隔河相望,新中国成立前后都处在同一条贫困线上。虽然早已抛掉钻木取火的农耕时代,两个隔河相望的村子,还是用较为原始的方式种地,青黄不接时很多人饿肚子。夏秋时节,山前村人有山货接济,村民的肚子比起光明村的人享受要好一些。

十年动乱,加上割资本主义尾巴,两个村子的肚皮问题又看齐了。改革开放了,光明村发生了两点变化:一是引英金河水浇地,旱涝保收,粮食囤子开始冒尖了。山前村山坡地多,很难引水灌溉,还是靠老天爷吃饭,粮食囤子装不满。二是光明村修了通往县城的路,村民就活泛多了。有了集市以后,个体户逐渐多起来,村民肚子的享受上了一个台阶。山前村的人可就差了一截。村民想卖点粮食、山货、鸡蛋什么的，就得涉险过河，可就往往上演凄凄惨惨的故事。

两个村的这些变化，山前村的人看在眼里，急在心上。心里最不落实的两个人，就是乔本山和李志林。他们都在想，怎样迎头赶上去？犯难的是英金河是拦路虎，怎么才能赶走拦路虎？他们都清楚，村民多么渴望在英金河上有一座桥。

两个人虽然都想英金河上有一座桥，他们想的方向不一样，乔本山盼望国家富起来，政府出钱修桥。李志林怎么想的，此时心里还没有准谱，他要怎么干，这是后话。

英金河的激流，给山前村带来的不便：农产品运不出去、山洪咆哮卷走人畜、玲玲的清脆声音、姜婶河中摇摇晃晃的身影、张寡妇的号啕、钱桂花的失踪……历历在目。姜婶讲述木头桥的往事，也在李志林的心头翻滚。

白天李志林见到张桂芳姑嫂的悲痛，夜里躺在炕上睡不着觉，总是过这几幕电影，晃动的影像反映了一个"穷"字。怎么才能让山前村不穷呢？他想起在部队学习毛主席著作里的一句话"穷则思变"，怎么变，才能抠掉人们身上的"穷"字呢？

姜婶讲祖辈架木桥的故事，说的是桥。妻子为姜婶遇险感叹也说桥，张寡妇哭丈夫，想到的也是桥。桥！桥！桥！

不到半年的时间里，姜婶河中遇险差一点丢了性命，张兴元命丧洪水之中，震惊了山前村的干部和群众。上了岁数的老人叹息山前村得罪了哪路冤魂，来找替死鬼。年轻一些的则说就是英金河闹事，需要兴修水利，国家应该在英金河上修一座桥。村干部早就向上级提出这种要求，怎奈当地政府没有钱满足山前村的期望。

人人都有梦想，梦想各有不同，有一座桥，就是山前村几辈子人的梦。李家祖辈就做这个梦。梦想变成期盼，期盼变成渴望。

李志林心眼好，是老猫房上睡——一辈传一辈，他的祖父李二爷，就乐善好施，他的父亲也忠厚之人，他受祖辈影响，从小心里美。他又碰上一位好老师，教他做好人，长大了办事心里头就装着乡亲。

李志林把群众的疾苦和村民的渴望挂在心上，他为啥能这样，还得说是童年的熏陶。

第三章
熏陶（上）

  人的大脑是奇妙的，大脑的思维不在"妙"字上，不在妙不可言，而在"奇"字上，奇就奇在动态思维——胡思乱想。人类发明了电脑，电脑能记忆，不能胡思乱想，人脑会记忆就能胡思乱想。
  爱因斯坦"胡思乱想"，超过光速的物质出现，时空就会倒转。有人就胡思乱想，造一艘宇宙飞船，用超过光速的物质做动力，超越时空去追赶逝去的世界，找回流去的时光。你将会看到自己从耄耋之年，回到壮年、青年、儿童，甚至会看到自己呱呱坠地。这是科学幻想。然而，人的大脑回忆绝不是幻想，是真真切切的现实。
  英金河不断上演的惨剧，让李志林躺在炕上胡思乱想起来，他的大脑进入回忆的隧道，时光倒流，拉回到童年。
  有三个人，对童年的李志林影响最深。一位是他的启蒙老师，用文学的语言教他做人的道理。一位是他的祖父，用故事讲述如何做人。一位是他的姨夫，教会了他用算盘，学了一手技能。
  李志林小的时候，祖父跑买卖家境殷实。他没饿肚子的恐惧，没有穿不上衣服冬天挨冻的体会，在他的脑海里是无忧无虑的一片蓝天，插着说不尽的幻想翅膀。
  李志林的祖父兄弟姐妹三人，他排行第二，年轻时就开始做买卖，有了点积蓄，买下来几十亩山坡地和十几亩平地，家境过得还算滋润。他常周济乡亲针头线脑的救救急，在村里很有威望，到了晚年村里人称他李二爷，以示对他的尊敬。
  童年的李志林，是个乖孩子，在邻居、亲朋的眼里，他是温顺、懂事、倔强的孩子。说他温顺，是因为他从不和别的孩子打架，嘴里也不吐脏话。说他懂事，他很理解大人的心思，没有分外的要求，不做出格的事。说他倔强，他想做的事一头撞在南墙上，八匹马也拉不回来。他自己想通了，不对头的事他也不去做了。

童年李志林的聪明也很得人心。他有一位三姨夫会算术，精通算盘。李志林六岁的时候，突然有一天，他跑到姨夫家，请求姨夫叫他打算盘。姨夫很是意外，小小的年纪学打算盘该有多难。怕他学不会，从此丧失兴趣，没有立即教他拨拉算盘的方法，先教他珠算口诀，打下基础。出乎姨夫的意料，仅仅教了两遍，加减乘除的口诀他竟然全记住了。

姨夫为了坚定外甥的信心，给童年的李志林讲起了算盘：古时候，人们用小木棍进行计算，这些小木棍叫"算筹"，用算筹进行的计算叫"筹算"。后来人类生产的东西多起来，用挪动小木棍进行计算，不中用了，祖先就发明了算盘。

两千五百年前，我们的老祖宗就有了"算板"。古人把十个算珠串成一组，一组组排列好，放入框内，然后拨动算珠进行计算。到了汉朝的时候就有了现在的算盘。这种算盘每位有五颗可动的算珠，上面一颗当作五，下面四颗每颗当作一。林子你看，我们这个算盘，每位上是七颗算珠，上面两颗，每颗当作是五，下面五颗每颗当作一。我们祖先发明的算盘，是我们管钱财人员离不开手的工具，学会打算盘，长大了会很有用呢。

小志林愿意听故事，他更想把算盘学会，听完算盘的来历，则缠着姨夫教他打算盘。姨夫很乐意教求知欲很强的徒弟。他把打算盘怎么计数，如何进位，乘除的要领，结合口诀进行讲解。李志林是举一反三，触类旁通。每种算法姨夫教一遍，让他试着打两遍，姨夫再示范一次，他就能掌握。姨夫高兴极了。李志林半天不到的时间，学会打算盘。姨夫逢人就夸，李志林是特别聪明的孩子。他特意跑到李志林的家，对李志林的父亲说："志林这孩子，长大准有出息，你要好好地调教他。"

不知不觉李志林到了上学的年龄。山前村就一座小学一名教师，教师是一位老学究，村里人称呼他韩老先生。同龄人叫他大韩老师，那时开的课程就是语文、算术和书法，四个年级的课程他一个人全承包了。

老先生姓韩，名焕章，已到暮年。中等身材，不胖不瘦，长方脸上爬满了皱纹，上课时总是笑容满面，就是批评犯了错的学生，也从来不露怒容。

老先生课堂手不离教鞭，讲词语讲算式总是用教鞭指指点点。学生上课思想溜号，他就用教鞭在黑板上敲几下，让你收回心来。他的语文课，大部分时间是讲典故，讲的生动有趣，学生爱听。

小志林的求知欲很强又聪明，一年级的课程不到半年他就学完了，老先生把二年级的课本给了他，他如饥似渴吃书一般，一年级学期满，他把二年级的课也学完了。老先生很欣喜，和家长商量让他跳到三年级。三年级的课程他也不满足，初级小学四年级到顶了，没有办法跳级了。老先生给他安排了一项差事，老师有事，到外地开会什么的，就让他给一、二年级上语文课兼作辅导。他特高兴，第一次给一年级上完语文课，回到家里兴高采烈地炫耀，爷爷拍着他的脑袋夸他有出息。

老先生讲解语文和算术，时不时地，给四年级的学生讲一点古文和历史故事。这天上语文课，他兴兴致勃勃地讲起唐朝人王勃作的《滕王阁序》，引导学生欣赏"落霞与孤鹜齐飞，秋水共长天一色"的千古绝唱。

老先生记忆力惊人，竟然能把《滕王阁序》背得烂熟，讲起来像竹筒倒豆子，倾泻而出。李志林听得很入神。老先生把"落霞与孤鹜齐飞，秋水共长天一色"绝句，用粉笔工工整整地写在黑板上。他拿着教鞭指着句子说："我们看句式，上下两句相对，句中词语对偶，如落霞对孤鹜，秋水对长天，对的工整，意境绝妙。"

老先生用教鞭轻轻敲了两下黑板，这是他让学生特别集中注意力的惯常做法，只两下绝不多敲。接着讲解：

"'落霞与孤鹜齐飞，秋水共长天一色。'表达的是什么样的意境呢？你们可以想象，天上布满晚霞，天空中一只大雁飞过，秋天的水与广阔的天空相接，彩霞、孤鹜组成了一幅波澜壮阔的画面。秋水长天，水天一色，两相衬映，多么美好的夕阳景色。"

这一段老师讲的文绉绉的，四年级的小学生似懂非懂，小志林也没有完全领会词语的意境，问："老师，滕王阁在什么地方？那里一定很美丽。"

老先生把教鞭放在讲桌上，笔挺地站在那里，回答学生提出的问题：滕王阁在江西省南昌赣江东岸，与湖北黄鹤楼、湖南岳阳楼并称江南三大名楼。《滕王阁序》中的"落霞与孤鹜齐飞，秋水共长天一色"作为传世名句，与唐代崔颢吟咏黄鹤楼的"黄鹤一去不复返，白云千载空悠悠"和宋代范仲淹慨叹岳阳楼的"先天下之忧而忧，后天下之乐而乐"同享文采，意蕴传神。

老先生说：王勃写《滕王阁序》时只有十五岁，再过几年你们就和王勃的岁数差不多了。王勃是神童能在十五岁的时候写出流传千古的好文章，我们要学王勃写文章的气势、意境。希望你们长大了，也能写出好文章来。

李志林思维又插上了翅膀，幻想长大了做文学家，把所有的字都用上，写出一篇好文章，谁也超不过。

老先生很注重孩子们的品德教育，常在课堂上经常讲好人好事，教育孩子要关心别人，做好事做个好孩子。

一场暴雨，一场洪水，卷走了沿岸人和牲畜，老先生很是痛心。这天他把全校的孩子领到英金河边，让孩子远眺山峦和村庄，近看滔滔的英金河水，他指着泛着浪花的河水，问："同学们，我们面前的这条英金河，你们怎么看它？有了这条河，是好还是不好？"

一名男学生立即道:"这是一条坏河,我的太爷就是掉进这条坏河里淹死的,它坏透了,我恨英金河。"说这话的孩子姓姜,他的祖辈发生了不幸,在他的幼小心灵里,留下来对英金河的坏印象。

另一名学生说:"这条河很好玩,不下雨时,河水清清亮亮,可以在河里玩、游泳、打水仗。"

有的孩子说好,有的说坏,小李志林没有参加议论,他在用心地听。老先生指着滚滚的河水问:"志林同学,你怎么看英金河,说说你的意见?"小志林歪着脑袋,想了一阵,说:"老师,要我说,它好又不好。"他指了指对岸正在稻田里干活的一个人,说:"您看!没有英金河水,就种不成稻子,英金河是有用的。它发大水淹死人,冲毁房子,冲毁庄稼它就害人了。我们到光明村去,有它拦路,就很困难,还经常出事,不能简单说它好说它坏。"

"你这是和稀泥,英金河就是坏,坏透顶了。"姜家小孩子反驳小志林的意见。

老先生看着一个个稚嫩的笑脸,迷惑地看着他,期待着老师怎么说。老师露出惯常的笑容,道:"英金河淌着的是水,这个大家都知道,同学们,你们三天不喝水,会是什么感觉?"学生都嚷嚷道:"一天不喝水都受不了,三天不喝水,就得渴死。"

"你们说得对,人类是离不开水的。没有水也种不成庄稼。水是生命的源泉。它也有另一面,下大雨发洪水又危害我们人类。水是人类离不开的东西,又危害我们,自古开天辟地就是如此。我们能简单地说好,还是坏。我们要利用水生存,人类就想法子制服它危害人类的一面,变害为利。"孩子们都静静地听着。小志林问:"老师,我们人类怎么治水?"

小志林的发问,老先生笑了:"这正是我今天领你们来到这里,要讲点事情。我们的祖先,吃尽了水的苦头,也出现了不少治水的英雄模范人物。"

老师让学生看着滔滔河水,讲起了河伯的故事:古时候,在华阴潼乡有个叫冯夷的人,一心想成仙。他听说人喝上一百天水仙花的汁液,就可化为仙体,他就想方设法,到处找水仙花。找水仙花要过黄河,转眼过了九十九天,再找上一棵水仙花,吮吸一天水仙花的汁液,就可成仙了。冯夷很得意,又过黄河去一个小村庄找水仙花。蹚到河中间,突然河水大涨,跌倒在黄河中,活活被淹死。

冯夷死后,一肚子冤屈怨气,咬牙切齿地恨透了黄河,就到玉皇大帝那里去告黄河的状。玉帝听说黄河到处横流撒野,危害百姓,也很恼火。他见冯夷已喝了九十九天水仙花的汁液,也该成仙了,就下旨让冯夷治理黄河。

冯夷当了黄河水神，人们叫他河伯。河伯按着玉帝的旨意，一心要治理好黄河。为了治河，需要画一幅河图。河伯和他同村的一位老汉风里来雨里去，跋山涉水，查看黄河水情。两个人一跑就是好几年，硬是把老汉累病了，不能再干了。河伯继续沿黄河查看水情，画河图，河伯辛辛苦苦把河图画好。黄河哪里深，哪里浅，哪里该筑堤，哪里该挖，哪里该堵，哪里能断水，哪里可排洪，画得一清二楚。可叹已年老体弱了。河伯看着河图，没有气力去照图治理黄河了，很伤心。

黄河屡屡泛滥。有个人叫大禹，他接受任命当上管治水的官，他这个官当得很辛苦，和群众同甘共苦治水。黄河是很不听话的家伙，大禹治水多年，收到了成效，但没有制服它，它还是经常发水闹事，于是大禹就苦苦寻求制服它的方法。河伯知道了大禹治水的事，欣赏他的能干和为民吃苦，河伯决定把黄河河图授给他。

大禹展图一看，圈圈点点，把黄河上上下下、左左右右的水情画得一清二楚。大禹高兴极啦。他要谢谢河伯，一抬头，河伯跃进黄河早没影了。

大禹得了黄河水情图，日夜不停，根据图上的指点，风里来雨里去，治水十几年，三次路过自己的家门，忙得顾不上进家里看看，终于治住了黄河。是古代治水的劳动模范，大英雄。

老先生点评说："同学们，河伯用了大半生画成河图，为了制服黄河送给了大禹，不要别人谢。河伯这么做值不值得称赞？大禹治水三次路过自己家门都不进家，他们二人的精神值不值得学习？"

"值得，"全体学生声音洪亮，"长大了，要学河伯、大禹那样去做人。"小志林带头回答。

小志林，听了这段故事，就幻想以后学河伯和大禹去治水。

第三章
熏陶（下）

过大年是农村最盛大的节日，山前村里一帮人喜欢热闹，给节日添彩，搭台唱戏。有一出戏叫《小放牛》，有这样一段唱词："赵州石桥鲁班爷爷修，玉石的栏杆圣人留，张果老骑驴桥上走，柴王爷推车轧了一道沟。"

这戏唱的是鲁班修赵州桥的故事。赵州桥的故事，很早就在山前村流传，家喻户晓。赵州桥是不是鲁班修？桥上是不是柴王推车轧了一趟沟？在李志林的幼小心灵中，画上了深深的问号。

小志林四五岁时就爱听爷爷讲故事，茶余饭后他就缠着爷爷讲。爷爷做买卖，经得多见得广，肚子里的故事就多。可是日子久了，爷爷肚子里的故事讲完了，李志林就缠着爷爷回过头来再讲，他听到次数最多的是赵州桥的传说。有时爷爷牵着他的手走在路上讲，有时是坐在炕头上讲。为了听故事晚上睡觉，常常钻进爷爷的被窝里听，夜深了，听着听着就睡着了。

小志林很乖，到哪里去都不讨人嫌，平时爷爷最喜欢领着他串门子。一次爷爷到光明村要账，他也要跟着去，在英金河上摆渡的时候，他看到船工划桨，他要帮忙，还真的划了一段。船工称赞：好样的，小小年纪，一学就会。

欠钱的人家姓赵，当家人叫赵钱，绰号赵二赖子。在光明村混成了上等户的家境。见李二爷来了，知道是讨债，极不情愿地把祖孙让进屋里，挪出一条木凳让祖孙坐下，赔着笑脸说："爷们，真是对不起，欠您的钱，又让你过河涉水的，现在手头实在是紧，赶明儿个有了钱我给您送过去。"点头哈腰地应付着。

李二爷知道他家有人在外面挣钱，家里是富裕的日子，不是没有钱还账，是赖账不还。来讨过多次了，每次都是这句话，手头实在是紧。老人家这次是窝着火来的，听这个主儿又是这套嗑，手头紧，有了钱给你送去。便冷冷地道："你家里青堂瓦舍，羊成群，牛有好几头，还我那几个子算什么！你这是支托，再不还我就赶你的羊了，牵一头牛也可以，你不能让我老天巴地总是跑了。"

赵二赖子见李二爷动了气，他知道这个老人在村里有威望不好惹，只能软磨不能硬抗，仍是赔着笑脸说："李二爷消消气，明天是集市，我卖上两头羊凑够钱给你老人家送去，您看怎样？"说着鞠躬嘴里赔着不是。其实这一套，老人家领教过不止一次了，有好几次都是这么把老人打发走的。老人回家等明天。明天，明天，几个明天过去了，仍是没有送钱来。再来讨债，质问他言而无信，他仍是笑脸，你看，你看真是对不起，集市上我的羊没有卖出去，或者说我到别处有急事，错过了赶集，等下一次。他就是这么个赖法，李二爷拿他没有辙。李二爷说今天一定要赶羊，赵二赖子就是不吐口，李二爷不好硬要到山上的羊群里抓羊。他不顺气，冷冷地道：

"赵爷们，想赖账也可以，只要你趴在地上磕三个头，叫我三声爹，我这钱就算让大风刮走了。"

李二爷说的是气话，没承想，赵二赖子，动了真格的，趴地下磕了三个响头，喊了三声爹。李二爷见此情景，撅起胡子二话没有说，领着孙子拿起腿，一甩袖子走了。只听后面传出奸笑：我的头好金贵，一个头值十块大洋，哈哈！

李二爷听着赵二赖子甩出来的话，心里很是生气，为了几个钱，脸面都不要。说气话，让他磕头叫爹他就干，做生意遇上这种人，只好认倒霉。我们这个世界太小了，在外面转悠一趟，就能碰上小人。这种人耍起赖来，你还就真的拿他没有办法，天底下有谁能治这种人？他生着闷气，他倒不是心痛三十元钱，赵二怎么这么没有良心，是儿子娶媳妇赊的布，孙子都五岁了，赖账不还。

小志林知道爷爷在生赵二赖子的气，走出赵家的大门，回过头瞥了这一家子几眼，不屑地说："癞皮狗，死不要脸。爷爷这钱真不要了吗？他们咋这样？"

爷爷点点头，让孙子把小手顺出来，问道："孩子，你的十个手指是不是一样长？"

孙子认真地比一比，说："不一样。"爷爷说："人的心虽然都是肉长的，但他们心里想的事情就像这手指头，七长八短的都不一样。孩子记住，我们做事情不能学他们耍赖皮。我们说话要诚实，做事要丁是丁卯是卯的。"

小志林说："爷爷我懂。"他幼小的心灵里，牢牢记住了爷爷的教诲，要做诚实的人。

祖孙在一条街上走着，碰上了光明村的一个熟人赵鑫，他曾是李二爷的老主顾，二人有很深的交往，一碰面，赵鑫很意外，几步走过来抓住了李二爷的手说："你是稀客，这么大年纪了，还要涉险过那条该死的英金河，一定是有要紧的事。快到我家坐坐，咱哥俩喝几盅。可是有年头没有在一起喝酒了，以前喝酒多半是你做东，你来到我的家门口，说啥你得进我的家吃顿饭再走。"说着硬是把李二爷拽到自己的家。赵鑫的老伴已经过世，儿媳妇看见公公领着客人进了院，赶忙把祖孙让进屋里，又是递烟，又是倒水沏茶。赵鑫对儿媳说："你去弄几个菜，烫上一壶老白干，我们老哥俩开开心。"儿媳答应着去了。

"老二哥，八十多岁的人了，到这里有何贵干？怎么不让子女来？"李二爷还没有开口，小志林把话抢过来说："爷爷领着我是来找赵二赖子要账，这个家伙真是个癞皮狗，欠钱好几年了，耍赖皮不还账，爷爷正生他的气呢。"

"噢！这就对了，我说呢，一碰面看你满脸的怒气，让那小子缠上活活把你气死。儿子娶媳妇，在我这拉去一头猪办喜事，孙子都五岁了，我连个猪毛都没有见到，找他要账，他就躲，堵在家里他就说好听的，许愿三五天就还，也不知道过了几百个三五天了。"

"我的钱也是儿子娶媳妇欠的，欠我们的年头是一样的，他的堂哥赵普倒是好样的，他怎么这么没脸没皮的。"

"钱字迷了他的心窍，六亲不认。他的亲家公过世，晚辈急着向他借五十元钱买棺材，他硬是不借。急得儿子、媳妇和媳妇的娘家哥给他下了跪，你猜怎么着，缺德透了。几个人低头跪着求他，他躲开跪着的人走了。儿媳见求他没有指望，一气之下回了娘家，和娘家人另想办法，发送了老人。从此不想回这个家，丈夫去接也不回来，托人去劝的结果回来分家另过。如今就是他们老两口独门过日子，村里人不愿意理他，都不走动。"

这时酒菜上来，老哥俩喝着酒，李二爷说："这回我上了他不要脸的当，要钱他说不凑手再等几天，要赶他两只羊他不答应。我一气之下说了一句气话，磕头叫爹我就不要了。他的脸皮真厚，还真就那么做了，我的话刚说完，他就翻身跪倒磕了三个带着响的头，脆生生地叫了三声爹，弄得我下不来台，只好作罢不要那钱了。你可要加小心，不要让他厚着脸皮钻空子，为了钱他什么都可能做。"

"为了赖账，他竟这么不要脸，李二哥你说我那头肥猪钱，该怎么和他要？要么我找上两个人赶他几只羊顶账。"李二爷摇着头说："强拿不是办法，他会说你抢他的东西。"

爷爷的话启发了小志林，他说："赵爷爷，你不要找人赶他的羊，那样做是违法的，我们有理的事就变成没有理了。你去法院告他欠钱不还，跟他要本加上利息，由法院来断。"

老哥俩听小志林这么说全乐了，赵鑫说："这孩子聪明，你怎么想起来说告他，让法院来断？"小志林晃了晃身子，"我是看课外书看到有人打官司的故事，明白这么回事的。"

"孩子你提醒了赵爷爷，谢谢你。"赵鑫对李二爷说："孩子说得好啊，这孩子懂的事多，将来一定有出息。就按孩子说的这么做，我去告他法庭上见。"李二爷和孙子吃罢饭，告辞离开了赵家。

小志林上学念书念到四年级了，看了不少课外书，也不满足。还是缠着爷爷讲故事。这天爷爷牵着李志林的手，来到英金河边，看着滔滔的河水讲故事，是让他幼小的心灵里，留下美好的印象。爷爷这次讲赵州桥的故事，是这样的版本：

古时候的赵州，有两座石桥。在城南郊河上的大石桥壮丽雄伟是鲁班修的。城西的小石桥，像浮游在水面上的一条小白龙，是鲁班的妹妹鲁姜修的。

鲁班爷修建的大石桥名扬四海，传到了仙人张果老的耳朵里。张果老听说了就骑上毛驴，直奔赵州而来，想看个究竟。半路遇上了柴王爷和赵匡胤推着独轮车，他和二人一商量一同到赵州看桥。三人来到赵州郊河边上，仔细一看，心里可就吃惊了，真是一座雄伟的大桥。鲁班爷看见远远来了三位老者，就迎上去。

张果老看着鲁班，想考验桥是不是坚固，就起誓发怨：你造的这座桥，名扬天下，我骑毛驴能平安走过桥，我从此以后倒骑毛驴，鲁班点头同意。柴王爷和赵匡胤凑热闹要和张果老一起过桥。鲁班也同意。张果老骑着毛驴，背着的褡裢里装着日月星辰。柴王爷和赵匡胤的独轮车上，放着三山五岳，满以为可以把桥压垮。三人还没有走上桥顶，大桥开始摇晃起来。鲁班爷一看，急忙跳下河去，举起手，用尽全身力气托住桥身，大桥纹丝不动了。

爷爷说：张果老、柴王爷、赵匡胤平平安安地走过赵州桥。过桥后，张果老向鲁班认输，从此以后他就倒骑毛驴。

孙子说："哎呀，爷爷，倒骑毛驴有多别扭，和鲁班说说，认个错就不要倒骑了。"爷爷说："傻孩子，仙人说话是讲信用的，输了就得认账。人们是信神仙的，神仙说话不算数，谁还信神仙。"孙子点点小脑袋。

鲁班为什么到赵州造桥，爷爷解释说：牛郎和织女结婚，王母娘娘就反对。交河是西天王母娘娘为防止牛郎与织女偷偷相会用金钗所划，与天上银河相连，称为通天河，隔开牛郎织女，派二十八宿去监视牛郎织女不让他们见面。二十八宿是恶神，闲着没有什么事干，就发大水祸害百姓。鲁班看到二十八宿残害百姓，人民受苦受难，不顾二十八宿破坏，也不怕二十八宿杀害。在众天神的帮助下，杀死二十八宿，修成了赵州桥。

爷爷这次讲完赵州桥的故事，孙子不满意了，嘟哝道："爷爷讲故事偷工减料，听了不过瘾。"

"怎么不过瘾了？"爷爷问。

"这次讲的故事简单不生动。还有，马王爷为什么有三只眼？木工师傅吊线为什么用一只眼，赵州桥上有古人留下的仙迹都没有讲。饕餮是一位天神，对鲁班帮助最大，爷爷也没有讲，偷工减料太多了，听着没有味道。不行，爷爷从头再讲。"

"爷爷今天不是偷工减料糊弄你，没有详细讲，留给你有思考的地方，原原本本地讲，听着热闹，你就不动脑筋了。今天爷爷领你到河边上来讲，就是让你看着河水，听故事动脑筋，要有联想，向古代的英雄学习。"

看着一脸天真的孙子，爷爷问道："鲁班爷造桥，经受住了神仙的考验，战胜二十八宿的捣乱，是不是有能耐，不怕困难有胆量，勇敢不勇敢？"

"有能耐、有胆量、勇敢。"

"要不要向鲁班学习？"

"我长大了，也要学鲁班爷爷，在英金河上，为老百姓造一座又高又大的石头桥。"

"好孩子，有出息！爷爷喜欢。"

孙子又提了个问题："爷爷，赵州桥的故事是传说，传说是编出来的，人间有没有赵州桥？有没有鲁班爷爷？"

孙子的问题把爷爷难住了，小孙子动脑筋，爷爷很高兴，捋捋胡须说："孩子，爷爷会讲故事，不懂历史，人间有没有赵州桥，有没有鲁班爷爷，你去问老师吧。"

小志林求知欲很强，一天，老先生讲完语文课，留了一点时间让学生思考。李志林问：

"老师，我爷爷常给我讲赵州桥的故事，天下有没有那么一座大石桥？鲁班是个什么样的人？"

小学生提出这样的问题，老先生很欣赏，他微笑着对全班同学说："志林同学肯动脑筋，想弄明白他不懂的问题，这很好，你们都应该向他学习，求知好问，才能多学东西。我给你们讲讲志林同学提出的问题。"

赵州桥的故事是民间传说，人间的确有这么一座大石桥。这座桥就在今天的河北省石家庄市东南，距石家庄大约四十多公里的赵县境内，当地人称为"大石桥"。

这座桥是隋朝工匠李春设计建造的。历经了一千四百来个春秋了，是中国最著名的一座古代石拱桥。

李志林又有问题了："老师，赵州桥是隋朝人李春建造的，爷爷讲的故事，说是鲁班造的呢，这是怎么回事？"

老先生被这名弟子的求知好问感动了，十分高兴，说道："李春和鲁班是历史上两个有名人物。隋朝的时候，有个老师傅带领他的徒弟，在赵州的郊河上建造了一座石桥。这座桥，建造的不结实，下大雨滚滚的洪流把桥冲毁了，老师傅一着急病倒了。他有一个大徒弟叫李春，这时候站了出来，接替师傅艰苦奋斗十来年，壮丽多姿的赵州桥就架在了郊河上。赵州桥的建造和鲁班是不沾边的，鲁班生在公元前507年，距现在两千四百多年，赵州桥还不到一千四百岁，鲁班的岁数比赵州桥大一千多岁。

"那为什么传说是鲁班造的？"小志林好问。老先生说："鲁班一生发明多，功劳大，名气很大，是能工巧匠的祖师爷，人们尊敬他，怀着美好的愿望就把赵州桥和他联系上了，编出美丽的故事，启发、教育后人。"

"鲁班爷，都做了一些什么好事？后来的人都那么尊敬他？"小志林刨根问底。

老先生是有问必答："班爷不姓鲁，姓公输，名班。因为他是春秋战国时鲁国人，所以人们都叫他鲁班。他一家世世代代都是手工工匠。历史上记载鲁班的事和传说很多。在民间还广泛地流传着他发明创造的故事。今天，木工师傅使用的工具：锯、钻、刨子、铲子、曲尺。画线用的墨斗，传说都是鲁班发明的。鲁班爷，不仅发明了木工工具，他还发明了打仗用的攻城的云梯。我们现在磨面使用的石磨，也是鲁班发明的。他还造了'木马车'，他给母亲送葬用上了。鲁班搞发明的故事挺多，今天就讲到这里。"

小志林听得津津有味，下课后，还在琢磨，长大了也要搞发明创造。

爷爷年岁大了病倒在床上，这次生病可不轻，起不来炕了。三个儿子一个女儿、儿媳，轮流陪在老人身边，精心照料。怎奈生老病死不能抗拒，请医生看，也无力回天，老人的病情一天比一天重。这天，老人感到离黄泉路不远了，把儿子、媳妇、女儿、孙子叫到跟前嘱托后事："山前村就是我们李家一个大户在一起过日子，我就要去阎王爷那里挂号了，我走了你们哥几个就分家过吧，各自经营一个小家，就不互相依赖了，也不会有那么多叽叽咕咕了。"爷爷把小志林叫到跟前，勉强抬起有气无力的手，摸着孙子的头，对儿女们说："在孙子辈里，志林最聪明，我看他长大了会有大出息，你们伯伯、叔叔要多栽培他。做父母的好好照顾他成长，我看小志林能为李家光宗耀祖。"

爷爷看着小志林，闪出期待的眼神，轻轻抚摸着他的头，说："孩子，你聪明好学有志气，长大了你要为李家争气，为祖上争光。我们李家祖辈就有一个心愿，在英金河上造一座桥，我也想过造桥，年轻只顾养家糊口，顾不上造桥的事，年老了力不从心，活了这一辈子也没有动手造桥。儿女辈里，没有人有这个心气，我也不对你们寄托什么希望。志林啊！爷爷对你寄托造桥的希望……"爷爷说完这句话嘴巴动着，再也发不出声来。渐渐地合上了眼睛，脉搏没有了，胸脯也不再起伏。儿女们动手换上装老的衣服，放躺在那里。大儿子看看静静地躺在那里的父亲，说了四个字："真的走了。"屋里顿时一片哭声。

小志林爬在爷爷身上痛哭，呼喊着："爷爷！爷爷！"他知道是哭不醒爷爷了，信誓旦旦地说："爷爷，孙子长大了一定实现爷爷的心愿，在英金河上造一座桥。"

第四章
梦想造桥

　　李志林回顾了童年，思维又把他拉回到现实中来。姜婶差点淹死在英金河的漩涡里，村民张兴元被洪水卷走。看到姜婶渴望英金河上有一座桥的眼神，听到张兴元的妻子英金河上没有桥的哀叹，村民们都期待英金河上有一座桥。老支书乔本山期盼政府拨款造桥，李志林心里也有这份期盼，盼了几年没有盼到政府来修桥。国家本来就不富裕，经历了"文革"十年，经济危机到几乎崩溃，眼下政府拿不出钱在英金河上造桥。

　　接连发生在英金河上的险情和惨剧，爷爷临终造桥的嘱托。要走富裕路的遐想，山前村不能穷等下去了，山前村的人要靠自己的双手造桥，摆脱这条拦路虎的危害和困扰，开通走向富裕之路。李志林想了很多，鬼使神差决心立即行动起来，带头自力更生在英金河上造桥。

　　李志林要在英金河上造桥，和家里人商量，老人、妻子、孩子是一百个反对，这是糟糕的事，老人们反对，仅仅是说说而已。儿女们说不，可以和他们吹胡子瞪眼。老婆反对简直就是糟糕透顶，李志林就遇上这糟糕透顶。

　　这天，李志林又和妻子商量：山前村的乡亲都盼着英金河上有一座桥，我们挑头在英金河上造一座桥，钢筋水泥的桥我们造不起，我们这里不缺石头，我们造石头桥。

　　妻子看了看丈夫，思忖了一阵，说："我反复想过你的鬼主意，你这是做梦，我可不跟你扯这个破事，这是没有影的事。"

　　赵晓娟是这么想的，造桥工程太大了，村民太穷，村里穷的起叮当响，拿不出钱造桥。家里头小日子刚刚过的好一点，她怕桥造不成，把家拖进泥坑，老人和孩子都跟着遭罪。丈夫要牵头造桥，她死活不同意。

　　李志林耐心解释："你也没有少听了赵州桥的故事，看人家鲁班，不怕苦不怕累，不怕二十八宿的破坏，为老百姓造桥。我们要学鲁班，把村民的疾苦放在心上。"

　　李志林抬出鲁班，妻子没有被说服，反诘道："那是传说，那是神话故事，你别把它当真的，我们是人不是神！不能那么比。"

李志林赔着笑说:"我还不明白是神话故事,难不成,赵州桥的故事,左耳听了右耳就都冒出去了。我们的晓娟是贤惠之人,怎么不会受故事中的英雄鼓舞呢!虽然是传说,那是民间的传说,是教育人鼓舞人的传说。"

妻子受了触动,沉思起来。

李志林感到有门儿,接着道:"你顾虑咱们家的生活受影响,孩子上学有问题,这些我都想过,可能出现你想的那些情况,那是一时的,我们咬牙挺过来,就会有你常说的那个'柳暗花明又一村'。我们不能光想自己,要想想乡亲,想想玲子一家,看看张寡妇日子过得艰难,乡亲们要脱贫过好日子,都渴望英金河上有一座桥。"

妻子仍是满脸阴云密布,忧心忡忡。憋着气,不说话。

大哥李志勤推门进来,看到二弟两口子的脸上都是乌云密布,像是吵过架。这两口子从来不吵架,今天这是怎么啦,他便问起来:"你们两口子有什么大不了的事,都是生气的脸?"

在族人中赵晓娟很尊敬这位憨厚的大伯哥,急忙起身让大哥坐下,露出笑脸,说:"志林要带头造什么石桥,山前村这么穷,大哥是知根知底的,这不是没有影的事,老人和孩子都不同意,他就跟我磨叨,不赞成他就不罢休,大哥你说,烦不烦人。"

李志林看看大哥,也露了笑脸,没有吱声。

李志勤也为桥而来,二弟前几天和几个兄弟商量过造桥,他当时也有顾虑,没有表态,说再思谋思谋。

昨天夜间,李志勤站在英金河一座大桥上,他模模糊糊看不清是一座什么样的桥,桥又高又大踩在自己的脚下。他站在桥上好似在云端,低头看云雾笼罩,不一会山洪暴发,河中浪涛滚滚,影影绰绰看到河水裹着泥沙,变成了黄色,黄的吓人。大人和孩子有十几个,在黄色的大浪中,抓着树干、木板。有的孩子坐在木盆里,忽隐忽现。一群牛羊和一群狗,在浪涛中挣扎,一个炸雷响了,河里的人畜被雷击中,大人没有影了,孩子不见了,他听到女人孩子的哭声,他也哭。

这时一位白胡子老人,忽然出现在桥上,走到李志勤面前,慈祥的面孔,李志勤不认识。老人拍拍李志勤的肩膀,笑眯眯地道:"大娃子,你不认识我,我是你的太爷,我们爷俩没有见过面。我是从丰都城回来的,有一桩心事说给你。"

李志勤点点头。白胡子老人说:"我年轻的时候和姜喜旺,就是村里姜婶的爷爷,我们俩操持着,在这里架起一座木头桥。架木桥,不知道怎么就得罪了河神,河神爷发怒,招来水怪把大木桥拆了,木头全扔进河里让洪水冲走。我在丰都城不甘心,求见了鲁班爷,他老人家推算,你们这一代有福命,应该造桥。你二弟是福星,你要辅佐他。"

一串闪电,老人忽然不见了,李志勤急喊太爷!太爷!把睡在身边的妻子吵醒,用手轻轻推了他几下,李志勤醒来方知是梦。太爷的形象,梦中的情景历历在目,太爷的话记忆犹新。

李志勤来见二弟是要说梦的,夫妻二人正为造桥的事生气,他坐下来问明情况,把梦中的情景说了一遍。赵晓娟相信大伯哥说梦,不是即景生情的瞎编,一定是做了这么个梦。她不能不好好想一想造桥的事了。丈夫是福星,她将信将疑,大伯哥支持造桥,她要考虑,鲁班造桥的故事对她也是鼓舞,她终于把摇头变成点头了。

赵晓娟是这么个女人,只要她想通了要做的事,就义无反顾地去做,从不反悔退缩。做丈夫的李志林,深知她的脾性,她表露出来赞同的神色,李志林这多天来沉重的心松快了,"大哥我们哥俩今晚喝两杯,造桥的事大哥还要多多的支持。"

赵晓娟想通了,心里也敞亮起来,既然丈夫为村民着想一心造桥,自己也要豁出四两半斤的。丈夫要和大哥喝酒,她就张罗着做饭炒菜。炒上几个鸡蛋,切上几片腊肉就是下酒的菜,喝着酒李志勤说:"我相信梦中老太爷的话,你是福星,我们李家扬眉吐气,就靠你了。我就是拼上命也要支持你带头造桥。"

李志林是不相信什么鬼神的,当然也不相信自己是什么福星,但他觉得大哥说梦,居然把不怎么相信鬼神的妻子说服了。在这偏僻的山沟里,看来传说和典故能够说服人,就连梦也有人信。

"大哥,你真的就那么相信梦?不过你的梦说服了晓娟,没有白做。"

李志勤喝了一口酒,说:"我知道你不信鬼神,我是信的,咱们的老太爷和姜婶的爷爷是不是造过桥?小时候老师也告诉你,在今天的河北赵县,有一座赵州大石桥,这都是真人真事。老太爷托梦说你是福星,错不了。我们李家要出人物哩。我们常听爷爷讲故事,他讲汉朝的刘邦,路上遇到白蛇挡路他拔刀斩了白蛇。有人说白蛇是白帝的儿子,刘邦是赤帝的儿子。刘邦听了暗暗高兴,也就把自己当成赤帝的儿子。他周围的人就传开,说刘邦是赤帝的儿子,有坐江山的福命。爷爷还讲过太平天国的故事,讲洪秀全、冯云山等人,在广东办上帝会,崇奉'独一真神皇上帝'。杨秀清和萧朝贵就说自己有'天父'和'天兄'下凡附身,洪秀全、冯云山为了顾全大局,起义早日成功,承认了杨秀清、萧朝贵代'天父'、'天兄'说话,这二人就说天父把执掌天下的大权交给了洪秀全,要洪秀全领着老百姓推翻满清王朝,解救众生。群众就信洪秀全是受天父之命,死心塌地跟着洪秀全起义打清朝。"

哥俩喝得很高兴，李志勤满怀信心地说："汉高祖托说自己是赤帝的儿子，洪秀全说是代天父行事，都是为了打天下。他们的心气大，我们没有那么大的心气，我们就是想在英金河上建一座桥，带动村民发家致富。就认定你是福星，就有号召力，我们可以用梦境、福星去鼓舞人心，村民就乐意跟着你干了。"

赵晓娟被李志勤的话说得透着心的乐，"哎呀大哥，平时你的话不多，没有想到你的肚子里还真有货，有这么多的道道。你用梦把我说服了，还要学刘邦和洪秀全，讲典故鼓动人，我服了你了，大哥。"

李志勤说："他二婶，二弟为了造桥心急火燎地找我商量，我这个大哥不能袖手旁观，俗话说办事需要亲兄弟，上阵还得父子兵。你说我能没有心事嘛！白天想这件事，晚上老太爷就来托梦，说二弟是福星，他能做出一番事情来，我这个大哥当然的辅佐他。他二婶你就一心一意地辅佐他吧，让志林为李家光宗耀祖，你就做好贤内助。"他们又说了一阵话，李志勤走了。

李志勤又把梦说给了乔本山，乔本山相信山前村有龙脉，深信李志林是福星，他把山前村的兴旺发达寄托在李志林的身上，自然宣扬李志林是福星，李志林是福星从此在村里传开了，朴素的村民相信福星高照。

李志林在大哥的帮助下说服了妻子，没有了后院的忧虑，就跑到乔本山家里，向老支书提出造桥的念头。建议党支部，号召村民献工造桥。造起桥，再号召村民养鸡、养猪、养羊，发家致富。老支书听了李志勤说梦，村民关于福星的议论，心里有了谱，听完李志林的建议，磕了磕刚抽完的旱烟锅，对李志林的建议没有立即表态，磨磨蹭蹭地转了话头："志林啊，你看我这把年纪，身子骨又不好，小鬼勾了三次啦，我到阴曹地府对阎王说，有桩心事未了，没选好接班的，等我选定接班人，再来丰都城报到吧，阎王好见，给了面子我就回来了。"

李志林笑笑说："本山叔，还不到六十岁，不要卖老。你把选接班人的事拖下去，没有选定接班人，按着口头协议，阎王爷就不会叫小鬼，拿勾魂牌来勾你，活个长寿。现在是骑着毛驴去阴曹地府，到那时坐上小轿车过奈何桥，说不定小鬼、黑白无常为你鸣锣开道呢！"

乔本山笑开了皱纹，"你小子就拿我开心，为全村着想，得选个好后生当书记，选接班人可不能拖，那会误事的。"

李志林为造桥进一步探口风，说："造桥的事不能等靠了，我们自己造，造钢筋水泥桥，咱们干不起，我想造一座石头桥，石头可以就地取材，组织劳动力上山打。"

老支书对李志林的设想点点头，说："你大哥跟我说了你是福星，将来山前村就得你福星高照了。我想过，修桥是脱贫致富路上迈出的一大步，我老乔头举双手赞成，你说我该做些什么？"

李志林说出了进一步的设想：造桥对岸光明村也得好处，他们也得出点力，要和光明村商量，让他们出劳动力。采石需要购买工具，砌筑需要水泥要花钱，村里穷拿不出来钱，就得贷款，贷款我们李家人负责还。光明村和信用社就得您老人家跑跑了。"

乔本山抽了一口烟，乐呵呵地道："光明村的支部书记是老伙计，人也开通，这样吧，我和他打个招呼，你去落实。贷款的事，我找乡党委马书记想想辙。"

李志林没想到老支书这么痛快，乐着道："本山叔，这两件事就仰仗您老的威望了，您得豁出老脸来，可别把腿跑断了！"

乔本山用烟袋锅轻轻敲了敲李志林的头，"你小子别咒我，我断了腿，你得背着我上医院。"老少爷们说笑了一阵。

李志林的造桥愿望，得到了支部书记的支持，更坚定了信心，他满怀希望地来找村长。

李志林来见村长范进，讲造桥，范进听乔本山说过这件事，李志林造桥的想法，他掂量了好一阵，要是支持造桥，就会把自己拖进是非坑里，自力更生造桥，是白日做梦，和乡长李一鸣通了一次电话，打定主意不赞成造桥。

范进听了李志林的造桥计划，头摇得像个拨浪鼓，斥责道："你小子异想天开，村里一没钱，二没有人懂技术，造桥是做梦。"李志林默默地听着，等待范进把话说完。

范进看了看李志林不太和善的表情，教训的口吻，吐出了不少时髦词汇：中央正拨乱反正，十一届三中全会提出，把重点放在经济建设上。中央又发文件号召搞个体经营。现在不刮共产风，不割资本主义尾巴了。我养猪养羊日子好起来。榜样的力量是无穷的，我起到了示范作用，村里人照我的样子做嘛，不愁吃不愁穿，瞎想什么造桥啊！

李志林听不惯这种论调，语调讥讽说道："村长大人，户户都养猪羊，没桥没路运不出去，换不回钱，谁还能多养。只满足不愁吃不愁穿，咋能把山前村的穷帽子摘掉？"

范进自我满足的主意，被李志林顶了回来很不满，"你要造桥让全村红火，村民不这么想不乐意干，费力不讨好怎么造？还是安分守己过日子吧！不要胡思乱想。"

范进胡思乱想的话激怒了李志林，上来火，说话声音很高："你是一村之长，应该领着大伙，甩掉穷帽子。不能光顾自己发家，不管村民死活。"

"哎呀，当了几年大头兵，长了出息，学会教训人了。我是一村之长，你有什么资格来教训我,有能耐学愚公移山,自己去造桥。别来缠磨我。"范进火气很大,声调高了八度。

二人都面红耳赤,李志林又要开口,副村长闻声走过来,把李志林硬是拉到屋外,劝道:"争吵能闹出什么子丑寅卯,你去找老支书吧。"

碰了一鼻子灰的李志林,犯起了寻思,过安分守己的日子,做到不难,这就满足了吗?山前村就这样穷下去?难道不能让更多的人过得富足些?中央领导讲让一部分人先富起来,走共同富裕的道路。讲的是共同富裕,不能自家有好日子过不管乡亲。他翻来覆去想了几天,同妻子商量后,找老书记汇报了范进的反对态度。

老支书对自己的搭档心知肚明,人脑子很活络,靠小聪明当上了村长,一门心思想自己发家,集体的事想得很少。李志林为造桥东奔西走,他打心眼里佩服这位民兵连长。他无奈地说:"志林啊,我这老骨头没多大能耐,范进没有为集体办事的心肠,为乡亲们办事,村里就靠你了,造桥就得你挂帅。"

李志林心说,做梦都想着造桥,将造桥托付给自己,正合心愿。

第五章
风波

乔本山骑着毛驴来到前进乡，敲开乡党委书记马明的办公室的门，马明见是乔本山，忙起身让座。

马明三十多岁，圆脸，看上去精神饱满，对基层工作有股子热情。基层干部，尤其是碰到困难的村党支部书记和村长，都愿意找他说事，他的办公室不冷清，县里领导也很欣赏他。引起比他长几岁，好玩官架子的乡长李一鸣的嫉妒，常常顶牛，他很宽容，不和李一鸣计较长短，领导班子中相安无事。

马明对乔本山很敬重，敬重老支书的人品。乡里八个村支部书记，群众中他的口碑最好。今天他登门，马明格外热情，泡了一杯茶，递到乔本山的手中，问道："老书记，你是不轻易登乡里的大门的，你来有什么事？"

乔本山腰里总是挂着一个旱烟袋，他取下烟袋装了一锅烟，用手拧了拧压实了，划了根火柴点燃，抽了一口这才不紧不慢地道："我来是来向书记汇报，也是求马书记帮忙。山前村在省里是穷挂了号的，民兵连长李志林，想让村里人摘掉穷帽子，带头在英金河上建一座石头桥，解决农副产品往外运过河难的问题。我们动员村民出劳力，上山打石头，需要买炸药、采石工具，要买水泥，村里拿不来出钱，向乡里求援。"

听明白了乔本山的来意，马明陷入沉思，半晌道："李志林带头脱贫致富，好样的，咱们乡就缺脱贫致富的带头人。最近县里召唤一批乡镇干部，到苏南、温州考察学习。苏南地区乡镇政府出面利用土地、资本和劳动力等生产资料，组织农民办企业，由政府指派能人管理。把能人和社会闲散资金弄在一起，很快苏南乡镇企业在全国的领先发展。苏南的干法具有速度快、成本低的优势。温州个体、私营企业十分兴旺，一个纽扣，富了一方。温州扣子在大城市设立柜台，还搞了出口。看看人家，比比咱们，脸上直发烧。回来后，乡党委讨论如何发展乡镇企业，让农民脱贫。我们这里不具备苏南、温州距离大城市近的地理条件，也缺能人，照搬人家的做法行不通。人家的思路让我们开窍，想脱贫得先换换脑子，还得有不怕摔跟头，带头致富的人才行。你们村有了带头人，有了打算，应该鼓励，应该支持。你也知道，乡干部是吃皇粮的，按人头拨款，掰着花。乡里穷，也是在省里挂了号的。拿不出来钱支持你们，真是不好意思。但我可以向上级要政策，扶持你们。"

乡里的家底，乔本山是清楚的，他今天来也不是和乡里要钱，他道："马书记，你的钱包里有多少钞票，我心里有数，不要你掏腰包，请你跟信用社说说，给村里贷点款，行不？"

乔本山没有张口向乡里要钱，马明如释重负，笑道："好吧，协助贷款是应该的，贷多少？"

"贷三万，"马明说："数目不小，我去找找县社主任，争取如数贷给你们。"

乔本山得到满意回答，非常高兴，磕了磕烟锅，说："代表全村谢谢马书记。"

"我是一方的父母官，这是我该做的。"马明问："范村长年富力强，他怎么不带头张罗建桥，让老书记跑？""咳！别提他了，不带头也就算了，还当反对派。为着这事，李志林和他吵了架。他是只雇自己发家了。"马明叹了口气道："他是李一鸣乡长的红人，那就由他去吧。"

中午，马明陪着李志林，在乡食堂吃了一顿小米饭，没有肉菜，马明特意要了一盘炒鸡蛋，算是招待客人。

午后，乔本山骑在驴背上，心情不错哼起了南泥湾小调：
花篮的花儿香
听我来唱一唱
唱一呀唱
来到了南泥湾
南泥湾好地方　好地呀方
好地方来好风光
好地方来好风光
到处是庄稼
遍地是牛羊
往年的南泥湾
处处是荒山
没呀人烟
如今的南泥湾
与往年不一般　不一呀般
如呀今的南泥湾

第五章 风波

与呀往年不一般
再不是旧模样
是陕北的好江南……

乔本山哼着小调来到光明村。他是来找一个人，也让这个人为造桥操心。一进村碰上了村支部书记赵普，正是他要找的人。老赵笑呵呵地问："哪阵风把你老兄给刮来了？"

"不是风刮来的，我是骑毛驴唱小调，自己找上门来的。"乔本山笑脸对着赵普。

赵普知道乔本山不是闲溜达的人，来光明村一准有事，说道："大街上说话，西北风灌了肚子痛，到我家里吧。"乔本山也不推辞，牵着毛驴跟着赵普进了家。

这是不大不小的普通农家院，三间瓦房，院里的空地，种了几种蔬菜，院子东南角有个猪圈，养了三头猪。挨着猪圈是大牲畜圈，圈里有两头牛正在吃草。李志林把毛驴拴到牛圈门口的木桩上，赵普给毛驴跟前放了一把草，二人进了屋。

赵普的老伴见来了客人，忙着倒水沏茶，搭上话："乔大哥，今天得闲来到光明村，看闺女来了？"赵普说："你猜错了，他是来看我来了，你去炒几个鸡蛋，切点腊肉今天我们老哥俩，好好喝几盅。"赵普的老伴答应着出去了。

乔本山开始往烟锅里装烟，赵普也找出纸条卷烟，赵普卷完烟，乔本山已把烟锅点着，又给赵普点上，二人吐开了烟圈。赵普道："老乔，我知道你是无事不登三宝殿，咱们说事吧。"

乔本山又深吸了一口烟道："这条英金河断了山前村人外出的路，到你们这里来一趟，像漂洋过海，要不是这些日子干旱，骑毛驴还过不了河。你们这里的大姑娘都不愿意嫁到山前村，说没有法子回娘家哩。我们村的姑娘乐意往外嫁，不担心回不了娘家，我们那个村光棍就多，这叫作什么不平衡呢。说白了不是回娘家的事，那是推辞。是那条破河，把山前村给挡穷了，外村的姑娘不愿意嫁过去。本村的姑娘愿意往外嫁，为了山前村的小伙子不打光棍，两个村的姑娘小伙平衡平衡，想在英金河上架起一座通天桥，光明村好姑娘多，让她们愿意嫁到山前村。造桥你们也凑个热闹，我们拉起手来一起干。山前村受益大，多出力，你们搭把手，今天来就是商量这件事。"

赵普琢磨了一阵说："造桥、修路是为村民造福，是积德的事。在山沟里，凭庄稼汉的手造桥，这可是从来没有人敢想的。这不是盖几间房子，造桥是大工程，就凭抡锄头的手，怎么能造得起？"

乔本山看着赵普疑惑的眼神，说："老赵兄弟，这一点我们想过，我们这十里八村的缺钱花，就是不缺石头，两村有劳动力，上山打石头，用石头垒桥，花不了多少钱，只要你们肯出工就成。我从乡里回来，请马书记帮忙求信用社贷款，他答应了，争取贷三万，用这笔钱，买炸药、工具、水泥。"赵普觉得这个计划切合实际，表了态："说吧，光明村出多少劳动力？"

乔本山放下烟袋，朝赵普一笑，说："劳动力五五摊派，各出五十怎么样？我们拉起百人的队伍，也够规模呢。再找上两个好泥瓦匠，上山打石头，合理砌桥。"

赵普把手一挥道："就他娘的这么定了。"

这时赵普的老伴把酒菜准备好，端了上来，二人开始碰杯。

光明村派出的民工，民兵连长带队，归李志林指挥。一晃半年过去了，采石量不能令人满意。

这天，李志林巡查几个采石点，查看采石情况，在一个石头窝里，范进的堂弟范举，带头和几个人打扑克，有人扒眼。他上前制止，让他们去干活。光明村来的两名村民有些不好意思，有位村民说："我们去干活吧。"

没想到，范举伸了伸懒腰，眼皮也不抬说道："活这么累，又没有工钱，我的脑袋不长觉悟，不干了。"说完也不理睬李志林，吆喝着："来，继续玩，升一级，该我们打六了。"

范举的行为，激怒了李志林，他上前一把揪住了他的领子，质问："造桥是为了村民致富，你小子消极怠工，你的良心让狗吃了吗？干活去！"

范举本就是找茬挑事的，哪肯服软，吼道："良心值几个钱？谁愿意干谁干，反正我是不干了。"说完，挣脱李志林揪住的衣领，一甩袖子下了山。

李志林和范举的争吵，范举的罢工，很快在山前村和明村传开了，上山采石的人逐渐减少。

老支书乔本山为此事，又骑上毛驴，来见光明村的支部书记赵普。二人见面乔本山对赵普说："他妈啦巴子的范举，上山不干活，石头窝子里玩扑克，不听招呼，闹他娘的罢工，把人心闹散了。老哥想一想招子，怎么整？"

赵普笑道："听我们村的民兵连长说了，那小子仗着他的堂哥是村长，成了你们村里的混混，无法无天。本来村民就不大乐意出这份工，他一闹，很多人不想上山。我看不要按天记工了，按方记工分，在村里分红，多劳多得。"

"老哥说得好，这叫计件得报酬，社会主义分配原则，能治懒虫，就这么办。"

　　两位支部书记，拿定了主意，各自在村里做工作，上山的人多了一些。穷乡僻壤，工分不值钱，采石是累活。如果不是相信李志林是福星，这支采石队伍早就散伙了。不相信福星的村民消极怠工，采石队效率没有得到解决。

　　李志林带领民工断断续续干了两年，建桥用的石料没有采够。采石出了一次事故，伤了一个人，采石队伍下山散了伙。

　　造桥的工地上没有石头，瓦工师傅回了家，李志林犯了愁，又是一连几个晚上睡不着觉，半夜来到英金河畔，对着河水发呆。妻子陪在身边劝道："孩子他爹，可不能愁坏身子，办法总会有的，要不暂时不建了。现在讲商品经济，讲做买卖赚钱，不付工钱谁还肯干，咱们得另想办法。"妻子的话，李志林陷入沉思。

　　乡党委书记马明陷进是非漩涡，贷款过期还不上，信用社主任找他催着还贷，乡长李一鸣吹风冒气念闲篇，明摆着办不成的事，非要头脑发热，怎么样？黄汤了吧。

　　在光明乡干部群众中，生出不少闲话，说乡党委书记好大喜功，帮助穷的叮当响的山前村贷款，干那些没边没沿的事。折腾了两年多，欠下一屁股债，散了伙，闹心不闹心。

　　这天，范进和李一鸣在乡政府办公室嘀咕，范进说："还是李乡长有眼光，早就料到造桥是黄粱美梦，果然应验。乔本山还吆喝李志林是福星，我看他是丧门星，桥没有造成，劳民伤财欠下一屁股债。"

　　李一鸣听了范进的恭维很得意，笑道："李志林是匹夫之勇，唐·吉诃德式的人物，成不了器。""唐·吉诃德式的人物"，范进听了不明所以，发着愣问唐·吉诃德是干什么的？

　　李一鸣哈哈大笑，以嘲笑的口吻，说道："你脑子里光顾发家致富了，孤陋寡闻，唐·吉诃德是文学人物，你说他是干啥的？"范进傻笑，我真的孤陋寡闻了，还是乡长的学问高，愿闻其详。

　　李一鸣煞有介事地卖弄学识："文艺复兴时期西班牙小说家，塞万提斯写的小说《唐·吉诃德》，描写一个没落贵族唐·吉诃德，迷恋古代骑士，把自己打扮成骑士模样，用破甲驽马装扮起来，三次周游全国，梦想除暴安良创造骑士业绩。周游途中瞎整蛮干，闹出不少笑话，到处碰壁受辱。因为他的鲁莽，几次招来棍棒，一次被打成重伤，回到家里。有时被当作疯子撵回家。李志林像不像唐·吉诃德式的人物？"

　　"像，太像了。"范进随声附和。

　　李一鸣意味深长地道："这回马明和乔本山都公鸡崴了脖子——叫不出

声了，对我们树立形象大有好处，面子上光彩的事多做点，关键时刻也好为你说话。"

造桥停了工，李志林的家庭又泛起波澜。老父亲原本就反对造桥，停了工他听了不少闲言碎语。李志林的两个儿子，感到石头桥再造下去，上学都成了问题，他们不敢向父亲讲，怕挨骂，背后和爷爷嘀咕，表明了反对态度。老人说服不了儿子，儿媳妇本来反对造桥，大儿子说梦，转变态度支持儿子。大儿子自从做了那个梦，相信二弟是福星，铁了心支持造桥，几个犟牛铁哥们为造桥抱成一个团。只有村长范进反对造桥，他又和李志林大顶牛，看来只有找乔本山，说服儿子不要再傻干了。

火爆的脾气上来了，于是他领上孙子李向东来到村委会，在大门口碰见了村长范进。范进上前打招呼："李叔，好久不见了，今儿个怎么得闲溜达到村委会，你老好福气，儿孙满堂，好好享受清福吧，多保重。劝劝志林，别瞎折腾造桥了，那只能是幻想，还是安安稳稳地过日子才对。"说完扬长而去。

李志林的父亲正为此事闹心，范进的几句话，火上浇油，老人更揪心，心里暗骂：志林这个兔崽子，就是不听话，造什么石头桥，瞎胡闹。心里骂着骂着，爷爷和孙子进了村委会的大院。

村委会大院，坐落在村子中央，大院套只有土房五间，空落落的。乔本山正好和一名村干部在谈论石桥，只听那位村干部说："桥造到节骨眼上停了工，对村民的打击可不小。姜婶和张寡妇有沉痛的感受，盼着把桥造成，但使不上劲。刘二赖子等几个懒汉，整天混日子，造成造不成桥他们无所谓。大多数村民，希望英金河上有一座桥，造桥打打停停，他们失去了信心，对福星之说有疑问了，也不愿意出力。石桥怎么往下造，是个大问题了。"

一向乐观的乔本山，叹了口气："李志林带领大伙干脱贫致富的心气很高，造桥打打停停，都怪我们太穷了。"

村干部说："还不知道李志林现在是什么心情，他要是垂头丧气，造桥的事就没有戏了。"

乔本山对自己选的接班人还是有信心的，"哎呀，你不要瞎猜，李志林那小子，骨头硬着呢，在困难面前他不会低头。他脑子好使，说不定这会他又想出什么点子哩。"

"李志林这个兔崽子，想不出什么好点子来，就凭一股子傻劲，就能造出一座大石桥，那是做梦。"李志林的老父亲，走进乔本山的办公室，听到后面这句话，接上茬。

乔本山见李志林的父亲，说着话进了屋，忙起身说："哎呀，老哥你来了，快坐下，怎么，生气骂儿子，你二儿子可是一块好料呢？"

"什么好料，你这个支部书记，不能宠他了。再宠，他就会把天捅个窟窿，说不定还会闹出什么乱子。本山老弟，你劝劝那娃子收收心，不要瞎干了，再这么干下去，我们家就得散了架。"

"哎呀，老哥多虑了，志林可不是胡来的人，你这个当爹的，要多理解儿子。支持儿子才是。"

"一开始我就对他说，造桥是大工程，凭庄稼人的傻力气是造不成桥的，他老太爷那辈子造桥，遭到河神的报应，差一点惹出大祸。再说穷棒子哪儿有那么大的气量，也没有那个能耐造桥。办不到的事，非要去干，那叫什么蛮干，那还有好果子吃！"

"志林不是蛮干，他心细得很，道道特别多，他可是福星呢。"乔本山坚持他的信仰。

"自从我大儿子说出他的梦，村里有人很多的人信志林是福星，可他这个福星没有福气。造桥这件事，开头就不顺当，几年来那么多磕磕绊绊，也没有神灵相助，还说啥福星。"

"老哥，你这话不大对劲哩，福星也不一定办什么事都顺顺当当。刘秀走国的故事，还是老哥的父亲他老人家讲给我听的。刘秀是真龙天子，王莽篡位，夺了姓刘家的江山，逼得他到处流浪。他结交了反对王莽的绿林好汉，有几个好朋友帮他打天下，千辛万苦，最后把王莽赶跑，夺回老刘家的江山，他才坐上龙椅。志林也有五虎上将在帮他，你要相信儿子一定能把一座大石头桥架在英金河上。"

乔本山利用故事，来说服这位老人。故事果然打动了老人的心，他听后沉默不语，待了半天试探着问："你也相信志林是福星？"

乔本山点着头说："志林是福星，也有福气，他现在就像刘秀走国，得经过磨难，最后才能轰轰烈烈。"

乔本山的一席话，李志林的老父亲，怒气而来，宽心而回。

第六章
牛气

造桥停工，对这事有看热闹的，有冷言冷语的，有失望的，有痛心的，有着急的。最着急的是山前村的五位犟牛。五牛是一起光着屁股长大的四位堂兄弟和妹夫。这五牛为人处事都有一股子犟劲，被村里人呼为五头犟牛。五人性格倔强却情投意合。他们都是造桥的铁哥们。在李志林的带动下，一个心眼，想把石头桥建造起来，带头发家致富。在采石建桥施工的日子里干得最卖力。

排行老三的李志信，听到村长范进，背后说乔本山老糊涂了，纵容民兵连长瞎折腾，造什么鸟桥，欠下一屁股债，没有劲扑腾了。李志林是中国的唐·吉诃德，干劳民伤财的事，是灾星。他受不了，这天他喝了半斤老白干，两眼冒着血丝，闯进村委会。范进今天心情不错，泡了一壶茶，喝着茶水，用唱机欣赏京剧《武家坡》，薛平贵的唱段：

提起当年泪不干，
夫妻们寒窑受尽熬煎。
自从降了红鬃马，
唐王爷驾前去讨官。
官封我后军都督府，
你的父上殿把本参。
自从盘古立地天，
哪有岳父把婿参？
西凉国造了反，
为丈夫倒做了先行官。
两军阵前遇代战，
代战公主好威严，
她把我擒过了马雕鞍。
多蒙老王不肯斩，
反将公主配良缘。

西凉的老王把驾晏，
众文武保我坐银安。
那一日驾坐银安殿，
宾鸿大雁口吐人言。
手持金弓银弹打，
打下了半幅血罗衫。
打开罗衫从头看，
才知道寒窑受苦的王宝钏。
不分昼夜往回赶，
为的是夫妻们两团圆。
三姐不信屈指算，
连来带去十八年。
……

右手中指有节奏地敲着桌子，跟着哼。刚哼完连来带去十八年，李志信进了屋，看见范进悠闲的样子，火往上撞，犟牛犟牛，牛气冲天。吼道：

"范大村长，喝茶水，甩京腔，好自在。"

范进看着闯进来的李志信，满脸的怒气，甩京腔的好心情顿时烟消云散，质问："你小子招呼也不打，闯进村委会要干什么？"

"向你来讨债？"

"胡说八道，我范进什么时候欠过你的钱？"

"你没有欠钱，你欠揍。我们李家带头造桥，扛着信用社贷款的债，你不支持也就算了，在村民中，吹冷风冒邪气，好不容易拉起来的造桥队伍，让你吹散了，村民造桥的劲头让你冒没了。你党票白揣，村长白当，破坏造桥就是欠揍。"

范进当村长以来，村里没有一个人敢和他顶嘴，李志信当面大声吼骂，他哪里容得下，腾地站起来，扑出露骨的敌意，抓起茶碗，高高举起甩在地下，摔了个粉碎，骂道："你是个什么东西，喝上几盅猫尿，跑到这里撒野，你给我滚出去！"

李志信不示弱："该滚的是你，你混上村长吃人饭，不拉人屎，早就该滚蛋。"

二人对骂厮打在一起，桌子碰翻了，茶壶摔了个粉碎。身高马大的李志信，让小个子范进着实吃了不少苦头。几个村干部进来劝架，气头上谁也听不进去。正在难解难分的时候，乔本山来了，吼道："都给我住手，有力气到英金河里头打去，别在村委会丢人现眼，糟蹋办公室。"

支部书记来了，范进停住了手，李志信被村干部拉到一边。乔本山把范进叫到另一间屋里劝解。李志林听说三弟和村长打架，急忙从家里赶来，见三弟两手叉着腰，气呼呼地站在那里，他知道三弟的牛脾气，气头上劝说也没有用，硬是把他拉回家。

李志信和范进打架，很快传遍了全村，恨范进的，说李志信为他们出了一口恶气。和李志信有点矛盾的，说他是耍酒疯。更多的人则议论说，李家为村民着想造桥，没有钱干不下去了，李志信急了眼，范进说风凉话，找范进打架出气。

桥还是要造下去，李志林召集五牛，坐到一起商讨办法。弟兄几个听了不少闲言，憋着一股劲，谈造桥都有些火气。

大哥李志勤说："我就不信这个邪了，我们老李家哥几个齐了心的事，就办不成。外出打工赚钱，赚了钱回来造桥，给范进他们这号子人看看。"

李志信说："我那天和范鬼子打架，有人说我耍酒疯，我那是借题发挥，去之前我喝上老白干，借酒壮胆找茬揍他一顿。我想好了，揍完了我就离开这个鬼地方，范鬼子给小鞋穿，也够不着了。我们要争口气。就是扒去几层皮，只要有三寸气在，也要把石头桥折腾起来。我赞成大哥说的，走出穷山沟，到外面去挣钱建桥。咱们家里的活，交给老娘们吧，孩子、老人帮把手，我就不信外出赚不到钱。"

老四李志清赞成两个哥哥的说法。他表示我年轻，没有拖家带口的负担。在村里听了那些风凉话心里难受。三哥找范鬼子打架揍了他，我心里痛快。外出要拼命的赚钱，全部用在造桥上，决不能让范小个子看笑话。

妹夫张良肚子里也憋着气，但他没有骂人，也没有放怨气，他一向是佩服李志林的，愿意跟李志林一起走，打工挣钱。五牛商量定了，做了安排，分头各奔西东而去。

李志林的妻子赵晓娟，张良的妻子李志娟，都是出了名的贤惠媳妇，姑嫂合计开了一家小卖部，一干就是三年。

三年后，李志林和妹夫张良头拨回到村里，二人是在一家建筑公司打工，李志林学会了瓦工活，张良成为熟练的钢筋工，都是技术骨干，辞工回乡建桥。二人回村做的第一件事，召唤另外三兄弟回来。

为了兄弟相会，李志林特意到山里打了两只狍子，几只野鸡。在约定的日子，五牛都回到村里。五家人聚在李志林家里，很是热闹。他们吃着野味，喝着自己酿造的高粱烧，兴高采烈。说了一阵在外的观感、体会，李志林把话引到造桥上来，"大哥、弟弟、妹夫都回来了，造桥的事怎么办，请你们发发话"？

老大李志勤说："造桥的事我们哥几个定的，外出打工就是为了这件事。桥造起来，方便十里八村，也给后代儿孙留个念想。就凭这，再苦再累

第六章　牛气

也值。"

李志林看见大哥左手少了一个食指，就问："这是怎么回事？"

李志勤说："为了多挣钱，揽了点零活，干的不顺手砸掉的。上医院为了省两毛子，麻醉针也没有打，医生做了处理，我开了点止痛的药，就回去上班，别扭了两个月，伤口就好了。"他说得很轻松。

听的哥几个，心里抽得很紧，大哥为了多挣钱造桥，失去了一个手指。李志林更是内疚，自己不挑头造桥，大哥也不会伤残了手。

李志勤看哥几个为他伤心，说："这根手指是长不出来了，没有大的妨碍，不必伤感，我们还是说造桥的事吧。"

李志信说："大哥说得对，与人方便，也是自己方便，有了桥，我们还能干很多事。"

"志信哥说的是，有了桥我们能干很多事，最对我的心思。在外打工，学了不少东西，明白了不少道理。造起桥，就有了通向外面的路，我们可以建厂，把山货加工，运到外地卖，准能赚大钱。老支书乔本山说是'通天桥'，桥建起来就是通向富裕的那一边天。"妹夫张良说出了心里话。

李志林看看老四，志清明白，二哥要自己表态，他说："大哥、二哥、姐夫说的我都赞成，我们就是要靠双手，过上好日子，也让村里人过上好日子。"

大家表了态，李志林满上酒，一起碰了杯。说道："继续造桥，大家下了决心。眼下有一事让人为难，银行追要贷款很急，是马明书记担保，信贷员往我们这里跑，主任催马书记还贷款。造桥猴急着用钱，你们说怎么办好？"

张良说："逼我们还贷款我有点想不通，行长的三亲六故贷款几十万，上百万，做生意赔了还不上，大眼瞪小眼白瞪眼。还有国有企业，靠贷款过日子，几百万，上千万，几个亿的欠着。厂长坐高级轿车，出入高级饭店。我们造桥是为了群众，又不想赖账，三万元小钱，造起桥，有了收入就还账，为什么非逼我们？这中间夹着马书记，不然我们就硬抗。"

张良的想法，也是哥几个的想法，拖下去以后还贷款。

李志林也曾这么想，信贷员来催款时，乔本山和他说过一句话"好借好还，再借不难"提醒了他，斟酌再三说道："银行那里我们要讲个信用，以后还用得着人家，我们不做一锤子买卖，先把贷款还上，以后再贷。"这个说法其他几个人也赞同。

经过商议，五兄弟把打工积蓄凑在一起，有五万元，分散开就是让人羡慕的五个万元户。万元户是山沟里的人们，心目中的百万富翁，很多人梦想成为万元户。万元户，是八十年代初的时髦词汇，也是指首先富裕起来的第一批人。很多乡镇，提出要有多少个万元户指标，虽然听起来有些像以前放卫星的感觉，但让更多的平民感觉到了致富所带来的空前喜悦。说到万元户，大伙眼睛都亮啦！万元户大体由率先完成了个人承包的个体养殖户、建筑包工头、个体工商户构成，他们在经济起步阶段靠的不是知识或者素质，而是胆量和勤劳。他们没有什么文化，没有什么社会地位，说话难免语无伦次，但他们创业的艰辛历程，让你佩服。

20世纪80年代中期，在一些富裕地区，万元户以不是让人羡慕的事了，可是在山前村，依然是可遇不可求的事。

众家兄弟凑起来的五万元是可观的数目，交给李志林支配。李志林拿出三万元偿还了贷款。

马明给乔本山打来电话："老乔书记，山前村还清了贷款，可把我解脱了，为了这笔贷款，三年来，信用社刘洪主任没少打电话，说你马明有胆子拍着胸脯，为山前村借钱，没有勇气，挺起胸膛让山前村还钱，算怎么回事！我不知脸红了多少次，冒了几头汗，谢谢你啊！老书记。"

乔本山在电话里向那头放出了笑声："我说马书记，我也没少让人逼债，要账的人说，老乔头不讲信用。我就领着要账鬼，围着村里转，挨家挨户看，村里穷得叮当响，哪有钱还债。我向他们表决心，山前村打了翻了身仗，双倍还债。他们讲共产党不放高利贷，只要还本付息就行了。你看，我也没清闲。"

"过去的事不再说了，你们是好借好还再借不难。"马明卸掉包袱，说话轻松。"马书记说的是真理呢，再贷款，还得让你红脸冒汗。"

"本山书记，不要给你根竿子，就顺着往上爬，别摔散了老骨头。"乔本山打着哈哈道："我选好了接班人，不怕身子骨散架了。村里有大事小情，还得找你马书记，谁让我们是朋友呢。"

那头轻声地道："上边已经决定调我到县里工作，村里的事我可能管不着了。"

"你就是调到十万八千里以外，我也得找你办事，谁让你是关心群众的好干部哩。"二人又聊了一阵，挂掉了电话。

第七章
破解

打工，李志林的头脑里产生了商品经济意识，再次开工造桥不搞义务工了。用石料按方说话，以质论价，运到工地付一半货款，欠下的那部分，石桥建成后付清。山沟里的人穷，花上力气打石头就能卖现钱，比种地收入高，大大地调动了打石头的积极性。村民们为了挣钱，争着抢着上山打石头。有打石头的，有用牛车运石块的，造桥石料问题迎刃而解。

这个局面的出现，李志林很欣慰。他回想起三年前，村民义务献工上山采石效率很低，和范举因怠工发生冲突。改革开放后，现在人们扔掉了产品经济的脑袋，换上商品经济的意识，当官的、老百姓，嘴上都挂着商品经济。干活讲无私奉献是产品经济的思想方法，商品经济讲报酬。客观情况变化，脑子的思维也得跟着变，干活不给报酬只讲贡献行不通了。当时，哭着喊着说拜年的话，动员上山打石头，多数村民积极性不高，现在给报酬了争着抢着干。石料供应采用商品经济的办法，轻而易举地解决了，搬去李志林心里一块大石头，心里敞亮了。他正在河边上畅想……

老瓦工周天亮来到李志林身边，对他说："志林啊，造桥不用为石料操心了，眼下水里砌筑桥墩的难题需要解决，这是费心思的事，解决不了这个问题，我们的活没法干下去了，得想法子啊。"

周天亮的话打断了李志林的畅想，他看了看老成的周师傅，说："这是我们的老大难了，在河滩上开始砌筑桥墩子的那天起，就难着我们，到如今还没有找到解决方案。周师傅你想到什么办法了？"

"办法倒是有，不知道能不能行得通，我们找几个人合计合计，让大家出出主意。"

水里如何施工，一直困扰着李志林和他率领的造桥队伍，周师傅的提议，也是李志林的想法，他便把几个瓦工师傅和有经验的参加造桥的村民，召集到英金河边，乔本山也请来了。十来个人蹲在河边议论，发着感慨，那场面就像一锅开水。乔本山打气：我们都是头顶高粱花子的臭皮匠，三个臭皮匠赛过诸葛亮，看看能不能赛过诸葛亮。

周天亮提出用沙袋把砌筑桥墩子的地方围起来，隔开水再深挖砌筑。有人提出疑问：河床下面是沙子和卵石怎么办？遇上山洪怎么办？两个怎么办，把在场人给难住了。

有人对周师傅的方法提出改进，用木桩把打基础的地方围住，再用沙袋把木桩围上，隔开水施工。但依然存在怎么对付山洪，河床卵石层渗水怎么办的问题。

李志林在河边畅想的时候，产生了一个设想，让英金河临时改道，把水引到别处去，绕开造桥工地。把桥造好再改回来。他把想法说给大家听，在场人都认为是个好主意，当他们深入议论时，难题又冒出来。河道怎么改，从何处绕，要花多大的力气，需要多少资金，是大问题。

一帮庄稼汉，全部智慧都用上，也没有想出一个妥善的解决办法。乔本山说："我们都是种地的好把式，咋摆弄水我们是门外汉，还是请水利专家来看看，怎么解决吧！"

李志林一想也只有如此，砌筑石桥的活先撂着，走出去想法子解决在水里施工问题。他沉思了一阵说："我去找马书记，听听他有什么好主意。"

李志林到乡政府来见马明，说明来意。马明一直关注李志林带头造桥的事，每次停工，他的心里都受到打击。每次他都反思，我支持错了吗？当建桥工地重新开工时他又受到鼓舞，这次也是如此。李志林找他，不是为了资金，而是想找一名工程技术人员，怎么对付英金河道的水。在穷地方这笔钱的问题不好解决，他权衡了一会儿。对李志林说：

"请专家不难，现在讲商品经济，请人干活需要劳务费，我知道你们家族集资不容易，难以拿出这笔钱，我到县水利局去一趟，和局长商量，能不能为你们的壮举助一臂之力，免费服务。"

"马书记，我们实在是没有辙了，才想请专家来出主意，以前不敢请，就是因为这个钱字，能省就省。现在看，再盲目干下去是不行了，可能会走大弯路，造成大浪费，不能不请了，多了我们拿不起，少花点我们也乐意。就看马书记的面子了。"

"你听我的信，我去县城看看，能不能不花钱请来专家。"

几天以后，一位年近花甲的老专家，由马明陪着来到山前村。乔本山把李志林叫到村委会，李志林走进乔本山的办公室，见马书记和一位不认识的上了年纪的干部坐在那里。他上前和马明搭话，马明看着那位干部介绍，这位是县水利局的李工程师，水利专家。李志林见到老专家乐坏了，紧紧握住专家的手说："可把能人盼来了，我们就不怕造桥的难题了。"

马明领来的工程师叫李明，是丹阳县水利局唯一一名有工程师职称的水利专家，对水上造桥是内行。李志林客套了几句，李明提议到造桥现场查

第七章 破解

看，几个人来到河边。在河边转了一阵，查看了水情，看了施工现场，李明回过头来问："河床里有很急的水流，水中施工你们怎么解决？"

李志林憨憨地一笑，说："水里如何施工，我们几个臭皮匠，想了两个办法，合计来合计去，觉得行不通，就想向专家请教了。"于是，李志林介绍了围沙袋，打桩围沙袋的办法，李明听得很仔细。

乔本山说："水里如何施工，成为造桥的拦路虎，我们就是请李工程师来打虎。"马明为造桥的事操心，用期盼的眼神看着李明。

李明对英金河还是熟悉的，听完三个人的话语，琢磨了好大一阵，缓缓地说出了自己的想法：我对英金河以前勘察过，也查阅过水文资料，英金河在这里有沙砾层，下面是石头河床，桥墩必须坐在石头上。围堵解决不了沙砾层渗水的问题，这个你们也想到了，要想在河床上施工，必须对河水进行疏导。

李志林对疏导的说法非常感兴趣，他也想过改道，就是没有想通该怎么疏导。他急急地问："李工，您看该如何疏导？"

李明看着河水说："需要临时将英金河水改道，要修导流渠，简易的截流坝，这次是初步查勘，我回去做一点儿准备，带上仪器进行实地勘测，确定导流的位置，对导流渠进行设计，拿出设计来，先进行导流施工。"

李志林心里想，这思路真是想到一块儿了，不谋而合。只是一帮子庄稼汉，没有能力搞明白怎么导流。看来工程技术问题还得靠专家，一门心思傻干是不行的。但是，一个问题在他脑子里冒出来，修导流渠需要资金，又是一大笔开支，钱的问题怎么办？

这时，李明要看施工图纸，李志林傻了眼，老老实实地说："哪有什么图纸，就是凭几个人的经验，琢磨着干。"

老专家听说没有设计图，顿时严肃起来，说道："这么大的工程，建成以后走人过车，连一张设计图都没有，简直是儿戏，就是架在那里，有谁敢过你们的桥，一场大水就得垮掉，那可是劳民伤财。"

老专家的严厉批评使李志林出了一身冷汗，寻思，李春修建赵州桥那会儿，也不会有什么图纸，根本就没有想过什么设计图。没有想过通行安全，洪水来了垮不垮的问题。一门心思想快点把石桥建造起来，突击施工没有工夫想这些。没有老专家的批评，还得盲目下去。他醒悟过来，一脸的羞愧。

马明见此情景，出来打圆场说："李工程师批评得对，我也来过多次工地，没有意识到问题的严重性，志林，我看你就聘请李工当技术顾问吧。"

李明此次来是局长的委派，是马明说服水利局长的。老专家来到以后，马明向他介绍了李家弟兄自筹资金造桥的艰辛，老专家很受感动，向马明表示，可以无偿提供技术服务，马明才说让李志林聘请李工当技术顾问。

马明的提议李志林求之不得，当即说："那可就太好了，不知李工有没有时间和精力，愿不愿意来当这个顾问。"

李明见李志林受到批评，虚心听取，没有无知的傲慢，马明的提议他欣然接受，说："我这个人可是好挑剔，当顾问难免有不同意见，会有磕磕碰碰，还请你们多多理解。"

李志林聘到专家当顾问，开心地笑了，说："今后就请李工多指点了。"

李明看到已经砌筑的桥墩子不大对劲，皱起眉头，他要图纸，是想看看是谁设计的，没有料到竟然没有施工图纸就造桥，盲目性也太大了，故此他提出严厉批评。

老专家对要图纸解释说：你们可能知道赵州桥的故事，一千四百年前造赵州桥，那时不讲先画图，后施工。造赵州桥的时候，过桥的也就是人和骡马牛羊，顶多也就是过牛车、马车什么的。架起来的桥，只要不怕洪水冲击就可以了，承重不是什么问题。今天可就不同了，现代交通工具都是铁家伙，大车、小车跑的速度飞快，分量不但重，还有震动冲击的力量。打个比方说，你站在那里，一个人握着拳头使上浑身的力量慢慢地推你，只要你们体力相当，他也不会把你推倒。如果他是挥拳打来，你的境况可就难说了，很可能一下子被击倒。这就是动载问题。一辆载重卡车过桥，就像拳头击在桥面上，这是动荷载，设计就是要计算大桥承受各种荷载的能力。桥梁结构设计应当考虑各种可能出现的荷载，包括恒载、活载和其他荷载。

此外，尚有流水压力，冰压力，船只、排筏或漂流物的撞击力以及视具体情况而定的施工阶段出现的临时荷载等，在桥梁设计规范中都有规定。

他强调说："你们要建造的石桥，对荷载不一定考虑得那么复杂，但活载绝不能忽视。依我看，石桥不适应现代化要求了，已经成为历史。我知道政府现在还拿不出钱来，在你们这里建造一座现代化的桥，你们造石头桥，解决通行的燃眉之急，是出于无奈，不得不如此。因此，不要考虑长远，十年八年以后国家富裕了，就会投资建造钢筋混凝土桥。现在要造的石头桥，考虑一定的安全系数，七八吨重的卡车能安全通行就可以。通向外面的问题就解决了，用你们的话说，打开了通向富裕的大门，你们看按着这样的想法设计行不行？"

马明看看乔本山和李志林，没有越俎代庖。桥是李志林牵头，李家人集资承担债务建造，乔本山也等待李志林表态。李明说出来的导流渠的设计施工，桥梁设计的依据，石头桥过时了，李志林是心悦诚服。他没有疑问，没有犹豫。他看出来马明和乔本山也是在等待自己表态，就说："李工懂科学，就按你的想法办。"

第七章　破解

这时，李志林的小儿子李向东跑过来，对李志林说："爸，我妈做好了饭，让我来告诉你。"李志林对马明、乔本山和老专家说："我们回去吃饭，饭后再谈。"

李明回到县里向局长作了汇报，得到局长的批准，他和助手带上测量工具来到山前村实地勘测，三天后回到县城，很快搞出导流渠和石桥的设计。老专家做了预算，两项工程精打细算需要资金六十万元。

图纸和预算摆在了李志林面前，李志林看着图纸和六十万元的预算，心情很沉重。导流渠工程这是他开头没有想到的，半路杀出来的程咬金。六十万元对穷山沟来说是天文数字，这是一瓢寒气逼人透心凉的水，浇到李志林的头上。透心凉的水也有好处，激得你清醒。李志林意识到凭着一股子气造桥是匹夫之勇，冷静下来思考，拦路虎还是钱的问题，这是摆脱不了的苦恼。筹集资金，组织施工是两头忙活，按下葫芦起来瓢，我为什么受这份煎熬，吃这份苦。他灰心丧气不该牵头造桥，他正在气馁，一个声音响起：爷爷临终时的嘱咐：孩子，爷爷造桥的心愿寄托在你的身上，你要干出一番事业来为祖上争光。大哥为了挣钱造桥失去了一根手指，村民对桥的期盼。老支书乔本山和马书记义无反顾的支持。为造桥筹资金几个兄弟还在外面打工。碰上困难就灰心丧气，你还是个男子汉吗？想到此浑身燥热，灰心丧气一扫而空。他打起精神找到乔本山，诉说了当前的困难。

造桥遇到的困难乔本山是心中有数的，当初他也想得比较简单，干起来就不是那么回事，没有料到需要资金的数目这么大。依他的秉性是不会打退堂鼓的。"志林啊，造桥遇到的拦路虎实在多，赶走了母的，又来了公的，一个比一个个头大。开弓就没有回头的箭了，我们只有喝它三大碗老白干，上景阳冈了。"老支书在困难面前照样诙谐。他又说："我们动员村民献工，不出工的出钱，发动群众大会战。再找马书记帮忙，搞贷款。"

乔本山说出来的办法，李志林权衡了可行性，第一次对老书记的意见摇头，"本山叔，你念的还是老皇历，现在过时了，搞会战的法子，三年前可以勉强用，我们用了，但是磕磕绊绊的效果不佳。现在人们都喊商品经济，你的无偿奉献经念不灵了，念商品经济的经，讲利益，谈报酬。"

乔本山对李志林说的现象早已看到了，他想不通，怎么人们都变得那么自私了，出点力就向钱看。疑惑归疑惑，解决遇到的问题，他还是搬出老套路。"他妈啦巴子的，桥造起来山前村人人受益，出力是应该的。"

"是这么个理，本山叔，即使你老人家召唤人勉强出了工，干起活来出工不出力，照样没有成果。没有劳动力的人家更是穷户子，也拿不出来钱。我们可能招呼一阵，到头来还是瞎子点灯白费蜡。我们不要再去走那条弯路了。贷款也满足不了那么大的数目，资金我去另想辙，总会有办法的。"

第八章
背井离乡

1983年8月30日晚上，时任中共中央总书记胡耀邦，接见集体企业与个体劳动者代表大会的代表谈道：现在社会上有一种陈腐观念妨碍我们前进，例如，谁光彩，谁不光彩。我认为社会上有一群从事个体劳动的同志们，他们扔掉铁饭碗，自食其力，为国分忧，他们是光彩的。什么是光彩？为人民服务最光彩，为国家分忧很光彩，自食其力最光彩。什么不光彩？好逸恶劳不光彩，投机倒把不光彩，违法乱纪最不光彩。我请同志们传个话回去，说中央的同志讲了，党中央重视干个体自食其力的人，他们都是光彩的。

这段话见报时，受社会歧视的个体户，很多人看着报纸，双手颤抖兴奋地哭泣。他们不再低着头做买卖。他们敢于昂起头挺起胸做生意了。

光明村有个个体户王积财，看到这张报纸是1984年的事了，以前他只是在城里进货听说过总书记讲个体户是光彩的。当别人把这张发了黄的报纸拿给他看时，他像发现了新大陆，当成了宝贝，当然这张报纸就归他所有了。他把缝在枕头里的存款，大大方方地拿出来，买了农用车，屁股一冒烟，就能赚来钱。到了1985年初王积财已是人人羡慕的个体户了。这对李志林刺激很大，他瞧不起个体户的观念发生了雪崩。别人能干个体赚大钱，我为什么不能干？他想干个体了就和妻子商量：

"晓娟，六十万元的造桥预算，靠打工挣钱，是用掏耳勺舀水浇地，不解渴啊，我们得另想办法，赚点大钱。"

妻子正为六十万元的预算发愁，听丈夫这么说，看他脸上的阴云不见了，知道他又有了新想法，便问："那你想出了什么好办法？六十万元啊！这个数目怪吓人的，我们又不能搞歪门邪道，不能偷不能抢，上哪弄这么多钱去？"

"看你说的，难道正道上就不能赚大钱？别的人我们不知道，那个华人第一富李嘉诚，人家就是在正道上，老老实实地做生意发家致富的。世界上那些出了名的大企业都是靠诚信发达的，歪门邪道可能一时得逞，那是成不了气候的。""你这三年工没有白打，长了不少见识，你说吧，我们怎么才能赚大钱，赚六十万元？"

丈夫笑着说："为了这六十万元，我思谋咱们也干个体。中央主要领导都讲了干个体光彩。你看光明村的王积财，两口子倒腾服装成了小财主。过去是哭丧着脸，现在是摇头晃脑。人家盖了新房，买了农用车，挣钱享清福。我看卖山货来钱快，趁现在卖山货赚钱人们还没有眼热，抢个先能多赚点。我们赚钱不是为了当财主，享清福，而是为了实现造桥的心愿。"

"怪不得村里人说你是什么小诸葛，你还真会算计。我们想到一块了，我和志娟妹妹开小卖部，卖的是油盐酱醋，没有多大出息。也想过做赚大钱的买卖，还没有想出门道来，你倒是有了主意。我们这里不缺山货，就是没有通向外面的路，这个买卖没有法子做啊！"

李志林说："人挪活树挪死，我们挪挪老窝，准能活泛起来。离我们这几百里的狼牙山是林区，我去过那里，那里野菜多，野兽也多。有通向集市的路，我们去那里，做山货买卖。"

"孩子怎么办？"

"样板戏《红灯记》里有一句唱词，穷人的孩子早当家，他们都能自个照顾自个了。大儿子考上了高中，小儿子念初一，都住在学校，按时寄给他们费用就行了。女儿秋子念小学，咱爹妈身子骨还结实，由二老照看，志娟妹妹也会关照的。我们的十几亩地，我和本山叔说好了，由他帮助耕种。"

"嫁给你倒了霉，跟着你吃苦受累，还要撇家舍业跑到几百里外去遭罪，还得惦记孩子。你一个小小的民兵连长，操心的事可不少，真是的。"赵晓娟听丈夫说要离开家乡，不免发了一通怨气。

"你就别发怨了，嫁鸡随鸡嫁狗随狗，凑合吧。吃够了苦，你会感到嚼高粱秆都是甜的。"

"你能说会道，我说不过你，就依了你吧。"

夫妻把家里的事安排妥当，套上驴车，拉上一顶帐篷和锅灶，走入几百里以外的深山老林。这里夏季可采集黄花、蘑菇等野菜，秋季可以捡山杏核、干蘑菇什么的，秋冬两季是打野兔、狐狸、獐子、狍子、野鸡的好时光。下了山走十几里路就是集市，再远百十里就是丹阳县城，那里可以大宗买卖土特产。

夫妻二人在狼牙山上，选了一块有泉水又避风的山沟，支起帐篷埋好锅灶，在大山中安了家。

狼牙山上，黄花漫山遍野。一场大雨过后，鲜蘑菇雨后春笋般，齐刷刷地戴着小帽头，从地里钻出来。有的挺起胸膛立正，有的歪着脑袋看天，有的撑起一把大伞，把整个身子罩住，好不喜人。李志林夫妻二人看到这种情景，心里甭提有多高兴，高兴中也有烦恼。

狼牙山，狼牙山，山里的狼就特别的多。驴是狼口的猎物，人也受到狼的威胁，安全是个大问题。夫妻白天采集黄花、鲜蘑菇，将毛驴放在身边照看，夜间睡觉提心吊胆。逼出来一个办法，夫妻拆掉帐篷，选择了一处断壁挖了两个窑洞。防止野兽夜间捣乱，在洞口外围上高高的木桩，洞口装上厚厚的木门，让毛驴也住进窑洞，这办法还真灵，从此二人就没有夜间之忧了。

李志林夫妻从小都是在山村长大，采集山野菜在家乡七八岁就干过，干这活轻车熟路。二人不想凑大堆，劣等的山野菜甩在一边，优等的细选分类。山货品质好，集市上卖得火。二人夏天来到这里，到了秋天钱包可就鼓起来了，便买了猎枪和一台小四轮。有了交通工具，小四轮拉山货又多又快，比用驴车方便多了，到集市上卖山货，不愁路远。

夫妻来到大山中，不知不觉时间就过去了半年，刚进山时的兴奋与新奇感早已不见踪影，取而代之的是日复一日的枯燥生活。周围几乎全都是没有人烟的原始森林，好在造桥的心愿在支撑，不感到那么寂寞难熬。

他们摸索着打猎，又有了新鲜感，渐渐悟出一些门道。夫妻住在窑洞里，常有狼来光顾，叼走放在洞外的猎物。他们把窑洞口围了篱笆，隔离出一块空地，猎物放在篱笆里。夜间成群结队的狼来了，叼不走猎物，便在篱笆外嗥叫，搅扰得不得安宁。夫妻在洞口放猎枪驱赶，开头几次还能奏效，狼被吓跑了。后来狡猾的狼醒悟过来，这是两条腿的家伙的障眼法，伤害不到自己的同类，就不在乎放枪了。人和狼进行着智慧的较量，人比狼还是聪明的，他们请教了猎人，把篱笆周围埋上若干铁夹子。有一天一群狼又来骚扰，铁夹子夹住一只狼，狼把腿咬断逃走了。或许狼明白过来，再来此地捣乱，得不偿失，从此狼就退避三舍了。

买了小四轮，毛驴就派不上用场了，夫妻对做出贡献的毛驴有了生死之交，舍不得卖掉，准备回乡时带回去养起来。毛驴似乎通了人性，上山打猎它总是挣脱缰绳跟着主人，有一天又跟着主人上山，这下惹上了灭顶之灾。

冤家路窄，夫妻二人打猎归来，在一个山头碰上一群狼。发现对头时，群狼好像是在此等候，有一只断了一条腿的狼，裹在群狼里一瘸一拐地走着，有两只小狼在瘸狼的后面，一左一右地跟着，似乎是保护着母亲。头狼蹲在那里，两眼放着恶狠狠的目光，死盯着夫妻二人和立下汗马功劳的那头驴，群狼慢慢地聚在头狼的后头，站在那里示威。

赵晓娟被群狼的阵势吓傻了，呆呆地站在那里不知所措。那头毛驴表现更糟，低着头喘着粗气，四条腿瘫软了，撅着屁股走不了路。

头狼站在那里观察形势，盯着原地不动的李志林夫妇，窥测下手的时机，准备下令攻击。

第八章 背井离乡

那条断了腿的狼,两只眼射出凶光,它要为断腿复仇,拉开发出攻击的架势,准备向仇家发起进攻。

李志林没少见过狼,撞见这么大的一群狼,还是头一次,头皮发麥,急速思忖对策。

天上飘浮的白云不动了,空气凝固了,生机盎然波浪起伏的山峦沉寂了,林中鸟儿似乎也停止了欢唱,李志林夫妇彼此听着对方的心跳。

李志林对妻子说:"我们碰上了冤家对头,你看那只瘸狼,两只眼射出来的是仇恨,一准是我们的铁夹子,夹住那只狼。看样子是来者不善,不要激怒狼群,放下猎物,就算是和平共处的见面礼吧。蹲下来,盯着狼群慢慢后退。千万不要转身就走,狼的习性多疑,你蹲下来和它对视,反而它不会轻易侵犯。"

突然,头狼发出几声嗥叫。头狼的突然嗥叫,毛驴发了神经,奔跑起来。或许这是狼的战术,利用嗥叫进行恫吓,让你丧失对抗的能力,或许是用恫吓分化敌方各个击破,不管狼是怎么想的,战术效果是达到了。

毛驴落单疯跑,成了群狼攻击的目标,头狼首先扑了上去,群狼蜂拥而至,这头毛驴的表现异乎寻常,面对狼群有别于同类。在狼的面前没有了驴性的怯懦,面对群狼的攻击,爆发出来野性,在狼群里左冲右突。好虎还招架不住一群狼,何况一头毛驴。毛驴在群狼的围攻中,没有几个回合就被扑倒,肚子被头狼一口掏开,头狼躲在了旁边。几只狼的撕扯,四肢蹬了几下不动了,肝肠肚肺都流出来了,成了群狼口中的盛宴。

这头驴表现异常,是狼的嗥叫,造成了神经错乱,还是和主人朝夕相处,有了灵性。为了主人脱险,甘愿牺牲自己,毛驴怎么想,人是不得而知的。

赵晓娟捂着脸,不忍观看这血淋淋的一幕,轻声哭泣。李志林低声提醒:"慢慢后退离开险境。"

或许是狼群没有饥饿透顶,也许是觉得人这个对头不可侵犯,瞧着夫妻二人留下的那堆猎物,没有对夫妻二人发起攻击,任由二人离去。此后每每向人讲起和狼群的遭遇,赵晓娟老说真是后怕。

日月交替,时光如梭。赤日炎炎的夏季过后,迎来秋风,人们脱去轻盈飘逸的夏服,换上秋装。

转瞬即逝,这年,山里的雪下得好早,西北风骤然加紧,天气一下子就冷了下来,眼瞅着大雪从天飘飘而降,这十几年不遇的反常气候说来就来,秋天就开始下起大雪,紧接着扬起了西北风,猎户们纷纷挎起猎枪,带上猎犬,同老天爷争分夺秒,争先恐后地进山。猎人全力以赴地套狐狸射兔子,再晚一些,刮起白毛旋风,那可就什么都打不到了,那样的话整个屯子冬天就吃不到野味了。

李志林夫妻被这突如其来的变脸天气，弄得晕头转向。秋寒来得早，冬装没有准备好，穿的是棉袄棉裤棉布鞋，戴的是棉帽子，总之是一身棉。这身装扮在山前村这个地方过冬是不成问题的。可在这狼牙山上就不行了，西北风刮起，一走出窑洞就瑟瑟发抖。大雪停了，太阳露出脸来，他们怕再遭大雪下不了山，赶忙发动小四轮，到丹阳县城买皮衣皮帽和毡靴子。可是去丹阳百里的路，走得好艰难。积雪深的地方小四轮爬不动了，就得一个人开一个人推着往前爬。有的地方，小四轮喘着气，轱辘原地打转，说什么也不挪步，只好用铁锹铲雪开路，小四轮哼着烦心的调子不肯前进。李志林对妻子说："这哪是开小四轮，是给这铁家伙当奴隶吧。"

夫妻正在心烦的时候，看见一位穿着皮衣的人向这边走来，靠近了才看清是一位老人，背着猎枪走到跟前说："这大雪天你们开着小四轮在雪地里轱辘，纯粹是找罪受。有什么等不了的事，着急跑出来赶路？"

赵晓娟在一片白茫茫的雪地里，见到老人像见到了救星似的，赶忙回话："大雪来得太突然，西北风刮得太厉害，我们身上穿的这些玩意儿不挡风，想到县城买皮衣，到这里就爬不动了。"

"噢！你们不是本地人，看不懂这里老天爷的脾气。这场雪大，还不到封山的时候，太阳露出脸来了，过一些日子雪会化掉，等路好走的时候，再去买也赶趟。你们一定是新来的，住在狼牙山半山腰的那户人家吧？前面的雪更厚，开回去吧。我到前面的村子串亲戚，被大雪留住了，天放晴了往家赶。"

李志林听老人说话很豪放，不免生出敬意，看着老人笑着问："大爷，怎么称呼您？"

"我从小喜欢打猎，姓李，老了村里人叫我李猎户，也有人喊老李头，怎么叫，随你们的意。""那我们就叫你李大爷吧。"赵晓娟说。

"随便、随便叫。不能往前走了，来我帮你们把小四轮掉个头，往回开。"老人说着把猎枪从身上取下来放在雪地上，就来推车。他以不容置疑的口气，果断地举动，像是对待子女。李志林两口子顺从了。

小四轮，在雪地里吭哧、吭哧地往回爬，李志林让老人上车走一段，老人摆摆手说："你们快走吧，在这雪地里，你们的四个轮子跑不动，我的两条腿，不见得比你们的四个轮子走得慢，我也快到家了，你们快赶路吧。"老人陪着夫妻走了一会儿，来到三岔路口，拐向另一条路，挥手告别说："我住在狼家营子，有空到狼家营子串门。"说完，扭头迈着坚实的步子走去。李志林夫妇看着老人的背影，越走越远，他们的小四轮，喘着粗气，磨磨蹭蹭地往回走。

赵晓娟对丈夫说："真是热心肠的老人，我们在这里人地两生，抽空我们去拜访拜访这位老人家。"

"是啊，多一个朋友多一条路，我们得准备点礼物，有了合适的礼物我们就去。"

夫妻说着话，回到了窑洞。再也看不到那头心爱的毛驴，夫妻心里很不是滋味。

第九章
猎人

狼牙山李志林夫妻住窑洞的那座山头，顺着山沟往下走七八里有个村子，叫狼家营子，百多户人家。屯子里的人祖祖辈辈靠山吃山，除了在平整的地方开几亩荒，种些个日常吃的口粮之外，其余的吃食主要通过进山打猎得来，山上的獐子、狍子、野兔、山鸡、野猪还有林子里的木耳、蘑菇等，都是好嚼头，吃饱吃好不是问题。20世纪60年代初，林业部门在这里建起林场，青年男女到林场当了工人，拿工资生活，不再以打猎为生，打猎成了林业工人的家庭副业了。

秋后突如其来的一场大雪，虽然封不了山，却给打猎带来不便，人在雪地里走路不轻松。兔子、狐狸、狍子在雪地里，可也不那么奔跑自如了。一天李志林夫妻二人打猎，一整天也没有打到几只猎物。夫妻正在围追一只兔子，碰见几位猎人，扛着猎物往山下走。不一会儿又有一位老猎人，扛着一只狍子和两只野兔下山。李志林夫妇迎上去搭话，认识，是那天大雪过后，在去丹阳县城的雪地里，帮助推车的李猎户，恭敬地和老人攀谈起来。

赵晓娟见到老人像是见到亲人一样，亲亲热热地喊道："李大爷丰收了，嘴都合不上了。"

"小意思，算不上大丰收，让一只獐子跑掉了。"老人语气中带着一点遗憾。

"我们夫妻俩不顶一个，有您老的收获就知足了。"赵晓娟语气中蕴含着羡慕。

老人告诉二人，从小跟父亲学会打猎，干了十几年党支部书记，两年前卸了任。家里儿女们靠在林场做工挣钱生活，他打猎不是为了填饱肚子，是晚年的乐子，打几只野物给儿孙们改善生活。打猎是乐子，只有猎人才有这种心情。

李志林夫妇和老人谈得很投机，邀请老人到窑洞里做客。老人也想了解这对外来人，没有推辞跟着二人进了窑洞。

窑洞里有几只木凳和一张木板拼成的桌面，四根木桩支撑在地上。土炕铺着破旧的席子，两床旧棉被叠放在那里。老人坐在一只木凳上，李志林不抽烟，在荒山里也没有准备，表示歉意。老人说："林子里防火要求严着哩，不能在林子里冒烟，一辈子不抽那玩意儿。"

赵晓娟给老人倒了一碗白开水，老人接过水笑了，说："你们夫妻住在这深山老林里，过着清苦的生活，不容易呀！我在集市上看见你们多次了，只是没有过话。看得出你们两口子是能干的人，卖山货没有少挣钱，怎么不在村里安家，在山里受罪？"

李志林说："我们是为了在家乡造一座桥做买卖挣钱，才跑到这里来的。在山里搭个窝，采集山野菜、打猎出入方便。"

老人很健谈："造桥不应该是个人的事，为什么你们夫妻要拼命挣钱造桥？"

对老人的疑惑，赵晓娟快言快语地介绍开了：

我们那个村子是有名的穷棒子村，村子背着一座大山，抱着一条河。大山，一个山头连着一个山头，生人走进去，容易迷路走不出来。那条没有良心的河，发大水，常常把人和牲口冲走。平时过那条河，也是提心吊胆地怕卷进旋涡。大山和那条没有良心的河，把山村和外面隔开了，进了我们那个山沟，就像钻入牢笼。人们祖祖辈辈就靠种点山坡地，采集一些蘑菇、蕨菜、黄花，下夹子、套子弄点野物生活。就是到外面换点油盐酱醋，还得过那条伤心的河。

改革开放的炮声，把山前村的人震醒了。上头讲改革开放，不割资本主义尾巴了，村民也想发家致富。我们那里有山货，有粮食就是运不出来，就大眼瞪小眼地想主意。我们那里人好听赵州桥的故事，受到故事的启发，想造一座石头桥。村民穷，村里头也是个穷，拿不出来钱造桥。我那口子和李家几个兄弟凑点钱，贷了三万元，憋着一股气，愣头愣脑地就干起造桥的活。

那个盲目性太大了，兄弟四个加上妹夫，把打工挣来的那几个钱加上贷款，像蘸芝麻盐地花光了，桥造到半路搁下了。哥几个造桥的贼心不死，合计着再外出打工攒钱造桥。我们两口子觉得打工挣钱造桥不解渴，看到个体户挣钱多，就跑到你们这里干个体来了。挣来钱，回去实现造桥的心愿，为了这个心愿，只好抛家舍业。

"这么说，你们老李家又花钱又出力为大伙造桥，这可是行善积德的事。你们两口子住在深山老林，不顾风吹雨淋，不怕野兽的危害，原来是为村民着想造桥。自我牺牲为大家，难得呀！难得！现在讲改革了，讲开放了，山里人弄不清怎么改，怎么放。听外面的人说，讲个人挣钱发家致富。你们是个人拼命挣钱造桥，让大家伙富，我老汉十分佩服，只是苦了你们。"

"一门心思想实现造桥心愿，在这深山老林也不觉得苦。只是心愿迟迟不能实现着急。"李志林向老人吐露心声。

老人的话头很多：干个体也不容易，我当支部书记的时候听了不少个体户的事，最初的个体户，人们是瞧不起的，认为是不务正业的人才干那个小买卖，他们开头大多是做些不成气候的小营生。那时，很多人吓唬不用功的孩子常说："瞧你这孬劲儿，再不用功，就让你到街上练摊儿，当个体户去！"还流行着一句话，"大姑娘要想体验生活练吆喝，就赶紧找个个体户嫁过去。"这两年个体户不那么遭白眼了，胡总书记在会上讲干个体，自食其力光彩，个体户身上的绑绳松了，人们开始不另眼看个体户。这个时候干个体，可以甩开膀子干了。

李志林跟着感慨起来：我在部队受到的是红宝书的教育，要走正路，开头我也是看不起个体户。宁可去打工，出力气挣国家的钱，也不干个体。有个外号叫"傻子瓜子"的年广久，买卖瓜子出了名，因为他闹个体不知道犯了什么法，被抓进监狱，一蹲就是好几年，我就不敢想干个体了。总书记干个体光彩的话，解开我心中的死扣，就琢磨起来干个体。如果不是为了造桥，眼下还走不到这一步，干个体是逼出来的。

老猎人笑了：你可是说对了，当初的个体户就是没有正当的收入，为了不饿肚子，逼着走这一条路的。大锅饭吃穷了国家，那么多人张着嘴要吃饭，国家管不起，不让他们自食其力行吗？中央放开手发展个体户，也是改革的势头逼出来的。你说的那个年广久是拼命三郎，他的"傻子瓜子"生意火了，来了牛气，他雇人帮忙了。雇工是地主、资本家干的勾当，是剥削，他敢剥削，当然要抓起来。雇工是剥削，新中国成立以来就是这么讲的，这话对不对我现在犯了寻思。有人讲："养三只鸭子是社会主义，养五只鸭子是资本主义。"这是让人永远挂穷相。

赵晓娟说："你老人家经得多见识广，给我们鼓了劲，多谢了。"

老人看看两口子，喝了一口白开水，说道："我们说了半天话，还不知你们是哪里人呢？前几天在雪地里碰见，也没有顾上问。"

"我去过那里，村前有一条河是不是？"老人问。

"我们是丹阳县山前村人，穷山沟。"赵晓娟说。

李志林问："老人家对那里很熟悉？"

"和几个老猎友结伴去过两次，那是游山玩水，看到不少野物，打了也拿不回来，只是和那些东西亲近亲近。那条河挡住了山里人的路，造桥真是想对了。"李志林对妻子说："晓娟，炒一盘狍子肉，把那棵大白菜放点盐拌一拌，我和老人家喝几盅。"

第九章 猎人

老人说："我得下山了，还有七八里路，晚了天黑赶不到家。"

"我这有小四轮，比两腿快得多，喝完酒送您老人家回去。"李志林劝留。"那老汉不客气了。"

老人喝下酒，话多起来，说起他的心得："打猎要知道野兽的性情，摸清它的活动规律，狐狸狡猾和人捉迷藏，狼残忍和人斗心思。猎人就是你那么几件打猎的把式，火枪、猎犬、陷阱、套索、夹子一类玩意。猎犬对付不了熊瞎子和野猪。陷阱、套索、夹子，狐狸和狼那些狡猾的东西不乐意上道呢，你就得和那些家伙斗心思。"

老人呷了一口酒，不管你乐不乐意听，接着讲起来故事：前几年我们这里来了一位河北沧州老客收山货，四十多岁，中等个头，黑脸膛很结实。一天他上山转悠，天黑下来他才下山，走在一个山坡上，觉得后面有动静，回头看了看没有发现什么，又往前走了一段路，觉察到后面有呼气。他是练家子，耳朵很神，细细的声音都能听到。回过头看见一只狼跟在后面，他是艺高人胆大，没有把那个东西放在心上，继续向前走。突然他感到一股热气吹到脖子上，有两只爪子搭在肩上，他熟悉狼的习性，没有回头，猛然身子往下一缩，双手抓住两只狼爪子，用力向前一甩，同时起身两手一用力，狼的两条前腿可就断了。飞起一脚踢在狼的腰上，一松手狡猾的狼飞出老远，嗷嗷叫了几声，没有了动静。这事的发生也是一眨眼的工夫。沧州老客把狼背上回到我家，甩在院里，向我们全家讲了经过，听着头皮发麻，我也打过狼，没有听说狼爬在人的后背上喘气。老客告诉我，遇到这种情况，千万不要回头，狼就是等你回头，咬断你的喉咙。

赵晓娟说："我听得头皮都麻了，碰到这种情况，没有被狼咬死，也得吓死。"

"你们一定要防饿狼袭击。"老人忠告。

李志林想起小时候一次经历，讲给了老人，"我十二岁那年，一天和父亲牵着毛驴上山打柴，半路上毛驴首先看到狼，撅着屁股不肯往前走，抽鞭子它也不迈步。我骑在驴背上，抬头看见不远处一个山包有七只狼，头狼领着蹲在那里往我们这里看。我父亲急了，看着我说，儿子你自己下山去吧，我留在这里对付狼，我不干。正在僵持的时候，又有两个人上山打柴，也看见了狼。我们和狼都不动，过了一阵看到狼不蹲着了，趴在那里不动，我们几个人硬是把毛驴连拉带推地慢慢下了山。"

老人说："打猎的人都不轻易招惹狼，掏了狼窝，母狼夜里会跟来嗥叫，祸害家畜。你们住在山里，不要招惹狼。"

喝着酒，老人异常兴奋，说："你们夫妻为了实现村民摘穷帽子的心愿，这么下辛苦，我很感动。我看你们打猎缺少经验，一天打不了多少，还要张罗着卖,顾两头不如顾一头,不要打猎了,收货卖比打猎挣钱快。你们在半山腰搞个收购点,我动员猎人打猎,少留点解馋,多数卖给你们,赚零花钱打酒喝。另一头呢,也算是支援你们造桥,为社会主义建设出点力。你们收货运到城里卖个好价钱,赚得多。看老天爷今年的这个脾气,要闹白灾,赶快下手,等到大雪封了山就不好玩了。"

李志林十分高兴,"那可太好了,我们夫妻敬老人家一杯。"

李志林夫妇采纳老猎人的建议,在窑洞前面平整出一块场地收山货。老猎人被李志林夫妻的奉献精神打动,决心帮一把,他说服了周围几个村的猎人卖山货,李志林夫妇的窑洞前热闹起来。猎人在山上就能把猎物卖掉,打猎的积极性高起来,李志林夫妇买卖公道,人们愿意把山货卖给他们,有时一天的猎物可以装满四轮车。

这天,李志林夫妻到山脚下的村子,弄点油盐酱醋赶回窑洞,转过两道山坳,一路上西北风刮得嗷嗷直叫,卷得地面上的雪沫飘飘洒洒地漫天乱舞,加上天空即使在白天也是灰蒙蒙的,使人分不出是不是始终都在降雪,夫妻二人用狐狸皮帽子把脑袋裹得严严实实,可风还是把脑袋抽得渐渐麻木。

山里边到了深冬腊月,林子里的积雪会有齐腰深,人在雪地中蹚积雪很吃力,走不了多远就会出一身的热汗,但却绝对不能停下来,一旦停步喘息,被透骨的寒风一溜,全身的汗水都会立刻变成一层一层冰霜,没在深山里过过冬的人根本不会想象得到,最恐怖的要数山里人谈之色变的"白毛旋风"。所谓"白毛旋风",也就是狂风里裹着雪片。银白色的旋风,比冰刀子还厉害,吹到人身上没有能受得住的,所以山里的猎户都要提前储备食物,到了天寒地冻之时,就躲在家里,在热炕头上猫冬。

李志林夫妻经过的林场紧挨着人熊出没的黑瞎子山,有条河从这片林海雪原中穿过,刚好将山区与森林分割开来,黑瞎子山植被茂密,并不缺乏食物,山上的人熊,轻易不会过河到林子里来,猎户们也不敢随意去招惹凶残成性的山林之王——人熊。在黑瞎子山周围打猎,并不闯入黑瞎子山。

第十章
骗子

　　两名皮货商，躺在客房里的床上闲聊。老大说："我们最近生意不顺，那对住在山上的乡巴佬，把生意做火了，集市上人气十足，熟人都愿意和他们做买卖，买了四轮车，生意越做越大，乡巴佬钱袋鼓起来了。我们得想办法，和乡巴佬做一把无本的大生意。"

　　老幺听老大这么说，来了精神，抬起头望着老大说："乡巴佬两口子，钱口袋看得很紧，一点也不往外赊货，无本的生意你想怎么做？"

　　老大叫李全，浙江温州人，两年前来到丹阳做皮货生意，经常和丹阳县土产公司打交道，认识了公司经理，喝了几次酒，送了个红包，他便以土产公司业务员的身份，进行个人经营活动。用圈里的人话说，这叫借窝下蛋，拿回扣出借营业执照，出借合同章已经成为时尚，由此也生了不少是非非。

　　老幺叫张光明，是李全同乡，李全做皮货生意缺帮手，招来同乡合伙。老大、老幺是他们二人彼此习惯称呼。

　　老大喷出一口烟，慢悠悠地道："这无本的生意怎么做，我们得从长计议，这第一步得先和他们两口子亲近。他们在山上很清苦，我们带些新鲜食物，对上他们的口味，上山拜访他们，给他们一点甜头。""对，先让他们尝尝甜头，先晕一晕，然后再下家伙，这是你的老把戏了。"二人又计议了一阵。

　　两名浙江客商，带着点心和应季蔬菜，来到李志林夫妻的窑洞，亲亲热热地喊李老板和老板娘，说："你们是远近闻名的夫妻店，县城里都传着你们的佳话，说你们心眼好，讲义气实打实地做买卖。我们哥俩是慕名而来，就想和你们交个生意朋友。"老大的过场白说完，老幺把一篮子蔬菜、两盒点心放在夫妻面前，说："我们哥俩一点小意思，不成敬意，就当是千里送鹅毛吧。"

　　李志林夫妻感到意外，他们没有想到仅仅在集市上做过两次买卖的浙江客，带着十分需要的蔬菜上山，无疑是雪里送炭，赵晓娟打心眼里感激他们的心细，这一下子拉近了距离。李志林倒是闪念了一下，他们不会是交朋友那么简单吧？也没有多想。两口子热情地招待了客人一顿野味，告辞时，老大撂下一句话：二位老板，我们一定做一把大买卖。

几天以后老大、老幺又议论他们的无本生意，"哎呀，动动脑子编个理由嘛！"老大有点不耐烦。

"我就说总经理过生日，出门在外人地生疏，这里的朋友不多，约几个当地的熟人热闹热闹，请去捧个场，要紧的是谈生意，这么说怎么样？"

"你就随机应变吧。"

李志林和妻子正在收山货，老幺来到他们的货场。等交货人拿着收货单走了，把他和老大商量好的请客对夫妻二人说了一遍。李志林有些为难，和他们只是做了几把皮货买卖，没有更多的交往，怎么好参加人家的生日宴。

老幺看出李志林犹豫赶紧说："李老板，我们总经理想和你交个朋友，想谈一笔大生意，请你一定到场。另外还邀请了两位做山货生意的朋友，生日宴顺便谈生意。"

赵晓娟是个磨不开情面的人，劝丈夫道："既然这位兄弟走了这么远的山路邀请，你就去吧。"

老幺说："嫂子也要去，总经理邀请二位。""你看，我们这里收货开票时刻都离不开人的，只能老李去。"老幺知道她说的是实情，没有再说什么。

老幺临走时和李志林约好时间地点，再三叮嘱李老板一定要到场。"我是赶了一百多里路，特意来邀请，到不了场，我们老板会说我办事不力，炒我鱿鱼，我可就惨了。"李志林扔给他叮当响的一句话："不见不散。"

这天，李志林开着小四轮，来到丹阳县城，找到约定的饭店。老幺正在门口张望，看到李志林开车过来，老远就摆手，李志林将四轮车停在饭店门口，这时老大匆匆从饭店里出来，"欢迎、欢迎，李老板是贵客，快请进"。

李志林卖山货，对这十来万人口县城的大街小巷是熟悉的，连小胡同都转悠过，就是没有走进这家酒店的门。抬眼望去，酒店门口挂着两个大红灯笼，门两侧刚刚挂起一副对联，上联是："蓬莱喜迎八仙驾。"下联是："宾客畅饮富春江。"横批是："滴滴流香。"显然是富春江酒厂和这家酒店共同做的对联广告。这是一座三层楼，一楼大堂水池喷着水柱泛着水花。头顶悬着五彩吊灯，房间里贴着壁纸，是刚刚流行的内墙装饰材料。在丹阳县城，这是一家很叫座的顶级饭店。

李志林从四轮车上拎起一个长方形布包，跟着老大走进饭店，一楼大餐厅，里面人满为患，吆五喝六好不热闹。李志林跟着老大，登上二楼，拐了两个弯，看到一个餐室门上，镶嵌着"紫云轩"三个字，站在门口的服务员，伸手示意请进，李志林走进餐室，餐室里的几个人起身相迎。老大在李志林的后面进来，赶忙招呼大家坐下，几个人坐好后，服务员为每人倒上茶水。老幺递给李志林一支烟，李志林摆摆手说不会抽。

老大吩咐服务员上菜。酒菜上来，老幺说："今天是老大的三十八岁生日，没有别的意思，和几位朋友热闹热闹。"

老大举杯站起来说："在家靠父母，出门靠朋友，今天是老朋友欢聚，又是结识新朋友，选择这么个日子，是找个相聚的由头，来，干杯。"李志林喝下酒心里想，怎么也不介绍身边的这两位相识，他刚要问。老大说："请李老板和这两位朋友喝个认识酒，我陪着，李志林端起杯和二人对饮，老幺说我也陪着。喝下酒二人自我介绍是李总经理的朋友，来陪客的，自报了姓名。李志林参加生日宴这是第一次，想听听祝福生日的话怎么说，坐在那里不开口。老幺和两位陪客只是劝酒，没有对主人说生日祝福的话。李志林有些纳闷，他想说祝福的话，但不便出口。

老大端起酒杯说："老朋友新朋友，今天一起来喝酒，喝完酒拉起手，生意场上齐步走，赚了钱你有我也有，大家都是好朋友。"

李志林琢磨你这不是生日宴，是找这么个场合念生意经。我挑选了两张上等狐狸皮，做生日礼物，没有生日气氛怎么拿出来。其他二人有没有礼物，如果没有，我拿出来，人家岂不尴尬。他想心事，老幺劝酒："天南海北是朋友。"

一名女服务员上了一道菜转身走了，老大瞟了一眼离去的背影，说："你们看，这名小姐细皮嫩肉的，抱在怀里准能多喝几杯，可惜这里还没有时兴小姐陪酒。上个月在深圳一家酒店和朋友聚会，每人都叫了一名小姐陪着，一个通宵那叫爽。李老板，找个时间到深圳乐乐？"

李志林觉得这几个人喷着酒气的言谈，那么刺耳，自己和他们说不到一块，很尴尬，心里十分不舒服，不能再喝下去了，找个借口离开，他端起杯说："不好意思，有位客户要两张狐狸皮，说好时间送去，不能让人家久等，我喝下这杯酒先走一步，诸位慢慢喝。"说完一口喝下，放下酒杯抱抱拳转身离去，老大等几个人赶忙起身送到酒店门口。李志林发动了小四轮，向几个人摆摆手开车走了。

几个人回到酒桌，老幺说："碰上这么个土老帽，真扫兴。"

老大说："甭管他，就凭他的土气，我们也要和他好好亲近亲近。来，我们继续喝。"

请客的第三天，老大、老幺坐着四轮车来到李志林夫妇的货场。赵晓娟老远看见四轮车上坐着两位浙江人，喊道："志林！浙江老客来了。"

李志林放下手中的活，迎上前去，四轮车停在货场一边，老大、老幺跳下车来和李志林握手。

李志林说："欢迎二位到山上观光。"

老幺赶忙说："李总是来谈生意，李老板要多多关照。"

老大笑了笑，说："李老板生意做大了，兄弟想借着大树乘凉，做几把生意发发财。"

李志林心说别恭维，嘴里道："李总是做大生意的，我们夫妻店哪敢相比。不知李总要做什么生意？请李总到窑洞里谈。"

老大、老幺早已听说夫妻二人住在窑洞里，从《保卫延安》的电影里见识了窑洞，那是共产党领导人，战争年代居住的。想看看改革开放以后夫妻二人住的窑洞什么样。他们想象中，窑洞里总得有像样的桌椅和被褥，走进来看到的是破炕席，打补丁的旧棉被，四根木桩埋在土里，支撑几块木板当桌子，浙江人很意外。老大想生意做大了这么寒酸，是一对土包子，挣着大钱，苦着自己图个什么？

他哪里知道，夫妻寒酸是为了筹集资金建桥，实现心愿。

老大不无讥讽地说："哎呀，李老板还保持战争年代的艰苦奋斗精神，发了财甘愿住窑洞，保持朴素本色，不容易呀。"

李志林听这话有讥讽的味道，赵晓娟觉得此人阴阳怪气，冷冷地扔出一句话："两位老板走进破窑洞，穿得这么漂亮，屁股连个坐的地方都没有，真是不好意思，请到外面说话。"

老大一愣神，这个女人不好惹，讪讪一笑道："我们谈的是生意哪里都可以。"

老幺打圆场说："我们是仰慕二位生意火，来谈生意，客随主便就在窑洞里谈吧。""两位是皮货商，不知今天来谈什么生意？"李志林又问。

老幺说："以前我们做皮张买卖，现在李总想把生意做活，决定搞多种经营，不只是皮张了，分析了市场需求，这里的山货都可以做，就看李老板的意向了。"

酒店里的俗气，二人来到山上说话阴阳怪气。李志林心里很反感，二人是来谈生意的，又不能不谈，耐着性子问："不知二位打算怎么做？"

老幺说："如果同意，你们的货我们李总全包了，和一家做。你们省心，我们有固定的货源，两全其美。"

赵晓娟说："我们是小本经营不赊欠，现金买卖能这么做吗？"

老大斩钉截铁地说："没有问题，我们是讲信誉的，验货付款，当场兑现。"

第十章 骗子

双方商议了一阵，确定现场取货。李志林说："你们是大客户，我们订个合同吧。"

"合同我们带来了，你们看看条款，有不合适的条款提出来修改。"老大说。

李志林看了一遍合同，斟酌了一下，道："品种数量，质量要求，交货时间都能保证。需要商量的是价格，能不能再抬抬手？"

"这就是当前市场价了。"老幺说。

赵晓娟说："我们的货质量没有挑的，价钱应该高点。"

老大想，不怕你要价高，就怕你不交货，"请你们还个价？"

李志林说："我们不想要高价，合情合理就行。"

双方讨价还价了一阵。讨价还价不是老大想的心思，目的是让这对夫妇感觉到是认真谈生意，不要看出有别的目的。价格再高他也是要货的，这是没有本的买卖。何况李志林夫妇又不漫天要价，协议很快达成了。

"算账用支票我们不方便，还是用现钱吧。"赵晓娟对合同上写的结算方法提出异议。

老大心里嘀咕，支票上有文章，要现钱我们的计划就泡了汤，摇摇头道："总价款三十万元，银行不支给那么多现金，必须转账。合同收货方是丹阳县土产公司，使用土产公司的现金支票结算，让你们放心。"

他又拿出一份文书给李志林看。是丹阳县土产公司经理签发的委托书，授权本公司业务员李全，代表公司进行购销业务活动。

李志林夫妇合计后，点了头。

一个月交货期限已到，老大和老幺带着三辆卡车来到货场，李志林夫妇领着他们验货，货物有甘草、皮张、干蘑菇和风干肉。

老大二人验货是掩人耳目，草草看过招呼装车。赵晓娟心里嘀咕，这两个主对货不挑拣。装完车司机用苫布将车苫好，用绳子绑住苫布。老大打开手提包，很在意地拿出一张支票递给李志林。李志林仔细看了支票，是县土产公司的现金票，财务公章、负责人章、会计小章都齐全，交给妻子收起来，对老大说："山里没有什么好招待的，吃一锅炖野味再走吧。""不了，不了，我们得抓紧赶路，向下家交货。"老大一挥手，来了一句洋话"拜拜"，钻进第一辆卡车的驾驶室，汽车屁股冒着烟开走了。

赵晓娟对丈夫说："这两个人贼眉鼠眼，不是好东西，我看以后少和他们打交道。"

李志林说："这一把就不情愿，我们备下的货他们都要了，一次卖出去省心，又是土产公司的现金票才做的。咱们去取钱吧。"

二人开上小四轮来到丹阳县工商银行，在营业厅排队取款，第一次做了这么大一笔买卖，夫妻二人心里特高兴。排到窗口，李志林小心翼翼递上支票，赵晓娟打开一个大兜子准备装钱。银行窗口出纳员审视了一阵支票，拿出土产公司留底的印章比照，发现伪造印章。向营业室负责人做了汇报。银行不付钱，支票传着看，营业室外的李志林夫妇发了毛，嘀咕这支票有什么问题？

这时营业室负责人向他们走来，客气地请他们到办公室说话，赵晓娟慌了，支票惹出麻烦。李志林心里坦然，没有鬼怕什么。办公室里坐着一位四十来岁的女人，自我介绍说："我是分管会计出纳的副行长"，礼貌地请二人坐下，每人递过一杯开水，问道："支票是哪里来的？"带着不信任的语调。

李志林在窗口等了半天，没有拿到钱心中有气，副行长审问的口气说话，莫非怀疑我造假？生硬道："土产公司的，支票上写得很清楚。"

女副行长态度严肃起来，说："土产公司的名字不假，可是公章是假的，支票是伪造，你怎么解释？"

副行长的话像个霹雳，把夫妻二人震晕了，赵晓娟傻子似的说不出话来。副行长和在场的银行职员被夫妻二人的异常神态弄糊涂了，这是怎么回事？难道我们怀疑错了？

李志林缓过神来，问："手续齐全，怎么断定支票是假的，难道不是土产公司开出来的？"

出纳员说："土产公司的财务章和单位负责人的人名章我们这里都有底案，核对过，经验证印章造了假。电话问了土产公司，他们的会计否认开出过三十万元支票，足以确定支票是伪造的。"

女副行长问："这张支票到底是怎么来的？"仍是怀疑的口气。

李志林说："卖山货，收货人开给我们的，大半年的心血，都写在这张支票上了。"他把怎么认识的老大、老幺，如何做的生意，怎么签的合同，怎么要求结算说了一遍。

女副行长脸上放晴，温和地问："知道他们是哪里人吗？"

李志林说："浙江口音，他们说是温州人。我们做过几次皮货买卖，都是现钱交易，这次他们是以丹阳县土产公司的名义，和我们签订的合同，让我们看了土产公司的委托书，合同写明用土产公司现金支票结算，哪想到大红章子造了假。"

副行长问："你们带着合同没有？"

赵晓娟从惊愕中回过神来，副行长发问，她打开提包，拿出合同书递了过去，副行长看完合同，交给工作人员和底案比对，工作人员去了不一会儿，回来汇报说："合同纸是土产公司的，印章也都是真的，合同不是伪造。"

女副行长转过身来和颜悦色地对李志林说:"你们遇上了诈骗犯,利用真合同假支票,把你们的货骗走,看来他们是精心策划的骗局,你们赶快到公安机关报案,看看能不能堵截他们。"

李志林夫妇拖着沉重的脚步,离开银行到丹阳县公安局报了案。

第十一章
打官司

　　李志林夫妻火急火燎地走进公安局，接待他们的是四十来岁的警官。夫妻说明来意，警官指指接待室里的椅子，让他们两口子坐下。警官慢腾腾地拿出记录本，便埋下头记录案情。李志林说话像放鞭炮，警官不满意了，你这连珠炮轰得我晕头转向，怎么记得上。李志林不好意思地说，对不起我太着急了。于是嘴唇放慢了开合的速度，把被骗的事儿说了一遍。警官丢下笔合上笔记本，抬起头来，看了一眼焦急的夫妻，说："记录上签上报案人的名字，回去等待处理吧。"

　　李志林迅速把名字工工整整地写在记录纸上，向警官提出要求：诈骗犯这会儿还没有跑远，请求公安局派人堵截，把货物追回来。警官觑了一眼这两口子，慢条斯理地道："要领导批准立案，才能安排警力追捕，你们着急也没有用，回去等着吧。"

　　赵晓娟急躁："火上了房了，求求您了，赶快向领导汇报，时间长了就追不上了。"

　　警官显出不耐烦，"公安局不是110，有报案就出警。这也不是凶杀案，需要火速到现场。我们有一套立案程序，不能随意把一帮警察拉出去"。

　　夫妻报案，满以为公安局的人会立即派人围堵，没有想到一瓢冷水泼在了头上。

　　回货场的路上，赵晓娟对丈夫说："戴大盖帽的说话怎么那么噎人，什么110呀，还抬出凶杀案，要是他们家丢了几只鸡，警笛早就响了。我们的儿子将来戴上大盖帽，一定叫他热乎乎地对待群众。"

　　"你是为三十万元着急，你看他二心不定的，说不定想着晚上和什么人撮一顿呢，我们不能指望公安追那两个骗子了。老大他们骗人，土产公司是帮凶，合同是土产公司的公章，告土产公司赔。"

　　赵晓娟神情恍惚心情沉重地叨念：听人家讲打官司，衙门口难进，脸难看。从山沟里出来的人，法院的大门都不知道朝哪儿开，官司没有法打。李志林说:"三十万元是我们一年的心血,撞破了头也得讨回来。明天我去找律师告土产公司。"

李志林找律师把丹阳县土产公司告了,丹阳县人民法院立案审理。丹阳县律师事务所律师汪洋来见李志林两口子,商讨打官司问题。

汪洋说:"土产公司现在是穷日子,我调查了他们有两台四吨解放牌卡车,要申请财产保全,扣押车辆。同时申请冻结账户,便于结案后执行。"

李志林说:"我们两口子只明白买卖山货挣钱,法律上的事不懂,打官司就靠汪律师了。""我是代理人,我的意见提供你们参考,最后你们拿主意。如果你特别授权,我全权代理,诉讼中我可以完全代表你们说话。但重大的事情,我们事先商量好。"汪洋解释。

李志林说:"那我就委托全权了,说话办事都托付给你。调查的事,法院的事,就劳累汪律师了。""这是我的职责,明天就去申请诉讼保全。"

开庭审理原被告双方争论得很激烈,被告代理律师辩论说:"土产公司没有派人和原告签合同,也没有派人去取货,原告与谁做生意和土产公司说不着,土产公司没有付钱义务。原告方告错了对象,人民法院应驳回他们的请求。"

李志林坐在原告席上,赵晓娟旁听,他们对被告的代理人把责任推得一干二净很恼火。赵晓娟在旁听席上喊:"合同是土产公司盖的大红公章,有经理个人的人名章,白纸黑字,凭什么不……"

赵晓娟的话没有说完,审判长便制止警告:旁听席的人无权发言,这是庭审规则,再有违反请出法庭。

赵晓娟一时激动,控制不住情绪嚷起来,经过审判长警告,她方冷静下来,也觉出自己失态,坐在那里静静地听着。

审判长发出警告时,汪洋低声对李志林说:"法庭是国家审判机关,行使审判权是神圣庄严的场所,庭审纪律有严格的规定,必须遵守。你的妻子没有从受骗的愤恨中平静下来,受到对方发言的刺激,控制不住情绪,审判长发出警告她会平静下来的。"

汪洋举手经审判长准许,他辩论道:"当前利用购销合同诈骗的人越来越多,一些单位出借合同和公章,为骗子提供了方便,说得严重一些是同流合污。还有的单位为了蝇头小利,给一些不法分子发授权委托书,委任头衔,什么科长、经理满街都是。这些人揣着委托书,天南海北招摇撞骗。本案中被告出借合同和公章,给不法分子发授权委托书,两件事都是违章、违法的。最高司法机关有解释,出借人与委托人要承担法律责任。被告方认为土产公司没有派人和原告签合同,也没有派人去取货,原告与谁做生意和土产公司无关,土产公司没有偿付义务。这一辩解,违背事实,规避法律。诈骗分子是以被告业务员的身份，拿着被告方的合同和原告做买卖，被告怎能脱离干系。出借合同和公章，给原告造成巨大损失，就要承担法律责任。"

原告方的辩论发言，引起旁听席共鸣，议论的嗡嗡声四起。审判长提醒肃静，平息了嗡嗡声。原被告双方最后陈述意见结束，审判长宣布休庭。

走出法院大门，汪洋对李志林说："三十万元，对于陷入困境的中小企业来说也不是小问题，你们是个体户更受不了，庭审中表现出来的愤恨我是理解的。"

"你们夫妻为带动乡亲脱贫，背井离乡跑到深山挣钱我很受感动，想尽一点力。县供销社主任王刚是我的朋友，为人正派，办事讲原则，做生意讲信用。你们夫妻经营的山货和他们业务对口，我和王刚说说，你们今后和供销社做买卖，固定渠道，可以长期做，生意稳定风险小得多。"

李志林听汪洋这么说，心头一震，"汪律师，这可是火中加柴，我是求之不得。自从来到狼牙山，做了一年多的生意，做过买卖的人不少，都是小打小闹的，做了一把大生意还上了当。和供销社搭上关系，我就省心多了，明天咱们就去见王经理。官司要打，生意要做，双管齐下吧"。

汪洋说："不急，你们夫妻从被骗的打击中平和心态，需要一点时间，这个案子我们力争法院调解结案，尽快执行拿回资金继续做生意。你的情况我和王刚说，你什么时候去见他听我的信儿，我一定设法促成这件事。"这时赵晓娟火急地跑过来说："汪律师，法官请你留步。"

丹阳县人民法院分管民事的副院长，应汪洋的请求旁听了开庭审理，休庭后他参加了合议庭讨论，合议庭对案子认定事实，适用法律没有分歧，但都感到审结容易，如何有效地保护被骗当事人的经济利益，是个棘手问题。

副院长郑重地对几位法官说："原告背井离乡，拼命挣钱是为了村民脱贫建桥，心里装着村民的疾苦，庭审中他们说得很伤心，我都落了泪。受损失的是他们夫妻，受伤害的是山前村的群众，这是本案的特殊性。"

参加审理此案的法官被李志林夫妻无私奉献精神感动，在这个案件上，都想快审快结交付执行。"你那是为山前村做了一件好事，我代表乡亲谢谢你们。"

庭审第二天，审判长主持调解，被告经理拒不到庭。代理律师坚持庭审观点，说了一些原告是恶人先告状，要发不义之财之类的话，还气势汹汹地让原告拿出诈骗犯持有的被告授权委托书。被告代理人的表现毫无和解诚意。法官很恼火，调解无法进行下去，只好宣布等待宣判。

被告无理辩解，口出恶言伤人，赵晓娟又急又气当场晕了过去，病倒住进了医院。李志林受到双重打击性情变得十分焦躁，扬言雇人找被告代理人算账。

汪洋怕李志林受不了刺激，失去理智做出违法傻事，将当事人的激愤情绪和赵晓娟气病住院的情况，反映给法院院长。提请法院从速审结此案，避免意外流血事件的发生。他向院长陈述陈情："出现流血问题，这场审判就是失败的。"随后他赶到李志林的住处。

李志林火气很盛，见到汪洋还是骂被告代理人："什么狗屁律师，披着人皮不说人话。我们是讨要辛苦挣来的货款，骂我们发不义之财。骗子揣着的委托书跟我们要，我们上哪儿弄去？"

汪洋说："委托书不是关键证据，法官也没重视，不影响审理结果。被告代理人不过是借题发挥，渲染无关紧要的证据，暴露了他的心虚。那些无理取闹的言论，别有用心，就当耳旁风吧。他就是想激怒我们，做出不合法的举动，他抓辫子由被动变主动，这是恶劣的手法，动肝火就上了他的当。"

"我以为律师是懂法的，说话讲事实，办事讲法律，我看他狗屁不是，睁着眼说瞎话。你们律师堆里也有这样的人？"

汪洋道："我太了解此人了，他那是玩手段。谁给了钱，谁就是娘，谁给得多，就为谁喊得凶。法官最烦他了，你没看用白眼珠瞧他。各类人群里，从高层到底层都有成事不足，败事有余的人，是败类。律师堆里有这样的人不奇怪。"

李志林有所悟："原来那小子耍手腕，不知道是怎么搞的？看到他那副嘴脸就搂不住火。"

汪洋说："被骗激起的愤怒情绪，还没有平静下来，听到不实之词，火就上来是自然的。我听着也憋气，上火解决不了问题，要冷静对待。"

李志林气愤难平地说："我只想找人揍他一顿解恨。"

汪洋进一步劝导："打了人案情就发生转化，我们就主动变成被动了，有理也没理了。我们有理的事因此搁下，无理的事告你赔偿，可就是一枪两个眼了。"

听了汪洋规劝，李志林逐渐从偏激的情绪中冷静下来，说道："我现在脑子里是一团乱麻，什么主意也没有了，汪律师你说怎么办？"

"我们去见院长，陈述情况求得理解，请法官为你排忧解难。"

二人从院长办公室走出来，李志林心情放松了，对汪洋说："院长还是了解民情的，脸不难看嘛！法官脸难看，传言不实呢！"

"脸难看，心里想着红包的法官是少数，多数如此社会就乱套了。"

两天后，审判长再次主持调解，被告土产公司经理揣着传票，和代理人一起来到法庭。调解开始审判长敲锣边：

"审理案件，参加诉讼的人，都要尊重事实依照法律说话。当事人的忙要帮，但不要帮倒忙，倒忙不影响案件处理结果，也不会争到不合法的利益。有时还会错过互谅互让的调解机会，使当事人付出更高的代价。帮倒忙拖延时间，损害的是双方当事人的利益。"

被告方经理得到内部信息：被告有意搅和不依法办事，表明没有解决纠纷的诚意。下达判决后，发出司法建议，建议有关部门查处土产公司的违法行为。接受调解尽快履行，说明能够认识错误有改过之心，司法建议就免了。这是院长有意放出的风。

在这种气氛中，结论就不难了。李志林和代理律师对结果还是满意的。

李志林来见丹阳县供销社主任王刚，说明来意。王刚说："李老板的遭遇，你的奉献精神汪洋都介绍了，说同情的话是多余的，谈具体的事吧。改革有了自主权，不像以前一切听上头的，收购什么收购多少上头计划好了，跟着指挥棒转就行。现在不用计划了，你经营的货我们对路，市场价全包了。只一条，要求质量好。方式是送货，货到付款。"

他又说："被骗以后你们手头紧，签订合同供销社付百分之二十的定金。你看怎么样？"

在困难的时候，有人伸出援助的手，李志林开心了，说："这可是救苦救难，请王主任你放心，我们供给上等货。绝不会缺斤少两，一定按时交货。"

赵晓娟是急火攻心住院，脱离了和对方当事人接触争吵的环境，心里逐渐平和下来，李志林接她出院。赵晓娟对丈夫说："多亏了汪律师的妻子照料，两口子是好人，帮你打赢了官司，还要照看病人，我们该怎么谢人家？"李志林说："天底下好人多，我们是得好好谢谢人家。我想聘他做法律顾问，多付一些报酬，是一份心意。"

赵晓娟说："我真是没用，用人的关口掉了链子，害得你两头忙。""我是命里注定忙，忙我不在乎。就是气得不行，想找人揍那个狗屁律师。要不是汪律师赶来劝我，说不定真的做了傻事。吃一次苦头，长一次见识。今后遇事多了解一些情况，多想想。"

老猎人听说李志林被骗骂了一句："兔崽子不长眼，什么人都骗，雷公爷会找他们算账的。"李志林夫妻去打官司，他主动来看场子。

李志林夫妻回到货场，老人十分高兴，说："你们可回来了，听说打赢了官司，好啊！是得有人整治整治那些黑心的人，少干点坏事。你们的买卖一定要做下去，我老汉支持你们。收货手头缺钱，我和卖货的说说让你们少付一部分，其余的先欠着，手头不紧了再还。今年冬天闹白灾，明年开春以后，好好弄山货挣钱。"

"老人家这么关照，我们绝不辜负您的一片心意，就是有人用棍子打，我们也不走，赚够建桥的钱，回去实现梦想。"赵晓娟说。

"我就爱听你们这么说，有志气，老汉佩服。"说着竖起大拇指。

李志林夫妻将货场收拾了一遍，利用县供销社的预付定金，开始收山货。夫妻没有被欺诈击垮，平复了心灵的创伤，重新振作了起来，买卖又兴旺了。

李志林夫妻官司赢了，执行并不理想。汪洋这天来到货场，向他们夫妻讲述执行中遇到的问题："丹阳县法院受你们的心愿感动，审理执行是下了功夫的。在我代理的案件中，这一件结案快，执行得迅速，法院的工作让我最满意。"

"尽管如此，诈骗犯在通缉中，土产公司缺乏执行能力，折腾了几个月，拍卖了两辆汽车，划拨了冻结的现金，执行了近一半货款。如果按照他们代理人的诉讼手段，经过两审，申请再审，折腾下来得一年多，时过境迁。我们也就是得到一纸公正的判决，被执行人会把财产转移，或者处理，没有法子执行。拖了时间，没有经济效果，得到的公正判决变成废纸。法官们识破了对方代理人的伎俩，审结快，执行到目前这种程度，已经是理想的结果了。"

李志林说："汪顾问，我知道你是尽了最大努力，十分感激。法院我们也是感激的。能够及时收回一部分货款，对急需用钱的生意人没说的了。请你代表我们两口子，给法院送一面锦旗。"

"锦旗我去订购，我们一起去送。"

"我也去，很想当面对法官说几句感激的话。法院案子办得这么快，我听到消息松了一口气，气出来的病很快就好了。如果时间拖长了，看不到希望，我可能从医院里走不出来了。"赵晓娟的表白是发自内心的。

第十二章
满载而归

深山老林里，一晃李志林和妻子熬了三个春夏秋冬，风吹雨淋二人都瘦了一圈，皮肤粗糙，脸色黑黑的，但身板更硬实了。二人估算着造桥的费用赚得差不多了，拿定主意准备返乡实现造桥心愿，夫妻都很开心。李志林瞄了妻子一眼嘿嘿地傻笑："来时的胖大嫂，现在成了瘦猴子，三年没有照镜子了，都忘了自己是什么模样。"赵晓娟瞄了一眼丈夫，也是个笑："还说我呢，看你那模样比猴子还瘦，变成四条腿，跑到猴子堆里，没准还是瘦子冠军呢。"二人彼此取笑了一阵，合计着为家里人和亲朋买一些礼物。赵晓娟说："掰着指头数一数离开家三年了，我们回家不是探亲，说书的词是荣归故里。这荣归不能寒酸，带些什么礼物要好好盘算盘算。"

李志林笑道："初中没有念完的土包子，还常甩文明词，又甩出来'荣归故里'，和'柳暗花明'搭配上了。荣归故里去柳暗花明吧。"

甩出"荣归故里"这个词，赵晓娟很开心，笑着说："你别打岔，说正经的，荣归故里给亲戚朋友都带一些什么见面礼。我琢磨着给老人和儿子、女儿买两身好衣服，他们的姑姑照顾没有少费心血，买点什么好？"

"老妹子不挑拣，能吃饱肚子就成，不要送吃食，还是买穿的吧，买什么你瞧着办。我打算给本山叔弄顶上好的狐狸皮帽子和一张好皮褥子，人老啦冬天需要暖和身子。村里的老寿星，本家叔叔和姜婶也都送上一份，还有李家那些孩子，一个都不能落下。乡亲们把我们当财主看哩，我们不能冷落了他们的心。"

赵晓娟说："妹夫电话说收音机已经买上，打邮包寄出来了。等收音机到了，我们就收拾家当走人。"

"收音机在这里是稀罕物，老猎人不缺吃不缺穿，送个收音机他一准高兴。老人在咱们最困难的时候没有少帮忙，这份情难报答呢，送一点稀罕东西，是一份心意。"

夫妻商量买了一台半截子农用车，小四轮完成了在大山中的使命，老猎

第十二章 满载而归

人情深义重，夫妻决定把小四轮留给老人，是一个念想。农用车成了李志林的新坐骑，过了几天邮局捎来信，要李志林进城取包裹。百十里地，李志林开上农用车，当天轻松打个来回，取回心爱的礼物。

李志林两口子，带着红灯牌收音机，开着农用车来到山脚下，眼望狼牙山，恋恋不舍，这是他们待了三年的地方。在这里经历过盛夏的狂风暴雨，尝够了严冬的白毛旋风。和狼群对视，相识了一些热心肠的猎人，也遭遇了骗子，遇上了好心的律师，公正的法官。供销社主任王刚心眼好，生意做得很顺畅。遭遇骗子损失了一把钱，又赚回来了，也说得上腰缠万贯的了。夫妻二人畅想了一阵。遥看，大山有了灵性，向夫妻二人述说离别之情，参天大树也点头告别，那条山间小溪潺潺流水，奏出的是送别乐曲。农用车伴着潺潺水声突突地奔向老猎人的家。人们常说故土难离，生活了一段时间的地方，尤其是有了收获和成就的地方，也是难舍难离。

老猎人李文强，早已经知道他们夫妻要回乡，像对待贵宾似的准备欢送，一家人来到村外等候。

李志林开着农用车过来了，赵晓娟坐在堆满货物的车上。车子向前开，老人和儿孙迎着往前走。到了近前，老人看清了，货物用苫布盖着，绳子拢了个结结实实，一看就是准备走远路的。李志林停了车，两口子跳下来和老人一家相见。

老人一家像是见到久别的亲人，围上来握手，中国式的拥抱。老猎人把儿孙们挨个介绍给李志林夫妻。然后喊："三子！把车开到院里。"

李志林夫妻由老猎人陪着，走进村里进了李家大院。宽敞的农家院，一台农用车停在那儿，几十只羊圈在圈里，九间砖瓦房一溜儿排在那里，在山村里很是上眼。靠近林区的村庄不缺木材，室内摆满了木质家具，放眼一看殷实人家。

李志林心里想山前村村民何时能过上这样的日子。看到老猎人的一家，和自己的家族相比，人家是奔小康的家庭。山前村李家人口不少，在当地日子是头等户，和老猎人的一家相比，还差得很远。想到此更是归心似箭了。

屋内已摆上两张饭桌，老人把李志林夫妻让进了屋，在沙发上休息喝茶。不一会儿酒菜上来，老人举杯说："你们夫妻来到狼牙山三年多了，要回家实现造桥心愿，为乡亲谋福，第一杯酒祝回家一路平安，第二杯祝你们早日实现心愿。大家一起喝。"

老人挽留李志林夫妻住几天，回乡心切的李志林婉言谢绝。老人没有招呼儿孙劝酒敬酒。吃完饭，老人一家送李志林夫妻赶路。赵晓娟从包内取出收音机，双手捧着递给老人说："请您收下我们这一点心思，这是托在大地方打工的妹夫买的，有了它您老人家就不寂寞了。"

老人接过收音机笑开了皱纹,说道:"这可是好玩意,有了它就可以天天听新闻,天天能听到国家大事了。我们这里刚建好什么站?""微波站。"小孙子抢着回答。"就是那个站,有了那个站,这收音机有了大用场。"老人显然对这件礼物十分满意。

赵晓娟又掏出一包小玩物,说:"送给孩子们玩耍逗乐子。"孩子们的爹妈说了一些感谢的话。赵晓娟说:"小四轮,虽然旧了还能用,留给李大爷做纪念,可以开着它去打猎。"老人推让再三,夫妻二人心诚,老人还是留下来这份心意。

老人一家把李志林夫妻送出一里以外,不肯停步,李志林停下车,夫妻下来鞠躬告别。看着老人一家恋恋不舍地站在那里不动,李志林上车缓缓开走。赵晓娟回过头看见老人一家站在那里招手,她也拿起头巾挥舞,李志林开着车不时回头看看。

赵晓娟说:"志林车再开慢点,让我多看他们几眼。"李志林放小油门,农用车喘着气慢慢爬行,赵晓娟的泪光里,人影由大变小,最后模糊不见了,李志林这才加大油门。

李志林夫妻黑黑瘦瘦的,开着农用车回到村里。

一名村民看到他们喊起来:"李志林两口子回来啦!"听到喊声的村民,一个传一个,都跑出来看望他们的民兵连长,老支书乔本山和几名村干部也来了。村民在李志林的家门口,将他们夫妻围了起来,岁数大的人问寒问暖,年轻人则问是不是挣来大钱。

乔本山抓着李志林的手说:"人家大禹治水三次走过家门不进门,你是三年在外不回家。乡亲们都惦记你们,可把你们盼回来了。我知道你们要回来,可就不知道哪一天到家,知道你们今天到,就敲锣打鼓在村头欢迎你们两口子得胜回朝。"

"老书记,我们不值得乡亲隆重欢迎。都请回吧,改日我们两口子登门问候各位父老。"

姜婶走过来,把这两口子端详了一阵,拉住了夫妻二人的手,满脸都是泪,"看你们都瘦成这副模样,看着真心疼,真的是苦劳了你们"。说着把二人揽在怀里哭出来声,在场的乡亲跟着抹泪。乡亲们在夫妻二人的身上寄托着莫大的希望,看着夫妻二人心情激动。

李志林夫妻归来,山前村一潭死水又搅动起来,晚上不少乡亲跑过来,问寒问暖拉家常,说到深夜还不肯离去。李志林夫妻归来,是他们的期盼,是他们的希望。

念中学的两个儿子和上小学的女儿都放假在家,父母子女团聚,是另一番亲情。

第十二章 满载而归

第二天晚上，李志林夫妻把本家伯父和村里的老寿星以及老书记乔本山，请来和父母一起叙家常，赵晓娟拿出来几样风干肉，打开一瓶女儿红。

嚼着风干肉，喝着女儿红，乔本山首先打开了话匣子，对李志林的父亲说："老哥，你有一个福星高照的儿子和贤惠的媳妇，是你的福气，也是村里人的幸运。他们两口子，为了砸碎山前村贫困的枷锁，赴汤蹈火打了一场三年解放战争，胜利而归。解放战争打胜利了，下一步就是和平建设，为他们的胜利而归，喝一盅。"

几位老人，有的胡须夯撒起来，有的咧开嘴，有的喜上眉梢，都是仰起脖子一口干。

老寿星接上乔本山的话，回忆起他的经历，他说："我很幸运，小时候，听到的、看到的是大清朝的无能，打不过八国联军，就连小日本也打不过。北洋水师的舰艇都让小日本打沉了，西太后和外国人签什么这个条约、那个条约，赔银子，把朝廷的银子赔光了。小日本就打进来，烧我们的家园，杀我们的同胞。我在志林这个岁数的时候，上前线打过小日本，打过蒋介石，枪子有眼没有照顾我。中国人打跑了日本鬼子，共产党打败了国民党，翻身得解放，分到了土地，不忍饥挨饿了。老天爷保佑我身子骨挺好，又迎来改革开放，志林要带头发家致富，我又赶上了。过去是眼巴巴地看着富人吃香喝辣的，我们穷人也要吃香的喝辣的。"

老寿星吃香喝辣的一通话，更挑起老人们的兴头。

李志林的堂伯父往嘴里放了一块狍子肉，喝了一口酒，说："我那大侄子做梦说祖宗告诉他，志林是福星，我是信的。造桥失败过几次我心里画魂，福星没有高照。他们两口子是赶着小驴车走的，第一次回来是开着小四轮进的家，这次回来，开上了农用车，一次一变样，真是福星高照了。昨天我和志林的父亲还坐车在村外跑了一圈，那个感觉就像是上了云端。我更相信福星了。"

伯父提起小毛驴，李志林夫妻不免伤感，赵晓娟说："毛驴通人性，救了我们两口子一命，它对我们俩是有功又有恩，我们怀念它。"于是赵晓娟就把遭遇狼群，毛驴先是拿不动腿，后来又发了疯引开狼群，他们夫妻脱险说了一遍。

乔本山说："你们两口子是福星高照，连毛驴都豁出命来保护你们。"他说完这句话，回过头看着李志林的父亲说："老哥，当年你到村委会找我，担心志林造不成桥，那是啥心情，今天是啥心情！那时是忧心忡忡，我看你今天是心花怒放，我替你高兴。"

李志林的父亲憨憨地笑道："你这个支部书记比我还相信福星，你当时的话，让我没有了顾虑，不骂儿子瞎胡闹了。"

碰杯喝酒，乔本山又说了："今晚来不光是喝酒扯闲篇，把志林两口子盼回来，带头实现山前村的梦想，想听一听他们两口子的盘算。"

赵晓娟说："本山叔，人老了办事还那么心急。"

"毛主席不是说'只争朝夕'嘛，岁数大了更得急，急等着把桥造起来，看着村民脱贫致富呢！"

李志林说："我们年轻的也急，脱贫不能小脚女人走路，要大步流星地赶路，毛主席还说过'一万年太久，只争朝夕'，我们回来就是要只争朝夕。"

乔本山说："我看，有些过卡车。人家来收山货的不会赶毛驴子车来，是开屁股冒烟的家伙来，得让人家过桥。"赵晓娟发着感慨。

"造桥劳动力怎么调配，如何调动积极性是大问题，这个事情得好好考虑考虑。讲按劳取酬，多劳多得，怎么个多劳多得还真得画出几个道道才行。"乔本山讲如何组织造桥了。

"本山叔说到地方了，以前我们号召干义务做贡献，行不通了。后来闹过计件，也不完美。再开工我们要讲质量第一，工作量定额包干算账。这是从包工头那儿学来的。管理上还要搞出一些章法，要聘造桥工程师，要讲科学，不能再蛮干了。"

乔本山乐了，说："你在外面不光是赚了钱，还长了不少见识，我可就没有什么担心的了。"

第二天，李志林和妻子合计后，到县里请来技术顾问李明。李明和李志林夫妻一见面，就道贺："你们夫妻背井离乡一去三年的故事我听说了，满载而归鼓舞了父老乡亲，你们是好样的。我人是岁数大了一些，但还有一颗年轻人的心，你们夫妻的行动太感动人了，你们不去找，我也会不请自来的。"

李志林说："乡亲们把我们做的事，看得太高了，为了实现心愿，是一步一步逼着做出来的，算不了什么。"

李明说："工程技术的事你不用操心，我负责到底，一心一意的顾问。你们夫妻无私又无畏，不但是吃了苦头，还有承受野兽的威胁。你们做到这个份上了，我要是三心二意就不是李明了。"

"李工三年前的设计，还能不能用，那个预算六十万元能不能够用？"

李志林的两个能不能让老工程师琢磨了好大一阵，他在盘算市场物价，特别是水泥的价格和人工费，他是用心计算。计算了一会儿扬起眉毛说："设计不变，施工中遇到具体问题随时修改，只是这预算？"他迟疑了一下，看着饱经风霜的李志林说："建材的价格涨了，人工费提高了，六十万元的预算怕是拿不下来了。"

第十二章　满载而归

　　虽然这是在李志林的预料之中，从老工程师嘴里说出来，还是重重的一拳击在了李志林的心上，半晌无语。老工程师见此光景知道他是为资金动心思。这个问题的确让这个硬汉操碎了心，六年来一直折磨他，放在别人的身上，早就偃旗息鼓了，更不用说深山老林一待就是三年。不能不为此费心思了，他对李志林两口子说："造桥资金还缺一块，是小数目了，我去化缘，没有人施舍，就争取长期贷款。志林啊，把心揣在肚子里，准备开工吧。"

第十三章
血染石桥

　　李志林夫妻回乡的第三天，找到乔本山商量恢复造桥施工，二人合计后给技术顾问李明拨了电话。李明接听了电话心花怒放，等了三年，终于等到了这一天。凭着他知识分子的敏感，他觉得这是发生在丹阳大地一件不寻常的事情，或许这是自己有生之年要做的最有意义的一件事情，高兴得一夜未眠。他拒绝了李志林开车来接，第二天一大早起来收拾行囊，请求单位派了一台212，一路烟尘来到英金河岸。

　　李志林夫妻和乔本山等在河边，一见面几个人寒暄了一阵，李明看着李志林夫妻说："我要向你们道贺，马明副县长在县里三级干部大会上，讲了你们的事迹。参加会议的人，受到很大教育，都表示要向你们学习。"

　　李志林紧紧握住老工程师的手说："回到村里乡亲一片赞扬，马副县长又在大会上宣传，县里和乡亲们把我们做的事，看得太高了。为了实现心愿的那些事，是一步一步逼着做出来的，算不了什么，把我们抬得这么高，我们心里不安呢！"

　　李明说："我参加了会，马副县长讲你们遭遇暴风雪，遭遇狼群，遭遇骗子。遇到好心的猎人，好心的律师和法官。三年的经历惊险曲折，听的人都为你们捏着一把汗，感动得流泪。你们做出来的事情，一件一件早就在县城传开了，本山书记又向马副县长作了汇报。马副县长讲得很实在，没有添油加醋，没有提溜小辫子拔高，听的人都信服。你们实实在在的事迹，是平凡的又是不平凡的。说平凡这些事常人都可以做得来的。说不平凡，常人常理没有人去那么想，更没有人那么做，你们想了，做出来了。不平凡的事迹，应当受到肯定和尊敬，没有什么不安的，我都感到欣慰。"

　　乔本山哈哈笑道："李工啊，我们请你来欣慰过后可是辛苦，要流汗要掉肉的。"

　　李明开心地笑道："再苦再累和志林两口子比起来，又算得了什么，不会有狼群蹲在山包上向我虎视眈眈，也不担心有人把石头骗走，没有顾忌。"听了他的幽默几个人都笑了，说的是亲身经历，赵晓娟笑弯了腰，

"李工你可真够逗的"。

笑罢，李志林说："工程技术的事，我们都是门外汉，就依靠李工了。"

"工程技术你们不用操心，我已经办理了退休手续，单位没有工作上的牵挂，我一心一意地又顾又问。你们夫妻无私无畏，做到这个份上了，我要是三心二意就不是李明了。"

李明的到来，造桥恢复施工可以说是万事俱备了。山村的人办事不张扬，一天的早晨村民又看到建桥工地上熙熙攘攘了。李志林是造桥资金的筹集者，又是施工的组织者，肩膀上挑的担子，他要花费的精力，就可想而知了。

李志林的大儿子李向春是全校尖子生，高中毕业了，同学和老师的眼睛都盯着他，盼他高考为母校增光。偏偏高考报名的时候，报名册上用放大镜也看不到李向春的名字，再有三天不报名，就丢了高考的机会，急坏了班主任张忠。

心肝上的学生脑子出了什么问题，家长怎么了？张忠焦急的时候，校长来凑热闹，"哎，我说张老师，学校就这么一个高考状元坯子，你这个当老师的干吗没有督促他去报考？"

校长责问张忠苦笑了，涨红了脸说："为他报名，我成了热锅上的蚂蚁，嘴皮子磨破，嗓子喊哑，他可倒好，扛上铺盖卷回了家，我没辙了。"

校长想了想说："我命令你立即去家访，给我访出个子丑寅卯来，到底是怎么回事？"

张忠领命来到山前村，在建桥的工地上找到了李向春。李向春一见班主任老师，就明白是怎么回事了。他给老师行了个鞠躬礼，红着脸说："不辞而别对不起老师，您来一定是劝我报名参加高考，我不是厌恶学习，做梦都想上大学……"

这时李志林走过来，认识儿子的班主任，走到跟前伸出沾满泥巴的手，想握手又缩了回来，两只手搓着泥巴，面现不好意思。

张忠把手伸过来，紧紧握着李志林的手说："你们这里是热火朝天，早就听说你们李家自己凑钱造石桥，你们的事迹在县里传开了，我很受教育。我来就是一件事，向春报名高考的事，校长派我来家访，打扰你们了。"

李志林说："张老师这么说就太客气了，看来您这当老师的挺爱弟子，从城里大老远来到山沟里，辛苦了。"赵晓娟走过来说："客人来了请到家里说话。"

到了家，李志林急忙找烟，赵晓娟忙活倒水。

张忠进了这个家，心里可就敲上了鼓，怎么也没有想到，能够凑钱建桥的主儿，家里连一张囫囵炕席都没有，棉被打补丁，这家人也太苦了。

李志林找烟，张忠赶忙摆手说不会，赵晓娟拿起暖壶是空的，嘟囔了一句："忙昏了头，我去烧水。"

张忠说："快不要忙了我不渴，咱们说说向春考大学的事吧。你们生了一个好儿子，向春在学校表现优秀，成绩名列前茅，品行学业都没得说，高考发挥得好，考上清华、北大不成问题。校长也欣赏这名优秀学生，说他放弃高考太可惜了，校长也为向春没有报名着急，下了死命令，要我弄明白向春为什么不报考大学，不能把好苗子埋没了。"

赵晓娟心直口快地说："这个犊子倒知道体谅父母，拧着不去报名，我们寻思家里也有难处，就没有逼他报考。"

"做父母的哪有不希望自己的孩子念大学长出息，三个孩子都上学，家里也是够受的，向春说拖两年再高考，我们两口子也就没有再催他报名。没有想到，学校还为他操这么大心。要不让向春跟着老师去报名，学费家里再去想法子。"

李志林的话张忠听出来很无奈，看来这家人不像有些父母，为了减轻负担，让孩子尽早帮家里干活，孩子念不念书不在乎。这对夫妻不是不想让孩子念书，造桥的钱挪出来，供孩子上大学，在这个节骨眼上，泡在造桥上数年的心血受影响，两难着呢。

张忠在思考，李向春也在想问题。听罢老师动情的介绍，父母动了心，面对高额学费，又显得很无奈。李向春很理解父母的心思，知道父母的难处。他站起来，向老师再次行了鞠躬礼，说："母校关爱之情，我很感激。张老师来家访，我更是感动。张老师您也看到了，我弟弟上高中，妹妹念初中，我再上大学，学费就成了大问题。为了凑集建桥的钱我爹娘把心都操碎了，造桥正在紧要关头，也需要儿女帮着操心，弟弟妹妹都小，也只有我能搭上手，我想等桥建成了，家里缓过劲来，再复习参加高考。工农兵大学生，很多都是大龄青年，我也想做个大龄的大学生。"

张忠听罢默默无语，建桥需要钱，儿子念书需要钱，钱字难死了父母，学费困扰不是一两个家庭，社会上也没有一个妥善的办法。自己和学校也是无能为力，怎么好硬逼父母让孩子去高考。校长了解事情的真相，会怎么想呢？他不再往下想了，神情凝重地说："向春是个懂事的孩子，很体谅父母的难处，学校考虑的是优秀的学生，弃学实在可惜，不承想你们的家有这么多的事，这么困难。我理解你们的心情，尊重你们的选择，耽误两年，倒也不是遗憾终生，学校为向春开着大门，随时可以回校复习参加高考。"

"张老师，为向春的事，让您大老远地跑来，还要蹚过这该死的英金河，我们家目前这个样儿，多难为情，真是谢谢您。"赵晓娟说。

张忠说:"来到这里,才深深知道你们全家人造桥的心愿,一个家庭的力量,弄造桥这么大的工程,坚持了多年,真是愚公移山的精神,让我明白了向春为什么有如此的选择。你们是现代的愚公,应该向你们全家学习。"

李志林憨憨一笑,说:"不能和愚公比呢,全家人就是这么个心愿,心思都想桥的事了。向春不去高考,我这个当爹的心里直打鼓,矛盾哩!他真要是考上大学,也是家里人的光彩。学费的事真头疼,也就应许了孩子的想法,考大学的事,往后放放。"

张忠对这一家人生了敬佩之情,说:"我就等向春明年返校复习了,我做他的辅导老师。"

村长范进的女儿,正是李向春的高中同学范晓琳,觉得李向春放弃高考可惜,也来劝他参加高考,表示要资助。李家夸她是好孩子,谢绝了她的好意。

建桥工地上,放弃高考的李向春,先是参加导流施工,导流工程完工后,负起搬运石料的任务,跟着父亲没日没夜地干。他从小就瘦弱,几个月下来,瘦了一圈。父母看在眼里,疼在心上,要他白天干活,夜里休息。

他是个孝子,深夜他偷偷来到工地,看到父亲晃动的身影,怎能在家里躺得住呢。石桥快要完工时,一天,向春到山上运石条,一名采石工正在放炮,采集护坡需要的石料,出现一枚哑炮,那名采石工去排险。李向春大喊一声:"危险,我来。"冲过去一把拉住了采石工,这时哑炮响了,李向春拉着采石工扑倒在地,压住了他。

崩落的石块,砸在李向春的身上,采石的人不多了,人们赶来,搬走李向春身上的石块,把他抬到一块草地上。采石工只是受了点轻伤,李向春重伤昏死过去,一名采石工飞跑着下山报信。

那名被救的采石工愣怔了半天,站起来,走到躺在草地上的李向春跟前,看李向春,呼吸微弱,几个人都傻了眼。

采石工心里明白,去排哑炮,炮响的时候,李向春压在身上,救了自己一命。醒过来,方知救命恩人命在旦夕,趴在李向春身上痛哭起来。

一名采石工,跑下山来到造桥工地,李志林正在桥上,指挥砌筑桥面石条。他气喘吁吁地来到李志林的面前,不知怎么说才好,李志林见他慌慌张张的样子,知道山上出了事,忙道:"不要着急,慢慢说。"他这才把哑炮的事说了一遍,李志林知道出了大事,命令工地暂时把活停下来,他叫上几个人,在工地上找了一块木板,没有顾上告诉在家里做饭的妻子一声,急急忙忙开上农用车上了山。赵晓娟听说儿子出了事,随后也磕磕绊绊地往山上跑。

李志林在颠簸的山路上,心急火燎地开着车,不知儿子伤成什么样,他暗暗祈祷：向春，你要挺住，爸爸来送你上医院，找最好的医生为你治疗。

车子来到采石场，停在李向春躺着的那块草地上。李志林冲下车来到儿子身旁，看见儿子脑袋像个血葫芦，呼吸微弱，他俯下身查看，双腿骨折，一块头骨塌陷。他强忍悲痛让几个人把李向春轻轻放在木板上，为了不受颠簸抬着往山下走。半路上，赵晓娟看到儿子躺在木板上，什么话也说不出来，眼泪扑簌簌往下掉，扶着儿子生怕他从木板上掉下来，一路下了山。

李志林开车先行下山，做好送医院的准备，他从家里拿出两床破棉被，摘下一块门板，在村口等候。几个人轮流抬着李向春，来到汽车跟前，放在铺好被褥的门板上，为了在路上减少颠簸几个人坐上车，把门板架在腿上，那名被救的采石工，一定要躺在门板下面，情愿为李向春当软床。乔本山来了，也上了车。

儿子重伤，李志林心里受着煎熬，他要亲自开车送儿子上医院，小心翼翼开上了石桥。桥面就差几块石条没有铺好，铺好的地方可以过车。这是石桥上走过的第一辆车，是李向春乘坐的专车。专车在桥面上慢慢地走过，李向春的伤口此时还没有来得及医护包扎，只是在衣服上扯下几块布条临时裹了裹。鲜血透过车厢，滴洒在桥面上……

车子开到乡卫生院，医生在车上做了初步检查和包扎处理，告知李志林，乡卫生院条件太差，赶快送县医院。

农用车颠簸在公路上，李志林万分小心地开着车，心急如焚也不敢开得太快。为了抢救儿子的生命，他恨不得飞到县医院，车子就是不能飞起来。

车子路上走了两个多小时，终于来到县医院，医生、护士已经做好抢救的准备，立即把伤者推进了手术室。

手术室外面挤满了人，一个个都是焦急的神情，期盼着舍己救人的李向春苏醒过来。时钟嘀嗒嘀嗒地走着，人们的心悬着。李志林夫妇眼泪都掉不出来了，乔本山陪在身边。

一个小时，两个小时，三个小时过去了，手术室的无影灯亮着。

县广播电台的两名记者闻讯赶来，他们不敢惊动悲痛的人们，只是默默地守候在手术室的门口，等待手术的结果，他们要报道舍己救人的英雄事迹。

李向春的爷爷、奶奶搭着光明乡唯一的一台212来了。是马明指示乡里派人送来的。两位老人的到来，更增添了这里的悲怆气氛。马明本来是不想让二位老人此时来的，两位老人，死活不干，硬是要来。

马明来了，打破手术室外面的沉闷，人们开口说话。马明上前安慰李志林夫妻。外面的声音大了，手术室里走出一名护士，轻声地对外面的人说："手术正在进行中，需要安静，请不要在外面多说话。"护士说完重新关好门，手术室外面又陷入沉闷。

站着的两名记者走过来，请马明到外面说话，他们要采访。在手术室走廊的一端，记者问："马副县长，事故是怎么发生的，能向我们介绍一下吗？"

马明轻声道："我也没有来得及了解详情，你们不要急，现在是救人。"

记者说："我们是奉命而来，县委书记郑海东指示局长派人采访，我们就赶来了。"

马明看着期盼得到第一手新闻的记者，说："我理解你们的职业责任，现在还是不要惊动他们的亲人。你们先回去复命，事故的详情、抢救的结果，我弄清了会第一时间向书记汇报，同时通报给你们。"

八个小时以后，李向春被推出手术室，在走廊上，医生允许亲人走向前见上一面。手术车在走廊上停下来，人们走向前，看到李向春鼻孔插着氧气管，维持着生命。他在母亲的呼唤声中，微微地睁开眼，那是渴望生存的眼神。嘴唇微动像是要和父母说点什么，但发不出声来，他好像是在说，我来到人世上，刚刚度过二十个春秋，我不想离开父母和爷爷奶奶。我想看看石桥造成以后，山前村的父老乡亲脱贫致富。我还想去念大学，出国留学，做一名科学家。这个世界太美好了，我不愿意离开。可是他什么也没有说出来，张了几次嘴就闭上了眼睛。

李向春的爷爷和奶奶，脸贴在孙子的脸上，想再次唤醒孙子。孙子好像是忙碌去了，无暇顾及爷爷和奶奶的呼唤。

手术车在走廊上停留片刻，医生命令护士把手术车推走，推进了特护室。

第十四章
英雄

县委书记郑海东，来到县医院特护病房，看望昏迷中的李向春。他向医院院长和主治医生交代："李向春是我们丹阳县的英雄，一定要千方百计抢救他的生命。"

县委书记探望，可不是心血来潮。说李向春是丹阳县的英雄，更不是信口开河。他是听取了马明的汇报，看了记者采访的资料，几个常委碰了头，有了共识才到医院说那两句话的。李向春是英雄，就此在丹阳县传开了。

老工程师李明来到医院，看望李向春后，见到陪护儿子的李志林，谈起桥的问题。他用商量的口气对李志林说："出了这么大的事，对民工的情绪影响很大，是不是把工程暂停一段，等待向春的伤情稳定后再干？"

沉默，沉默，再三的沉默过后，李志林斩钉截铁地道："工程不能停，停下来，就冷落了乡亲们的期盼，停下来民工的心就会散。停下来我的心会更难受，停下来也不会是我儿子的心愿。我们可以用向春的行为，鼓舞民工的劳动热情。烦劳李工代劳，到工地指挥施工，我在这里安顿好了就返回去。"

李明点点头，说道："以英雄的行为，鼓舞民工的劳动热情，这个主意不错，只要引导得好，会有意想不到的效果。"

"英雄的说法，虽然出自县委书记之口，我们还是不要轻易说的好。"李志林在悲痛中，显得十分冷静。老工程师更敬佩李志林的胸怀，暗下决心暂时接下李志林的担子，拼上老命也要把造桥的事干好。

"哎，就是书记没有说，我也要喊向春是英雄的。他就是我们的造桥英雄，英雄称号，他当之无愧。"

书记的探望，在县城引起波澜，街头巷尾都在议论哑炮事故：李向春是爆破手，危急关头扑上去舍己救人，英雄壮举；有其父必有其子，青年的楷模；更有一则流言：李家人祖辈修桥惹恼了河神，李志林这辈子又心血来潮，河神发怒报应。有赞扬，有质疑，有幸灾乐祸，一时沸沸扬扬。

此时，《春江日报》上发表了一篇通讯，通讯的题目是"英雄的风采"。这篇通讯写作风格独特，是这样开头的：

丹阳县山前村的上空，蓝蓝的天，飘来一朵祥云，飞来一只火红火红的小鸟。小鸟扇动着翅膀问祥云："英金河上怎么飞起了一条彩虹？"

祥云说："那不是彩虹，那是人工雕琢飞架南北的大石桥。"

小鸟问："桥面上为什么有横七竖八的几根石条没有铺好？"

祥云说："那是还没有收尾的一点工程，英雄的遗憾。"

小鸟问："您说的英雄是谁？生活在哪里？"

祥云说："他的名字叫李向春，就生活在我们俯瞰的这块土地上。他是农民的儿子，刚刚度过人生二十个春秋。"

小鸟问："桥面上怎么有鲜红鲜红的三滴水彩？"

祥云说："那不是水彩，那是神秘的三滴热血。它像三颗鲜红璀璨的明珠，镶嵌在桥面上，放着异彩。"

小鸟问："您怎么都知道？"

祥云说："自从出现了造桥的工地，我每天都飘浮在这里。我看到导流渠有英雄的身影，采石场留下英雄深深的脚印，桥墩子上，堆砌着英雄运来的石块，造桥的每处工地，都有英雄挥洒下的汗水。"

祥云和火红的小鸟同声称赞："石桥飞架确是人间的巧夺天工。"

人们在巧夺天工中，出现了可歌可泣的人物。记者通过采访，循着英雄的足迹，欣赏了英雄风采：英雄小时候是喜欢读书，人见人爱的乖孩子。他是蹚着冰冷刺骨的英金河水，到对岸光明村念完小学的。念初中的时候，有过一段弯路，打过架，逃过学。念高中，父母为了积攒造桥资金，远去他乡做生意。英雄远离父母，收敛了顽劣的童心，刻苦读书拔尖了。

高考在即，他是同学、老师、校长心目中高考状元的坯子。正当学校盼他中状元的时候，他让师生目瞪口呆了，他放弃了高考。放弃是为了建造那座大石桥，他的愿望是等石桥造好，再去攀登高等学府的殿堂。他放弃高考，来到造桥工地上，英雄造桥的事迹，都被祥云看到了。

因为一枚"哑炮"，英雄血染石桥。哑炮不哑，只是迟滞了爆响的时间。那是为采集造桥石料，放的最后一排炮。采石工去排险，英雄把安全让给了采石工，危险留给了自己。炮响了，英雄被飞落的石块砸成重伤，在他身下的采石工却安然无恙。记者在桥面上查看那三滴鲜血，它只有痕迹了。可三滴鲜血在群众的心目中，是永远也抹不掉的红灿灿的明珠，因为它是英雄洒下的热血。大桥就剩下几块石条铺好就竣工了，英雄的鲜血却染红了大桥，留下了永远的遗憾。

这篇通讯是记者站在石桥上，用泪水写的。写到此处，仿佛祥云又飘来，火红的小鸟再次飞临上空。山川在摇晃，大地在颤抖。

此刻英雄在病榻上，正在和死神搏斗，英雄战胜了困难，他能战胜死神吗？全县人民都为他祈祷，祝福英雄早日康复。

李志林回到造桥工地，李明正在指挥工程收尾，看到井然有序的施工场面，他心里踏实了。

二人在工地上碰了面，李明显得苍老了，脸上挂着辛苦，李志林心里过意不去。"哎呀，李工，看把你累成这个样子，我不知道说什么好了，大桥多亏你操心了。"

"这话说外道了，为了这座石桥，你们家付出了那么多艰辛，付出沉重的代价，做出巨大的牺牲，和你们相比，我这点辛苦算得了什么。"李明舔舔干裂的嘴唇，"这座桥不是你们李家的私产，它是山前村的骄傲，我能为造桥尽一点微薄之力，感到荣幸。"

"李工的奉献之心，山前村的群众会永远记在心里的。"李志林表示感激。

李明说："山前村的群众应该感谢的是你们李家。没有你们李家的奉献，就不会有今天的大石桥。"

"李工，我看到工地上的民工劳动热情很高，你这位专家指挥有方。"

"向春的英雄行为，那篇"英雄的风采"感人的通讯，民工都抢着读报纸，因为英雄就在他们身边。学习英雄的事迹，极大地鼓舞了民工。他们都自愿加班干活，不计较报酬。向春的鲜血没有白流，这是对你极大的安慰。"

"这座桥你流下不少汗水，有你一份功劳。"李志林心系儿子的安危，不愿多说话，沉默了。

李向春躺在医院里，牵动着无数人的心，一位漂亮的女大学生格外的关切，她就是刚刚考上大学的范晓琳。她守在李向春的病榻旁，唤不醒心上人，回忆着往事：范晓琳和李向春读小学、初中的时候是同校，读高中时是同班。读初中的时候李向春和别人打架，她总是出面和解，背后规劝李向春，看在我们是同学又是同村的份上，不要再和那几个地痞搅在一起了，那会误了自己。

一次李向春被团伙挟持，拿上一根木棍去斗殴，范晓琳知道了，堵在学校的大门口，拽着他的衣袖，硬是没有让他走出大门。就是这次斗殴，双方一死五伤，震动了丹阳县城，两个团伙被打掉，教育了李向春，从此他再也不逃学了。

李向春学习落了后，范晓琳着急，帮助李向春补习功课。在她的帮助下，李向春初三下半年学习成绩上去了。初中毕业他们双双考上高中，分到一个班里。高一、高二他们的学习成绩不相上下，总是前十五名以内晃悠。

第十四章 英雄

到了高三，可就见了高低，李向春考试成绩蹿到全校前三名，反过来范晓琳向李向春请教了。

高三的下半年，李向春的成绩又上了一个台阶。他看的书多，知识面宽，学得又活，在全校拔尖了。

范晓琳在他的帮助下，学习成绩也走在了全校前列。他放弃高考，范晓琳是第一个着急的人。在学校她没有说动李向春改变主意，回到家里她又找李向春父母，让二位老人劝说不要让李向春放弃高考。李向春的父母因造桥的资金困难，考不考由儿子自己决定。范晓琳没有说服李向春，带着遗憾参加高考，她考上了，实现了她的梦想。

她满怀兴奋地开始了大学校园生活，没承想，一名同学的一个电话，传来让她震惊的消息，夜不能寐。连忙请假，赶到心上人的身边。不论她怎么呼唤，心上人好似和她闹别扭，不说话，不睁眼，她心碎。

被救的采石工，夜间来陪护，他看着昏迷的李向春，俯在他的身上，哀哀戚戚地诉说着："都是我莽撞，我不该急着去排险，我冒险让你遇险。是你教我如何放炮，怎样排险，如何避险。我太大意了，忽视了避险。"他睡眼惺忪地抬起头，特护病房死一般的寂静，他听到墙上的时钟，嘀嗒嘀嗒地响着，一锤一下敲击着他的心。他把耳朵贴在李向春的心口上，听听他的心跳，是那么微弱。他轻轻地呼唤："向春弟弟，你是我的亲弟弟，快快醒过来吧。今生，你的父母就是我的父母，我们一块孝敬父母。"

时钟敲了五下，值班的护士和医生发现李向春有异常，立即忙碌起来。采石工跑着将李向春危情告诉了李志林夫妻，二人立即来到病房。医护人员正在紧急抢救，想尽一切办法挽救生命，等待专家的到来。

县医院的抢救室里，从省城请来专家会诊。专家走进抢救室，查看了李向春的伤情，出现的危机症状。在场的医护人员，从专家的神色中，意识到英雄的人生可能走到了尽头，空气顿时紧张起来。

为李向春送葬，范晓琳赶来，趴在停止呼吸的李向春的尸体上，悲悲切切地述说着：向春！你真傻，考上大学，咋也不会出现这种情形。你醒过来吧，张老师还在等着你回校复习参加高考呢！我们一起念大学，一辈子都生活在一起。你走了，我可怎么办。

范晓琳悲诉，送葬的人陪着掉泪。李志林夫妻流干了泪，心里泣血。舍己救人的英雄事迹感动了全村的人，外村的人，自发地来送葬。外出打工的李家人，也都赶回来了。村里商议，就把桥头一块空地做墓地。李志林为儿子的墓，填了第一锹土。

儿子早逝，对硬汉李志林打击实在太大，一连数天吃不下睡不着。老支书安慰他，村民涌来看望，光明村党支部书记赵普，代表全村探视。副县长马明带队慰问。

历经八年的风风雨雨,李志林的心愿实现了,李家人的壮举成功了,大石桥终于巍峨地横亘在英金河上。

山前村的壮举,震动了丹阳县,丹阳县委常委专题研究了山前村的石桥,给全县带来的震撼。常委会上,马明介绍:山前村李氏家族自筹资金,八年艰辛,建成了可以通行载重卡车的石拱桥。李家五牛,牛气冲天,尤其是带头人李志林,夫妻二人为摆脱贫困呕心沥血。为挣建桥资金,在深山老林一待就是三年,受了一次骗,损失十几万元。艰苦奋斗,自我牺牲的行为,值得学习,值得称颂。那里有位好书记,心里装着群众,出了一位敢想敢做的民兵连长带头,才有英金河上的大桥。建桥不仅是为了出行方便,更有长远的打算,要发展山村经济。

县长宋濂神情凝重地说:"丹阳县山沟多,山沟里的人广播听不到,接触外界少,接受新事物慢,经济落后,山前村能出李志林这样的人物不简单。当初听到李家五牛自筹资金造桥,能否成功,我是怀疑的。看来我没看透山里人的觉悟和能耐。大桥造成了,我的思想受到很大触动。大桥落成剪彩,我建议一定要搞得隆重。不仅是肯定造桥人的功绩,更是生动的宣传,请海东书记去剪彩。"

县委书记郑海东心潮起伏,在同僚面前毫不掩饰他的情感流露:"宋濂同志说受到很大触动,我也感到震撼,个人集资,历经八年建桥,这里有多少困难要克服,难以想象。一不怕苦,二不怕死的优良传统,在山沟里发扬光大了。无私奉献的精神,在那里放出光彩,大石桥是丹阳人的骄傲,李家父子的英雄壮举,要号召全县学习。架在英金河上的那座石桥,是一座连心桥,把我们的心和山区群众连起来了。我们不但喝彩,还要做实事。我看要修一条公路,通过英金河大桥,东部山区,就有一条通向外部的阳光大道。让汽车的喇叭声,唤醒沉睡的山村,发展一方经济。"

宣传部长说:"省报的记者,听到石桥建成的消息,看到《春江日报》的那篇通讯,和宣传部打了招呼,要深入采访。"

"那就让笔杆子,好好写一写父子的英雄事迹,振奋人心,激励斗志。"郑海东当即表态。

第十五章
剪彩

　　儿子走了，走得那么匆忙，去了另一个世界，永远地离开了父母和亲人。夜深了，李志林夫妇在炕上相视对坐无语，彼此听着心跳，不断地叹息。谁也不开口，不是不想开口，是不知道开口说什么。谁也不想倒下去睡觉，睡也睡不着。夫妻流干了泪，默默无语到了天明。太阳刚露出脸来，李志林叹息一声起身下地，对妻子说："儿子走了，把我们的魂也带去了，全村的人都大眼瞪小眼地看着我们，我们失魂落魄的这怎么行。晓娟，想儿子归想儿子，我们还得拿出精神头来，不能孬种让李一鸣和范进看笑话。"

　　丈夫的心情放松了，感染了妻子，她说："我的肠子、肚子也叽里咕噜地抗议了，我去弄点吃食。"

　　赵晓娟刚拿进干柴，还没有点火，乔本山走进屋里，看见夫妻都是双眼红红地布满血丝。夫妻二人看到乔本山站在面前，拖着沉重的身子让老人坐下。

　　乔本山坐在木凳子上，一脸的沉痛，语调低沉地说："看来你们两口子是从掌灯坐到天明，没有合眼，这怎么行。我知道你们思念儿子，眼泪都流进肚子里去了，心里在淌血。向春这孩子，他走得英勇，走得光荣，是你们李家的骄傲，也是山前村的骄傲。我知道一时半会儿地丢不开沉痛的思念，还是要打起精神来，不要弄垮了身子骨，全村的人都看着你们，你们身上寄托着他们的希望。"

　　"本山叔，只是孩子刚入土，闭上眼睛就看着他在眼前晃，睡不着觉，过两天就会缓过神来，你老人家不用担心。"李志林语调伤感。

　　赵晓娟要倒水，老人拦住了，"不必照顾我，我是来看看还有什么事要安顿，你们两口子在家里静静心，我不能跑的事，安排人去办"。

　　"这两天前前后后的没有少操心劳累，也该松口气了，不烦劳你老人家了。"赵晓娟说。

　　他们正在说着话，光明村党支部书记赵普和民兵连长，提着慰问品来了，赵普朝乔本山照了面点点头，转过身来对李志林夫妻说："我和民兵连长代表全村的父老乡亲来看看，你们失去了一个好儿子，我们都悲痛。为向春送葬我们全村户户都有人来，有的是全家人都来了，因为乡亲们心里装着英雄。这座桥把我们两个村连在一起了，向春是为建桥牺牲的，他不仅是山前村的光荣，也是光明村的光荣，我们会永远记着他。"

"谢谢光明村的父老乡亲了，谢谢了。"李志林夫妻同声说。

民兵连长说："赵书记来还有一层意思，想让你们夫妻到光明村走走，串串门子散散心。"

乔本山赶忙接上茬："哎呀！老赵，我们想到一块去了，我也有这份心思，让他们走出去散散心，叫作转移哀痛吧，不要心痛儿子闹坏了身子。要么，我们俩陪着他们夫妻，带上猎枪上山打狐狸和狍子，追着让那些贼眉鼠眼的家伙开心。就看他们夫妻，愿意串门子还是愿意钻深山老林了。"

听着两位老人贴心的话，李志林夫妻感动得不知说什么好，流出激动的泪水。还是丈夫开口了："两位老人家的心思我们领了，向春地下有灵会希望我们赶紧把桥造好。今天我们把家里收拾收拾，明天就回到造桥工地，不能让老工程师一个人在那里撑着，把桥造好就是对我们最大的安慰。"

清明节这一天，风和日丽。一辆面包车坐满了人，一辆彩车，车厢里挤满了人，一辆装满水泥和几块石碑的大卡车，屁股冒着烟开到了山前村，停在刚刚完工的大石桥的一头。刚刚建起的那座石桥，仿佛是有生命的，傲然挺立在那里，暗暗地在说：来吧！来吧！任你千军万马何惧都踏在我的脊梁上。

从面包车里走下来丹阳县的领导和工作人员，他们站在横亘在英金河上的大石桥的桥头，看着奔腾而下的英金河水，远眺山川，比比画画，指指点点。

得到通知的前进乡的干部和部分群众，早早等候在这里。李志林全家是最早来到现场的，为了筹集造桥资金，在外打工的弟兄，也都赶回来参加剪彩。他们首先来到李向春的墓前，按着当地的习俗，摆上几块点心，上了三炷香，烧了一堆纸钱。

赵晓娟流着泪说："儿子，今天是清明节，县里领导要来看你，要为你立碑，你在地下有知，看看这座大桥吧，你的汗水没有白洒，你的血没有白流。"

听到消息的附近村庄的村民，不断向这里涌来，场面像是盛大的节日。

县里领导的到来，人群里引起一阵骚动。李志林夫妻远远站在那里没有靠前，他们觉得自己是小人物，县领导不会看在眼里放在心上，还是不要去亲近。但是人群里另外两个人，却不是这么想，这是一次露脸的好机会，他们拼命挤到几位领导面前伸出了手，遇到了几副冷峻的面孔。

第十五章 剪彩

老专家李明,从那辆彩车的驾驶室里跳出来,两名助手手捧两台仪器,跟在后面。一台是桥梁挠曲度测量仪,进行静态和动态测量桥梁挠曲度。一台是裂缝显微镜,观察载重车辆通过后桥梁后,桥梁出不出裂缝,若有裂缝可以测出宽度。通过两台仪器测量的数据,分析桥梁的承载能力。李明把仪器安顿好了以后,让助手记录了原始数据,来到领导面前报告准备停当。这时大桥上布置好了剪彩的应用之物,布置简朴,气氛庄严。

副县长马明一声令下,那辆卡车,对石桥情有独钟,生怕伤着它的身子骨,哼哼唧唧的,像个乌龟慢慢腾腾地往上爬,它爬上去了,喘了一大口粗气,停在那里不动了。彩车欢声笑语开上去了,五色彩旗迎风飘动,哗啦哗啦地直响,向人们招手。载重车对石桥探问承受力,石桥岿然不动。专家李明,前前后后审视了一遍石桥,助手又一次记录了数据,眉头舒展了。马明看见他露出满意笑容,一挥手,群众涌上大桥,剪彩的领导迈着坚定的步子走上去了。

人们欢腾了,造桥的李家人站在桥上,流淌着欢乐的泪水。老支书乔本山和李家人拥抱。

四里八乡的干部、群众听到消息,前来观看剪彩,表示祝贺。

主持剪彩的副县长马明,忙活安排剪彩活动。

县长宋濂在人群里找到李志林,走上前来握住他的手说道:"志林啊,你干了一件千秋功业,为民造福,我代表父老乡亲向你致敬。"说完拍了拍李志林的肩膀,面容情切。

李志林憨厚地一笑,说:"我只是完成了一个心愿,没有县长讲得那么大功劳。"

县委书记郑海东拉着乔本山的手,谈着为英雄李向春立碑的事。乔本山汇报说:"哎呀,为了选这块墓地,可是费了不少心思,跑了一百多里,请来风水先生,找到风水宝地,这里有一条龙脉,建个好阴宅,让这孩子,高高兴兴地长眠在地下,我们活着的人也宽心了。也算是村里对李家有一份心思。"

郑海东特别高兴,没有理会乔本山的风水宝地和阴宅的一套嗑,他看到的不仅仅是一座石头桥,他看到的是山前村的李姓一家,不怕苦,不怕死,不怕困难的精神头,他看到了穷山沟脱贫致富的希望,他看到了或许更多,他对乔本山说:"本山书记,你们这里长出来一棵好树,是好材料,不知道你们打算怎么用?我可是眼红了,你们若是没有用场,我可要连根拔了。"

乔本山开头没有意识到,书记讲的好树指的是什么?想了想派用场,突然醒悟,忙道:"别,别那么闹,好不容易穷山沟长出这么一棵好树,你书记给弄走,山前村拿啥脱贫致富?那可是要我们的命!郑书记不会那么偏心眼吧？"

郑海东哈哈笑道："本山，别着急嘛！你是这里的山神，你这一方水土长出来的好树，本地优先嘛！我看他可是你的好接班人。"

"哎呀！呀！这我们可是想到一块去了。"

听完这句话，郑海东走到设在桥中间的麦克风前，拿起话筒说道："乡亲们，通向富裕之路的大桥建成了，我们给它起了个名字叫'连心桥'，连着群众的心，也连着县委、县政府的心。山前村的建桥壮举，推动了县里的工作，县委、县政府决定修一条公路和连心桥相通，开工日期已定，路修通时，还要在这里剪彩。"

他的话音刚落，围在大桥两岸的干部和群众，响起掌声、欢呼声。鞭炮响起，鞭炮声中，郑海东和李志林走到桥中间，剪断了横挂在桥上，带着彩球的红色彩带。气球飘向天空，大桥周围的群众的心，也跟着飘向空中，飘向远方，飘向明天，明天是什么样子，人们随着气球的飘荡，在畅想。

不知是谁喊了一声连心桥万岁！群众跟着喊起连心桥万岁。有人喊："老李家一大家子，为山前村立了大功，我们要感谢他们。"欢腾中，一些年轻人把李家五牛抬起来，一次又一次地抛向空中。

光明村支部书记赵普和村干部来了，前进乡的领导来了，站在了县领导的周围。

宋濂走到赵普跟前，握住老支书的手说："连心桥有你们村一份功劳，祝贺你们付出心血，有了收获。"

赵普说："这是李家的功劳，李志林的功劳，没有李志林没有李家这桥是造不起来的。李家人为了这座桥，李志林牺牲了儿子，李志勤失去手指，光明村没有这样的牺牲。"

宋濂说："没有牺牲，也付出不少心血，同样可以享受一份果实。"

"山前村那面的山，是宝贝山，有英金河隔着，眼巴巴地看着山货，就是拿不到。这下可好了，光明村的人也可以享受山野菜和野味了。一想这，就怀念英雄。"赵普发着感慨。

"是啊！英雄壮举是永远不能忘的，修墓立碑就是永久怀念。这座石桥，将会成为历史的见证。"

郑海东走到李志勤的跟前，捉起了他的右手，看着他的断指说："为了石桥你失去一指，为了省钱做手术麻药都不肯打，自我牺牲的精神，令人钦佩。"

李志勤说："当时就是想多攒钱造桥，就那么做了，啥自我牺牲，县长夸奖了。"

欢呼的场面持续着，欢呼声中，丹阳县领导和乡亲，一同来到李向春墓前，献上花圈，肃穆致敬。墓碑早已被工作人员立在那里，雄赳赳地站在那儿仰望大山。大桥的两头刻着"连心桥"的石碑，飒爽英姿守卫在那里。

一名年轻漂亮的女记者，跑来跑去格外抢眼，她拍的镜头李志林的最多，李志林不免多看了她几眼。女记者的风姿给他留下了深刻印象。

马明安排合影留念，郑海东把李志林和乔本山拉在自己的左右，漂亮的女记者，用相机留下了有历史意义的纪念照片。

事情就是千奇百怪，剪彩本是喜庆的事，人们欢天喜地。有两个人喜事不喜，他们心里作怪，喜不起来。

第十六章
冲击波

剪彩过后,范进像热锅上的蚂蚁,屁股沾不到板凳上。带上礼品来找乡长李一鸣,进了李家门,对着乡长发牢骚:"活见鬼,县里给李志林脸上添彩,给老李家添彩,李志林出尽了风头。断了手指的李志勤,县长都走上前去问候。我这个一村之长凑上去想和书记、县长说句话,那面孔叫冷。人家是勉强和你握手,心里真不是滋味。您是乡长,在乡里是一手遮天的,你可得为我撑腰。"

"那有椅子,坐下说话。"李一鸣抬手示意。

剪彩没有让他露脸,见到几位领导,也不知道哪股子邪劲,个个面孔冰冷。记者录像没有他的个人镜头,照相留念也没有显眼的位置,李一鸣今天心情也很坏,范进发牢骚,他更心烦,冷冷地道:"活该,谁让你在造桥的事上唱反调。你是猪脑子,人家个人集资,不要你出钱,为啥不顺水推舟为他们鼓掌。你失算一着,输得很惨。"

一顿骂,范进清醒了一些。暗想:建桥的事,当年向你讨过口风,你认为是白日做梦,你背后也没有少指责马明。李家在最难的日子里你也没有少说风凉话,我跟着你的屁股转,成了反对派,你一门心思跑官,消极对待,马明为建桥跑前跑后得了脸,升了官,你心里窝囊,拿我撒气。又一转念,他是乡长,还得靠他,转气为笑,道:"都是我考虑不周,失了手,没有脸面。今后,我还得依靠你这棵大树发家呢!"

"扯淡!什么大树!不要当面抬举我。有什么事就说。"

"其实没有什么要紧的事,就是心烦,到你这散散闷气,也是顺便看看领导。"范进说着,打开了礼品包。

李一鸣看到茅台酒、大中华,脸上有了笑容。"你看,你看,老范你这是干什么,来就来了,还带东西干什么。"

"一点小意思,不成敬意。前些日子去了一趟省城,在宾馆托人买了点稀罕玩意,得让你品一品。"范进说。

李一鸣露着笑说:"我知道,李志林在县里主要领导面前出了风头,你心不顺,人家是干出来的,领导欣赏。最近乡党委决议,李志林接任乔本山,当山前村党支部书记。他上任就是你的领导,你要有思想准备。你不争气呀,研究时只有我投了你一票,孤掌难鸣。"

"乔本山早就培养李志林当接班人,我找过乔本山,挨肩膀,他退我上才对。老家伙不买我的账,我和他吵过,他坚持推荐那小子,生米已煮成了熟饭,李乡长,你说下一步我该怎么办?"范进无可奈何地向李一鸣抱怨讨主意。

"为今之计,只有委屈你了。"李一鸣把话打住,像是在思索,打开一盒范进带来的中华烟,递给范进一支,范进急忙掏出打火机,上前给李一鸣点着。李一鸣吸了一口烟,接着道:

"前几年我们说李志林是丧门星,是说造桥出事故,是说他没有能耐把桥造起。儿子的血流到石桥上,没有击垮他,庄稼汉凭个人的力量,把大石桥造起来,载重车辆通行,石桥毫发无损,你说邪门不邪门。十里八村的都传李志林是福星,又说他儿子埋在龙脉上,今后说不定真有灵气,就福星高照了。"

"龙脉,福星高照,是乔本山那老家伙吹出来的。要说信吧,谁见过龙脉什么样?福星什么样?要说不信吧,说得有鼻子有眼。我还不知道该信还是不信,乡长,你说我该怎么做?"

"我看李志林不是小肚鸡肠的人,你反对造桥,数落的那些熊话,向他检讨争取谅解。此人有心计,不会把桥建起来就心安理得。他要办什么事,你就热心支持。他上了任你就忍着肚子疼,表示服从领导。他怎么干,你就怎么吹,错了是他一把手的主意,对了你跟着光荣。建桥的事你要是跟着他喊,这回该有多光彩,看吧,报上准有他们的大名。乔本山是带着好名声退位的,马明脸上也贴了金。人要是出了名,升官发财的路就通了。"李一鸣接着又说了一些掏心的话。

"我也是下了一着臭棋,要是和马明一起吆喝建桥,如今脸上也有光彩。他当上了副县长,乡党委书记的椅子该是我坐,县委郑书记有这个意思。宋县长在建桥的事情上对我不满,常委会上摇头。两个一把手顶了牛,另外派了人。办事要学会看风向,看风向是学问,这是我当官多年的经验总结。"

李一鸣一通经验总结的处世哲学,弄得范进晕晕乎乎,一个劲地点头。

连心桥剪彩以后,光明村党支部书记赵普可就心里扑腾起来了,大石桥建成,李志林带头发家致富,山前村很快会发生意想不到的变化。这几年光明村比山前村富,那里的大姑娘都愿意嫁过来,村里没有光棍,那些身强力壮的叫驴,规矩多了,不像山前村,那里的光棍,半夜溜门子,闹出风流事，支部书记伤脑筋。山前村富了，风水可就倒过来，光明村可就睡不成安稳觉了。老支书坐不住了。思忖好几天，这天一大早他骑上自行车，奔向山前村顺顺当当地上了连心桥，停下来，手扶着那浑厚的石头栏杆，看着奔腾而下的英金河水。这里也凝聚着一份光明村的心血，他感到自豪，同时压力倍增。他是来找乔本山的，乔本山在村头绕弯儿，看见石桥上来了一个骑自行车的人，他手搭凉棚，仔细观瞧，来人在石桥上停了一会儿，又骑上自行车，朝这里走来，渐渐走近，认识，老朋友赵普。他迎上前去，赵普骑车来到乔本山跟前，急忙刹住闸下了车，两个人拉拉手。乔本山说：

"我当是来了乡干部，原来是你。连心桥剪彩以后，乡里的干部下来方便多了，他们下乡的坐骑就是你骑的这种玩意儿。你也爱好两个轮子。我老了学不会了，外出办事还得靠四条腿的小毛驴。骑毛驴不省心，还要给它喂草料。两个轮子的坐骑省心，走到哪，不用喂草料。"

二人说着话进了村委会，乔本山忙活沏茶倒水。赵普自己拖过一张椅子，坐下来，乔本山递过茶。

赵普接过来，呷了一口，说："本山哥，石桥造成了，你们光荣，我们也跟着光荣。我们身上都有了光荣圈，这光圈好看不能吃，要想吃香的喝辣的，还得靠你们呢。"

"老弟，你说差了头呢，山前村比你们还穷，靠我们就得喝西北风。"

"老哥，你才说差了头，你念的是老皇历，大石桥建成，风水就变了，我是来取经，怎么才能让多数人过上好日子。"

乔本山说："这你可是认错了门，找错了人。你应该去找李志林才对，他满脑子都是让山前村的乡亲发家致富。"

"你不了解我的心思，我不是来取发家致富的经，我是想知道，你是怎样培养的带头人？"

"老弟，这你可又说差了头，带头人不是我培养出来的，是土生土长的好苗子，我只不过是在他蔫头耷脑时，给他灌上两桶水。"

赵普叹了口气，显得很无奈，说道："我们村没有这样的好苗子，歪脖子树难修直，想培养一个接班的，连一棵直溜儿树都难找，更不用说参天大树了。"

"千里马，不是到处都有的，山前村出了这么个人物，是我们的幸运。石头桥造成，我该卸任歇脚了。"

"你选到了可心的接班人，可以睡安心觉了，我正为接班的发愁，你不能袖手旁观看热闹，也得出出主意。"赵普很是羡慕乔本山后继有人。

"老弟，我看是有了李志林这面镜子，你选接班人的心气儿高喽，你可不能把志林当标杆，那样你就是到马克思那里报到去，也选不出接班的。"

"心气儿高喽"敲得赵普心头一震，沉默良久，舒展了眉头，笑呵呵地道："你可是捅到我的心窝子上了，自从李志林开始造桥，我就瞄上他了，在我们村也想找这么一棵苗子，八年了愣是没有找到。我是当事者迷糊，你把我闷着的心气捅开了，我找接班的心气高了，这么一高，高不成，低不就。"

"心气高了，和实际情况脱了节，就误事。你没有选好接班的，病根就在这个心气上。"乔本山进行心理诊断。

"老哥你比我高明，这个问题你看得透，说得对，我这趟自行车没有白骑，你这么一说，我的心目中还真有了苗子。"赵普心花怒放了。

第十七章
接挑子

这天，乔本山召开了全村党员大会，李志林夫妻也到场，一双双眼睛盯着李志林，好像是要把他的灵魂看出了窍，在场人都用目光对他进行考问，弄得他很不自在。尤其是范进的那双兔子眼捉摸不定，四目相对，让你心里不舒服。乔本山端着旱烟袋，吸了一口烟，表情很郑重，对李志林说："志林同志，小鬼拿着勾魂牌又来了，叫我快交班。党支部向乡党委推荐你接班，决定下来了，今天党员大会，改选党支部，你就是山前村的党支部书记了。"

对此事早有所闻的李志林，今天党员大会改选上任，还是觉得突然，忙摆手说："我的老书记，山前村还没有摘掉贫穷帽子，您怎么能撂挑子。我向乡党委打报告，您再干两年，就两年，小鬼那儿我去打发。"

打发小鬼，在场人都乐了。支部委员们发了话，乡党委的决定怎么可以说变就变呢，再说了，这也是前进村全体党员的意思，老书记该歇歇了，你当班长，我们服从。

范进闪闪兔子眼说："你年富力强，又能干，当书记最合适，今后山前村就是你当家，我们给你打下手。"

支部委员们表态，李志林知道他们是表达了全体党员的心意，没有理由推却了，便道："有句话，叫鞠躬尽……"范进说："鞠躬尽瘁，死而后已。"

"对！对！还是老范喝墨水多记性好，咱们一起鞠躬尽瘁，死而后已。"

李志林的话音刚落，范进带头鼓掌。全体党员都拍起手来，拍得很响，范进双手举得高高的拍得最响。心里头说，我不是为你上任鼓掌，是为我的今后鼓掌。

且不说范进都想些什么，乔本山又说了："党员们用掌声投了赞成票，举手就免了，李志林同志从现在起你就是山前村的党支部书记了。"又是一阵热烈掌声，这回是自发的，不是范进带头。赵晓娟坐在那里，丈夫上任，

第十七章　接挑子

她心里美滋滋的，一脸的笑容。

乔本山又说了："从现在起，在村里我不当家理事了，还有一件心事未了，丢了多年的钱桂花，活不见人，死不见尸，没有下落，寻人就得志林同志操心了。"乔本山的这句话，引起了一阵骚动，党员们议论开了锅。

李志林说："这是山前村的一块心病，姜家人为她操碎了心，老书记，这件事我一定挂在心上。"

李志林说完这句话，乔本山宣布："我的书记挑子交出去了，该回家哄孙子了，散会。"

李志林感到接过来的挑子很沉重，和妻子走在回家的路上想心事，低着头不说话。赵晓娟喜眉笑眼看着丈夫问："当了村官了，怎么话都懒得和我说了，要是当了县官，还不把我休了。"

"你看你看，把话说到哪儿去了，跑出了十万八千里。我是在想，如何看山前村父老乡亲的那一张一张贫困的脸，姜婶一家焦急期盼找到钱桂花，你想过没有怎么整？"

"党员们刚拍过掌，你就想这些了，我没有嫁错了人，这两件事你说吧，怎么整？我是党员，跟着支部书记屁股后头转。"

"这可是你说的，跟着我这个支部书记屁股后头转，没有便宜，准备多扒几层皮吧。"

"没有办法，嫁鸡随鸡，嫁狗随狗，我就是这份命。"

李志林说："第一件事，就是动员村民，'靠山吃山'，爬山头，采集山野菜，卖出去赚钱。集市上是小打小闹，闹不出名堂来，我寻思让县里的供销社到咱们这里建一个收购站，收购我们的山货。我刚接手当书记，零零碎碎的事要忙活，就得你去找王刚主任了。"

"你这个支部书记当的，把老婆也搭进去了，什么时候去？"

"只争朝夕，明天你就去。"

赵晓娟坐班车来到丹阳县城，找到供销社主任王刚。一见面，王刚说："呀！山前村的巾帼英雄来了，省报登了你们的事迹，全国都知道丹阳县有个山前村，出了父子建桥英雄，一对模范夫妻，人人羡慕。李志林娶了你这么个贤惠能干的媳妇，我都嫉妒了。"王刚本想赞美牺牲了的英雄，怕是勾起做母亲的心酸，赞美的话提到三字眼，就没有喷出来。

"王主任，看你说的，我是嫁鸡随鸡，嫁狗随狗，跟着丈夫屁股后头转，什么贤惠不贤惠的。"

王刚还是笑着说："你们夫妻钻了三年深山老林，回到村里，干成了一件大好事。还真没有三亩地，一头牛，老婆孩子热炕头。也没有干个体发了家，去当老板进城买房享受。你们的心愿实现了，可喜可贺。"

赵晓娟笑了笑说:"都啥年代了还讲三亩地,一头牛。现在讲手表、缝纫机、自行车三大件都过时了,90年代了,现在讲彩电、冰箱、洗衣机新的三大件了。"

"说得好,你还真有不少见识,我搞对象时,咋就没有碰上你。不说多余的话了,你大老远地跑到县城里,有何贵干?"

王刚的调侃赵晓娟有点不好意思,"啥贵干,现在讲改革开放,讲什么市场,我是来和你讲市场来了"。

"和你市场来了"王刚听了大笑,说道:"讲市场,李志林咋没有来,你们有农用车,他会开车,屁股一冒烟就来了。"

"昨天他挑上了支部书记的挑子,忙活村里党的那档子事,他心急建收购站,就把我撵来了。"

王刚一直在微笑,他觉得和面前的女人交流很开心,笑着说:"传说你丈夫是福星,他当山前村书记可要福星高照了。"

赵晓娟也觉得和面前的男人说话很投缘,有乐趣,话就多起来:福星的话是我大伯子梦中的情景,他说出来在村里传开了,老书记乔本山就宣传志林是福星,拿福星的话,鼓动人们支持造桥,山沟里的人信福星,就抱成了团,硬是把大石桥造起来了,老一辈子的梦想,志林这辈子干成了。全村老的少的那个乐,就甭提了,王主任你相信福星吗?那福星在天上的什么地方?

福星高照本是一句调侃的话,没有想到这个女人认上真了,王刚不想扫了面前女人的兴头,模棱两可地说:"中国人说祝愿的话,常说福星高照,自然是有福星了。"

赵晓娟也没有再计较王刚信不信福星,笑着说:"我们还是讲市场吧,我那口子,在家里等着听信呢。"

"县供销社和你们夫妻市场了两年,不知今天来怎么市场法?"

赵晓娟一门地笑,"两年市场,你们大力支持,赚了钱造起桥,有供销社一份功劳,我代表山前村谢啦。我今天来说的市场不复杂,就是请供销社到山前村建一个收购站,收购黄花、蘑菇、木耳等山野菜和草药,冬天还有野物。你也知道,那里建起桥修了路。供销社有汽车,喇叭一响,山沟里的人黄金万两。山货进了城,城里人吃到美味,一准念供销社的好处,说不定饭店增添了野味生意火了,你给他们带来财源,还要请你当顾问呢。"

"顾问我就不去梦想了,有好买卖做,我就念阿弥陀佛,这年头个体户到处跑,小老板满街走,官办的企业生意不好做。"

"到我们那里建个收购站,供销社多了一条货源,把山沟里的人活动起来,供给你们物美价廉的山货,你们嚼着狍子肉,就财源滚滚。我们那里创

第十七章 接挑子

了收，乡亲们脱贫，两全其美。"

王刚想了想，乐着道："晓娟女士可真会说话，死人也能让你说活了。你这套生意经，念得挺不错，山前村建起收购站，丹阳县东半部的土特产品向那里集中，供销社的货源多了渠道，生意可以做大，农民卖山货赚钱脱贫，可真是两全其美。县交通局修的路，通到连心桥了，你们村通了班车，交通方便。建收购站我的决心定了。不过建收购站，添丁加口的，媳妇得看婆婆的脸色。婆婆要是翻白眼，就没有戏了，要是翻黑眼珠，你们娶了收购站，我们有了山前村这么个好女婿，这桩婚事就算成了。这件事就这么说定了，我向婆婆打报告，你们听信好了。"

赵晓娟回到家，天擦上了黑色，屋里已经掌上了灯。她风尘仆仆地进了屋。满以为丈夫会在家里等她，她满以为错了，屋里哪有丈夫的影子。婆婆已经做好了晚饭，就等他们两口子回来吃饭，也是心急火燎的。婆婆看见儿媳进了屋，提溜着的心放下了一大半，在灯光下看看一脸喜兴的儿媳，轻声地说："你回来了，城里的事顺不顺当？"

"顺当，妈志林呢，干啥去了，天都这个时候了，咋还不回来吃饭？"

"一整天像忙得掉了魂似的，中午扒拉了一口饭就走了。你也跑了一天了一准是饿了，要么你先吃吧。"

"妈，还是等等他吧，他是新官上任三把火，得烧一阵子呢。"

婆媳正说着，李志林推门进来，看见妻子就说："我到汽车站接你，迟了一步，班车开走了，我知道你是回了家，你看这事闹的。""别闹的不闹的了，你有这份心我就知足了。"

婆婆媳妇说着话，饭桌放在炕上，端上饭菜，李志林把老爸喊过来，一家人嬉嬉笑笑地吃完了饭。赵晓娟和婆婆一起洗刷了锅碗，收拾停当。老夫妻到另一间屋里歇着。

李志林两口子对坐在那里，说起来收购站的事，赵晓娟说："那个王刚真逗，听了我的要求，他倒满乐意在咱们这里建收购站。他又婆婆媳妇地说了一大堆，说还得看婆婆对待这件事，翻白眼还是翻黑眼，翻白眼就没有戏了。他要给婆婆打报告，要我们等，不知道要等到猴年马月，也不知道婆婆是翻白眼还是翻黑眼，真急死人。"

李志林听完了妻子白眼黑眼的一片话，琢磨了一会儿，大腿一拍，晓娟这件事成了。你想啊，媳妇要找门路给家里多赚钱，婆婆哪有不乐意的。我们做好动员，让村民上山，这件事我看不容易呢。

第十八章
收购站

　　王刚带着采购科科长来到山前村，找到李志林，李志林见到王刚像是见到亲人一样，两个人拥抱在一起，热泪盈眶，山货交易夯出来的情义，在两个硬汉的血管里流淌，今日见面格外亲热。拥抱过后李志林拉住王刚的手说："盼收购站，我心里长了草，急得像火上了房一样。可把你盼来了，你再不来，我就杀到县城请愿了。"

　　王刚拍着他的肩膀道："做赚钱的买卖我也急，媳妇急，婆婆不急是干着急。要是买你们几十头猪，几车山货早就来了。建收购站动静不小，定机构，要编制，拨经费，零零碎碎的事一大堆，大红章子要扣好几个，没有婆婆点头我是没有辙。"说完这句话，他把一起来的人介绍给李志林，这是我们采购科科长秦亮。秦亮和李志林握了握手，李志林招呼二人坐下，免不了递烟倒水。

　　秦亮说："我们王经理，为了在这里建收购站，鞋底子都磨薄了，几乎是天天催婆婆，昨天才接到批文，今天我们就来了。王总说要对得起朋友，要安慰地下有知的英灵。"

　　秦亮的动情介绍，李志林眼眶湿润了，起身向王刚鞠躬致谢。弄得王刚很不好意思。"李书记，我可承受不起。"

　　"你为建收购站操心，向'婆婆'讨旨意，你是为山前村的老百姓操心，我是代表山前村的父老乡亲给你行礼，你一定得接受。我这一个躬是谢意，再谈就是平等交易的伙伴，想要我鞠躬都不成了。"说罢几个人都笑起来。

　　"哎呀，李书记你可是娶了个好媳妇，生了个好儿子，成了建桥英雄，受到敬仰，我都羡慕死了。你真是福星有福气，我还等着你福星高照呢。"

　　"福星这句话，听得我的耳膜都快鼓破了，你也就别跟着起哄啦，我是相信运气的。在狼牙山倒腾山货，碰上你王经理是运气，要不然被骗得翻身仗这不好打呢。老大、老幺不知道是逍遥法外，还是罪有应得。"李志林说。

第十八章　收购站

秦亮说："听法院的朋友讲，骗你们的那两个人，后来又作案被捉，外地警官还到这里取过证，后来听说一个判无期，一个判了二十年。"

"天理不容啊。"李志林感叹："哎，汪洋律师现在是不是还在那个所里？他可是顶呱呱的律师，懂法律又很人情。在我最艰难的时候，给了我们两口子不少帮助和鼓舞，我们翻过身来真该好好谢谢人家，请你回去代我问好。"

"我和汪洋是铁哥们，穿开裆裤子的时候就在一起，我们做买卖还是他的红娘。等开业那天，我把他接来热闹热闹。"

"那可就太好了，他是对我们有恩的，我们是不会忘记他的。我们是不是扯得远了，你大老远来了，我们言归正传吧。你说这个收购站该怎么个建法，要我们做些什么？"

秦亮接上了话，我们商量过，供销社现在日子也很紧，建站婆婆是点了头但不掏腰包，要媳妇自筹。来的路上我们就盘算，村里得提供点方便。

"什么样的方便？尽管说。"

"需要地皮盖房子，建收购站需要有人干活。"

李志林笑道："就这么两件事，小菜一碟。要块地没问题，山前村缺钱不缺地。我们这里有棒劳动力，供销社可以挑着用。沙石当地有的是，我干过泥瓦匠，可以组织人盖房子。供销社花钱买水泥、木材、砖瓦，发点小工费就成。"

秦亮满意地笑了，王刚偷着乐，他们来时秦亮有个猜测，怕是山前村有人要趁火打劫捞一把，就会加大建收购站的费用。为此，王刚说李志林不是那样的人，秦亮说他伸手不捞，村长要捞呢，所以商定只和李志林打交道。没有想到的是，建收购站李志林要当泥瓦匠，帮着供销社盘算着省钱，这让他们二人感到惭愧。

王刚说："只要地皮无偿使用就行了，支部书记去当泥瓦匠，你愿意做我们哪敢用啊！"

"还是那句话，你们只花钱买水泥、木材、砖瓦发点小工费就成，其他的活我们包了，只图个把收购站建得又快又好。我们穷，就得穷打算。"王、秦二人直点头，是一脸的口服心服的表情。

秦亮说："那可就真得谢谢李书记的鼎力相助了，和李书记打交道我们称心。"

"那我们就只争朝夕吧，范村长我们和供销社的朋友去看地皮。"李志林喊着，范进从他的办公室走过来和二人见面握了手，感谢客套了一番，李志林对村秘书说："去告诉晓娟嫂子，就说县里的老朋友来了，做好饭菜。这两位有口福，昨天我上山打了两只野鸡和一只狍子，有野味下酒。让老爷子把他存的那坛子陈年老酒拿出来，准备招待客人，你和范村长做陪客。"

王刚走后的第三天，供销社开来两辆卡车，运来水泥、木材、砖瓦。划好的那地就靠近桥头，建筑材料运来了，李志林招呼着，热火朝天地围院墙，打地基干起来了。李志林兑现诺言，一边指挥施工，一边操着瓦刀砌墙，这是他打工时，学来的手艺活，他是高级瓦工，得过省级瓦工技能竞赛奖第一名，操旧业轻车熟路。

收购站施工的当儿，李志林和村长范进商量发动村民采集山货，范进满口答应我听你的，你是党支部书记，是党的化身，听你的就是听党的，我一定响应党的号召，带动村民发家致富。

范进的表白李志林听着别扭，说："别瞎扯了，我是什么化身，我只是带领群众做事的党支部书记，范村长以后不要这么说了。"

范进皮笑肉不笑地说："你看，我这是尊重你嘛！好，党支部是代表党的，我以后只说听党支部的话，发动群众。"

范进在李志林面前的表白是言不由衷的，离开李志林，心里想发动群众采集野菜，对我有什么好处？让老婆上山应付应付，村民大会上讲一讲，也是跟着你李志林屁股后转了。

收购站的工地上范进是不去的，他没有法子去。支部书记当瓦工，他去只能当小工，当小工他又不甘心，就找借口忙村务。李志林是为了快些建成收购站甘愿如此。到这里干活并不是村干部分内的事情，所以没有人和范进计较去不去工地，倒是老书记乔本山常到工地，打打下手。

在村民大会上，范进说："父老乡亲，老少爷们，山前村建桥修路，通了车，县供销社正在我们建收购站，大家都看到了。这回发家致富有了靠头，党支部，也就是党号召我们致富，我们周围山里有宝，大伙行动起来，到山上找宝。每户都要有劳动力上山，不能在家里当懒汉。"

人们对采集山货赚钱没有多少认识，范进空洞的讲话村民没有放在心上，动员会开过，上山的人并不多。

收购站建成，县社派来一名站长，招用了三名村民当了工人，负责收购山货。建站两个月，没有收到多少山货。

站长石瑞不甘心蹲在山沟里，对收不上山货打了小报告，婆婆看了小报告，把王刚叫去不容分说狠狠地剋了一顿，末了拽给他一句话："办不下去就撤掉。"

王刚感到情况不妙，窝着火憋着气，急急地来到山前村收购站，两眼冒火责问站长石瑞怎么搞的，收不上货？石瑞知道经理对自己有火，他回答得很干脆，这话你得去问李志林，村民不上山，我也是干着急。"那你就去把他给我请来。"

第十八章　收购站

石瑞喊站内一名工人去找李书记。李志林被请到收购站，见着王刚打哈哈："救苦救难的菩萨来了，我得上三炷香。"

王刚说："我的大书记，什么救苦救难，我是惹火烧身。是你把我推到火坑里，自身难保。"他觑了一眼石瑞说："收购站的日子过不下去了，还得靠你救苦救难呢。"

王刚语气里夹带着情绪，李志林听出话中弦音，"哎呀，我的王大经理，此话怎讲？"

在这里收到的货，卖出去还不够几个人糊口的，赔本的买卖无法做下去，婆婆下令"撤掉"。

"撤掉"二字李志林听了犹如五雷轰顶，这是多年的心血换来的，是村民脱贫的希望。他急了，就说："怎么有的人上下嘴唇一碰，就冒出来'撤掉'二字，这不是过河拆桥吗？"他思谋了好大一会儿，面色郑重地对二人说："万事开头总有个难字，难字挡路我们想法子搬掉就是了，收购站是绝对不能撤的。我们这里不是没有山货，是没有更多的人上山，这里头藏着脑子里的问题，需要点时间开窍。二位开开恩，给我点时间，两个月为限，让村民脑子开窍。两个月还是赔本买卖，你们就撤。"

王刚心里说，只要我们的石站长不打小报告，婆婆不念紧箍咒，我这里好说，这话他不能出口，他便不开口，来个徐庶进曹营。石瑞心里明白，经理推给自己解决这个问题。他是横下心来搅黄这档子事，甩出来的话很冷，"这是上头的意思，我们下头只有不折不扣。李书记，只能说声对不起。"

王刚开头惹火烧身的话，是话里有话，此时又沉默不语，李志林悟出了一点玄机，这小子后头有人撑腰，他顿生不满，声调提高了八度："石站长这么说，我也说对不起，谁要是下令撤，我就告他的状，告个天昏地暗，撞个鱼死网破。"李志林说这话时，两眼喷火。王刚听着心里痛快，石瑞听了心里堵得慌，因为李志林在上层领导心中的分量，石瑞是清楚的，自己的后台还不是听县里领导的招呼，想到此他把话拿回来，说："李书记，不要上火，我想王经理会向上级表达你们的心愿的。"他把球踢给了王刚。

李志林发火，王刚有了底气，他走向前拉住李志林的手说："李书记我们同舟共济吧，我希望两个月内见到成效。"李志林哈哈笑了，心想敲山震虎真有作用，他紧紧握住了王刚的手说："好，我们同舟共济。"

王刚激动了，重复说同舟共济、同舟共济。

第十九章
那些事儿

送走王刚回到屋里,李志林瞧着妻子说:"王刚是个好人,石瑞那小子有靠山背后使绊子,我敲山震虎石瑞拿回头了。但收购站的货源是个愁人的事,打包票的话我是冒出去了,不能放空炮。这回还得你出面帮助我做村民的工作,动员村民上山。采集山货还得你带个头,让村民看到创收希望。"赵晓娟看着丈夫抿嘴笑道:"看你猴样,大话吹出去了,戏不好唱了,来求老婆。"她用手戳了一下丈夫的脑门,"看你这个支部书记当的,把老婆算是搭上了。"

"你看,你看,又说这话了,你也是共产党员嘛,讲奉献,不要计较了。"

赵晓娟瞟了丈夫一眼,"反正你有词"。

李志林来到姜婶家,姜婶忙把李志林让进屋里,让他做到热炕头上,要去烧开水,李志林说:"姜婶我不渴,您坐下咱们娘俩说几句话。"

姜婶坐在木凳上,仰脸说:"李书记你是大忙人,到我家有什么事?"李志林没有回答姜婶的发问,反问:"姜婶您老身子骨好吗?"

姜婶说:"我这把骨头还没散架,这不,供销社在咱们这里收山货,我天天上山,每天都能卖上几元,比以前活泛多了,还是你的主意好,建起连心桥,又号召村民卖山货,再过两年我们这里就不穷了。"

李志林笑着说:"姜婶,还是您老想得通,卖山货挣钱。村里人都像您老人家这么想就好了,好多人家没有人上山呀!"

"都是懒虫,不愿下辛苦,不要可怜那些兔羔子。"

"脱贫是全村的事,需要村民都行动起来,靠自己的双手脱贫,我看有一些人是懒,也有的人不信供销社。我想请您老人家串串门,和有顾虑的人拉拉家常,说服他们相信供销社不会骗人,卖山货能让我们摘掉穷帽子。"

姜婶说:"这点事我乐意做,用我老婆子挣钱的事,说服他们。"

"那就谢谢姜婶替党支部做工作了。"

"这点事还有什么可谢的,要说谢,应该谢李书记才对。玲子的爹在李书记的帮助下，去了收购站拿工资，玲子的学费不发愁了，家里的生活也不愁了，你是该谢的人。"

姜婶说完这句话，打了个咳声，"托你的福，日子好起来，不为生活犯愁了，玲子的妈是全家人的愁事。"

"姜婶，玲子的妈失踪，老书记交代给我了，我已经托人打听玲子妈的下落。十多年了，在报纸上寻人启事登了不少，没有线索。困难再大，也要千方百计地找。"

"老李家祖辈烧了高香，出了好心人，我真不知道该怎么谢李书记。"

"姜婶，不要说谢了，我是村里的当家人，这是我该做的。"

乔本山听说供销社两个月没有收多少货，要撤收购站，为这件事心里正着急，李志林登门拜访，老人乐开了皱纹。"志林啊，是不是为收购站的事头疼了？供销社要是撤了收购站，你的心血就白费了。"

李志林说："人家再等两个月，没有多少货可收，就要拍屁股走人，我心急呀，老书记请你出面做做村民的思想工作。"

乔本山乐呵呵地道："现在的思想工作可不是从前了，讲大道理人们听不进去，得讲实际的。听说收购站要撤，那些观望的人，有话说了，看！收购站是兔子的尾巴长不了，跟着转白忙活，不如在家哄孩子。主要是这部分人的工作，让他们打消顾虑。开头你们以为开一次动员会就能鼓起大伙的劲头，想错了。范进讲了一些不着边的话，人们听不进去。他老婆三天打鱼两天晒网地上山，懒汉就有话说了，村长的老婆都不上山，这里头没有什么甜头，一些人在那里看干部，采集山货需要干部带头，需要挨家挨户做工作。"

李志林笑了，对乔本山说："老书记脑袋没生锈，还能想这一层，我服您。我老婆也挨家挨户了，您老人家说话有人听，请您也挨家挨户吧。"

"您小子会使唤我，我是党员服从书记领导。"

"谁让您培养我当接班人呢！受着点吧！"

挨家挨户地动员，靠山吃山，发挥了作用，李志林向供销社承诺两个月，把货源的事整地道，第一个月就见到成效，收购站收到的山货成倍增长，扭亏为盈。第二个月，周围村子的村民，也到这里卖山货。

供销社主任王刚给李志林打来电话说："李书记还是你有办法改变局面，我王刚没有看错了人。你们新时期的思想工作，启发了周围的山村，你发明的'靠山吃山'的那句话很吃香，他们用上这句话，把群众发动起来向山林要钱了。也到县供销社要求建收购站。县社研究不再建新站，扩大山前村收购站，请李书记多多关照收购站的工作。"

李志林在电话里打趣道："没有想到我们这里的思想工作还有副产品，

影响到周围山村，要说关照，我们供应充足的货源就是关照了。"

"哎呀，李书记不能这么说，收购站里头的事不少，不是有充足的货源那么简单。你是当地的山神爷，站里的事……"

"掉线了。"李志林自言自语。

新建起来的收购站，红黄蓝白黑，事儿还真不少。

收购站增加人手，扩大业务，人员增加业务量加大，事也就多起来。收购站原来是站长兼任质量验收员，根据山货的品质评定等级，检斤入库。业务量大了，质检和过秤安排两个人分别负责。范进找站长说情，安排村民王雨琴到收购站当了检斤员，王雨琴是外村嫁到山前村的，人长得水灵，很会言辞，男人都愿意和她说话，也乐意多看她几眼。

收购站长石瑞是个小白脸，他是收购站国字号人员，在山沟里很受人羡慕，王雨琴主动接近他，不久，村民说他们两人那个了。村里有的人看出奥秘，就接近王雨琴，想沾点油水。

张寡妇拎上一筐鸡蛋，来到王雨琴的家，进院就喊："大妹子，你有了好差事，在收购站是叮当响的人物，老嫂子想沾点光，妹子一定要赏个脸。"

王雨琴让着张寡妇进屋，拉着张寡妇的手说："张嫂，咱们是老邻旧居的，有什么事就说，还拿鸡蛋干啥！"

"这是一点小心意，空着手来找妹子办事不好意思。我琢磨着你在收购站过秤，斤两由你说了算，照顾照顾嫂子，写过秤单子的时候多写几斤，嫂子多赚两个，少不了你的好处。收购站是公家开的，少点斤秤也不在乎。"

王雨琴当然明白这里面的利益，乐着道："嫂子，好不好处的，咱姐妹谁跟谁呀，这件事你知我知，千万不要说出去，让别人知道了传扬开，我的差事黄了，你的门路也完了。"

"这个我明白。"张寡妇千恩万谢地走了……

没有不透风的墙。和张寡妇一起上山的人，采集的山货比她多，结算时钱没有张寡妇多，次数多了，日子久了，人们明白了里面的窍门，有的人也攀上了王雨琴。王雨琴为几个人加秤，胆子越来越大，山货短斤越来越多，引起供销社领导的注意，王刚派人来检查，发现山货虚报，站长石瑞贪污。

查实后，检察机关将石瑞带走。王刚来到山前村收购站整顿，解雇了王雨琴，调离了会计。

王刚来见李志林，他开玩笑："李书记你这一方水土养人也害人，把我们的站长给害到监狱里去了，你说这笔账咱们怎么算吧！"

李志林哈哈笑道："是你派来的小白脸当站长，勾引了我们村年轻美貌的媳妇，成了贪污犯的帮凶，你说这账怎么算！"

王刚朝李志林一笑，说道："看来咱们之间的账扯不清，这是他们自作自受，就算扯平了。说点正事，我派来的干部腐败了，能不能在你这里聘用站长？"

李志林沉思了一会儿，说："这是正事，但站长在我们这里不好选呢？没有管理经验的人放上去，你这一大摊子管散了架，你我都不好交代。我看这样，人还是你派，事可以监督。退休的老乔书记是老革命，党性很强，身子骨结实，你聘他做顾问，监督腐败问题。"王刚说："此人是县里有名的模范农村党支部书记，能够发挥监督作用，好主意，就这么定了。"

李志林说："我向你推荐一个人，此人就在你们收购站当工人，他叫姜本文，村民送给他一个外号，叫他姜本分。采集山货他是内行，看等级他有经验，由他负责检质验斤不会走眼。老乔书记当顾问，调理着，保证在这方面出不了问题。"

王刚说："你这个朋友交对了，当年收购你的山货，看出你是有作为的人，果然不凡，什么难题摆在你的面前，就不难了。"

"哎呀，老弟你是用着我当面夸我，用不着就甩在一边。"

"老兄，我不是拍你的马屁，是敬重你才这么说，我看不上的人，还真不理他。"

山前村收购站整顿以后有了新气象，村民不再议论斤斤两两，也没有人反映等级评定不合理。卖山货的人越来越多，收购站兴旺，村民手中有钱花了。

乔本山走进村委会，和李志林拉家常，他说："你给我找了个好差事，当顾问。顾问，顾问，有事不能不问，一问就有活干，忙得我四脚朝天。不过忙得我老乔头心里痛快，我越忙山前村的穷人越有奔头。一高兴，就拿着供销社发的工资，打酒喝。"

李志林说："我们两口子的心愿实现了，心里也高兴。回想这几年，走过的路很艰难，苦辣酸甜都尝到，体会到创业是什么滋味了。这几年走了不少沟沟坎坎，本山叔给我鼓了不少掌，我才有勇气挺过来。"

乔本山笑道："别瞎扯了，什么我鼓掌你有了勇气。勇气不是掌声鼓出来的，是你那股子牛劲练出来的。刚开始那会儿，真为你捏了一把汗，担心桥建不成，有人戳闲话。你背上一身债怎么还，日子怎么过。现在担心变成信心，有了桥修了路山前村变了样。最穷的李二赖子，吃上顿没下顿，破衣服补丁摞补丁，鞋子露着脚指头。如今从头到脚全是新，穿上中山服，人看上去也精神了。常见他买老烧喝。山前村村民把穷帽子甩了，都是你的功劳啊！"

李志林说："穷帽子甩了，我们还得要一顶帽子。"

乔本山听出话中有音，磕了磕他的旱烟锅，乐呵呵地问："你还想要一顶什么帽子？"

李志林说："自从建起收购站我就琢磨，甩掉穷帽子，我们得要一顶富帽子，脱贫奔小康，这是我想的山前村前进的下一个目标。"

乔本山听了这句话，脸上的皱纹都笑开了，"雄心壮志，哎呀！我得去和阎王爷谈谈了，改改生死簿子，让我多活几年，看看山前村小康生活是什么样子。""我说本山叔，好好和阎王谈，别谈崩了，谈崩了，不放你回来可就惨啦。"

二人大笑。

第二十章
附加值

　　山前村建成了一座大石桥，修了一条路，建了收购站，这在富裕地区算不了什么，不会引起当地有多大的变化，在山前村却是翻天覆地的变迁。有了桥不怕英金河的咆哮了，有了路进城坐班车不用骑毛驴了，粮食、山货可以方便地运出去。有了收购站，村民把采集来的山货就地卖了赚钱。日子逐见好起来。

　　退下来的老支书乔本山，心里想接班人选对了，从心眼里往外乐，笑得合不拢嘴，逢人便说："我们山前村的人，生活是芝麻开花节节高，穷帽子扔到太平洋里去了，都是大石桥的功劳。桥是人造的，你们说是谁的功劳？"他说的是李志林。

　　贫困的山前村，党务、村务并不多，李志林接任党支部书记之初，没有感到担子的分量有多重。收购站里出了那些事，对李志林的震动很大，小小的收购站长，贪污几十万元，在村民眼里是天文数字。有几个村民为了多捞点钱，和检斤员王雨琴勾结，虚报山货的斤两，竟然使出了下三烂的手段。

　　李志林脑袋里装的事情多了，视野发生了变化，看到的东西增多了棱面。回想往事，山前村虽然补丁衣服，饥饿的面孔，四面透风的茅屋见不到了，人们还不富裕。英金河拦路，昔日与外面隔绝的贫困景象总在脑海里晃动，村民期盼过富裕日子，一双双眼睛刺得李志林睡不好觉。

　　村里大事小情，范进是用减量法对待，能推就推，能拖就拖。李志林用的是增量法，不推不拖，还好"多管闲事"，这他才体会到了"不在其位，不谋其政"的真谛。骤然感到，支部书记这个挑子有了泰山一样的分量。更让他寝食难安的事儿，让他费心思的问题，就是怎么才能让山前村的父老乡亲脱贫致富？

　　他在报纸上看到了一篇关于附加值的文章，好似科学家找到重大发明的突破点，作家产生创作灵感一样。突然产生了要在猪羊身上附加值，让山村父老奔小康的念头。

　　晚间躺在炕上拍着妻子胸口说："和村民拉家常，村民尝到卖山货赚钱的甜头，有了发家致富的念头，我们的脑子也该再活泛活泛了。"

"咋个活泛法？"妻子不解地问。

"动员村民多养猪养羊。猪羊多起来，建个肉食加工厂。把城里有学问的人讲的那个'附加值'往猪羊身上加，山货也附加值，在附加值上多动脑子。还有一层，建起肉食工厂，实现附加值，农民兄弟进厂拿工资，就成了工人老大哥。穷山沟里农民兄弟和工人老大哥成了一家人，你说那该有多开心！"

赵晓娟不保守，脑子灵活，丈夫的一通附加值，工农一家人说得她眉开眼笑，侧过身脸对着丈夫道："真有你的，头顶高粱花子的人，花花点子还不少，我没有嫁错人。"

"是啊，只有我才能娶你这村里一枝花嘛。"

"去你的，别贫嘴，为了你这个猪羊身上附加值，工农一家人，明天我去赶集，买瓶老烧，烧烧你的灵感，弄出更高的附加值来。"李志林望着风雨同舟的妻子，憨憨地笑了。

山前村新任党支部书记，在猪羊身上搞附加值的设想，村民大会一致通过，决定建肉食加工厂。

村长范进反对建桥，村里决定建肉食加工厂，他躺在炕上琢磨起来，不足千人的穷村子，在山沟里建起肉食加工厂，红火起来就是金疙瘩，难怪李志林讲什么附加值，那么上心办厂，这个机会一定要抓住。第二天起了个大早，赶到乡政府找乡长。

李一鸣走进办公室，泡了一杯茶，坐在椅子上刚端起茶杯，范进便推门进来，李一鸣抬头看了他一眼，指指沙发让范进坐，没待范进坐下，李一鸣扔过来一支烟，范进两手合拢接住李一鸣扔过来的凤凰烟嘻嘻一笑，屁股沾到沙发上，点着抽起来。

李一鸣看看行色匆匆的范进，说道："一大早风风火火赶来，好像出了什么大事，有什么情况，说吧。"

"还真有大事一件，我找不上门道该怎么办，来向乡长讨教？"范进喷了一个烟圈说。

李一鸣眉毛一拧，"别扯淡，什么讨教，有屁就放！"李一鸣对范进说脏话，已经成了习惯。

范进听惯了，也不在意，地位上的差别，范进总觉得比乡长矮了一大截，也没有法在意乡长的脏话，咧咧嘴道："李志林张罗闹附加值，村里决定建肉食加工厂，什么他妈的附加值？听着有点晕。我琢磨肉食加工厂建起来是块肥肉，您的头脑灵活，您说我该怎么对待这件事，该怎么做？"

李一鸣听了范进的简短介绍，琢磨了一阵，两眼眯成了一条缝，感慨

第二十章 附加值

道:"你看!你看!我就说嘛,李志林脑袋不会闲着,当上支部书记,成了村官,两只脚也不会停滞不前。你的机会来了,这回你要好好表现。我听了不少对你的骂声,这回少扯犊子,为村里做点实在的事,让我少听点骂,工厂建起来闹个位置才有实惠嘛!"

范进直点头。"就是,就是,我来是请乡长帮忙做实事。"

李一鸣喝了口茶,又点燃了一支烟,吸了一口,慢条斯理地问道:"要我帮你做什么事?说吧!"

"开工厂缺电,谁想法子通了电,就是大功一件,请乡长帮忙向上级请示通电。"

李一鸣想了想道:"这事很难办,我这点能水怕是搬不动电老大,我看你打着李志林的旗号,去县里找马明,他是管工业的副县长,让他想辙。"

范进一拍手,竖起右手大拇指,"高见!高见!明天我就进城"。说完留下两瓶茅台,拍拍屁股告辞走了。

范进跑到县里找马明,通过马明的努力,从光明乡政府接上高压线,山前村通了电,村民扔掉了油灯点上电灯,心宽眼亮,骂范进的少了。李志林觉得范进变了,对集体的事热心起来,建肉食加工厂就放手让范进张罗着办。

为了招用施工队伍,李志林来到丹阳县城,顺便到政府看望宋濂和马明,马明下乡了。在县长办公室,宋濂热情接待了他,一见面连呼:"稀客,稀客,快请坐。"说着沏了一杯茶,放在李志林身边。说:"我们好久没见面了,最近打算到你们那里看看,公务缠身还没安排日程。你们村的老乔头,常把小鬼勾魂牌的故事挂在嘴边上,是位幽默的老人。他身体可好?"

"小鬼勾魂牌的那套嗑,是他的挡箭牌,他想交班,就用那套嗑说事,他的身子骨可硬朗了。退下来享受天伦之乐,子女很孝顺,他活得很开心。常领着孙子在村里头到处转,看到不顺眼的事,就到村委会提意见,几个村干部他都骂过没有党性,给我还算留了面子,没有开口骂我没有党性。"

"那是你的党性强,他对你称赞有加,怎么会开口骂呢。老乔是一位让人尊敬的基层干部,保持了优良传统。现在这样的党支部书记太少了。不少基层干部,做事满脑子的个人利益优先,党的事业,群众的利益,摆错了位置。"

"基层工作婆婆妈妈的事多,揣着党性去干,很累人的,没有实惠,一些干部就不揣党性了,怀里揣着个人利益,忙活个人发财。"李志林说。

"前一阵子,你忙活山前村脱贫,我听有人说,老乔头喊山前村的穷帽子扔进太平洋里了。这可是他对你的工作打的满分。扔掉贫穷的帽子,在贫困的山村可不是一件容易的事，你上任两年就办到了，你也是创造奇迹。"

"为村民脱贫，我是穷忙活，办成了这件事，也算不上什么了不起。"

宋濂哈哈一笑，"别谦虚了，你是大忙人，进城来办什么事？"

李志林说："一座桥一条路，加上一个收购站，山前人摘掉了穷帽子。村里合计着，在猪羊身上弄附加值，奔小康，我进城请施工队伍，建肉食加工厂，顺便看看县长。"

宋濂听罢两眼放光，"哦！山村的农民要搞附加值，这提法有创意，大好事啊，应该得到各方支持，有什么事需要我帮着办的尽管说。"

"您是县里行政一把手，不能轻易打扰。"

"志林怎么客气起来了，山前村的发展是县里的大事，只要不违法的事我都可以帮着办。"宋濂喝了口水，接着道，"这样吧，我跟建设部门打个招呼，安排好一点的施工队伍，把工厂盖得经济适用，保证质量。"

李志林自从建造连心桥以来，经历了无数的困难，一个一个克服了，养成了一个习惯，凡是自己能办到的，不去求人。县长主动提出帮助解决问题，内心十分高兴。他懂得权力的分量，县长发话，事情就好办多了。他流露着感激的心情："谢谢县长的关照，那我就回去等队伍了。"

这时，县广播电台的女记者王晓燕推门进来，看到李志林，"哎呀！我们的建桥英雄在这里。李书记您好？"

说着伸出白嫩的手，李志林不好意思伸出手，王晓燕向前热情地握住他的手说："大桥剪彩，我是见习记者，认识了您，您的事迹，您的形象深深印在我的记忆里。两年没见面了，穿上西服，人变得年轻，更精神了。不像农村党支部书记，倒像大机关里的干部。"

在县长面前，李志林被王晓燕称赞得浑身不自在，红着脸说："王记者，你夸得我晕晕乎乎直冒汗，话都不会说了。穿西服进城办事，随个大溜，脱下西服，换上农民的衣服，还是两年前，站在桥上的那个李志林。"

宋濂笑道："他是服装变了，骨子里什么也没变。"

王晓燕又审视了一阵李志林，浑身散发着一股子气，她说不清是什么感受，微笑着道："李书记到县城办什么事，需要帮忙，我一定尽力。"

"他可是闲不住的人，需要办的事一大堆，怕你帮不过来呢。"

"没关系，有县长呢，您可以快刀斩乱麻，三下五除二就解决了。"

宋濂不想和这位刀子嘴雄辩，摆摆手道："晓燕，连个招呼也不打，闯进我的办公室，有什么要紧的事？"

"在我看来也算是要紧的一桩，奉局长之命，请县长提供有价值的新闻线索，配合中心工作进行宣传。"

这个丫头片子，嘴真够厉害，她知道当头的需要吹喇叭，说宣传就是要紧的事。宋濂这么想着,"还真来巧了,你面前的这一位,是很有新闻价值的采访对象"。

"那我可近水楼台了,就地采访,请县长提示采访议题?"王晓燕笑道。

宋濂看看李志林说:"李书记要在猪羊身上弄附加值,让山沟里的人奔小康,有没有新闻价值?"

王晓燕掂量着,认真斟酌一会儿,满怀激情地说:"山里人弄附加值奔小康,把经济学家的理论,在山沟里付诸实践,是了不起的创举。太好了,我挖到了重磅新闻,谢谢县长。新闻分量太重,李书记,我得另安排时间采访您,特想到您那儿看看,猪羊身上的附加值什么样?"说着话做了个鬼脸。

李志林憨憨地笑道:"弄附加值,八字还没有写出一撇,采访也没有什么好说的,免了吧。"

"好的创意也可以宣传,以后还可以跟踪报道。说定了,我向局里汇报,安排采访。"王晓燕说完,再次和李志林握手,向县长告辞,一阵风似的消失了。

王晓燕,大学新闻系毕业,回到家乡,分配到丹阳县广播局工作,父母都是教师。二十多岁的她,是县城出了名的一枝花。

第二十一章
算计

县长宋濂向李志林承诺，安排施工队伍到山前村，李志林回村一周后，县建筑公司经理率领施工队来了。公司经理来到山前村见到李志林对他说："临来时，宋县长交代，工程只能干好，不能出纰漏。我干过不少工程，一县之长这么重视，我还是第一次。工程干不好我是无法交代，一定把工程干得让你满意。"

"你们是国字号公司，这一点我相信。"李志林笑呵呵地说："李经理，把工程交给你们，我是一百个放心。"

20世纪70年代，丹阳县城也只有一家不起眼的食品厂，生产猪肉罐头，穷山沟里开工建设肉食加工厂，在当地无疑是爆炸性新闻，丹阳全县轰动了。人们说建起肉食加工厂，山前村就是天上掉馅饼，该吃得满嘴流油了。

施工队进村，搅动了山前村的村民，纷纷奔走相告：我们这里真的开工建设肉食加工厂了，李书记真是有两下子，说干就干，村干部不是说空话吹气冒泡。

肉食加工厂开工剪彩的这一天，山前村男女老少，八百来号村民来到工地。附近的几个村庄好奇的村民，特别是一些小青年闻讯也来凑热闹。李志林对开工不想张扬，没有和乡里打招呼，更不用说和周围的村庄了，倒是范进四处张扬。老支书乔本山领着两个孙子，姜婶老两口领着孙女来了，他们站在村民队伍的前面，看着建设厂房的地方，用石灰撒出来的白线。乔本山指指画画地告诉姜婶："老嫂子，再过些日子，放白线的地方，不是白线了，是机器轰鸣的厂房。"

姜婶满脸是笑说："大兄弟，你选对了接班人，李志林是好样的，再也不是穿开裆裤那个农村娃。他领着大伙儿要脱贫致富，我们算是赶上了改革开放的好年月，有好日子过了。"

"是啊！老嫂子，我们要感谢总设计师，是他设计的改革开放，让中国人过好日子。"

第二十一章 算计

村民们交头接耳纷纷议论……

王晓燕和广播局的一位副局长，开车来到山前村进行采访，在工地王晓燕向村干部介绍了王德明副局长。

王德明是农村出身的部队转业干部，转业时是营长，分配到县广播局。此人四十来岁，大块头，拧着黑黑的眉毛，说话声音洪亮。他握住李志林的手说："连心桥剪彩，那时我在部队，没有赶上很遗憾，我这次和王记者一同来，采访山前村搞附加值的创举。"

"欢迎你们的到来，更希望得到指点。"李志林说。

一部分村民围拢过来，听着李志林和县里来的领导谈话。王副局长说："宋县长让我捎话，开工奠基他就不来了，他要为肉食加工厂开工生产剪彩，他说要看着山前村兴旺发达。"

"谢谢县长的关怀。"

谈论声中范进拿起高音喇叭喊道："剪彩开始，请老乔书记和李书记为肉食加工厂破土奠基。"

一片嘈杂声中，乔本山、李志林挥锹挖土。

这时，在村委会值班的会计气喘吁吁地跑来，告诉李志林：乡党委通知，支部书记下午去县里开会。李志林点点头，转过身来对王德明说："王局长很抱歉，不能陪二位采访了，就由村长陪同吧。"

他说着走到范进面前，"老范，乡里通知要我去县里开会，两位采访者就得由你安排了，一定要满足他们二位的采访要求"。

李志林的交代，范进是满心欢喜地应承，他心里想，县里的这个会开得真是时候，这可是天赐良机，终于让我有了露脸的机会。李志林布置完毕，开上自家的农用车，到县里去开会。

奠基剪彩完毕，范进把王德明和王晓燕安排到村委会李志林的办公室休息，他没有作陪，找个借口离开了二人，回到自己的办公室可就算计开了：要不要通知乡长李一鸣陪着采访，一闪念可就打消了这个念头。不能让他来，乡长来了出风头，我就没有戏了。李志林没有布置通知乡里领导来陪着，李一鸣挑理，也挑不到我范进的头上。

采访免不了要求介绍经验，就要有镜头上电视，上广播新闻，我就成了丹阳县的新闻人物，人要是出了名，就有戏了，这个机会不能错过，要牢牢抓住。

采访对象，采访顺序，要村民说些什么，怎么说，他也动上了脑子。是不能让他们采访乔本山的，乔本山不会为我说好话，他只能为李志林吹喇叭。

范进盘算的心里有了谱，叫来新当选的副村长赵斌和村妇联主任张丹，对二人说:"县广播局的领导来采访,李书记去县里开会,我们要把这次采访接待好,让他们吃得满意,看得满意,不能给山前村抹黑。"他停了停接着道:

"安排大人孩子今天下午都上山,采集黄花菜收割蕨菜,明天集中到收购站去卖,要让局长看到村民在山上收集山野菜的热闹场景,要让他们明天在收购站,看到村民排着长长的队伍卖山货。这件事赵村长找村民小组长去动员,为了山前村的荣誉一定要组织好。"

范进把话打住,转转眼珠,看着张丹说:"张主任你去安排几个采访对象,让他们说话统一口径,我们取得的成绩不要突出个人,体现党的集体领导,要强调村委会集体领导的功劳,这里面也有你张主任的一份功劳。我看你先到姜婶家,要姜婶怎么讲,你去编排,总之不要为个人歌功颂德,你就说这是李书记的嘱咐,有了成绩不要突出个人,老乔书记不安排采访了。"

范进说完,朝二人一挥手,"拜托二位了,你们抓紧部署,我去陪那位副局长。噢!对了,中午就在我家吃饭,你们两位陪客"。

新上任的赵斌,是为筹建肉食厂增选的副村长。他在外打工几年,知道村里在李志林的领导下,已经脱贫要奔小康,他解除合同回到村里奔小康,回村时间不长,对范进心中的小九九,没有多少体会。他感到范进的话,有点不对味,扯什么个人崇拜。安排村民上山,要求村民到收购站排队卖山货,这分明是表面文章,为什么不安排采访老书记。对范进如此安排他猜不透,对强调体现党的集体领导不解,他向妇联主任讨教:"张主任,范村长安排村民上山突击采集山货,让村民排队卖山货?是何用意?"

张丹一笑,道:"这你还不明白,做给人家看,山前村是怎么脱贫的,范村长会做面子活儿,他这是趁李书记不在村里,铺排张扬,往自己脸上贴金。"

"范村长为什么强调集体领导的作用?如果不是志林书记,拼死拼活地领着大伙干,哪有山前村的今天,肯定他的劳苦功高,这怎么说是个人崇拜呢!"

张丹和范进工作上的交往时间较长,她明白村长的小心眼,诡秘地笑道:"他担心村民歌颂李书记太多,显不出村长的业绩,才这么说。李书记不在他是大拿,就按他说的办吧。"

"让村民如何说,才算统一口径?"赵斌问。

妇联主任胸有成竹,"那还不简单,讲到成绩就说村干部领导得好,或者说村干部领导有方,谁的名字也不提,谁也别挑毛病。"

赵斌点头恍然了。怪不得不安排采访老书记,老书记不会听范进统一口径,肯定要讲李志林的功劳。

范进做好了布置，副村长去动员村民上山，妇联主任去安排采访对象，他在办公室待了一阵，磨磨蹭蹭地来到李志林的办公室，来到两位新闻工作者跟前，对二人说：

"不好意思，安排了一阵村里的工作，让二位久等了。王局长，采访安排有什么指示，我一定按照领导的意图照办。"一脸的谦恭。

"你是这一亩三分地的当家人，采访怎么安排你说了算。"

王德明的话，正合范进的心思，便把二人首先领到姜家的养猪场。

妇联主任刚离开，姜婶和老伴见一辆吉普车开来，老两口知道是县里的领导带着记者来采访。

车子停下，村长和一男一女两名穿西服的人，从车里钻出来。姜婶认识女的，是县广播站的王记者。老两口赶忙向前笑脸相迎，姜婶说："欢迎领导参观养猪场，只是这里太脏了，连个坐的地方也没有。"

王副局长和走向前来的两位老人握手，攀谈起来："几年前家庭养猪是自己吃，今天养猪可以发家致富，这是改革开放给我们带来的福气。"

姜婶说："现在不割资本主义尾巴了，我们也敢成群地养猪了。建起连心桥，有了收购站，村民的心像是喝了蜜一样，不愁穿不上裤子，吃不饱肚子了。穷人有了奔头，都是村干部集体领导得好。"姜婶用手指了指猪圈说："这不，村干部又讲附加值、奔小康。我们闹不懂什么是附加值，村干部说猪肉加工成罐头就附加值了，肉食厂生产罐头需要猪肉，我们老两口，响应村干部的号召办起养猪场。"

攀谈中，王晓燕录像，范进看到了机会，赶紧凑过去，钻进了录像机的镜头。这是他平生第一次被录像，心满意足。

范进等待局长和老两口说完话，也上前去握手，期待王晓燕录像，王晓燕没有把录像机对准他，他很失望。

王副局长走近猪舍，猪舍里有一头母猪躺在那里，几只猪崽噘着小嘴，拱着吃奶。几只半大的猪躺在那里晒太阳，是准备育肥卖给食品厂的。王晓燕录像机对着猪舍，示意姜婶喂猪她拍摄，范进凑过去，帮着姜婶喂猪。

村长帮着喂猪，姜婶不知所措，赶忙说："老头子快来帮忙，不要弄脏了范村长的衣服。"

"没有事，还是我来。"范进帮着忙活。

姜婶哪里知道范进是为了上镜才这么做的，此时的范进是顾不上衣服脏不脏了。王晓燕对范进抢镜头心生反感，这个人怎么不知深浅。

王副局长和姜婶老两口告别，回到村里吃过午饭。下午范进引领二人开车来到磨盘山。

车子停在山脚下，几个人走进山林，放眼望去：苍松挺拔，遍地花草丛生。丁香花、映山红、喇叭花争奇斗艳。一群蜜蜂,忙碌花丛中。白色的,紫色的,黑色的,彩色的蝴蝶翩翩起舞。小鸟站在树枝上叽叽喳喳,两只老鹰空中盘旋。蝴蝶飞舞,风光无限。英金河水翻滚着浪涛,奔腾而下。一处河塘,生长着一人多高的芦苇,微风中摇晃。芦苇围着一大片池塘,有两个渔翁,驾着一只小船,在池塘里撒网捕鱼。河滩上金黄色的稻子,挺胸而立。一路上映入眼帘的是一派田园风光,才女王晓燕心潮起伏。

第二十二章
遐想

王晓燕来到乡下，看到一派田园风光，联想起陶渊明《归园田居》的一首诗：

种豆南山下，草盛豆苗稀。
晨兴理荒秽，戴月荷锄归。
道狭草木长，夕露沾我衣。
衣沾不足惜，但使愿无违。

她知道陶渊明《归园田居》一共有诗五首，这是其中的第三首。从字面上看，这首诗写的是田园劳作之乐。但把这首诗和陶渊明其他的诗对比欣赏，其实作者此诗别有一番隐喻。

"道狭草木长，夕露沾我衣。"这句诗看似平淡，但平淡中正好折射了结尾这一句"衣沾不足惜，但使愿无违。"这里的"愿"蕴含了诗人对当时社会黑暗的无限感慨，面对污浊的现实世界，陶渊明难以和那些贪官污吏、门阀、野心家为伍。陶渊明被称为"隐逸诗人之宗"，"但使愿无违"正是这位田园诗人"隐逸"的心灵写照。

在《桃花源记》里，陶渊明描述了一个美好的世外桃源，一个心中的理想社会：在那里生活着普普通通的人，他们生活得平和、宁静、快乐，这种生活是通过自己的劳动取得的。桃花源里既没有神仙也没有财宝，呈现一片农耕的景象。诗人幻想出现一个没有剥削、没有压迫、人人都劳动、大家富庶安逸、人人都怡然自乐的"世外桃源"，反映了诗人美好的愿望。诗人的向往和当时黑暗的社会现实形成了鲜明的对比，是诗人对现实社会的否定。

陶渊明的美好愿望，在那个时代没有办法实现，今天，老先生的幻想已经成为美好的现实，老先生要是生活在当今这个时代……王晓燕在遐想，车子又转过一个山口，几个人放眼望去，漫山遍野的黄花、葱绿的蕨菜，好不喜人。一群男女老少散布半个山坡采黄花，割蕨菜，十分忙碌。

王副局长突发感慨，对王晓燕说："这里的场面让人觉得好像又回到了那个年代，你看，人山人海的劳动场面像是大会战。"

"大会战是粗放的生产方式,现在不适用了。"王晓燕说。

局长的话范进心中暗喜,就是要你看这个场面。

"大会战是粗放的生产方式,现在不适用了。"听了王晓燕这句话,范进心里打了个冷战,这个女人难缠,看来她对这个场面是不买账的。

几个人下了车走到人群里,王副局长来到一名小女孩跟前,女孩在采黄花,王副局长问道:"小朋友,为什么要上山采野菜呀?"

小女孩直起腰来,扑闪着一双大眼睛,说道:"采集山野菜卖钱买花衣服穿,我还没有穿过花衣服呢。"

"为什么以前没有穿花衣服呢?"

"家里穷,没有钱买,有了桥有了路有了收购站,卖山野菜有了钱就能买花衣服穿了。"

这时女孩的父母走了过来,女孩的父亲说:"这多亏了村干部领导有方,我们穷山沟里的人,才有好日子。"

王副局长和小女孩一家交谈时,王晓燕举起摄像机。范进看到王晓燕要录像,赶忙走近王副局长,面向镜头。

王晓燕对范进抢镜头恼火了,但又不便发作,她变换角度拍摄,尽量避开范进的身影。村民看到上面来的漂亮女人,摆弄一件他们没有见过的稀罕东西,不断瞄着他们,便渐渐聚拢来看稀奇。王副局长和村民聊天,极目远眺,多么美丽的山川图景啊……

他们回到住处,范进离去,王晓燕朝王副局长发泄不满:"范村长厚着脸皮抢镜头,影响我们的录像效果,真讨厌!"

"他那是想出风头,就给他镜头,回去根据需要剪辑,剪掉就是了。"

采访车开进收购站大院时,一长串队伍排到院外,是农民在卖山货,收购站里显得十分忙碌。

收购站长迎上来表示欢迎,王副局长和站长寒暄了几句,便说:"这里买卖好兴隆啊!你干得不错。"

"这还不是村干部集体领导有方,群众发动得好,卖山货的人就格外的多。"

"村干部集体领导有方"的话,范进听着舒服,"今天二位来采访,是特别日子"范进听着有点走样,他瞪了站长一眼,站长自知失言一脸尴尬。本想说好天气,说成特别日子。赶紧掩饰道:"采集山野菜季节不饶人,现在正是收获季节,这些日子卖山货的人就多。"

王副局长感到站长和范进好像在唱双簧,他还真是想对了。范进昨天晚上,专程去了一趟收购站,和站长商谈采访安排,一定等采访的人到了,再开始收货。话怎么说,范进也按照他的需要做了交代。

站长说"村干部集体领导有方",范进借机大谈他如何大会小会动员群众,挨家挨户地做思想工作,要村干部的家属带头上山采集山货,大力宣传"靠山吃山",这是过上好日子的门路。李志林的几年心血,范进一股脑儿照单收到自己的账上了。两位采访者听着范进眉飞色舞地吹嘘自己,心中暗骂无聊。

结束了在收购站的采访,范进领着王副局长二人采访了几户村民,这都是他的精心安排。王晓燕想见老支书,范进就借口不派人去找。王晓燕知道范进心中有鬼,你不安排人,我就自己去。范进没有辙了,只好叫人把乔本山叫到村委会。

乔本山和王副局长二人见面,笑呵呵地先开了口:"你们是贵客光临,听说二位是为'附加值'来的。李志林讲附加值,开头人们不知道是咋回事,后来明白了,这是奔小康,比摘掉穷帽子还风光,都乐得闭不上嘴了。我们这里是一块风水宝地,就是英金河把我们和外界隔开了,闹得山富人穷。有了大桥,山富人也要富起来,李志林喊的附加值,就是山村人的富裕之路。"自从石桥建成以后,乔本山逢人就讲李志林建桥的故事,如今讲李志林又增加了一个词:"附加值。"

王副局长是初次见到乔本山,第一印象,这是一位慈眉善目的老人,心生敬意,接过老人的话头,说道:"此次采访,看到了实现附加值的条件。你们这里有了特棒的带头人,看到了村民的希望。老书记,你是好伯乐,你是山前村的功臣。"

王副局长说话的时候,乔本山从腰里解下烟口袋,装了一锅旱烟,掏出打火机,点着了吧嗒了两口,说:"功臣不敢当,有了喜事,我敲锣打鼓还凑合。"

范进不想让乔本山再赞扬李志林,插上话道:"山前村有了今天的变化,靠群众的力量,发挥了集体领导的智慧,才打开局面的,老书记也贡献了智慧。局长说你是功臣当之无愧。"

范进一撅尾巴,乔本山就知道他要往哪儿飞。他插话讲群众的力量、集体智慧,乔本山心里哼了一声,小子!怕讲别人的事迹埋没了你,你又没有什么好讲的,当着采访者的面,我不想揭你的疮疤。乔本山没有吱声。

此时,赵晓娟来招呼到她家吃饭,一行人来到李志林家。饭桌上酒过三巡,陪酒的村干部轮流劝酒。

范进暗想,这位漂亮女记者,是个笔杆子,一定要讨好她,为自己扬名,女人爱听恭维的话,我就恭维你,找话题和王晓燕搭讪,"晓燕记者年轻有为,连心桥剪彩我就留下了深刻印象,今日更是光彩照人,祝漂亮女记者飞黄腾达事业有成,我和晓燕记者碰一杯"。说着走到王晓燕跟前,把酒杯高高举起。王晓燕是有酒量的,她不愿意和范进碰杯喝酒,故而为难,人家来到跟前敬酒不便拒绝,只好举杯应付。

范进又和王副局长碰了一杯,再次来到王晓燕面前,眼睛盯着女记者胸前,一语双关地说道:"好事成双,祝愿晓燕飞黄腾达再喝一杯。"直呼晓燕,竟然把记者两个字也省略了。

男人花心女性最敏感,赵晓娟看出范进的心术不正,看出王晓燕的反感,举起酒杯敬酒,打断了范进对王晓燕的纠缠。范进心里暗骂这个老娘们多事。

乔本山在一旁冷眼相观,感到范进的举动有点儿不对劲,心里思忖,这小子吃错了药,在女记者身上打什么歪主意。他明白赵晓娟站起来敬酒是有用意的,他便呼应举起酒杯劝酒,和王晓燕碰过杯说道:"晓燕记者,我们敬酒是表示谢意,你可以量力而行。"

范进对二人的阻拦并不知趣,不依不饶劝王副局长二人喝酒,嚷着一醉方休。范进失态再喝下去局面更不好收拾,赵斌看不过眼,举起酒杯说:"范村长,让客人吃口菜,歇一歇,我和你喝两盅。"

这下扫了范进的兴,布满血丝的眼瞪得滴溜圆,他是借酒揣着明白装糊涂,把酒盅狠狠往桌上一墩,酒溅出大半盅,吼道:"赵副村长,你是什么意思?不让我陪二位贵客把酒喝好。"

赵斌气得满脸通红,说道:"我不是那个意思。"

"什么这个那个的!来我们一起和贵客喝。"说着他举起杯。这酒怎么往下喝,在场人都很难为情。

正在不可开交的时候,酒桌上的人听到了车的喇叭声,人们从窗户朝院里望去,看到李志林开车进了院,从车里钻出来。李志林回来,乔本山、赵晓娟和其他两名村干部像是来了救星,都松了一口气。赵晓娟迎出门去,和李志林耳语了几句。

李志林进了屋,屋里的人都站起来,他朝在场人抱拳拱手表示歉意,请大家坐下,说道:"开完会就往回赶,还是晚了一步,我自罚三杯。"说着自斟自酌喝下三杯酒。

李志林回来范进无法喧宾夺主了,似乎是酒也醒了,坐在那里眼睛总是盯着王晓燕的脸蛋……

王副局长和李志林对饮一杯,问道:"这次会的主要议题是什么?"

"中心议题是发展地方经济,脱贫是农村经济的主要话题,县办企业上新台阶,提出了全县奔小康的目标。"

王晓燕见到李志林,话就多了,"李书记,我和王局这次来采访,欣赏了你们这里的秀丽山川,吃着野味,很向往田园风光呢!"

王副局长笑道："那你就在这里挑个好小伙结婚，安个家就可以长期享受田园风光了。"

"哎呀，王局你拿我开心。"

"晓燕记者要是来山前村落户，我们这里可是飞来凤凰了，一定多雇几个吹鼓手，让新娘坐大红轿子。"李志林笑呵呵地说道。

"我老汉可要吹喇叭欢迎新娘子。"乔本山跟着打趣。在场人开怀大笑起来，范进借酒搅闹的不快场面，烟消云散了。

"你们大男人合着欺负我，侵犯女权。"王晓燕嘟哝着。

王副局长二人离开山前村，坐在车上议论此次采访，王晓燕说："发动男女老幼搞会战，采访时村民讲的话千篇一律，这是范进给我们演戏看，不知局长有何感受？"

王副局长哈哈笑了："范进贼眉鼠眼抢镜头，和那位收购站长演双簧，很滑稽。村民说的话口号式的，显然是背后有蹩脚的导演。那么多男女老幼上山，大会战的把式，李志林不会弄这个，准是范进的安排，作秀给我们看。强调集体领导的功劳，是范进想贪天之功，贬低李志林的贡献。我们看到的、听到的，是注了水的，回去后发新闻得把水分挤得干干的，让注水者什么也捞不到。"

"哎呀！局长全都看透了，我很佩服。"

"你脑子也不含糊，你一定要采访乔本山，我就明白你是把范进的把戏看穿了。"

一篇《农民也讲附加值》的通讯稿，在县广播站播出。广播说：山前村党支部书记李志林带领村民，在荒山上生长的野菜、中草药搞附加值，野生植物变成了宝贝，山前村脱了贫。现在他们又要在猪羊身上生产附加值，正在建设肉食加工厂，率领村民奔小康。附加值是经济学家、企业家口中的词汇，山沟里的农民要把"附加值"当作发家致富的武器，这是改革开放中农民思想大解放的结果，让我们震撼……

第二十三章
虎视眈眈

　　山前村肉食加工厂的建设，村民寄托着脱贫奔小康的无限希望，可是让李志林没有料到的是，加工厂的建设，在村干部中激起了另一种欲望。
　　范进想村长兼任厂长，怀着忐忑不安的心情，来找乡长李一鸣。
　　马明调走以后，李一鸣成了光明乡的元老，新任党委书记是个年轻人，资历浅，人地两生处境尴尬。李一鸣是耍弄权术的老手，在乡里的人事关系盘根错节，他一手遮天。村干部有什么为难的事，不管是党务还是政务，找乡长不找书记，他成了光明乡的"土皇帝"。范进是他的红人，想村长兼任厂长，碰到阻力找他问计。
　　"李乡长，山前村肉食加工厂就要挂牌了，厂子是李志林鼓捣起来的，我以为李志林一定兼任厂长，李志林在村民大会上表示：他不当厂长，看来他也不想让我兼任，让村民酝酿推举。谁来当厂子的头，村里头七嘴八舌。加工厂油水大，李志林不想当，副村长、妇联主任、会计都争这个厂长。我想，就是村长不干了也要当这个厂长，请乡长把我举上去。"
　　李一鸣也很关注山前村的这个厂，这是光明乡唯一一家村办企业，不能不重视。开始他以为李志林把厂子办起来，厂长理所当然是李志林兼任。近两天听说李志林无意当这个厂长，他权衡利弊应该让范进兼任，这对自己有好处。李志林是个响当当的人物，这件事不便直接插手干预。今天范进来讨主意正中下怀，他不紧不慢地道：
　　"别扯犊子，村长不想当，这是什么话，村长要干，厂长也要抓到手，这才是你范进要做的。你想兼任厂长要说个子丑寅卯嘛！村办企业和村委会是分不开的嘛！书记、村长不干厂长，谁干也不妥当啊！你是行政一把手，只要李志林不想干，别人争不过你，可以毛遂自荐。你范进在乡里的村官中，嘴巴最滑溜能说会道，具体怎么说自己去编。"
　　范进听了这些话，像得了圣旨似的，说道："还是乡长高见，这个厂长我当定了，不过还要请乡长发挥影响力。"
　　"你要我怎么发挥？"

"向李志林交代领导意图,村办企业,企业的头应该书记或村长兼任。"

李一鸣嘿嘿一笑,"我还要强调一句,除了书记、村长兼任,别人干厂长,管不了也管不好,你小子还真有花花点子。"

范进诡秘地笑道:"这还不是你乡长教导有方,我才有了点见识。"

"少拍马屁,我知道你的小心眼小算盘,你觉得村官不大,抓实权才有实惠。升官发财早有古训,李志林是个傻蛋,不会当官不懂得发财,揣着一个理想只会傻干。"

李一鸣滔滔不绝的议论,范进还是想心事,嗫嚅地说:"李志林不同意我兼任,我心里还是没有底。那几个想当厂长的村干部,背后说我的坏话,老乔头看不上我,李志林主张群众推举,我担心多数人不举我的手。"

李一鸣心头一震,"哦!这倒是个问题,需要动一点心思,看来你得烧香拜佛了。"

"烧香拜佛?"范进不解其意,愣愣地问:"给谁烧香,拜什么佛?"

"猪脑子,村民是上帝,你是村里的天子,村民组长就是诸侯。诸侯不是花瓶,不是摆设,他们和上帝最接近。你不是讲发挥影响力,你让诸侯发挥影响力。烧香拜佛是为了拉票举你的手,你说谁是佛啊!你说该给谁烧香嘛。"

范进一拍脑门,恍然道:"嗨!乡长我明白了。"

范进还有一件心事,便试探着问:"李乡长,如果我当上厂长,举行一个隆重的开业典礼,请你和县里的一位头头剪彩,也像当年连心桥那样,风光风光。"

李一鸣何曾不想风光,姜是老的辣,他比范进头脑清醒得多,听了范进的想法,斜了他一眼,说道:"你是让名利这两个字冲昏了头脑,还是让这两个字锈住不会动脑子了。连心桥是什么名头,那是李家自筹资金,八年奋斗造起来的。这个举动恐怕在全国也是蝎子的屎——毒(独)一份。县里的领导看重的是无私奉献精神,不怕艰难困苦的那股子劲,脱贫致富的榜样力量。建个肉食加工厂算个什么来头?顶多在乡里,你们是村办企业第一家,现在还有两个村子在筹办。你们一个小小加工厂,放个屁都没有多大响动。不要把芝麻看成西瓜嘛!剪彩的事,如果是李志林张罗,还能把县长请来捧场,宋县长已经承诺过。我看,李志林不会赞成这么干,你还是不要学青蛙,不管晴天还是雨天,都呱呱叫。用心思把厂长的椅子抓到手才有实惠。"

李一鸣这番话范进并没有听进去,但他对李一鸣的话从来不提异议,点点头便告辞。刚把脚迈出门槛,只听李一鸣喊:"老范,你别忙着走,我还有话和你说。"

听到喊声，范进转身回到屋里，朝李一鸣龇牙一笑，"乡长，还有何指示？"

李一鸣向他招招手，让他走近些，压低声音说："我想了一下，为了争当厂长保险起见，除了向村民烧香拜佛拉票以外，你再准备一手，到县里食品厂取经，请他们帮忙弄一些管理厂子的条条框框，推选的时候你把管理方案拿出来，会起到意想不到的效果。"

范进一听，两眼闪出捉摸不定的目光，谄媚笑道："还是乡长有智慧，怪不得你能当乡长，我只能当个不吃国家俸禄的村官。"

"少给我扯淡，想通了就照我的话去办，使上这两招，保你过关兼任厂长。"

范进和李一鸣合谋时，副村长赵斌来到李志林的办公室，李志林抬头看见赵斌走进来面现忧虑，便问："老赵啊！看你的气色好像有什么心事？"

赵斌眉毛一拧，气呼呼地道："我的心事大了，心中有气，气不打一处来，对范进有气，对你李书记也有气。"

"好嘛！气不小还不少，那你说说看。"

赵斌叹了口气，"妇联主任告诉我，范进到乡政府找李一鸣去了，找李一鸣还不是为了兼任厂长。李一鸣花花肠子不少，成了范进的干爹，肯定是给老范出谋划策。范进兼任厂长我不服气，也不放心。他是个白痴，靠上李一鸣当上了村长，只会弄权。管理厂子的产供销、吃喝拉撒睡，需要有一套办法，他没有那个能力，他管不好，他要管我不服气。范进心黑手长，我担心他把厂子变成范家的摇钱树，集体利益遭受损害。"

李志林看着赵斌，说道："老赵啊，你的不服气，你的担心也是我的顾忌，因此我才提议要村民推选。我的意图就是不要老范兼任。你在工厂打过工，我安排你参与筹建加工厂，也是考验你有没有管理能力挑这副担子。范进看出苗头，抢先一步找李一鸣，李一鸣给他出主意到县里活动，通过马副县长的关照，村里通了电，范进博得了一部分村民的好感，因为这件事，老范把筹建加工厂的事抓到手，把你挤到一边。"

"那还不是靠你的名气，打着你的旗号干的，县里才大力支持通电。没有你的模范事迹的影响，没有你李书记的号召力，他十个范进也搬不动电老大，县里也不会大力支持。"

"话是这么说，毕竟是他跑上跑下地把事办成了，也是办了一件好事。"

"打着你的旗号我也能办，也能办成。"

"毕竟是范进抢先办了，办成了。"

"他这是投机,建桥没有油水,他当缩头乌龟。他看上加工厂是块肥肉,削尖脑袋钻营想抓权,所以我不服气,也不放心,要争厂长这个位子。"

"这个我理解,说说对我有什么气?"

"我认为加工厂是你筹集资金操办起来的,你是村里一把手,一心为公,你兼任厂长村民放心。你决意不兼任,范进才有了机会,你让村民失望我也失望,对你有气。"

"哦!原来是为了这个生我的气。"

他们正在交谈,乔本山来了,走进村委会大院就喊:"志林书记在吗?"李志林听出是乔本山的声音,起身迎出门外,赵斌随着跟出来。乔本山看见赵斌,乐呵呵地道:"看来我来的不是时候,搅了你们的公务。"

"哪里的话,老书记,我们在闲聊。"李志林应道。

"哎呀!你李志林还有闲工夫聊天,八成是聊加工厂谁当厂长吧,这可是当前村里的中心话题,我老乔头也是来聊厂长这档子事。"

"那好,老书记我们到屋里说。"

赵斌觉得谈这个话题必然牵连自己,便告辞了。

回到屋里李志林要为乔本山沏茶,乔本山制止了,开门见山地说:"厂长由谁来干,最近村里挺热闹,五名村干部,只有你李志林推,其他四个人都争,我家的门都快被这几个人踏破了,拉我举手,要我帮着拉票。看来厂长这个官,是肥缺啊!都眼红。我听说范进又跑乡政府了,他可是把脑袋削尖了。我琢磨厂长不能让范进干,且不说他能不能干好,他的手太长了。"

"赵斌找我,也是说反对范进兼任厂长,他说范进要当他就要争。他也担心范进手长。"

"是啊!不少村民有这种顾虑,大伙儿还是希望你兼任,姜婶也是这个意思,让我捎个话,你兼任厂长最合适。只要你答应兼任,大多数人会推举你的,除了范进,其他几个人也就不争了。"

"哎呀!老书记,别人不理解,您老应该理解,我是党支部书记,不能让加工厂的繁杂事务缠身。我还有点小名气,社会活动不少。再说了,村里的事能捞油水的范进就插手管,费力难讨好的事不闻不问,只好我来管,厂长我是没有精力干,不能兼任啊!"

第二十四章
别有用心

范进从乡里回家的路上边走边想，用上李一鸣竞争厂长的两招，兼任厂长是有把握了。肉食加工厂开工建设时，记者采访发了一篇广播稿，只讲了李志林，范进的名字只字未提。这回一定要把加工厂开工生产的剪彩场面搞大，搞得风风光光，这是出头露脸的好机会。要想搞得风风光光，还得借助李志林的威望，鼓动他出面把县里的有关领导请来剪彩，县领导来剪彩，记者自然也要跟踪报道，我是厂长，就该我范进露脸风光了。他盘算已定，心里美滋滋地哼起杨子荣打虎上山的一段唱词：

穿林海跨雪原气冲霄汉！
抒豪情寄壮志面对群山。
愿红旗五洲四海齐招展，
哪怕是火海刀山也扑上前。
我恨不得急令飞雪化春水，
……

山前村肉食加工厂，建设规模不大，整个厂区分成四块：屠宰车间、熟食车间、冷库、办公区。

说是屠宰车间，却见不到现代化的屠宰设备，从宰杀、剥皮、剔骨到成品，全是手工操作。熟食车间，也只有几台生产罐头、香肠的简易设备。冷库也只能装下几十吨肉。办公区是十来间平房，作为生产管理人员的办公场所。

就是一个这么不起眼的加工厂，在当时的前进村或者是丹阳县来说，也是鹤立鸡群了。初步测算按着设计规模投产，产品销售出去山前村年人均收入，可以翻两到三番，就看管理效益了。这是十分诱人的前景，鼓舞人心的前景，唤起了村民奔小康的憧憬。

加工厂设备安装完毕，技术人员正在调试等待验收。李志林来到调试现场，建筑公司经理迎了上来，笑着对李志林说："李书记，这项工程我们公司就要交上答卷，等你验收了。这个厂建设规模不大，建筑标准也不高，可

第二十四章 别有用心

是建设这个厂,我的肩膀感到分量很重,压力很大,建设过程中我一直在现场指挥,生怕出纰漏。果真出现质量问题,李书记能够理解,我在宋县长那里是不好交差的,只有精心施工。土建部分质量全面自检完毕,我们自己还是满意的,我才松了一口气。设备安装调试已经就绪,就等李书记按电钮试车了。"

"谢谢你周经理精心组织施工,对工程质量我是放心的,具体评价就等有关部门验收说话了。"

听说要试车,几名村干部来了,老支书乔本山,一家人的主心骨姜婶也来了。他们看着刚刚建起的厂房,安装好的机器,在场人思绪万千。特别是老支书乔本山,他感到年轻了十岁,再不叨念勾魂牌和小鬼的故事了。

李志林见到乔本山拿他开心,"老乔书记,最近小鬼没有登门拜访啊!你们是不是又有了新的协议,把您老的寿命再增延长几年。"

乔本山乐呵呵地说:"你小子不要拿我老头子取乐,我看到了奔小康的希望,我不去阎王殿报到,我要打起精神奔小康,阎王老子也拿我没有办法。"

老人的幽默,在场人都笑了。

周经理走过来对李志林说:"一切准备就绪,请李书记按电钮试车。"

李志林走到控制台前伸手按电钮,此时范进急匆匆走来,"哎呀!李书记我可找到你了,我刚从乡政府回来,有事向你汇报"。

李志林把按电钮的手收了回来,抬眼瞧瞧在场人,把手一挥说道:"我们先试车,试车完了再听汇报",说着他按下了电钮……

村民大会上,讨论加工厂厂长人选时,范进两只眼睛瞪得滴溜溜圆,他扫视了全场,抢先发言:"村办集体企业同村是一体,村里的政务和企业生产管理是分不开的,书记、村长不当企业这个家,别人去当不合适,这是李乡长的意见。李乡长还指示,加工厂是乡里第一家村办企业,开业剪彩一定要搞得红红火火有声势,请县里领导来剪彩,请记者采访,要是上了省报,要是上了中央的报纸,我们山前村可就窗外吹喇叭——名声在外了,这是宣传自己的好机会。"

他呷一口水,接着说:"李书记不兼任厂长一职,村长兼任理所当然。"

范进眉飞色舞地说了一通,李乡长是不是真有这两点指示,在场人不明所以。这两点指示很有针对性,在赵斌看来这是为范进兼任厂长鸣锣开道,肯定这是二人密谋好了的。这一点还真不光是赵斌这么看,几个竞争厂长职位的人都是这么想。赵斌情绪激动,站起来声音颤抖着说:"我们是村民推举村办企业厂长,自己行使权力,乡长的意见不是上级组织决定,我们可以参考不是照办，村民还是要推选自己心目中的合适人选。我在这里表态：如果推选我当厂长，我做到两点，一是搞好生产为集体多赚钱；二是搞好村民的福利生活。"

赵斌的话音一落，一名村民组长站起来言辞激烈地说："赵副村长说的两点，我听着是空洞口号，喊口号我也会。请问赵副村长，你怎么保证实现你说的两点，有一、二、三的措施吗？拿出来让大家看看。"

这下把赵斌问住了，怎么管理加工厂他虽然心里有了谱，可是没有理出一、二、三落到纸上，一时拿不出来。

只听另一名村民说："是骡子是马拉出来遛遛，想当厂长的拿出你们的管理办法来。"

这时，只见范进磨磨蹭蹭地站起来，打开他常不离身的精致公文包，拿出几页稿纸，向空中一举，说道："我已经搞出了加工厂经营管理方案，请大家评议。"他不管是不是需念给村民听，径自念了起来。

乔本山坐在后面抽着旱烟，听着村民发言，范进念他的经营管理方案，听到半路听不下去了，他把烟锅朝板凳上磕了几下，人们把目光集中在乔本山身上，乔本山从容地站起来，"我说几句，今天是推举由谁来担任加工厂厂长，我怎么看着有人好像演双簧。有人要一、二、三的管理办法，有人就从包里拿出来，我看这是事先谋划好了的，这是背后捣鬼"。

乔本山的话，引起一阵议论，李志林感到乔本山说演双簧，可是没有证据。他心里清楚，争当厂长的几个人，谁也背后没有少活动。

范进毛遂自荐兼任厂长，口气不容置疑，拿出经营管理方案，妇联主任、会计想当厂长，没有勇气发表竞争言论，反对范进兼任也轮不到自己头上，保持了沉默。

筹建加工厂时，赵晓娟负责跑建材、采购设备，范进看中了她的能干。她是党支部书记的老婆这么一层，范进兼任厂长，任命赵晓娟当了副厂长。范进宣布任命赵晓娟为副厂长，把赵斌抛在一边，没有事先跟李志林通气。人员安排厂长说了算，李志林不便干预。

在加工厂的办公室里，范进嘴里甜甜地对赵晓娟说："赵大姐，我虽然是厂里的一把手，我没有经过商，开始还真有点摸不上头绪。大姐是老把式，今后加工厂的事，就得你这位德高望重的人多多操心，范进在这里拜托了。"

赵晓娟没有理会范进的恭维，她说："管厂子和做买卖不一样，你是赶鸭子上架，我只好硬着头皮干了，厂子里的事还得你拿大主意，我是助手，我会用心配合你。"

赵晓娟说的是真心话，范进心里想，你知道自己的位置就好，不要以为是官太太,就在厂里指手画脚。嘴里却道:"大姐不要推辞,食品厂的兴旺,今后就靠你了。"

范进自从开始筹建食品厂,就视作自己的一棵摇钱树,兼任厂长以后,他的心思想的是如何捞钱。他叫来侄子范良,对他说:"叔叔让你干食品厂的会计,没有官衔有实权,厂里的经济命脉就抓在你小子手里,要多长几个心眼,干漂亮了,有你的好处。"

范良对叔叔的安排感激涕零,赶忙说道:"我知道这是美差,别人都想顶着犁铧子往里钻,我绝不让叔叔失望。"

"你的心眼要长在建两套账上,我知道你小子脑子活,怎么建两本账,不用我教你。明的那本账是给村干部看的,让人越看不明白越好。暗的是咱们爷们心里有数,懂了吗?"

"嗯,请叔叔放心,账本这玩意,整明白不容易,让它乱了无师自通,那还不容易,不折不扣地贯彻叔叔的意图。"

范进很满意范良的态度,"你去办吧。"

加工厂刚开业人们都有新鲜感,做事也还守规矩,开业第一年,生产秩序正常。通过赵晓娟的努力,和县食品公司建立了稳定的销售渠道,生产出来的罐头、香肠、生猪肉保证了销路,加工厂的收入很可观。市场稳定了,厂里的生产上了轨道,范进向赵晓娟宣布,今后只管销售,厂里的其他的事就不要过问了。

赵晓娟没有抓权的欲望,不过问生产,少了一份操心,并不在意。一年来厂子没有出现让人着急上火的事,范进剥夺了赵晓娟的生产管理权,李志林也没有当回事。夫妻的大意,食品厂里的故事就多起来。

范良向范进汇报:"明的暗的两套账都做好了,请叔叔过目。"

"哎嗨!你小子啥时候,学城里人的腔调说话了,还什么过目!"

"我是跟叔叔学呢!您不是常常甩城里人说话的词。"

"算你小子有长进,跟着叔叔好好干,不会亏待你的。账放在这里,我抽空看。范良啊,有一件事要你去办,开个五十万元的转账支票,想办法在外地给我立个存折户存起来。手脚要利索,不要让赵厂长看出破绽来。"

范良心领神会,没有几天五十万元的存折,送到范进手中。范进让范良在账上支出一万元,剩下的揣进自己腰包。

范进把食品厂的收入当作囊中物并不满足,琢磨集体的那块山林,也是肥肉,他指示范良去办采伐证。心里盘算卖木头偿还工程款,这是能说服村干部同意砍伐的理由。

范进准备说服村干部卖林木时,副村长赵斌站出来,建议筹建木器厂,提到党支部研究。

赵斌在大城市打过工，接受了不少改革新事物，眼界开阔了许多，他也琢磨个人发家，村民富裕。

在打工期间，认识几个年轻人混得很熟，有的是私营老板，回乡后没有中断联系。近来他和朋友通讯，他向他们介绍了山前村的情况、当地资源，请他们帮助出主意。那位私营老板建议利用当地木材，建一个木器厂，生产家具卖到城里赚钱。他可以帮着推销。赵斌觉得可行，就在支部委员会上提出搞木材厂的建议。

第二十五章
嫌疑人

　　赵晓娟去了一趟丹阳县供销社，见了经理王刚，王刚对她很客气，赵大姐真是不好意思，把你请来商谈一个问题，近来你们厂生产的罐头、香肠质量令人担忧，消费者开始退换了。好在当地消费者还不是十分挑剔，大城市的经销商已经拒绝销售你们的产品。在本地销售趋势也不看好，再这样下去供销社也就无法经销你们的产品了。王刚的抱怨，赵晓娟感到了问题的严重性，产品没有了销路，厂子就得死去，山前村奔小康的希望就破灭了。想到此，赵晓娟对王刚说："真是抱歉，你说的质量问题我们一定当回事，我现在不管生产了，范进不让管我也要过问，不管不行了。请王经理放心，我们要整顿。"
　　赵晓娟怀着忐忑的心情告别了王刚。
　　范进和王雨琴好上以后鬼混在一起，哪有心思管好厂子，厂里人心涣散。不本分的人见有机可乘，也就不守规矩了，加工厂偷鸡摸狗零零碎碎的事不断发生，范进对此不闻不问。李志林和赵斌操办木器厂，没有精力管加工厂的事。再说了，村长兼厂长，李志林也不便过多干预厂里的事情，赵晓娟管生产的权力被范进剥夺了以后，范进没把心思放在搞好生产上，厂里的生产秩序就可想而知了，生产秩序混乱，不发生问题那才叫怪呢！
　　赵晓娟心急火燎从县城回到厂里，第二天一大早她到成品库查看，当她来到库房前吃了一惊，门锁被撬房门虚掩着。她推门进去看到里面很凌乱，有的罐头箱被摔破，库房被盗了！她脑袋"嗡"的一声，感到天旋地转，骂了一句，"怎么搞的，库房连个值班的也没有"。她立马喊人，喊了半天来了两名生产工人和一名管库的。赵晓娟问："你们知不知道这是怎么回事？"
　　副厂长发火，谁也回答不上问题，到场的人只好低头不语。库房出了事很快在厂里传开。有人到厂长家里报了信，范进晃晃悠悠来到现场，看着被盗的库房，虎着脸站在那里，听工人们议论了一阵，很不耐烦地挥挥手道："不要在这里瞎嚷嚷了，都给我回去干活。"

工人散去，赵晓娟心情沉重地质问范进，"怎么会发生这种事？"范进面沉似水冷冷地道："我怎么知道，你问我，我问谁！"甩出这句话，扭头走了。

赵晓娟一面打发人通知丈夫厂子被盗，一面组织人盘点，盘点结果被盗的罐头、香肠价值六万多元，李志林和赵斌来了，问明情况向公安机关报了案。

六万元的盗窃案，数额特别巨大，引起市县两级公安机关的高度重视，接案后立即派出得力人员来到现场侦查，县刑侦大队长林峰亲自带队，市公安局派出一名科长督办。现场勘验，种种迹象表明，是内外勾结作案，显然货物被连夜运到外地销赃。刑事侦查员分成两组，一组在当地继续侦破，另一组带上警犬到外地追查赃物的下落。侦查员们经过初步调查摸底，分析仓库保管员做内应嫌疑最大，便分别传讯。

王雨琴第一个传到专案组，侦查员问："厂子仓库被盗的那天晚上六点到凌晨你在哪里？谁可以证明？"

王雨琴扭扭屁股，坐在为她准备好的凳子上，朝侦查员妩媚一笑，看着自己染红了的手指甲，旁若无人慢条斯理地道："那一夜，我搂着男人睡觉，我男人可以做证。"这个回答让办案人员目瞪口呆。

静默了一会儿侦查员问："你在厂里干什么活？"

"仓库保管。"

"保管的职责是什么？"

"货物进库数数，出库照单付货。"

"我们怀疑厂内失窃是内外勾结作案，你看厂里谁的嫌疑最大？"

"我和另一名保管，是最大的嫌疑对象，跳进黄河也洗不清了。"说这话，两只眼睛滴溜溜地乱转。再问别的问题，是一问三不知。办案人员只好说："今天的谈话保密，不要离开村子随传随到。"

第二个走进专案组的，是一位四十来岁的中年女工，满脸的泪痕，满腹心事，神情沮丧。办案人员递给她一杯水，让她喝口水稳定情绪。待她坐下便开始政策教育："厂里发生的盗窃案，你是重点怀疑对象，如果你作了案，要如实交代，抗拒是没有出路的，坦白可以从轻处罚，揭发别人可以立功赎罪。要为自己想一想，也要为家里人想一想，一时贪心做了案，要走改过自新重新做人的路。"

这位女工听到这里，扑通跪倒在地泣不成声，办案人员命令她起来她不肯，哭着道："我是保管，仓库被盗我无法说清，求求你们了赶快破案。家里人听说我是重点怀疑对象，我男人用白眼珠瞅我，我婆婆骂街。我没有做那缺德的事，坦白什么？我现在不想活了。有人吓唬我不要乱讲，乱讲就有人捅你的刀子。我没有做那缺德的事,坦白什么?有人吓唬我,要捅刀子,婆婆骂我,我不想活了。我没有做缺德的事,我是保管说不清。我真该死,为什么要当这个保管,不想活了。"

女工的话,语无伦次,但几层意思侦查员还是听明白了。待她说完我不想活了这句话,侦查员硬是把她扶在凳子上坐下,对她说:"我们不会冤枉一个好人,你是不是参与作案,会真相大白的。你要是去寻短见,那是畏罪自杀,怎么能说你是清白的。"

过了一会儿,女工情绪略微稳定,办案人员向她提了个问题:"你觉得王雨琴这个人怎么样?"

提到王雨琴女工浑身一震,憋了半天说道:"我们俩都是保管,我说不出她有什么好还是不好,她和范村长很靠近,你们去问范村长吧。"

"你还有什么要交代的?"女工悲悲切切地道:"厂里最近一段时间,小大来由的没有少丢东西,丢了也没有人管,我就心里嘀咕要出大事,和我们那口子说,我男人说管那么多干什么,当好你的保管就行了。谁知,谁知,灾星还降到我的头上了。请你们大慈大悲快快破案。"接着又要下跪,办案人员没有让她再跪下,随后问道:

"什么人吓唬你不要乱说?"

"我也不清楚,是个男人蒙着脸,黑灯瞎火地半路上截住我说的,说完转身就走了。我吓出一身汗,回到家里说给我男人听,他也有些怕。我成了重点怀疑对象,我男人骂我说有人吓唬是我瞎编的,掩人耳目。你们说我有多苦,多冤,拜托你们一定要抓住偷盗的坏蛋,要不我这辈子也清白不了。"

她沉默了一阵,慢慢抬起头,看着办案人员犹犹豫豫地道:"盗窃的事你们多问问王雨琴。"

"好了,今天就谈到这,你回去吧,好好想想。还有什么要说的,可以随时来找我们。"侦查员最后的话,没有使用交代的字眼,从女工的神情看心里得到了一丝安慰,千恩万谢地走了。

专案组对两个犯罪嫌疑人讯问后,开了碰头会,大队长林峰说:"我们针对两个不同对象,制定的不同讯问方法奏了效,让我们较为准确地窥探了两个人的内心世界。侦破此案有了一个好的开端,进行案情分析,你们谁先说?"

一名侦查员说:"王雨琴扭捏的姿态、挑衅的神情,语言低俗,暴露了致命两点。第一,故作镇静掩饰内心的恐惧。第二,使用低俗的语言和我们纠缠,表明她奸诈。女工的表白也说明了两点:第一,她的恐惧是内心世界的真情表露。第二,她的跪求破案是渴望还她清白,期盼尽早破案。两个人的不同表现，我得出一个结论：女工参与作案的可能性极小。"

另一名侦查员说："对女工的陈述，我有几点分析：第一，她知道内贼的蛛丝马迹。第二，因为她看到了蛛丝马迹，话语中有暗示，暗示她对王雨琴的怀疑。第三，她猜到威胁她的人可能和谁有关系，这个人有权有势，害怕打击陷害不肯说出。第四，她让我们去问王雨琴，去问范村长，表露她的怀疑又不敢直接说出。"

林峰听完两位部下的分析，露出满意的神情，说道："你们的分析有道理，有助于我们确定侦查方向少走弯路。对女工我们要做减压的工作，稳定她的情绪不要出现意外，死了无辜者我们无法向群众交代。女工反复提到王雨琴，那么，王雨琴是何许人？"

王雨琴在收购站丢了饭碗，她不甘心在家看孩子，守着男人安分守己地过日子，就找范进。见到范进就抹泪，这是女人的常用武器，抹着泪娇滴滴地道："范大村长，原来想在收购站端个铁饭碗，就是给村民加斤加两那么点事，收购站就不要我了，饭碗子摔了没有地方挣钱，日子可怎么过，还得村长大人给我做主。"

"有事说事，抹什么泪呢，我最见不得女人抹眼泪。"范进说着从兜里掏出一块手绢，递给了王雨琴。

村长的手绢，递给自己擦泪，王雨琴喜出望外破涕为笑，"还是村长体贴人，我一个女人家就得靠男人，有一句老话'夫贵妻荣'，可我那个男人是头蠢猪我没法荣，他还得靠我过日子，你说我有多命苦。苦命人不能夫贵妻荣，我就得靠范大村长了，你可得关心我，给我安排个好活干挣钱，我忘不了你的大恩大德。"说着朝范进挤眉弄眼。

范进早就对她垂涎三尺，只是没有找到合适的机会亲近，她和石瑞有一腿，范进是最早看出门道的，还真吃上了醋。石瑞被抓范进窃喜，他等待时机把王雨琴弄到手。王雨琴主动送上门来，他岂肯放过。她提出要求他满口答应，问："你想干什么？"

"我看保管这活挺不错，不累还有实惠。"

范进说："这活已经有人干了，不过没有关系，再多一个人也不要紧，明天你就去上班。你该怎么报答我？"王雨琴是风花雪月都见识过了的，哪还不知道范进的潜台词，也是她期望的，发出一阵嗲声嗲气的浪笑，娇滴滴地道："就看范大村长的喜好了，我一定满足你的一切需要，包你满意。"

范进走上前来紧紧抱住了王雨琴……

王雨琴的丈夫是老实巴交的农民，娶了个在娘家就怀了孩子的漂亮媳妇，也是知足的。妻子的风流韵事他不敢管，在家里提起这事，妻子瞪起眼吼："没本事的东西还吃醋，有能耐我们离婚你再娶个好的。"丈夫怕离婚，只好忍气吞声。

开头村民议论加工厂有三驾马车，范进、赵晓娟、范良分别拉着，是工厂里的核心人物。王雨琴当上保管以后村民发现，用什么人，赚来的钱怎么花，进出厂的物资谁来管，生产安排都抓在范进手中，赵晓娟成了挂名跑腿的副厂长，范良和王雨琴成了范进的左膀右臂，一个是一朵花，一个是人鬼子，很得范进的赏识，这就叫物以类聚人以群分，天底下的事就是这样，不由你不信。三个人臭味相投还能有什么好故事。

厂长办公室由原来设计的一大间，范进指示改成里外套间，里间放了一张席梦思双人床，床上崭新的高档被褥很扎眼。平常里间门上加了一把锁，显得很神秘。自从有了这个里间，范进很少回家了。

第二十六章
忍气吞声

在办公室里间的床上,范进和王雨琴云里雾里一阵。高潮过后王雨琴搂住范进脖子甜甜地说:"我的范大村长你看上我哪一点,才跟我好上的?"

范进揉着她白嫩酥软的胸脯,"小心肝,你的模样好看,年轻水灵和你好上,我的魂都丢了"。

王雨琴用手指轻轻刮了刮范进的鼻子道:"这会搂着人家说得好听,出了这个屋,又去想别的女人,没准就把我忘了。"

"宝贝你不相信我?"

"要我相信你,拿出实际行动来?"

"你要什么实际行动?"

"娶我。"

"我家有个黄脸婆,娶你就重婚犯了法,你说我该怎么整?"

"我们都离婚。"

"离婚!这可不是像穿旧了的衣服扔了那么简单,让我考虑考虑。"

"不想离婚也可以,我们就明铺暗盖,给我三十万元,算是对我青春的补偿。"

"三十万元!姑奶奶,你真是狮子大开口,我上哪整那么多钱。和你好上,我早就对糟婆看不上眼了。等着厂子赚多了钱,我们离开这个穷山沟,到大城市风光去。"

王雨琴听了这句话,趴在范进的胸脯上,给了他一个甜甜的吻。二人又卿卿我我腻歪了一会儿,穿好衣服来到外间,范进随手把里间的门锁上,坐在办公桌旁。王雨琴坐在范进对面的沙发上,像是谈工作。

这时,一名业务员进来请示生产问题:因为欠账,近来附近村民不愿意向厂子卖猪了,问厂长怎么办?范进还沉浸在方才的亢奋之中,心不在焉地道:"找赵厂长去,这种事不要找我。"

业务员走后,王雨琴说:"好悬,差点让他堵在床上。要是让他撞见,传到李志林那儿,我倒没有什么,你的脸面不好看呢!"

这话勾起范进的不满,"李志林算个球,当年是我领导下的村民,如今他当上书记神气了,都是乔本山那个老浑蛋,把他抬上去压我一头。为了当上这个破厂长,才忍辱负重围着李志林的屁股转。厂长当上了我还听他的,没门!"

王雨琴静静地听他骂人,刚才的激情索然无味了。

范晓琳放寒假回到家中,亲人相见本应是欢声笑语,这是人之常情,可是范晓琳见到母亲,老人家是满脸愁容心事重重,向女儿挤出来的是伤心的笑,范晓琳扶着母亲坐在沙发上,打量了一阵,"妈!你这是怎么啦?几个月没见,瘦了一大圈,打不起精神,以前可不是这个样子。"

母亲瞧着女儿沉默掉下泪来。女儿为母亲擦擦泪,"妈,告诉我,家里发生了什么事?"

母亲咳了一声,泪珠儿成串了,扑簌扑簌往下掉,"妈妈这两年是泪泡着心熬过来的,苦水都存在肚子里,让我怎么说呢,本想不告诉你,怕影响你的学习,可是,到了今天这个份上,无法再向你隐瞒了。你爹他和王雨琴那个狐狸精好上以后,我为这个家不破碎,没有和你爹争吵,为了你爹一村之长的脸面,我也没有找狐狸精闹。我是把苦水藏在肚子里打发日子。可你那个浑蛋爹,见我好欺负逼娘离婚,娘不同意他还动手。我不同意离婚,那个浑蛋有两个月不回家来住了,在外面和王雨琴鬼混。"

父亲和王雨琴勾搭,范晓琳早有耳闻,也问过母亲,母亲总是躲躲闪闪回避,父亲逼母亲离婚,母亲才吐露真情。范晓琳听完母亲的叙述,恨父亲无情,更恨王雨琴破坏自己的这个家。气呼呼地道:"妈,我去找狐狸精收拾她一顿,给你出出气,警告她不要缠着我爸。"

"没用的,千万不要去。狐狸精是个泼妇,说不定你还没有戳上她一指头,她就把你的脸抓破了。"母亲劝阻。

"我找志林叔,让党支部管管,教育教育我爸。"

"你志林叔妈找过,党支部开会批评了你爹,挨千刀的歪歪话还不少,都什么年头了,城里有的大干部都包二房,我芝麻官都算不上,芝麻大的事,有什么好大惊小怪的。和王雨琴好是我们有感情,她丈夫都不管,你们别操这份心了。晓琳你听听,你爹说的什么话。你本山大爷,跟他也谈过,挨千刀的也不听。有一天他回来,气昂昂地对我说,不要到处告,逼急了,我就离开这个穷山沟。晓琳你听听,你爹这个挨千刀的,安的什么心!"

范晓琳在北京上大学,何尝不知道当前的一些社会风气。母亲的无奈,父亲的无耻,弄得她心烦。她长长叹了口气,说道:"我去找我爸谈谈,看看他能不能回心转意。"

"和你爹谈,不要和他吵,真逼急了挨千刀的,他撇下我们跑到城里可咋办？你念大学的费用，你弟弟的学费哪儿去弄？妈现在想通了啊，只要他还留在村里，和狐狸精怎么好就怎么好，睁一只眼闭一只眼过吧，就是不要逼我离婚。"

范进育一女一儿，女儿为长，从小就很乖巧，长大了是个漂亮姑娘，念大学是优等生。儿子在丹阳县城念初中，学习成绩在班里位列前五名。范进对一双儿女是知足的，尤其是对女儿更为喜爱，疼女儿胜过儿子。村民告诉他，女儿放假回来了，两个月没有进家门的范进回家了。油漆院门虚掩着，他推开院门走进院里，听见屋里有人说话喜出望外，真的是女儿回来了。进得屋里看见女儿，他是满面带笑，"晓琳啊，你怎么不在县城打个电话，爸派车去接你。"

范晓琳听了妈妈的伤心述说心里有气，他竟然两个月不进家门，对爸爸的关爱没有理睬，冷冷地抛出一句："你老人家还是用上一点心思，关心我妈吧，她为你生儿育女不容易，你不能抛弃结发妻子。"

范进听了女儿这句话，愣了一下，心生怒意，黄脸婆到底还是把要和她离婚的事告诉了女儿，要不是顾及宝贝女儿和儿子，早就和你办离婚手续了。他在思忖，女儿又说话了，"爸！听女儿一句话，和王雨琴那个狐狸精一刀两断，我们一家人和和美美过日子好吗？女儿求你了。"

范进和王雨琴相好是铁了心的，人要是到了不顾廉耻的地步，哪儿还顾忌夫妻之情，在女儿面还不肯认账。"晓琳，别听你妈瞎叨叨，也别听村民的闲言碎语，王雨琴是厂里的职工，我是厂长，难免多接近一些，有人就嚼舌头根子，你妈听了就信，我和王雨琴是清白的。"

范进抵赖，女儿更是气不打一处来，杏眼圆睁冷冷地说道："有你们那么接近的吗！都亲近到床上去了。"

女儿这话激怒了父亲，厉声道："晓琳！怎么说话呢，大姑娘家上床的话你也能说出口。"范晓琳又抢白了一句，"缺德的事你都做出来了，我说还不行。"

范进气急，扬手给了女儿一个耳光，丢下一句话："这个家，我没法儿待了，我也不管了。"说完，一甩袖子扬长而去。

范进扬长而去，范晓琳呆了，心想父亲变了，变得太大了，变得女儿都快要不认识了，他还是以前的爸爸吗？小的时候，他都没有打过我，今天说到狐狸精就翻脸打女儿，可见那个女人在他心中的分量，难怪要和母亲离婚，想到此伤心起来，泣不成声，母亲上前把女儿搂在怀里，娘俩抱头痛哭。

第二十七章
潜逃

　　山前村加工厂两年来回笼了不少资金，按照李志林和赵晓娟的设想，留够生产资金，本应偿还外债。范进不这么拨弄算盘，他千方百计找借口，拒绝偿还贷款和建厂工程款。不仅如此，村民交来的生猪，他也指使会计付一半价款。

　　欠债，范进说没有钱还，有人上门讨债，他要赵晓娟去应付。作为副厂长的赵晓娟，对厂里的收入心中是有数的，不相信没钱还债。她要看账，范良拿给她两本账和一堆单据。范家叔侄不想让别人看懂账，赵晓娟果然看不懂。她被一堆烂账气坏了，抱上账本来找范进，进门把账本甩在范进面前。一年多来范进的所作所为，她看在眼里，心中憋着一股子气，一向温柔的她，气呼呼地道："看看你侄子这堆破账。"

　　范进早就看过了烂账，正是他想要的那种。他看看满脸怒气的赵晓娟，看了一眼账本和单据。心里想有李志林这一层，不能和她闹翻，翻了脸不好收场。何况账本是自己让范良这么做的，懂行的一眼就能看穿，事情不能张扬。闹翻了张扬出去，党支部请人来查账，就露馅了。先把这女人稳住，他耐着性子让赵晓娟坐下，赔着不自然的笑脸说："赵大姐，为一堆烂账生那么大的气不值得。我前些天看过这堆烂账，范良这小子真是二百五，把账整成这样。过几天咱们找个明白人，把账整好就是了。"

　　赵晓娟心里窝火暗想：范良是不精通财会的，但不至于把账整得这么乱，既然早就知道是堆烂账，怎么不提账的事？找上门来才说整账，准是你们范家爷们合计着故意把账整乱了。冷冷地道："账是应该整明白的，算清家底，欠的外债要还上，不然人家说我们赖账，失去信用。"

　　"赵大姐，这事都怪我不经心，范良那小子说厂子账上没有多少钱我信了。尽快把账整清了，能拿出钱来一定还债。"

　　赵晓娟心里嘀咕，鬼话，你能不清楚厂子有多少现钱？带着不满的口气道："范厂长，要说到做到，不要口是心非。"

范进听着恼火，但不能发作，忍着怒气，不情愿地挤出一句一定。

范进当了两年厂长，小院变大院，拆了旧房建新房，成排的瓦房，为儿子娶媳妇，女儿嫁人都准备好了。范家大院在十里八村也是毛驴跑到羊群里，又高又大又神气。村民们看着范家大院说："肉食加工厂姓范了。"

范进、王雨琴又约会了，范进搂着王雨琴带着伤感的口气说："想卖木头捞点钱手头宽裕，赵斌那小子提出建木器厂给搅黄了，我的打算落了空，真烦人。"

王雨琴今儿个情绪也不怎么好，范进的低落情绪感染了她，两个人都没有激情，胡乱闹腾了一阵不欢而散。

范进富起来，村民心里清楚是怎么富的，不满的村民，找党支部书记，骂他黑了良心。

村民的愤懑灌满了李志林的耳朵。正当李志林准备召开村民大会讨论加工厂的问题。此时，陆续成批的肉食品，因质量问题退回，经销者要求赔偿。县里下文对生产劣质肉食品进行处罚。乡政府依据县有关部门的建议，勒令山前加工厂停产整顿。退货、处罚，停产整顿。

加工厂停产，刚刚有了生机的山前村，陷入了叹息的气氛中，部分过激的村民，冲进范家大院一顿乱砸。有人要点火烧了大院，李志林赶到制止了。

恰恰这时，加工厂发生了盗窃大案。这下李志林猛然醒悟，加工厂放手让范进干，出了大事，他着急了。

王雨琴哭丧着脸情绪非常低落，她没有法儿不低落，侦查员几次传讯她，每传讯一次，案情就似乎是进展了一分，破案的时日向她逼近了一步。案子破了就要被抓，要审判要判刑，要蹲监狱。到那时要离开儿子，更不用说和相好的花天酒地了。蹲监狱的那种日子可怎么熬？如果法院定了数额特别巨大，情节特别严重，脑袋就得搬家，我还年轻，想到此不寒而栗。

范进今天没有去加工厂，坐在他在村委会的办公室里想心事。近来加工厂接二连三的事情，弄得焦头烂额。赵晓娟盯上了烂账，查资金的来源去向，县供销社退货索赔，上面下令加工厂停产整顿，每一件事都是烧到身上的一把火。退货索赔、停产整顿，这是管理问题，顶多是管理不善，厂长不让你干了。查账可是要命的，转移资金放进自己腰包贪污论处，那可是掉脑袋的问题。王雨琴是个贪心不足的婊子，没有少给她钱，竟然勾结旧情人盗窃，案发了找我帮着掩盖设法摆平。我现在也是泥菩萨，自己的事恐怕也摆不平了。

王雨琴越想越后怕，怎么就走上了这条路，都是那个狗东西把我害苦了。我还是姑娘就让我怀了孕，狗东西鼓动里应外合盗窃，得手了狗东西去

第二十七章 潜逃

销赃，不知道卖出去了没有，拿没拿到钱。狗东西连个信也没有，真是让人揪心。哎呀！狗东西你可千万不要回来，也不要写信，我已经被监视，千万不要和我联系。王雨琴呀！王雨琴！死等人家破案吗？等死吗？那是死路一条，我要找生路。范进还是村长，还有权势，他有乡长靠山，他是我的依靠，只有找他了。

王雨琴在加工厂没有找到范进，她来到村委会。村干部都去忙自己的工作去了，偌大的院子只有范进一人在"闭门思过"，她走进村长办公室，看见范进神情沮丧在发呆。范进见她进来，没有了往日在此幽会的快乐情绪，冷冷地说声随便坐吧，责备她此时此刻不应该来这里。

王雨琴看到范进冷冰冰的面孔心里发悸，这个狗东西也没有了往日的威风了，他毕竟还是村长，不能不求他，"范村长，公安局的人盯上了我，这你是知道的，我是走投无路了，求你为我指出一条生路"。

范进清楚王雨琴的处境，她要是被抓了，自己也脱不了干系，已经和她是拴在一条绳上的两只蚂蚱了。想到此说道："我也是被李志林两口子盯上了，日子也不好过，怎么才有生路，你想过没有？"

范进这么问，王雨琴把声音压低，生怕有人听见似的，这就叫做贼心虚，"我被那个狗东西害苦了，我听人说，盗窃五万元以上就要砍头，那个狗东西在仓库弄走的货物六万元左右，抓了就是死路一条，我可不愿意那样去死。"

"那你想怎么样，去自首，争取宽大处理，保住小命。"

"我也想过自首，自首就是保住了脑袋，不是死缓也是无期，后半辈子就在监狱过了，我是绝对不想那样活着，生不如死。"

"那你去自杀，一死了之。"

"我还有青春，怎么能走那条路，我想活着，又不想打发有人身自由的日子，想来想去还有一条生路，和你一起远走他乡，我们走得远远的。我知道你的腰包里有一大把钱，要么人家怎么会查你的账。我想你也是罪犯了，不走也是死路一条。"

范进听罢心头一震，这个婊子不是省油的灯，很有心计，他看到我的心里去了。婊子就是婊子，死到临头她还想出这一条生路。我揣进腰包的也是数额特别巨大。他语调低沉地说："宝贝，算你狠，我的问题让你说对了，我也是干了掉脑袋的事，我们不能坐以待毙，也只有离开此地这一条路了。"范进想，对家中的黄脸婆，早已没有牵挂了，只能是对不住一双儿女了。逃往外地身边还有这么一个如花似玉的年轻女人也该知足了。决心已定，对王雨琴说："听风声，你可能很快被抓，事不宜迟，我们明天夜间就离开此地。"

王雨琴嗯了一声。

李志林拜访林峰，想知道盗窃案的侦破情况，林峰告诉他："内外勾结作案确定无疑，内鬼已经锁定重点嫌疑人，只是没有抓到有力的证据。"

"那名给你们下跪的女保管，有没有作案的可能？"

林峰说："这是我们曾经有过的疑问，这一段侦查可以排除她参与作案的可能。这名女工看到了一些可疑迹象，有顾虑不肯说出她的怀疑。她当保管是你妻子的安排，两个人的感情很近，你妻子做了她的工作，她说出了怀疑。她的怀疑，证实了我们对风流娘子的推测。她怀疑威胁她的人是范进指使，因此案情就复杂了。怀疑只能提供破案线索，没有证据，还不能请求批捕抓人。即便现在拿到部分证据，没有追到赃物，也不能收网。对不起，办案纪律，我只能向你介绍这些。"

加工厂发生盗窃案，因生产劣质产品，被勒令停产整顿，山前村陷入了一片惶恐。

李志林震惊了，怪自己怎么没有管住范进的胡作非为，怪老婆没有管好加工厂，连续出问题。

他叫来副村长赵斌，村委会会计王志，满脸的愧疚对二人说："范进这个浑蛋，把加工厂弄成这种样子，我难辞其咎，现在派你们二人，再选出两名村民代表，组成清查小组。查加工厂的账，盘点物资，把范进的烂事，查个水落石出。查查我老婆，跑销售手脚是不是干净？加工厂管事的，管钱管物的，都烂掉了，一查到底，一个也不放过。"

查赵晓娟是不是清白，他们知道赵晓娟不是手长的人，赵斌和王志为难了。

私下里王志对赵斌说："李书记被蛇咬一口，见了井绳都害怕，自己的老婆也不放过，发了神经。"

赵斌道："瞎球说，你没看他的脸气黑了，他黑下脸来，对事可是六亲不认，还是好好想想怎么交差吧。"

清查组来到加工厂，范良交出两本烂账，一大堆单据，白条占了大半。清查组拿上账本，赶到信用社对账。对账结果，百万元现金只剩两元五角。账上记载，偿还银行贷款五十万元，没有银行的收据。查看取款单据，现金是范进提出的，其中有一笔十万元范进签字，王雨琴支取。

清查组找范良谈话，让他说清账目问题，范良自知无法抗拒，交代说："我造了假账，是村长让造的，就是打埋伏糊弄村干部。"

范良得到的实惠是小恩小惠，大笔的贪污没有范良的份。范良为了立功赎罪，交出第二本账。这本账，收支两条线，泾渭分明。凭借这本账，很快弄清了加工厂的收支情况。

查明范进违法犯罪事实，党支部大会决定开除他的党籍。村民大会选赵斌当了村长。范进的贪污问题，李志林决定立即向县检察院举报。

村民大会上，李志林心情沉重地说道："我这个书记没有当好，让范进大大伤了山前村的元气。范进跑了，山前村的人心不能让他跑散了，山前村的人，绝不当孬种。"

范进跑了，妻子儿女断了经济来源。交不上学费，上大学的女儿，念中学的儿子要失学，急坏了母亲李秀珍。她来找李志林，见面就下跪，李志林扶她坐在凳子上说："嫂子，不要这样，什么事好好说。"

"我那口子挨千刀的作孽，给你添了大麻烦，成了村里的祸害。他和狐狸精跑了，害了加工厂，害了大伙，我们娘们像掉进冰窟窿，我是来求你搭救的。"

李志林同情的目光看着悲伤的李秀珍说："嫂子，不要往下说了，我明白你和儿女的苦处。范进是范进，你们是你们，你们娘几个的事，我也该管的。这几天忙得脚朝了天，没顾上到你家看看。这样吧，范进跑了，嫂子打起精神把家里那几亩地种好。农闲时采集山货，卖给收购站，你和儿子的吃穿上学就不愁了。晓琳再有一年大学毕业，这一年的费用村里垫上，晓琳有了工作，挣了钱再还。"

儿女上学的难题解决了，李秀珍热泪盈眶，千恩万谢地走了。

第二十八章
孽债

范进卷款潜逃，山前肉食加工厂倒闭了，经过盘点加工厂欠下一百五十余万元的外债。欠债还钱天经地义，可是村民对这笔债不怎么认可，七嘴八舌骂这是什么鸟债、风流债、腐败债、贪污债。乔本山骂道："范进这个狗杂种造孽，捅了大窟窿，外债是范进胡作非为欠下的，是孽债。"乔本山这么骂，这笔债的定性统一了口径，人们叫它"孽债"。说实在的"孽债"只能在村里这么说，只能是关起门来自家人说，对债权人说不通，人家是和加工厂的经济往来，范进贪污是你家里的事，和外人说不着。话虽如此，可村民绕不过弯儿，村长造孽欠债，让村民集体扛着这算怎么回事？村民说把范进抓回来还债，村民说把范家大院卖了还债。

山前村群众满怀信心奔小康，加工厂一夜之间倒闭了，奔小康的希望破灭，人心慌乱，感觉是跌进深渊。加工厂倒闭了，巨额债务用什么偿还？山前村今后怎么办？村干部七嘴八舌，村民叹息。

加工厂能不能起死回生，何去何从，村民两只眼睛都盯着李志林。

李志林心里盘算，为了实现村民奔小康的愿望，就得让加工厂起死回生，他找村长赵斌商量："我们不能让加工厂机器、厂房躺着睡大觉，我琢磨加工厂重打锣鼓另开张，你兼任厂长办下去，听听你的想法。"

赵斌是本分人，没有贪婪之心却有自知之明，他似乎是深思熟虑过加工厂的问题，书记的提议他不假思索，说得很干脆："李书记饶了我吧，我的肩膀嫩，没有金刚钻，揽不了瓷器活。那一百五十余万的债务，还不把我的肩膀压碎了。加工厂欠下大笔外债，又没有恢复生产的资金，人心散了，怎么恢复生产，怎么调动生产积极性都是问题。再说了，木器厂很快建成开业，我哪有那个本事再管加工厂的事情。"

李志林一想也是，老赵没有信心，不能硬着头皮让他干下去。资金问题，人心问题，也是难解的题。木器厂要抓好也需要他费很大的精力，不能再给他加码了。

第二十八章 孽债

债权人听到范进卷款潜逃，食品厂停了产，陆续登门讨债。讨债的人找到村长赵斌，也被打发到李志林这里。李志林门庭不冷落，他的心弄得很冷，也很烦。这天丹阳县食品公司的业务员来讨债，没有拿到钱甩了脸子，留下一句话："再不还钱法庭上见。"甩门而去。

正好乔本山来了，在门口擦肩而过。乔本山进了屋，乐呵呵地问："刚才从你的屋里走出去的那人好眼熟，一脸的黑云彩，他是干啥的？"

李志林请老支书坐下，说道："本山叔，我现在是走麦城，来的人不是救兵，都是讨债的。刚才走的那位，是县食品公司的，加工厂头号债主的业务员，讨要他们六十万元退货款，讨不到，自然有气，要告我们。我没有喜事临门，是债主临门，焦头烂额。"

乔本山听李志林吐出了一腔苦水，乐呵呵地道："你是福星，灶王爷会上天言好事的，财神爷也会下凡助你一臂之力哩。"

"本山叔，灶王爷上天言没言好事我不知道，但没有降吉祥。财神爷没有来关照，丧门星光顾了，加工厂破了产。"

乔本山仍是一本正经："这说明你这福星还有磨难，就像唐僧取经，九九八十一难，你的磨难还没有度完哩。"

乔本山知道李志林近来压力很大，见到李志林斗斗嘴，让他放松放松。范进造孽欠下的债，乔本山也是惦记这码子事，今天来找李志林，想了解一些情况，能不能帮着做点什么，正好碰上讨债的，撞见那个眼熟的面孔，他猜到是来要账的。李志林说他是食品公司的，他想起来了，这个人到这里提过货，在食品厂碰见过。他的猜测得到证实，话头也就出来了。

"欠债还钱，天经地义。"自古以来中国人就是这么念道的。说的是谁欠下的债谁来还。我们这儿发生的债，不是天经地义，是孽债！范进狗日的跑到外头他娘的风流去了，丢下破摊子，压到你的头上，我心里头不知是什么滋味。老话说得好"天作孽犹可违，人作孽不可活"范进是自作孽不可活。

李志林说："本山叔，我这个支部书记没有当好啊，我看错了人，范进造孽欠下的债我有责任，烂摊子我收拾也是活该。我现在被债主逼得晕头转向，没有想出好法子跳出孽债旋涡，本山叔，可有锦囊妙计？"

乔本山又装上一锅旱烟，划根火柴点着了，吸了几口，说道："范进抢厂长这顶帽子就是没有安好心，大伙都知道你是不同意他兼任厂长的，是乡长李一鸣背后撑腰，他搞小动作，蒙骗多数村民推举了他，不是你重用不当，不要自责了。范进造孽欠下的债，是山前村的债，你是村里的当家人，讨债自然要找你。按理说村长该管这件事，赵斌刚上任又年轻，担不起来这么大的事，只好你受着了。这个烂摊子该怎么收拾，我心里也没有谱，听乡里的干部说,现在讲破产,破了产就一了百了,他们还说眼下讲破产,在中国也是新鲜事,怎么破法也整不明白。要不咱们访访明白人,讲个破产。"

李志林听说过破产这个词,什么是破产也不明白,点头道:"我去一趟县城,找个律师,掏掏耳朵,明白明白。"

李志林找到丹阳县律师事务所,事务所主任接待了他,李志林说明来意,问:"主任,山前村加工厂应该怎么破产?"

"简单地说,就是把加工厂的那堆那块全拿出来,评估值多少钱,留下破产费用,有多少个债权人都有份,按欠债额大小比例分配,分完了全部债务了结,债权人就不能再向你们讨债了。"

"那厂房和土地不能挪窝的,咋办?"

"抵给债权人,债权人没有人要就拍卖。"

"土地是集体的,农民的命根子,拍卖了怎么成,村里还能用不?"

主任笑了,说:"这就是依法办事的问题,拍卖的是土地使用权,使用权是作为财产对待的,村里想用也可以,需要花钱买回使用权。"

李志林最想弄明白的是厂房、土地怎么处理,他问明白了心中有了数。

李志林回到山前村,召集村干部开会,讨论加工厂的问题,乔本山也被请来列席。李志林对村干部说:"加工厂何去何从有两条路可走,一条是破产,一条是想法儿把它救活。破产就是让加工厂彻底死掉,加工厂那堆那块折腾光了,土地也要归别人用,倒是一了百了的法儿,说白了就是这么简单的事。救活加工厂关键是一个钱字,那就是想法子弄钱还债,还了债就能保住加工厂。"

妇联主任说:"我们还有一片林子,卖树还债。"

妇联主任说卖树还债,这是动真格的,打破了沉闷空气,引起议论,村长赵斌不同意。"村办木器厂就要投产了,卖掉林子就是断了木器厂的后路,木器厂也就办不下去了。就说卖了林子能够还上债,加工厂恢复生产还要一大笔钱,这笔钱上哪儿弄去。没有钱恢复生产,加工厂仍然不能起死回生。卖掉林子没有救活加工厂,木器厂办不下去,这是一枪两个眼,这个账不划算。"

一枪两个眼不划算的事,有谁愿意这么干,谁也不会这么冤大头,空气又凝固了。

乔本山吧嗒吧嗒抽了几口烟,这是他碰到重大问题的习惯,看看在场的村干部,开了腔:"赵村长说得在理啊,一枪两个眼的事我们不干,木器厂要投产,需要木材,不能卖林木还债把木器厂弄黄了。依我看就让它一枪一个枪眼,加工厂干脆破他娘的产。"

让加工厂破产,山前村甩掉债务包袱,大多数村干部心里都是这么想的，乔本山说了出来大家点头同意，等待书记拍板。

李志林反复掂量过破产，想过破产又摇头，摇完头又想破产，掂量的结果，他做出了一个决定，无论如何加工厂不能走破产这条路。

当他把自己的这个决定说出来以后，村干部个个吃惊，李书记否定了多数人的意见，这是他上任以来的第一次，而且是十分重大的问题，是令人头痛的问题。不破产就得背着巨额债务包袱，压得你喘不过来气，怎能不吃惊，李书记是不是吃错了药，故而，都把目光集中到李志林的身上。

乔本山是老资格，德高望重，村干部都敬重他。对书记的决定不赞同，也不好意思反驳，期待乔本山说话。

乔本山对李志林的这个决定感到困惑，这小子发什么神经！他不是脑袋发热，胡思乱想随意讲话的人，今天这是怎么啦！难不成他什么道理？在场人认为李志林的这个决定是十分武断的，乔本山没有反驳李志林武断性的决定，他用惯常的诙谐口气说道：

"哎呀！书记同志，你说不走破产这条路，那就是让加工厂起死回生。我说书记同志，山前村印不出钞票，我们又不能明火执仗地去抢钱财，没有票子怎么让加工厂起死回生啊？"

乔本山猜对了，李志林的这个决定，不是头脑发热，是近来反复思考，走访律师以后做出的，他解释说：我的决定不代表组织，因此我没有说是我的个人意见，我说的是决定。

乔本山问道："你说是个人决定，怎么解释你的决定？"

李志林心情很沉重，语气却很坚定，"加工厂的债我个人扛着，我承担起还债责任，不拖累山前村的父老乡亲。村里没有了债务包袱，拿出精神头，把木器厂办好。加工厂这头瘦猪也不能让别人来割肉，我要千方百计养肥了。"

李志林的这个解释，又让村干部感到意外，他怎么甘愿个人清偿范进造孽欠下的债！这是什么道理？

面对村干部疑惑的眼神，李志林进一步解释说："我做出这个决定，考虑了这么几个问题。第一，破了产，债权人遭受损失会骂我们无能，一群土包子造一座石头桥还凑合，办企业是瞎折腾，折腾自己也折腾别人，人家对我们不信任。我们不能丢了信誉，丧失信誉寸步难行。第二，破产破掉了村民奔小康的信心，村民会认为村干部稀松平常，没有什么能耐，奔小康只不过是喊喊口号，碰到难题就泄气了。第三，姜婶一家靠养猪致富，加工厂破了产，姜婶一家就要陷入困境。村里靠养猪羊致富的不止姜婶一家，村民养的猪羊没有了销路，怨气都会撒在干部头上，对干部失去信心。第四，一百多名工人失业，他们丢了收入来源，倒退到贫困。对干部怎么想怎么看，还信任你吗！我考虑的结果，不能丢了信誉，不能让群众丧失信心，没有了奔小康的士气。想来想去没有别的路子可走，只有让加工厂起死回生。"

  李志林的这番道理，村干部信服，也佩服他的胆识和勇气，可是一百五十余万元的债务，是无法绕开的事实，可不是有了勇气就能解决的。

  话好说事难做，李志林的决定，彰显了雄心壮志。但没有人鼓掌，也没有人喝彩。这个话题太沉重，巴掌拍不起来，喝彩喊不出口，都闷在那里。

第二十九章
私营

李志林的二儿子李向东高考落榜，在家复习准备再考，肉食加工厂建成他放弃了高考，进厂当了电工。他的理想是当一名机电工程师。正当他满腔热情地努力工作，钻研机电知识准备实现理想时，工厂倒闭了。这对一个有理想的年轻人，打击实在是太大了，这些日子，他把自己整天关在屋里生闷气。

寒假，女朋友姜秀玲回来相聚，在李向东生闷气的小屋里，一对恋人相视而坐，向东是一肚子牢骚，满腹的怨气向女友倾泻：

"我老爸一向精明，却给雁啄了眼，让范进这个王八蛋当上厂长，毁了全村人发家致富的希望。本想在厂里干活学技术，厂子发达了我就前途光明。你这山沟里飞出的凤凰，就不会瞧不起土包子，从我身边飞走了。"

秀玲瞥了恋人一眼："你在胡说什么呀！我们从小在一起念书，你爸接送我们过河上学，青梅竹马我心里装着你，今生谁也拆散不了我们，你别胡思乱想。再说了，厂子停产不等于就此关门，就是没有了这个厂，你也不是不能学技术了，学好技术管一辈子的事。原打算加工厂红火了，我毕业进厂我们就能守在一起啦。"

"得了吧，大学生进村办工厂，是金子放进沙堆里埋没人才，你能心甘情愿吗？"

秀玲瞪了恋人一眼，"我不是跟你开玩笑，我说的话是认真的，这是我想了很久的，只要是跟你在一起，不挑什么单位，也不挑干什么，有份工作就可以。"

听完了女友的表白，李向东挠了挠头说："我是想学好技术，你毕业分配到哪里我就跟你去。找个工厂当技工，当工程师。加工厂黄了我的梦想破灭，你不想飞走我也得让你飞了。我爱你希望你幸福，就不想让你跟我受苦。"

姜秀玲听得心里热乎乎的，她拧了一下向东的大腿，说："人家说过了，别胡思乱想嘛，厂子黄了不等于你倒下爬不起来。念高中时，班主任不是常说：'有志男儿在四方'。受点挫折就灰心丧气，像个男儿吗？"

恋人的责备，向东心里倒好受一些，说道："这些日子我想了很多，想到大哥牺牲在工地上，老爸为建桥花尽了心血，为建厂费尽了心思。老娘善解人意，是好妻子好母亲。面对爸爸的挫折毫无怨言，忍受着失子之痛和生活的艰辛，为老爸鼓劲。厂子关了门老娘笑声少了，但还是那么能忍，那么自信。爸爸为了厂子起死回生，想了不少门路，一个门也没走通，又睡不着觉了，常去哥哥坟前叹息，人瘦了，我是怨他又疼他。"

听完向东掏出来的心里话，秀玲用手理了理头发，说道："听奶奶讲，你爸想把厂子救活，又不让村里背着债务，要个人还债让厂子起死回生。这样的胆识，这样的气魄，这样自我牺牲的风格，我好佩服又崇敬。向东，你有一个好爸爸，背着债务造桥，一干就是八年，终于成功了。我相信你爸揽下加工厂这个人见人烦的烂摊子，是高瞻远瞩，凭他的见识和能力，一定会打出一片新天地。"

"哎呀！不愧是大学生很有见地，人们都说我爸个人承担孽债太傻了，还没有人这么称赞他，你是不是想讨我欢心，故意这么说啊！那你可就虚伪了。"

"你才虚伪呢！小人之心度君子之腹，我的崇敬是发自内心的。"

"我的几个叔叔埋怨他放着轻松的日子不过，揽下加工厂这个烂摊子自讨苦吃。我也不赞成老爸这么做，怕挨骂不敢多嘴。老爸正在为加工厂起死回生冥思苦想呢。玲子，看来你得去见见老爸了，我爸爸要开家庭会议，你也去参加。"

秀玲脸一红，"我不是家庭成员，参加什么家庭会嘛！"

"你现在是半个成员啊！"

"那也不成，名不正言不顺。我回来后听爷爷奶奶说村里的情况，我倒是有一个想法说给你，变成你的主意，在家庭会上提出来不更好嘛！就看你赞成不赞成我的想法了。"

"说说你的想法。"

"我的想法就是办私营企业。"

"咳！好啊！我们想到一起了，心有灵犀一点通。"

"你也想办私营？"

"集体经营，碰上范进这样的混账王八蛋，把厂子整黄了，还是集体经营，再来第二个范进，还不是祸害集体。"

"我说呀还有一层，个人扛着债办集体企业，于情于理说不通，是名不正言不顺。为什么不名正言顺呢？"

"对呀！为什么不名正言顺呢！"

第二十九章 私营

　　李志林在党支部会上表态，自己承担偿还孽债的责任，是为了转移债权人对山前村讨债的压力，让村干部甩掉债务包袱，放开手脚办好木器厂，率领村民奔小康。他利用个人信誉说服债权人延期还债，把加工厂救活。至于怎么拯救加工厂，是走集体经营的路还是私营，并没有下定决心，他决定开家庭会讨论。

　　家庭会上，向东在父亲面前谈自己的想法有点紧张，这是他有生以来的第一次家庭会，他说道："玲子说个人扛着债办集体企业，于情于理说不通，是名不正言不顺，为什么不名正言顺？"

　　"那你说怎么才叫名正言顺？"李志林板着面孔问。

　　"办私营，个人扛债拯救企业，办集体于情于理不通。"

　　面对儿子的主张，李志林叹了口气，"支部书记办私营企业能名正言顺吗？党员怎么看，群众怎么看，上边怎么面对，你们想过没有？在外人眼里那是走资本主义道路。你们没有听社会上有人问姓什么吗？我还是想办集体。"

　　儿子一腔热情主张办私营，父亲一瓢冷水无言以对了。女儿向秋说："老爸，您的清规戒律太多了吧！您顾虑人家说走资本主义道路，那还不如干脆让加工厂破产算了，干吗我家扛着孽债办集体企业我想不通，我赞成二哥的想法。"

　　年轻人没有瞻前顾后的思想负担，看到社会上私营企业逐渐多起来，主张私营，根本没有顾忌姓什么的问题。

　　赵晓娟听了儿子和女儿说出的一番见解很欣慰，看了看消瘦的丈夫，说："他爹，孩子们长大了，有了自己的主见，为家着想，为父母分忧，我很高兴。加工厂成了你的心病，我怕你急出病来我们家就塌了天，全村失去了主心骨。你怎么主张挽救加工厂，我顺从了你的意思没有和你争辩，孩子们主张私营我是赞同的，造桥我们李家无私奉献了八年，不可再这样无私奉献下去了。总设计师说让一部人先富起来，可没有说共产党员不能先富，我们为什么不可以带头先富。加工厂这么个破摊子不要说扛着一百五十多万元的孽债偿还，就是卖五十万元也没有人买，你揽下这个破摊子已经是傻透了，不要再傻下去了，两个孩子说干私营不是没有道理。我想起了一句诗，'山重水复疑无路，柳暗花明又一村'怎么才能'柳暗花明又一村'？造桥修路是柳暗花明，办厂也是这个念头。厂子垮了再找出路，还是这个念头。村里人没有人敢办这个厂，我们全家齐下心来干私营，我就不信办不好。办厂需要资金我们去借，赔得再多苦的是我们一家。厂子办好了，就能带动乡亲们养猪羊共同富裕。自家经营生意灵活，大事小情用不着集体研究，请示上头。"

听完母亲的话，女儿向秋拍起手来，"妈妈好智慧，巾帼英雄耶。爸爸是官身子不得自由，咱家搞私营妈妈是主心骨，老板就由娘来当。我也像当年大哥、二哥那样，不考大学了，给妈妈老板当助手。"

母亲乐了，"丫头片子，说正经事，别心血来潮，厂长助理不是那么好当的。"

女儿做了个鬼脸，说道："我是认真的，不是说着玩，我的两个哥哥，都是在家庭最需要的时候放弃高考的，他们能做我也做得到。"

向东看着父亲，他怕老爸不同意私营想搬援兵就说："听听爷爷奶奶的想法，要不把伯父、叔叔们请来，听听他们怎么说。"

李志林的父亲是憨厚的农民，七十多岁了，儿孙的话似懂非懂。听孙子、孙女说自家办工厂他觉得是新鲜事，山前村祖祖辈辈没人敢想的事，担心了，说："个人办厂这可是破天荒的事，能干成吗？砸了锅就难翻身了。"

李志林的母亲没有弄懂私营企业是怎么回事，她信任儿子，儿子是村里最高领导，他说话办事大伙都拥护，错不了。她瞧着儿子笑，看儿子怎么说。

妻子、儿子、儿女都主张私营，李志林陷入沉思，全家人齐下心来，办私营厂子，比办集体企业好管，妻子说得对，办好了，不但是个人致富，能带动村里人发家。村里现在的状态，没有能力办这个厂，又不想让厂子破产，逼到这个份上，只有走私营这一条路了。妻子干过副厂长，当私营厂长她有这份能力。他心一横把手一挥。这是他对重大问题决策的习惯动作。妻子乐了，他赞同私营了。

李志林对儿女们说："我们家干私营，不管前面是龙潭还是虎穴，我们也要闯了。厂长由你们的娘当，向东做助手。加工厂的烂摊子我们收过来，外债我们担着，不拖累集体。向秋还是安心去读书，咱们李家也要培养出大学生，两个儿子误了上大学，想起来心里就不好受，女儿说什么不能再误下去了。厂子办起来，我就打报告书记位子让贤，你们的娘厂长让位。"

向秋还是坚持不考大学和全家人同甘共苦，爷爷奶奶都不同意，一个声音说话："盼你念书长出息。"爸爸劝女儿，念好书，有了知识，厂子办大了有你施展才能的机会，说不定当接班人呢。就看书念得怎么样，本事锻炼得如何了。哥哥向东也是这么劝妹妹。向秋不再坚持留下来了。

赵晓娟提出来妹夫在外面很能干，劝他回来帮一帮，或是合起心来一起干。李志林赞成，只要是人才他都乐意用，他身边就是缺能干的帮手。

家庭会的这个夜晚决定了办私营企业，全家人都很开心，最开心的是向东。家庭会一结束，他就跑到秀玲家通风报信。姜秀玲看到满面春风的向

第二十九章 私营

东,知道有高兴的事她却不问,向东嬉笑道:"我们开了个民主家庭会,决定了一件大事,办私营工厂。"秀玲听了很得意,说:"怎么样,我这个高参还够格吧?祝愿工厂早日办起来火起来,我就不用孔雀东南飞了。"

向东深情地望着秀玲道:"厂子火起来,我当个好工程师,和孔雀配对,也不委屈你,前途一片光明。"

秀玲笑着道:"你是厂长副手,城里人叫助理。助理就是什么事都得理,你的职业是经营管理,怕是当不成工程师了。"

"哎呀!呀!你的见识不少,照你这么说,我还得去城里钻研经营管理学。"

"你呀,现在需要在厂里摸爬滚打,干中学吧,干出名堂来再去深造。当前时兴讲'家'了,企业家、作家、歌唱家、艺术家。说不定你会成为企业家呢。"秀玲说得很兴奋,显然是对心上人寄予厚望。

李志林决定办私营企业,在山前村炸了锅。村干部目瞪口呆,他们难以理解,我们的李书记要走什么道路?他是不是中了什么邪气?村民们议论说:"李书记是大公无私的,怎么和私字结上亲。"

乔本山奇怪了,这是什么性质的问题?那些不务正业的人搞个体、办私营他理解,党支部书记办私营企业,手中有了权人心就变,难道接班人选错了,他睡不好觉了。

光明乡的干部也在议论纷纷,李志林是不是第二个范进,只想发家。私营老板都是白帽子,还没有听说共产党员开私营企业的,党支部书记带头闹私营,他要走什么道路?

李志林要干私营,当地干部、群众,把这件事和走资本主义道路挂上了钩,李志林的压力可想而知了。他很伤心,为了带动村民奔小康,不得不通过办私营救活加工厂。好心办好事人们不理解,这是很痛苦的。心中藏着委屈,表面上装作什么也没有听见。

乔本山都听见了,听得很用心,他来找李志林。李志林看到乔本山的脸色很不好,眉宇间透着怒气,老书记一定是为办私营企业这件事来的,赔着笑让座、倒水,平和老人的怒气。乔本山这是第一次冲李志林生气,李志林堆着笑脸献殷勤,他的气消了一半,但事还要说:

"志林啊,是哪路小鬼把你缠上了,办什么私营企业?这可不是共产党员干的事!"

面对老书记的责问,李志林无可奈何地摇摇头,叹了口气,说道:"本山叔,村干部、村民不理解,乡干部想不通,他们是不了解我的心气,您是最了解我的,我最想得到您的支持。当初造桥没有您的支持是干不成的,村里办加工厂您没有少出力,今天办私营企业也想得到您的理解。"

"造桥是为村民造福，就是豁出命来我要支持到底。办厂是带动村民奔小康，我自然为你打气，如今你要干私营是走资本主义道路，你让我这个老共产党员怎么支持？"乔本山说话带着气。

"我的本山叔，造桥是为村民造福您理解，办私营企业我的出发点可不是为了个人发大财。村里的木器厂现在还没有开业，即使木器厂兴旺了，也就是有几十人就业，带动不了村民致富。村民奔小康靠的是加工厂，集体是办不下去了，这事您清楚，您说该怎么办？"

"让它破产，破了产一了百了，大家都省心。"乔本山怕李志林走了邪路，狠下心这么说。

"老书记灰心丧气了，退了位底气不足了呢。一了百了的事我想过不知多少遍了，那样做我是省心，也没有风险了，也不会有这么多的唾沫星子吐到我的身上。我是共产党的支部书记，村里的当家人，一了百了辜负了您的培养，也了去了村民奔小康的希望，您说让我怎么能一了百了？"

乔本山被问得不知道如何说才好，带领村民奔小康是他的期望，办加工厂就是为了奔小康，回想起来他又骂范进了："都是那个狗东西造孽，毁掉了山前村的希望，我恨不得咬他几口，在那个狗东西身上撕下几块肉才解恨。"

"本山叔，范进可以把加工厂毁掉，但他毁不掉我们奔小康的信念。加工厂倒闭我们让它起死回生，集体搞不下去，出路就是私营了。"

"你不怕人们骂走搞资本主义道路？"

"本山叔，您是担心我戴上资本主义的帽子，我也顾虑过。小平同志讲让一部分人先富起来，走共同富裕的道路，没有讲共产党员不能先富。先富起来就是资本主义的，这个理说不通呢！为了办好加工厂我打算辞去支部书记。"

辞去支部书记？这让乔本山大吃一惊，这小子怎么生出这个念头，为干私营支部书记都不想当了，没有党性的东西。心里骂过，猛然又转念，要说李志林没有党性，那可是胡说八道。没有党性，没有奉献精神怎么可能背着债务八年造桥，为乡亲谋福。如今村集体企业陷入困境，他又挺身而出个人承担孽债，怎能说是没有党性？难道我老乔头错怪了他？

乔本山顾虑重重，"现在的是非多，你就不怕有什么风吹草动？闲言碎语是软刀子，可以杀人。"

李志林觉得乔本山的顾虑并非多余，他为这位可敬的老人，也是为自己鼓气："人在江湖身不由己，我是逼上梁山。软刀子只要不伤筋动骨，我就能承受，风吹草动的事是难免的，就是狂风恶浪，刮十二级台风，我们也要顶住。现在社会刮姓什么的风，我为什么办这个私营有口难辩，说也是说不清的。只好'路遥知马力，日久见人心'了。"

乔本山脸上有了乐模样，说道："志林啊，没有想到你有这么大的决心。要忍受挨骂，不怕挨整。这叫什么来着？哦！'忍辱负重'，我理解你了。有一出戏叫《卧薪尝胆》，越王勾践，为了越国江山，受尽了吴王夫差的凌辱，卧薪尝胆不忘亡国之痛，最后打败了吴王夫差，恢复了越国江山。你是为村民奔小康，卧薪尝胆啊。"

"我是受到了安徽凤阳小岗村包产到户的鼓舞，小岗村18户农民冒着被定为'现行反革命'杀头的风险，按下了18个手印，搞起了包产到户，不仅解决了温饱问题，还带来了飞跃发展，推动了全国农村改革步伐，小岗村从此名扬海外。我干私营有人破口大骂，但还不至于掉脑袋，我是准备好了挨骂。"

第三十章
自称港商

　　李志林迫于无奈,把集体企业肉食加工厂的烂摊子接过来转为私营,这是经济转轨中经常发生的事,但在山前村这一经济性质的转化,是在巨大阵痛中发生的,引起山村震动。

　　转为私营,李志林面临的是巨额外债的偿还,恢复生产资金筹集的双重压力。资金短缺,李志林又一次陷入困境。第一次是造连心桥,那是多年前的事,断断续续八年筹集资金,终于把一座石桥架在了英金河上,完成了一个心愿。这次他也做了长期筹措资金的打算,但加工厂欠下的外债,债权人不允许他跳慢四步,迫使他跳拉丁舞快速旋转。正当他脑子像个陀螺,冥思苦想寻找资金,让食品厂起死回生的时候,光明乡来了一名自称港商的人。

　　20世纪80年代,港商当作外商来对待,人们把外商看作是财神爷,近乎崇拜。李志林夫妇正为资金一筹莫展时,乡政府通知说有港商来考察投资,夫妻二人喜出望外,李志林让妻子到光明村赶集,买来菜和肉等吃食准备招待。

　　乡长李一鸣陪着港商,坐着小轿车来到山前村,开到李志林的家门口停下。李志林夫妻早已在等候,车子停稳,李志林赶忙上前打开前门,把港商请下了车。李一鸣自己打开车门,钻了出来。

　　在李志林的想象中,港商一定是人高马大的。见了面,原来是个秃顶小个子男人,五十来岁,一身西服,打着一条崭新的领带,穿着一双高档皮鞋。左手腕戴着一只高档天王表,右手中指和无名指上套黄金戒指,头顶南洋礼帽,昭示一副富商派头。

　　港商和李志林握手,操着广东腔,第一句话就是:"李先生是名人,和李先生相见,三生有幸。"

　　李志林憨憨一笑说:"欢迎贵客光临。"

　　李志林把二人让进屋里,他自己也感到寒酸,很不好意思地说:"我这土房太简陋,没有沙发,也没有靠椅,只好请二位贵客坐硬板凳了。"

　　赵晓娟忙活着,找出志林特意准备下的龙井茶,沏茶倒水。

第三十章 自称港商

李一鸣没有坐下的意思，站在那里介绍说："这位崔老板，在香港开公司，受父亲之命回到家乡看看。慕名而来要见我们的造桥英雄。"

李志林说："乡长大驾来到，崔老板贵客临门，不知如何接待，领导有何指示？"李志林知道李一鸣不好伺候，才有此一问。

李一鸣一皱眉道："志林，别跟我扯闲篇，你这走南闯北见过世面的人，还用得着我来点拨。我不是大驾，这位是回乡认祖归宗的，都是自家人，没有人挑拣你的接待，就看你怎么对待了。"

李一鸣话说的话很圆滑，好似有什么暗示，李志林觉得无所适从，想了想道："崔老板远道而来先休息，吃完了饭我们再谈好吗？"李志林是准备好了休息的地方，才这么说的。

崔老板有意挽了袖口，看看腕子上的金表说："离吃饭还早着呢，先在村子里转转，看看环境。"

港商的提议，正合李志林的心思，客人屁股没有沾板凳走出门外，几个人钻进那辆桑塔纳轿车，司机只是听从老板的吩咐，开他的车，也不和别人搭话。小轿车在村里转了一圈，喇叭声惊动了村民，一部分村民牵着孩子的手，站在门口观瞧，不免嘀咕：穷山沟冒青烟了，今天有大人物来了，乡长和李书记陪着。

车里的人没有理会村民议论什么，开进了破败的加工厂。李志林领着客人，在厂内走走看看，介绍生产车间的布局，然后走进车间查看，几个车间看完以后，李志林把客人领进范进当权时的办公室，落在地上的灰土，一踩一个大脚印，墙角爬满了蜘蛛网。有两个蜘蛛正在网上作业，进来人惊动了两个忙碌者，害羞似的躲避起来。

李一鸣看到这种情景心里不是滋味，半年前他来到过这里，是机器隆隆热火朝天的场面。这间办公室是窗明几净，就在这里范进请喝酒，有风流娘子王雨琴陪着，喝了两瓶茅台惬意极了。如今这里是满目凄凉，他暗暗骂道：范进呀，范进！真是个蠢货，往兜里揣钱的事儿都干不地道，露了馅就和风流娘子跑到外面去风流。你跑了，弄得我这个乡长脸上无光。

李一鸣希望促成港商的投资挽回点面子。想到这里激昂起来，便道："崔老板，这里看上去有点不像样子，都是范进那个浑蛋整的，好好的一个厂子让他败坏了，关了门死气沉沉。厂房是新的，这个庙还可以吧？不影响合作重新开业。"

赵晓娟原本打算把办公室收拾收拾迎接客人。李志林摇摇头，对妻子说："就这个样子，李一鸣来让他看看心腹范进的'功德'。港商若是真心来投资，也不会在意灰尘和蜘蛛网。"这一幕是李志林特意导演的。

崔老板自有打算，他不在乎这里破败成什么样子，他明白乡长的心思，他在乎的是李志林答应不答应合作，只要李志林点头合作，就有门道了。因此他言辞滔滔。

李志林做山货生意时受过骗，他不肯轻易相信一面之词，他在想天上不会掉馅饼。赵晓娟着急，人家滔滔不绝谈合作，丈夫怎么不表态。

李志林说："这间办公室，已成为腐败的象征，我们准备原样保存下来当作警钟，时常敲一敲。"

李一鸣不以为然，摇摇头说道："必要性不大，闲着不用，是浪费空间嘛！"

赵晓娟说："你们在这里谈，我去准备饭菜。"

加工厂原来有个小食堂，倒班工人吃夜餐，范进在这里吃小灶。加工厂停产，这里自然也关门上锁，李志林为接待港商，特意找回原来的炊事员，收拾了一阵，准备招待客人。赵晓娟来到小食堂，和炊事员一起忙活做饭菜。

李志林叫来看门老人，把办公室里间的门打开，这里已经打扫得很干净，进口高档沙发，席梦思的豪华，被褥的奢侈，里外间形成鲜明对比。

李一鸣心里又是咯噔一下。暗想，李志林今天摆的是什么西洋景？唱的是哪一出？

李志林请客人坐在高档沙发上，这里茶和水都是准备好了的。他沏茶倒水，分别递在李一鸣和港商手中，介绍说："山前村虽然穷，唯有这间屋子能赶上时髦，可以和城里高级宾馆的豪华客房媲美，一个五年计划不会落后呢。"

崔老板抿了一口茶，赞道："好茶，好茶。"对茶的品级显出满意的神色。

李志林说："这是范进厂长留下的纪念品，正好可以待客。"

李一鸣感到李志林的话中带刺，往心头上砸锤子，心里十分不满，但又不便发作，强作笑颜道："我们不谈范进这个兔崽子，谈他实在让人恶心，谈合作吧。"

李志林心里清楚，范进潜逃给你李一鸣的脸上抹了黑，提到他你心里不舒服。

港商不明所以，感慨道："没有想到，山沟里还有一个小小的世外桃源，我有幸一睹为快。"

李一鸣闹不清这位港商是赞赏还是讥讽，心里什么滋味都有。这间屋子和穷山沟的面貌的确不协调了，他又暗骂范进不是东西。难怪李志林要把这里原样保存，当警钟敲。

这时，赵晓娟走过来对李志林说："饭菜准备好了，请客人吃饭。"

第三十章 自称港商

小食堂的餐室也是里外间，里间是范进吃小灶的地方，特意做了装修，今天正好招待港商用上。李志林领着客人来到里间分宾主坐下，赵晓娟倒茶，炊事员上菜。

赵晓娟的张罗，炊事员做了一桌在山村算是一顿丰盛的午餐。酒菜上来，没待李志林开口，李一鸣反客为主，端起酒杯说："借花献佛敬崔老板一杯，欢迎崔老板回乡认祖归宗，支援家乡建设。"

崔大华举杯相碰，二人对饮。李一鸣在酒桌上没有忘记他的心思，再举杯道："崔老板不辞辛苦，远道而来投资考察，尽地主之谊干杯，志林、晓娟陪着。"几个人自然是碰杯。接下来李志林夫妇轮番敬酒，自然也不会慢待一乡之长。崔大华也是一一回敬。

数杯酒下肚，这位港商打开了话匣子，扯开了家史：

"我祖辈是光明村人，爷爷叫崔福祥，做小买卖养家糊口。父亲崔学义，兄弟姐妹四人，他年纪最小。年轻的时候被国民党抓了壮丁，部队到了广东的时候，我的父亲是团长了，在广东娶了媳妇，妈妈生下了我。我三岁的时候，父亲就去了香港。我是母亲在外婆家，屎一把尿一把地把我拉扯大的。

父亲到了香港，一直没有音信。后来，香港和大陆两岸交流多了起来，一名在香港的广东籍老兵回乡探亲，他是父亲的老部下，给我妈妈捎来了一封信，老兵告诉妈妈，我父亲在香港是一名退休将军，晚年觉得很孤独，常想回家看看。信中问到了我，妈妈托老兵给爸爸捎回一封信，从此我和父亲就有了联系。

父亲人老了，思念家乡，思念亲人，要我到香港和他相见。父亲给了我一笔钱，要我留给母亲一些养老，剩下的做买卖。在他一位香港朋友的帮助下开办了公司，在父亲朋友的帮助下，我的公司赚了不少的钱。父亲说他是垂暮之年了，身体多病，回不了大陆，让我回到家乡认祖，看望父老乡亲，嘱咐我要为家乡的建设出点力。

回来看到家乡还很贫穷，李先生为了家乡父老，个人出钱出力造桥，了不起，我就更想为家乡做点事。我在香港有生意，顾不上回到家乡开公司，只想找个好伙伴投资合作。在报纸上看到了李先生的事迹，李先生是能人，更愿意和李先生合作。"

第三十一章
忽悠

　　餐桌上崔大华谈家史，李志林听了感到意外。和光明村隔河相望，常有亲朋来往，怎么就没有听说崔家有人在香港，还是高官。"文革"中有这种海外关系的家庭是要吃挂带的，处境可想而知，其中怎么没有人找崔家的麻烦，李志林心中不免升起了一个大大的问号。问号归问号，人家表明是认祖归宗，支援家乡建设考察投资，加工厂起死回生急需资金，崔大华认祖归宗投资好事一件。崔大华表示投资支援家乡建设，没待李志林表态，心直口快的赵晓娟说了一句："这可是雪中送炭，求之不得。"

　　崔大华从赵晓娟急切的话语中，听出李家人着急找钱用，他看了看李志林道："在家乡投资是板上钉钉子的事，就看李先生的意思啦？"他想知道李志林的态度。

　　李志林想进一步摸对方的底，试探着问："崔老板看过工厂，了解了这里的环境，我想知道合作条件，请崔老板谈谈意向。"

　　"条件好说啦，帮助家乡建设，尽一点心思，没有赚大钱的想法，保本就行啦。"

　　李志林觉得崔大华的话有点突兀，投资不是慈善捐赠，哪有不想赚钱的，难道真是馅饼？他想起受骗的事，骗子的条件优惠是引你上钩，不免犹豫起来。

　　李一鸣看出李志林的犹豫，很不理解，插言道："崔老板为了家乡建设，送钱让我们花，表现了极大的诚意，是天大的好事，我代表乡政府表明欢迎崔老板投资合作。"

　　乡长表态，李志林顺水推舟，说道："崔老板为家乡父老的这份爱心，我们领下，一定努力搞好合作，实现崔老板和他父亲的心愿。"

　　李志林终于表态，崔大华笑逐颜开，说道："李先生愿意合作太好了，和李先生这样的名人合作，我的父亲听了也会高兴。我和父亲的心愿有李先生携手，一定会开出美好的花朵。合作成功了，我请两位到香港旅游。"

　　说完他眨眨眼，看着二人的反应。李一鸣面现喜色，李志林此时一门心思想弄到钱,让加工厂起死回生,哪有心思想旅游的事,故而李志林对旅游一说无动于衷。

崔大华心中暗想,这个李志林比乡长难缠,我还要把支援家乡建设讲得更有吸引力,让你们相信我,他接着道:

"我吃过你们这里生产的罐头、香肠,不合香港市民的口味。我们合作,从香港进口设备,生产香港人喜欢吃的罐头,在香港能卖上好价钱,多赚钱。我们签订一个合作协议,签完协议,我就回香港购买设备。设备运进来以后,安装、调试、试生产,从香港组织几个专家和技术人员,来这里进行技术培训,生产出合乎香港标准的食品。"

李一鸣咧开嘴笑道:"崔老板想得很周到,不光是投资支援,怎么赚钱都想到了。山前村运气好,碰到这么一位有情有义的乡亲,我十分佩服崔老板的赤子之心。志林啊!我今晚在乡政府宴请崔老板,欢迎崔老板认祖归宗,也是预祝你们和崔老板合作成功,你们两口子去给我作陪。"

李一鸣说宴请港商,一直没有说上话的赵晓娟插言道:"崔老板同我们合作,乡长破费请客多不好意思。"

"晓娟女士不必客气,招商引资是乡政府分内的事。你们筑巢,我来引凤,理所当然。乡政府理应招待。你们和崔老板搞成合作,今后,我叨扰的时候多着呢。乡政府那边我已经安排好了,崔老板晚饭后还要赶回县城,我们先走你们随后就去。六点准时到。"

几个人说着话,来到停在院里的小车跟前。

崔大华谦恭地说:"去乡政府的路挺远,李先生和夫人都上我的车,一起走。"说着让司机打开车门,热情地招呼李志林夫妻上车。

李志林摆摆手,"崔老板不客气,我们也有四个轮子能冒烟的家伙,比不上崔老板的车高档,比骑毛驴快得多,乡长说的时间,保证按时赶到"。

崔大华还在让,李一鸣挥挥手说:"崔老板不要谦让了,他们开11号也来得及,就各自方便吧。"

开11号是当地的习惯说法,就是步行。

李一鸣说完,请港商先上车,李志林夫妻看着二人先后上了车,车门关上启动缓缓开走,李一鸣和港商在车内隔着车窗挥手,李志林夫妻也招手送别。

去乡政府的路上,赵晓娟坐在驾驶室里对丈夫说:"崔大华开出的条件可真优惠,你磨磨蹭蹭地不表态,我都急死了,今天你是咋的了?就不怕港商不高兴,一甩袖子走了。"

李志林朝前方看了看,不紧不慢地道:"如果港商诚心来投资,是不会因为我思考问题他就甩袖子,你那是多虑了。三年前,两个温州客和我们谈生意，答应的条件也很优惠，优惠里头隐藏着欺诈。我怕这位港商揣着祸心献爱心脑子里就多转了几个弯。"

"噢！有怀疑，为什么李乡长说了话，你就紧跟着就答应合作，当官的发了话，你就没有疑心了。"

"看你说到哪里去了，我是看别人脸色行事的人嘛，我就想，你崔大华是送钱的主，不是让我从兜里掏钱，再有弯弯绕，我也不怕你，这才下了决心。李一鸣表态，我就顺水开船喽。"

"那两条温州蛇没有白咬你，有了警惕性。我就是心眼实，听了人家好话就信。我听他说认祖归宗，为家乡父老做好事，就感动得不得了，着急盼你快表态，别让到了嘴边上的肥肉给别人抢了去。你敲打李一鸣，我就捏了一把汗，怕他恼了，把港商领到别处去。"

"你没有动脑子，崔大华说慕名而来，李一鸣介绍也说崔老板是慕名而来，他们说慕我的名，我李志林就成了拴马桩，把他们拴住了，那位港商要跑到别处去，李一鸣要是把他领到别处去，他们说慕名而来的话就有假了，投资的事也不靠谱了。李一鸣不会真心帮我们，他是用这件事往脸上贴金的，怎么会轻易改变主意。再说了，他想变，崔大华既然是慕名而来，也不会干的。我不怕李一鸣恼，也不担心崔大华拍屁股走人。"

这时对面来了一辆车，会车时李志林全神贯注，对面来的是一辆大卡车，尘土飞扬而去，李志林接上话茬道："李一鸣为什么积极支持建加工厂，因为他明白这是名利双收的大好事，成功了他脸上有光，是升官的砝码。造桥他不支持，那是他认为干不成，失败了脸上无光。他想干什么，愿意干什么，都是围绕对他的升官有没有利。加工厂兴旺他脸上光彩，范进把加工厂捣鼓黄了，他是不愿意看到的，心里头十二分的恼火。他恼火的不是造成的损失，破灭村民的希望，这和他没有什么关系。他恼火的是范进给他脸上抹了黑。因此，这次港商来，他极力想促成合作。这也是他不会恼怒扭头就走的原因。"

"哎呀！你都成了心理学家了，挺会琢磨别人的心思，怪不得在家里，我总是斗不过你。"

"尽瞎扯，我们俩谁斗败谁，有啥意思。我们还留着力气和别有用心的人斗吧。明天我得去光明村找赵普书记，摸一摸港商的老底。"

赵普在村委会看见李志林开着农用车进了院，忙迎了出来，乐呵呵地道："我们的大忙人大驾光临，有失远迎，恕罪恕罪。"

"哎呀，老书记，怎么拿晚辈开起心来了。什么大驾，晚辈来拜访，有事要问个清楚，请你老人家说个明白。"

"听你这口气，像是兴师问罪呢！不知有什么得罪之处？"

第三十一章 忽悠

"哪里，哪里，你老耳背听误会了，我是有问题请教。"

"我知道，你是无事不登三宝殿，快屋里请。"二人进了屋，赵普张罗着沏茶倒水。

赵普的办公室一张破旧的桌子，两把旧木椅，坐上去，咯吱咯吱响，很简陋。

李志林坐下来，呷了一口茶，问道："赵书记，你们村崔家是不是有人被国民党抓了壮丁？知道情况吗？"

赵普以手加额想了一阵，道："哎呀，这话说来年头长了，五十多年前的事了，崔家老三被抓了壮丁。当营子论起来还是我的长辈，小时候听老人说，最后一封来信1949年，告诉家里人在广州，向家里报个平安，以后再也没有音信。家里人认为他早已不在人世了，怎么，你怎么突然问起这档子事？"

李志林说："是这么一回事，昨天我接待了一名港商，自称是你们村崔家的后代，说是遵从父命回来认祖归宗，想为家乡建设出点力，同我谈合作，我不知其底细，来问一问。"

"照你这么说，对崔家可是大喜事，当年被抓壮丁的人还活着，有了后代，还是港商。崔家人知道了不知该有多高兴。哎呀！不对啊！崔家有后代回来认祖归宗？崔家人没有说起过，也没有听乡干部提起，突然冒出这么个港商回来找祖宗，有点怪呢！"

赵普的问号也是李志林的问号，二人都为此事纳闷。按理说，认祖归宗先到崔家拜见亲人认了祖，了解当地情况，和家里人商量，再谈支援家乡建设。首先应该考虑在祖宗生存的地方投资，没有好项目，再考虑别的选择。这位港商为什么没有这么做，赵普和李志林都感到有点儿怪。

国民党老兵的后人回乡认祖，在市里和县里的统战部门是一件大事。港商回家乡来支援建设，也是一件大事，怎么上头没有什么动静，也没有上面的人陪同。这些常情，李志林和赵普脑袋里是有数的，因此，二人想在一起心存疑惑。赵普说："这位港商做事不合情理，是不是冒牌货？我给李乡长打个电话，问问情况。"李志林点点头。

赵普拨通了乡政府的电话，应赵普的请求，话务员将电话接到李一鸣的办公室。电话里传来李一鸣的声音，"喂！哪一位？"

"我是光明村的赵普。"

"噢！老赵啊，你好，有什么事吗？"

"李乡长，是这么回事，我听说我们村的老崔家，有后人回来认祖归宗，村里没有听说这件事，崔家的人也没有人往外说这件事。我这个支部书记，蒙在鼓里。传闻是真是假我想弄个明白。"

"哦！你是问这个，有这么回事。你看我太粗心了，你是地头蛇，昨天晚上应该叫你来和崔家的后人见个面，抱歉。此人昨晚已经回县城。他是港商，本人没有提出到你们村认祖，我也不便过问。"

"这么大的事，怎么上面没有通报个情况，我觉得可疑呢！"

"县委统战部来过电话说了这件事，他还带来市委统战部的一封信，证明他的身份，介绍他回乡认祖。信我看过后还给了他，怎么！还有什么疑问吗？是不是没有去拜访地头蛇你挑理，别那么小心眼嘛！"

李一鸣说话声音很高，李志林也听得很清楚。赵普和李志林听着乡长这么说话都不舒服。赵普对李志林说："他总是站得高高的，用教训的口气和下级说话。你听听他的口气，对这位港商的来历是深信不疑呢！如果此人三天以内不回来认祖，事情就玄乎，合作的事你要多加小心了。"

李志林点点头，向赵普告辞。

第三十二章
来历不明

　　赵普说的三天以后，港商崔大华没有回到光明村认祖归宗。一周以后，却给李一鸣和李志林发来一封电报。电报大意是已回到香港，父子二人经过商议，支援家乡建设无偿赠送一条罐头生产线，设备先进，价值港币一百八十万元。已经看过货，只需你们汇到香港五十万元人民币，支付运费即可。

　　李一鸣把李志林叫到乡政府，让李志林看了电报。摆出一副居高临下的派头，"志林啊！你看崔老板多讲信用，说到做到。现在人家是无偿赠送，这不是天上掉馅饼嘛！你赶快凑齐五十万元，拿回一百八十万元的设备，加工厂用上先进设备，实现你的附加值。"

　　李志林看完电报感到为难，是馅饼还是陷阱情况不明。五十万元运费虽说是过高，若是拿回一百八十万元的先进设备倒也是很合算的。可是兜里没有钱，拿什么支付，他为难了。

　　李一鸣见李志林看完电报沉默不语，心中不悦，心里嘀咕，送上门的肥肉犹豫什么？八成是脑子进了水。他表情严肃起来，责备道："我们这个穷地方，好不容易来了一位港商慷慨解囊，你怎么二心不定，怎么回事嘛？"

　　李志林说："我对港商不托底，要是冒牌货汇出五十万元怕是竹篮打水一场空，不要说五十万元，五千元对我来说分量都很重，打了水漂可就坑苦了，到那时只有哭。"

　　"你对港商有怀疑？"

　　"不放心，认祖归宗为什么不去光明村认祖？"

　　李一鸣一愣，心里也犯寻思，可又一想，人家是拿着市统战部的证明信，大红印章盖着，难道还有假？县统战部也有电话打招呼，不会是冒牌货。想到这里，提高了声调道："志林啊，不要疑神疑鬼了，有市统战部的介绍信，有县统战部的电话，地地道道的国民党老兵后代嘛，又是港商。我问过赵普了，光明村崔家，半个世纪以前，家里有人被国民党抓了壮丁。壮丁在军队有了出息当了官，娶妻生子也是正常现象。遵父命回来为家乡父老做一些事情，难道是掺假忽悠？绝对不会。他干吗忽悠家乡父老，对他没有好处嘛！"

对崔大华的身份只是怀疑，李志林面对乡长的责问，无法说服上司，无言以对。

李一鸣见李志林沉思不语，便问："还有什么难处？"

"手头没有钱，不能开空头支票，支付不了运费。"

李一鸣想，这倒是实际问题，"你手里有多少？"

"五万元。"

"那好，我和信用社说说，乡政府给你担保，贷款支付运费，解决燃眉之急。"

李一鸣帮助借贷款，出乎李志林的意料，看来他是真想把合作的事促成，李志林这么想，就说："那就太感谢乡长了。"

李志林等待李一鸣说服信用社同意贷款，心里头还是不放心，和妻子商量后，他开上农用车来到丹阳县，找律师汪洋。

在律师事务所，汪洋见李志林来了，很是意外。自从打完那场受骗官司，几年来很少见面，此次见面格外感到亲近。他知道李志林不抽烟，赶忙找出好茶，为李志林泡了一杯，放在茶几上说："造桥成功，几年来李志林的名字可是如雷贯耳，我默默为你祝福。有一次下乡办案路过你们那里，回来的时候想看看你，进村一打听，你和嫂子都不在家，没有见上一面。那座石桥可是名扬四海了，我真钦佩你无私奉献的创举。"

李志林见到汪洋，老朋友相逢笑逐颜开，说道："我们两口子，时常叨念你的大恩，在我们最困难的时候，你帮了大忙，不知如何感谢你才好。大桥剪彩我们想请你去看看，打过来电话，你们主任说，你到外地办案没有去成。"

"我办案回来，听主任说你们邀请我参加剪彩。那次剪彩很隆重，我没有赶上挺遗憾。连心桥背后的感人事迹，新闻界报道以后，丹阳县轰动了，整个春江轰动了，引起龙江省委的重视。我为有你这位朋友感到骄傲。"

"哎呀，那些事都过去了，我就不放在心上了。当前有一件闹心的事，心里很烦没有头绪拿不定主意，想听听你的意见。"

"李书记的烦心事，一定不那么简单，什么事？请讲。"

"前些天我们那里来了一名港商，说是回来到光明村认祖归宗，支援家乡建设，捐赠先进设备，要我们支付五十万元运费。此人来历不明，我有没有法子弄清他的身份，你是律师有没有办法查查他的身份。"

汪洋说："改革开放以后，港商来内地做生意的逐渐多起来，什么样的人都有。香港现在还是英国人占领，那个港督彭定康冷眼看中国，经常闹摩擦，内地和香港政治空气紧张，想查港商的身份，民间是办不到的，通过政府有关部门恐怕也是难以办到。"

"弄不清情况，我怕运费打水漂，汪洋你看怎么办好？"

"那位港商到你们那里，有没有出示什么证件？"

"有市统战部的介绍信，县统战部也有人电话通知，说是国民党老兵的后代，回乡认祖归宗。国民党老兵后代回来认祖归宗，投资支援家乡建设，哪一件都是大事，上头就那么轻视，没有人陪同。就这一点，我和光明村的赵普书记都怀疑是不是冒牌的。可我们的李乡长是深信不疑，还帮着跑贷款支付运费，运回他想象的先进设备。温州商人诈骗的教训，我不敢冒失了。"

"看来你被骗了一次有了免疫力。这位老兵后代港商身份，是不是假冒欺诈，我们没有手段查清他的底细，有待时间的验证。"汪洋想了想说："李书记，没有途径可查，我们可以试探，你看这样行不行？以你和乡长的名义，给那位港商发一封电报，就说你们要带技术人员去考察学习，对捐赠向他和他的父亲当面表示谢意，请他协助办理入港手续。如果一切顺利，你们花点运费拿回一套先进设备，港商达成心愿，两全其美的事。他若是不赞成考察，那就得另说了。"

"还是主任有韬略，我脑袋都快要想得炸开了，就没有想到这么个办法。不好意思，还得麻烦你写一个电报。"

汪洋一笑说："对李书记我是义不容辞免费服务，我就按着方才说的写，可以吗？"

信用社已经答应贷款，李一鸣找李志林办手续找得很急。李志林回到家里，妻子告诉他："李乡长派人找你两趟了，要你一回来就到他那里去，急得像是火上了房，你去一趟吧。"

李志林走进乡长办公室，李一鸣抬头看看他，让他坐为他沏茶，皱着的眉头舒展开来露了笑容道："可把你盼回来了，信用社主任答应了贷款，夜长梦多赶紧办手续。"

李志林这回对李一鸣办事这么痛快，感到满意，"还是乡长面子大，我抓紧办。有一件事向您请示。我去县里是找人咨询，县律师事务所主任汪洋，听了情况介绍建议我们二人，带上技术人员到香港考察学习，向人家当面致谢，顺便接运设备，您看怎么样？"

香港，这块被英国人占领的殖民地，近年来，迅速崛起，成为镶嵌在中国东部一颗璀璨的明珠。改革开放以后，这块中国领土的资本主义世界，成了内地人开眼界的地方。

李一鸣听到这个建议，沉思了一阵，到香港看看是美差，去香港考察他欣然赞同，说道："这个建议很妙，考察学习资本主义先进的东西，运回设备投入使用，好啊，那就快快做好准备。你办理贷款事宜准备好钱。我想法子办理入港手续。"

李志林和李一鸣的联名电报发出去，一天，两天，三天，一周没有回应，两周仍是无声无息，李一鸣着急上火了。他按照崔大华留下的两个电话号码，一个也打不通。他不相信，也没有勇气相信，港商崔老板是骗子。

李一鸣来到县统战部，打听有没有叫崔大华的人来过这里，是何人打电话给光明乡，说有国民党老兵的儿子港商崔大华，认祖归宗考察投资，让乡里做好接待。他走进几个办公室，问了几个人，被问到的人都是向他摇头，没有人知道这回事。他来见统战部部长，说明事情的原委。部长哈哈笑了，说道："这件事很奇怪，律师事务所的主任也问这件事，我们县还没有接待过这样的客人，真有国民党老兵的后代，回来认祖归宗是一件大事，县里主要领导也会出面接待，回乡也会安排车辆派人陪同。你怎么不打个电话核实一下。"

李一鸣说："有市统战部大红印章，有你们这个衙门口的电话，我寻思还能有假，不能疑神疑鬼，所以……"

"所以，就信以为真。"部长打断了他的话。"打电话，可以找一个托儿冒充嘛。公章，花上几元钱就能办到，那还不容易，不要迷信那个大红章。关于介绍信，汪洋问过我以后，我给市统战部一位副部长打电话问过这件事，他说统战部没有接待过崔大华这么个人，更没有开出过什么介绍信。我听汪洋说，李志林一开始就怀疑港商的身份，他脑袋里防范上当受骗的那根弦，比你绷得紧呢。我们现在还不能断定这位崔大华就是骗子，但可以说，你是被忽悠了。"

李一鸣听了副部长的一片话，好似从云端里往下掉，他是不情愿认定崔大华是骗子，这件事传出去在群众中丢面子，上面也没有好印象，他很失落。

李一鸣回到乡里，他不肯在李志林的面前承认判断出现差错，他惦记着乡政府担保贷款四十五万元，怕背上包袱就不好交代了。他给李志林打来电话："志林吗？我是李一鸣。"

"哦，乡长有何指示？"

"我们可能是让人忽悠了，你看那笔贷款，如果派不上用场，是不是还给信用社。"这是他第一次以商量的口吻和李志林说话，失去了往日的趾高气扬。

一年期的贷款，贷下来没有几天，乡长打电话催还贷款，看来老毛病又犯了，怕自己担责任。李志林心中恼火，冷冷地道："放心吧李乡长，那笔贷款不会拖累你，天塌下来，我李志林撑着。"

李志林的口气不善，李一鸣觉得再说下去没有什么意思了，挂断了电话。

第三十三章
人间温暖

　　港商捐赠，随着时间的流逝变得渺茫，验证了李志林的怀疑。但他花费了心血，耗费了时间，虽然没有李一鸣那么失落，也是心情沮丧。他来到加工厂，叫上守门老人和他一起，清扫了满屋灰尘的办公室，清扫完毕老人退出去了，李志林坐在那里，随着田野里生起来的缕缕雾霞，一幕幕往事在眼前浮现：

　　为造桥搭上大儿子年轻的生命，不造该死的桥，凭自己和妻子的双手，靠山货买卖也能致富，还可能在城市安了家，儿子也不会牺牲在大桥工地上。又一想，大桥建起来，有了通向外界的路，方便运出农产品，村民由此脱了贫也是安慰，儿子没白白牺牲在建桥工地上。

　　范进的肠子那么花花，为了捞钱养姘头，把集体企业毁了。揣着党票，戴着村长的帽子，花天酒地玩弄女人，带着情妇跑了，老婆孩子扔下不管，白披了一张人皮。

　　自己凭着一股子气，背上一百五十多万元的债，想把加工厂救活，兄弟虽然同意帮凑，就是把兜翻过来也凑不出多少。钱是大难题，加工厂还能办下去吗？四十出头的人了，总不能一辈子苦着自己。做买卖也能过上好日子，加工厂不办也好。

　　为了资金，又被港商忽悠了一把，至今不知道崔大华，到底是个什么样的人？我李志林办事怎么这么艰难？

　　妻子虽然和自己一条心，家庭的拖累，食品厂烂事的烦心，人瘦了、没了欢声笑语，家中很沉闷。都是那个附加值闹的，我为谁追求附加值？为什么要追求附加值呢？

　　十几年来，寻找失踪的钱桂花，仍是渺无音信，这个支部书记当得真累。何苦呢！请求乡党委免了支部书记吧，一心一意过好自家的日子。再转念：李志林呀！李志林！你就这点出息，前头有拦路虎就怕了！就不能把拦路虎赶跑？你那个附加值的心愿，实现附加值的雄心壮志跑到哪里去了？

　　李志林坐在那里，心中正在万马奔腾，突然听到汽车喇叭声。他抬起头往外看，一辆吉普车开进院里，车门打开，村长赵斌和副县长马明下了车。李志林赶忙走出来，向马明来了个举手礼，这是他在部队养成的习惯。

马明热情和他握手，逗趣道："你一个人，在这里闭门思过，可有什么心得？"

李志林苦笑了，说道："我现在是焦头烂额，还能有什么心得，满肚子的辛酸。你可来了，我像是嫁出的闺女见了娘家人，可以说知心话了。"

马明笑着道："我是来察访，访访山前村经济地震灾情，有什么苦水你就稀里哗啦地倒吧，我正想听呢。"

李志林不好意思了，说："我用人不当惹了祸，就想将功补过，还没有理出个头绪。"

"话说得不当，范进干的坏事，怎么成了你惹的祸！"

"支部书记没有当好啊！厂子没有管好，让范进钻了空子，弄成现在这个样子，我心中有愧。"

"总结经验可以，我听赵村长说，你一直自责，没有必要了。你已经把包袱扛上，就甩开步子往前奔吧。听说你们又被忽悠了一把，我在县里也碰到过几次。讲市场，总会有人忽悠的，受上几次忽悠能长见识呢。守住一条线，不要让人家忽悠得晕头转向。"

说起被忽悠，李志林不免感慨："好事不出门，坏事传千里。别提了，这件事上，李乡长是好心，却弄得我很为难。"

马明笑道："老李是想挽回点面子求成心切，人家忽悠他信以为真，你李志林脑袋还是清醒的嘛。统战部长跟我讲，李一鸣就相信那个大红章子。你和赵普的疑问，他听不进去。其实捅破障眼法很简单，但人们有时鬼迷心窍，想不到去捅破。吃过苦头的人，就有这份警觉。"

"这事多亏了汪洋律师，出了个妙点子，才没有上当。"

马明说："你找了汪洋以后，他就跑到统战部去求证，有没有崔大华回乡认祖归宗这码子事。统战部长听了感到事有蹊跷，夸奖他有责任感。没有他的点子，那位认祖归宗的所谓港商，还会追运费，说不定你们还要舍上一把钱呢！"

"真是那么回事，钱是李乡长帮着贷的，他逼我给港商汇款，现在又催我把贷款退回信用社不让我用。"

马明没有对李一鸣再评论什么，"说说你的困难？"

赵斌插言道："李书记的最大难题就是一个字钱，他急需资金，让加工厂起死回生，请县领导排忧解难。"

马明对此心中有数，说道："县里几位领导很关注你们这里出现的问题，志林是公众人物，带动村民致富，是我们县乃至春江市的一面旗帜，有困难自然要帮。缺资金的问题，我回去汇报研究，县里一定设法解决。还有什么困难？"

李志林表示："资金解决了，其他问题也就算不上什么困难了，我们会克服的。"

马明赞道："大事不靠，有问题自己解决，这才是创业者的本色。红花需要绿叶扶，你自己解决不了的问题，上头还是要排忧的。"

他看看赵斌，说："赵村长，你是管村办企业的，范进捣鬼，山前村经济地震，村民心里发颤，你们村里还有一个木器厂，怎么管要多想想了。"

赵斌说："木器厂也存在经营难，等加工厂恢复经营以后，我就和李书记商量木器厂的管理问题。"

马明点点头，面向李志林，"我临来时，在政府大院碰见王晓燕，她说要来采访，她可是县里新闻届的活跃人物，笔头子硬，伶牙俐齿，不过她对你们这里情有独钟，是用欣赏的眼光来看待。到别处，她的眼睛可是挑剔得很呢。好了，就谈到这里，我到乡里还有事要办。"

王晓燕开着212跑在乡间公路上，一路叮叮当当来到山前村。进了村想找个人，打听李志林此时在何处，只见有两位七八十岁的老汉，坐在墙根背靠土墙，眯着眼晒太阳，她没有打扰二位老人。开车奔向食品厂。上次来山前村，食品厂正在建设，村民围着工地欢声笑语，说话都透出美滋滋的心情。这次一进村，像是被土匪洗劫过后的一片苍凉，她的心直往下沉。她慢悠悠地把车停在食品厂大门口，大门上了锁。她按了一阵喇叭，守门老人听到喇叭声，从门卫室出来，见一位年轻的姑娘，从驾驶室探出头来，老人问道：

"闺女找谁？"

"找李志林书记，大爷知道他在哪儿吗？"

"他就在里边的办公室里。"守门老人说着打开了大门。自言自语，今天是喜鹊登门，小车刚开走一台，又来了一辆，够热闹的。

李志林刚刚送走马明回到办公室，收拾了一下准备回家，又听见汽车喇叭声，车子进了院。李志林走出办公室，王晓燕正从车里钻出来，他急忙走向前握住王晓燕的手，他想起上次相遇，王晓燕主动握手，他被动拘谨。

李志林有力的大手握得王晓燕酸痛出了声："哎哟，李书记哪儿来的那么大劲儿？难不成，要把我的手捏碎了。"

李志林这才觉察到握手用力过猛。"哎呀，对不起王记者，手劲大了不好意思。到我家说话吧，这里太憋闷。"

王晓燕让李志林坐进驾驶室，她上了车关上门，掉过车头开到大门口，向看门老人招招手，加大油门把车开到李志林家门停下，二人下了车，李志林推开大门喊道:"晓娟!有客人。"

"哎!"赵晓娟答应着,急忙从屋里出来,她看见一位年轻漂亮的女子,朝她微笑,认出来是几年前和局长一起来采访,县广播电台的记者。上前拉住王晓燕的手说:"王记者,快进屋,快进屋坐。"二人手拉手,走进屋里。

这是三间土打墙的房子,房顶连一片瓦没有,土墙围成一个院。屋里是三合土砸实的地面。在主人的卧室,一只三节木柜靠墙放着,有两张木椅,一条长木凳。土炕铺着席子,几套被褥叠放在炕的一头。一把白瓷茶壶,几只茶碗放在木柜上的茶盘里,这是主人的全部家当。

赵晓娟看看一身漂亮衣服的王晓燕,赶紧拿来一块抹布,把两把椅子擦了一遍,请客人坐下。

王晓燕脑海里翻腾起来:两年前来采访,进过范村长的院,三间砖瓦房有门楼,屋里拆掉土炕,摆着席梦思床,放着沙发,冬天烧火墙。此次一进村,看见远近闻名的范家大院,比起两年前阔气得多。

两相对比,一村的党支部书记,住得太寒酸了。

汽车的喇叭声,惊醒了山村的睡眼,几个孩子跑出来围着212看稀罕。村民三三两两来到大门外凑热闹。张良来了,进了李志林的家。王晓燕不认识张良,李志林介绍说我妹夫,二人握了手。没等李志林介绍,王晓燕自报家门:"我是县广播站记者,叫王晓燕。"

"噢!王记者,一路辛苦了,不知道此行有何贵干?"张良直截了当,挤出来这么一句话。

王晓燕道:"我是跟踪采访,上次来看到的是热气腾腾的建设场面、欢声笑语的村庄,这次来到这里,村里没有生气,感到凄凉。"

李志林说:"那时我们正搭梯子准备上天堂,现在梯子被范进那个兔崽子拆了,村民摔进地狱。我们灰头土脸,没什么好采访的呀?没啥可说。"

王晓燕柔声地道:"你们这里发生的事,做新闻的早就知道了,我是特意选定这么个时候来的。上次来,你们的加工厂正十月怀胎,今天到这里看到,好端端的加工厂锁着大门,我感受到了你们心里的伤痛和苦闷。你们从天上掉下来了,天上、地下的反差,更有挖掘的价值。"

自从范进卷款逃走,赵晓娟心里一直不顺,听王晓燕提起加工厂,心头的火又上来了,对王晓燕说道:"范进那个瘟犊子,揣上公家的钱,拐着人家的老婆跑了,全村人奔小康的希望没了,个个垂头丧气打不起精神。晓燕记者,这唉声叹气的事,没有什么好上喇叭的呀?"

"我体会到了,你们心里的伤痕有多深,人们在伤痛的时候,更需要安慰。我会在你们的伤口上贴止痛膏,不会撒盐的。也许还能为你们做点什么，也想挖一挖村办企业是怎么衰败的。"

"谢谢记者的关心，只要你觉得有采访的必要，听你的。"李志林诚恳地表示。

"我们到加工厂拍拍照，做新闻对比。"

四个人都坐上了王晓燕的车，又来到加工厂。看门老人很纳闷，刚刚走了又回来，漂亮的女孩子想干啥？

第三十四章
真情实意

在王晓燕的眼里，二百来人的加工厂空落落的，只有门卫一个人还在岗位。厂房、设备八成新，挺立在那里发出无声的抗议。

李志林和赵晓娟近来最怕走进这里，这是他们兴高采烈抱有巨大希望的地方，如今是最伤心的角落。

王晓燕从车里取出录像机进行录像，赵晓娟是第一次见到录像机感到新奇，走到录像机前，她的身影摄入镜头。李志林招呼她闪开，她转到王晓燕的身后，问道："王记者你这是玩的什么东西？"

王晓燕见闻，朝她一笑解释说："新添的采访设备，进口货录像机。照相机只能照照片，录像机录的影像，可以放电影。"

"那你刚才是不是把我也录进去了，你可不要拿到城里把我放了电影。"说完这句话她自己笑了，四个人相视大笑。

录完像，王晓燕说："我们到范家大院看看，也录像。"

李志林忙说范进跑了以后，县长说大院不能再姓范，没收归村委会，到这里来过的人都说大院像个地主庄园，在成片的茅屋中间太扎眼，实在是不搭衬了。

赵晓娟说："范鬼子在建加工厂时就没有安好心，把原来的三间瓦房拆了，用工地上的建筑材料建他的大套院。他嫌原来的院子小，为了大套院就把挨着他住的两户村民硬是撵走，村民背后骂他地主老财。这个大院不是山前村的光荣，丢尽了山前村的脸。范进跑了以后，有人主张铲平了，铲掉羞耻。"

"范进建新时代的庄园，没有人管管他？"王晓燕问。

"谁管得了，他说是养猪羊挣到的钱盖房子，还想盖洋楼。老李找他谈心，注意不要和群众拉得太远。他翻了脸说扯淡，都啥年月了，还搞平均。李一鸣乡长护着他，乡干部都睁一只眼闭一只眼。他跑了以后查账，整明白了建大院是挪用建设加工厂的建筑材料干的。"赵晓娟说起这些事就气愤。

范家大院围着高高的红砖墙，走进院是坐北朝南的一排九间高大的瓦房,大玻璃窗,从窗外往里看十分宽敞。两边各五间配房,略低些。高高的大门楼气派显眼。院前是一排平房,原来开商店现在关了门,典型的四合院。走进室内,高档沙发、大衣柜、冰箱、彩电把主人的客厅装点得十分阔气。瓷砖铺地,走在上面脚底打滑。

王晓燕把家用电器,一件一件编上号,按编号顺序录像,拉开镜头录下室内全景。大院里录下的镜头就更多。录完像对李志林和赵晓娟说:

"宋濂县长很关心你们这里的情况,嘱咐我要激励山前人的斗志,不要泼冷水,不要干扰他们的计划,不要增加他们的压力。宋县长的一要三不要,可是一份热心肠。干私营,我想听听你和嫂子的盘算?"

"加工厂村里是无法经营下去了,我只好硬着头皮背上债务办私营。加工厂黄了,是我有眼无珠看错了人、用错了人,我有罪呀!"李志林近一段时间,每次见到熟人就自责。

王晓燕觉得,这位农村基层干部的自白,吐露了内心世界。家庭生活的困苦,基层工作的困扰,加工厂倒闭,若不是硬汉子早就趴下了。他的处境,应该得到理解和支持。说道:"李书记说严重了,听说你当初不情愿让范进兼任厂长,他得到乡长的支持,搞了小动作,蒙蔽群众当上厂长。村长贪污犯法,党支部书记自责我理解,但不是你的失职。为带动乡亲脱贫富裕,个人背上贪污犯扔下的包袱,你这么做很高尚,令人敬佩,看来我这次采访又挖到重磅新闻,难怪宋县长说你是很有新闻价值的采访对象。李书记身上闪烁着多重光彩,我感受到了你的魅力。"

"哎呀,晓燕记者,每次见面你都夸得我冒汗,我是冒险下地狱的人,不要捧我了。"

"我是认真的,个人背集体债务,一心救活加工厂够上头条了。宋濂县长听了准会拍手称快,他要抓典型,推动全县工作。你们夫妻的高尚行为,是典型,我还要摇旗呐喊呢。"

"李书记问我一个问题,山前村加工厂为什么只活了两岁,成了短命鬼?"

"哎呀!是我看错了人、用错了人的报应。"

王晓燕摇头,却没有反驳李志林的报应说。

"我想知道当初你为什么不情愿让范进兼任厂长?"

"我只是想,村官当厂长,村里的事,企业的事扯不清。厂长是村官,他在厂里搞专横,村里不好管。凭直觉当村官就不要干厂长,更多的道理说不来。"

"可你说出来一个道理,当官兼任企业的头是政企不分,行政命令管企业,这是加工厂短命的一个原因。还有深层的原因,什么产权问题啦,我也说不清，由经济学家们去探讨吧。"

王晓燕不再提问，李志林向她提了一个建议："你来一趟不容易，是不是听听村民说说心里头的话？让人们散散心中的闷气。"

"我正有此意，想请你安排呢。"

"不用他安排了，我们是不请自来。"门外响起洪亮苍老的声音。乔本山搭着话，领着几名村民进了屋，老人和王晓燕打招呼："欢迎王记者到来，汽车喇叭声把我们叫醒了，上来心气。村民听加工厂守大门的老赵头说你来了，知道你有神通，要见你说说心中的苦闷。你要是带来观世音菩萨的杨柳瓶就好了，把村民的苦水都装走，倒进南海。"

赵晓娟招呼让进来的人坐下。乔本山说："侄媳妇，我们不坐了，范进这个庄园我们看着来气，我们都到加工厂说话，那里是村民的希望。"

李志林陪着王晓燕，乔本山领着村民，赵晓娟关好大院的门上了锁，和张良一起在后面跟着来到食品厂。守门老人，见那位年轻漂亮的女记者，由村里的当家人陪着，又回到这里，后面跟着一帮人，赶忙打开大门。好奇地看着人们进了院，这次大门也不关了。

在院里乔本山对王晓燕说："王记者，你是第三次来山前村看把戏了。第一次大桥剪彩，看到的是人山人海；第二次来，加工厂开工建设，那把热火都烧到天上去了；这第三次，又有了新把戏，是范进那个狗东西玩出来的，村民的烟囱冒出来的烟都无精打采。加工厂的大门加了锁，车间里的机器也不吼叫了，村民们个个愁眉苦脸，这里是满天乌云。"

"本山大爷，有李志林书记呢，有他带头这里的乌云很快就会散去的。"

姜婶是养猪大户，她向王晓燕诉苦："话是这么说，王记者，可眼下的日子真不好过。我家养了二十多口猪，指望养猪致富。加工厂关了门卖不出去，猪食都成了愁事。自己也舍不得吃，狠下心来也吃不了那么多，可咋好？"

一位村民走向前来说："我在罐头车间管装箱，一个月拿二百元工资，加上我老婆养的那群羊卖给食品厂。全家人的吃穿，孩子的学费都不愁了，还立了存折。在这山沟里，我们全家人感到像是进了天堂。"他说着硬是拉王晓燕走进罐头生产车间，来到他的岗位，指着一大摞空罐头箱说："这罐头箱装不成罐头了，只好装尘土，这叫什么事。范进这个王八蛋，用公款建大院，贪污犯了案，领上破鞋跑了，可把我们害苦了。我老婆说加工厂关了门，我们好像是下了地狱。"

王晓燕举起摄像机，对着挂满尘土的包装箱，再次做了真实的记录。

这时几位村民围着记者抢着说话，诉说他们的烦恼。猪羊没有地方卖了，工资拿不到了，一下子从凌霄殿走进了阎王殿，脚底下是深渊，够不着底。

乔本山出来打圆场，说道："老少爷们，苦水倒得差不多了，王记者还有事在身，不要多占她的宝贵时间了，我们大家合个影，留个纪念。"

乔本山的提议，村民用掌声表示响应，站在一旁的看门老人也凑过来合影。乔本山站在中间，赵晓娟、王晓燕站在两侧，其他人找好位置站在一起，摄像机自动录下。

照完相王晓燕收拾起摄像机，装箱放进车里，她对在场的村民说："我没有观世音菩萨的杨柳瓶装乡亲们的苦水，我都装进录像机里了，你们的苦水，虽然我做不到本山大爷希望的那样，把它倒进南海，我一定向上帝述说，让丹阳的群众知道你们的苦难。"

乔本山说："那我就代表乡亲谢谢你了，王记者。我们不图别的，有人理解就行了。"

王晓燕走到李志林夫妻跟前，看着二人的期盼眼神，说道："领导关怀我送到了，你们的最大难题缺资金，我心中有数。我会使出全身的劲去呼吁。"

赵晓娟说："那可就多谢王记者了，你和马县长这一来，是雪中送炭，温暖了山前村人的心。"

村民围上来，恋恋不舍地和王晓燕告别。

第三十五章
天堂地狱

王晓燕开车离开了山前村以后，李志林、赵晓娟、乔本山、张良、李向东五人站在加工厂的院里议论开了。

张良说："这位王记者是热肠子，有股子泼辣劲，我看她会去找县领导帮助解决资金的问题，借到钱我们就万事大吉了。"

乔本山说："马明是个好官，心里装着老百姓，他刚才走的时候说帮助解决钱问题，肯定不会放空炮，志林啊，我看资金有希望了。"

赵晓娟说："资金和王记者八竿子打不着的事，人家心肠还那么热，我们就是滚着、爬着去借钱，也要把加工厂鼓捣活了。"

李向东说："肉食加工厂让范进砸了牌子，不能再用了，得找工商局换个名字，我想叫丹阳星火食品厂，不知行不行？"他说这话，胆胆怵怵地看着父亲。

乔本山说："这个名字好听，还有点意思。毛泽东说'星星之火，可以燎原'我们也点起这把火燎燎原，把范进那个狗东西弄出来的晦气燎原跑了。"

李志林满意地看着儿子说道："我看再起名字不叫厂了，眼下公司这个字眼挺响亮，我们叫它丹阳县山前星火实业公司。"他看着几个人，又说："马县长说帮着解决资金，领导虽然是这么说了，我们不等不靠，井里没有水就四下掏。在外打工的哥兄弟能帮凑一些。本山叔，为了资金，还得烦劳您的大驾，骑毛驴去舍老脸，找找门路。"

乔本山说："是我把山前村这个'穷'字扔给你的，跑断了腿，也没有什么含怨。王记者的心都那么热，我们的心更热才行。"

马明和王晓燕离开山前村一周以后，宋濂的秘书打来电话，通知李志林到县里来一趟。

连心桥建成后，丹阳县东部增开了一路班车，山前村有一站，村里的人进城方便多了。李志林坐班车进了县城，来到县政府大院，直奔宋濂的办公室，正好碰上宋濂的秘书小王，二人一起敲门进了屋，宋濂看见李志林，站起来说：

"哎呀！我们的'附加值书记'来了，快请坐。"

李志林憨憨一笑，说道："县长咋还编派农村基层干部呢，我什么时候有了'附加值书记'这个新头衔？"

"这不是胡乱编派，王晓燕那篇附加值通讯稿叫了响，我是有感而发，'附加值书记'这个头衔对你挺合适。"

宋濂这么一叫不打紧，王秘书当作趣谈，在圈内人讲了，不久在丹阳县传开，山前村出了一位附加值书记，从此熟人相见，不喊李书记，不喊志林书记，直呼附加值书记，附加值书记成了李志林的绰号。

宋濂说："你那个附加值，王晓燕没少吹风，吹得我两耳发聩，看来她很崇拜你。前几天她采访回来说，还要写附加值的续篇，什么天堂和地狱。竟然说，要呼呼上帝从地狱里把山前村里的人拉回来，奔向天堂。无冕之王不可小视，为了拉你们一把，她居然跑到银行去吹风，把行长的心吹活了，考虑给你们贷款，风吹得我耳朵更是受不了。马明同志从你们那里回来，我们商量过，县政府担保，银行给你贷款，需要多少资金，才能让机器转动起来？"

"我们精打细算需要六十万元。"

"能自筹到多少？"

"已经借到了十万元。"

"那好，给你们贷款五十万元。"

能贷到款李志林很开心，起身向宋濂来了个军礼，"加工厂有救了，我代表全家、全村谢谢宋县长。哎呀，可有一件，县政府为私营企业贷款担保，不怕有人说你宋县长爱好资本主义。"

宋濂摆摆手让他坐下，说道："你要是办个人发家致富的私营，县政府才不给你担保，企业生死到市场上扑腾。你们遭遇人祸，把集体企业搞黄了，特殊情况，你办私营是无奈之举，你那个私营出发点不是一门心思为了个人发家致富，是带动村民走共同富裕之路。帮你贷款是激活一个点，影响一大片，常说的以点带面。你那里是个中心点，中心点活了，将会带动一方经济，推动全县脱贫致富，我算的是全县一笔大账。我测算过，你们那个私营企业，产值达到千万元，不只是带动一个村了，带动一个乡几个乡的农民走向富裕之路。产值上亿元，对全县的经济发展就会有很大的推动。"

李志林开心了，"哎呀，宋县长，领导把救活加工厂看得这么高，这是给我们加油鼓劲呢，我扒去几层皮，也不能干砸了。"

宋濂乐了，说："就凭你李志林造桥表现出来的那份勇气、那份胆识、那份无私奉献的精神，我相信你会带出一班子人，一个好的团队，一个创业的团队。我盼望你们的团队把附加值搞上去,我要在全县推广经验,动员全县搞附加值。连心桥建成我去剪过彩,附加值上去了,我去为你们庆功。"

李志林心潮起伏,激动地说:"那我们就摆好庆功宴等着了。有了资金,倒闭的加工厂就能活过来,村民的小康生活就有指望了。"

李志林回到村里,赵斌见面就问:"贷款怎么样?我是盼望早日弄到资金,加工厂早日起死回生,早日看村民的笑脸,早日听村民的欢声笑语。"

"县政府担保贷款五十万元,大难题解决了,李一鸣在信用社搞来的贷款,我们本来可以还一部分债,我们不用这笔贷款了,退给信用社,工厂恢复生产,盈利了再偿还债务。"

李志林话锋一转,"李一鸣听说县领导帮助解决了贷款,放出风来信用社贷款可以到期偿还,不再急赤白脸催着退回了。其实,他心里有个小九九,用了乡政府担保贷款,搞活了加工厂,李一鸣也光彩,甚至会把加工厂当作他嘴边的一块肥肉,把手伸得老长。"

"是啊!范进贪污,一部分恐怕是进了李一鸣的腰包。他就是名利双收的那号人,我们招惹不起。"

"不说李一鸣了,说说我们自己这堆子事吧,我这个党支部书记家里办起了私营企业,我总觉得不对劲呢!村里的事你就对忙活一些。我打算向乡党委打报告,建议你接替我当书记,我一心一意鼓捣加工厂。"

赵斌急忙摆手说:"使不得,使不得,乡党委不会批,县里也不会同意这么做。你是劳动模范名人书记,不是随变动的,快快打消这个念头。"

"我一头当共产党的支部书记,一头办私营企业,名不正言不顺。"

"我这个村长当厂长,也不那么对劲呢。范进犯了事以后,村民的心散了,议论纷纷,时间长了,要再出第二个范进,木器厂怎么办下去?"

"是啊,村长当厂长是不大对劲,这种情况要改变,我们把眼前的事情弄出头绪来,再解决村官不兼任厂长的问题。"

李志林回到家里,找来妹夫张良和妻子、儿子坐在一起商量,对三人说:"我们最大的难题资金解决了,县里领导就是看全局,我们想的是一个村,人家看的是一大片,一个县,眼睛盯着全县的发展想问题。县政府担保贷款,是有说法呢,把我们这里看作一个中心点,什么弄活了我们这个点,带动周围一大片,成功了还要推广。这下子,我们肩膀上的分量可就更重了。办不好我们这个私营企业,可就不单是山前村的问题了。"

赵晓娟感慨道:"你说,我们这里出点什么事,动静怎么就大呢。又是一个小企业,又是中心点,又是一大片的。"

张良道:"出了名的人,出了名的地方,就有名气的效果,再有什么事,就会引起更多的人注意。人家就把事串起来看,仰起头来看,踮起脚来看，敲锣打鼓动静就大了，这是名人效应。"

"哎呀！姑父，还是你在大城市待过，比我见识高，讲出名人效应，我可是说不出这样的话来。"李向东说这话眉飞色舞，佩服的语气。

李志林看着妻子、儿子和妹夫说："我是支部书记，不能当私营老板，我们注册公司，晓娟当经理，妹夫是副经理，开了业晓娟跑市场管推销，妹夫管好生产，向东给你姑父当助手。"

"天堂离地狱有多远"这是《春江日报》一篇报道的标题，署名王晓燕。

天堂和地狱是什么样子，炎黄子孙谁也没有亲眼看见。人们在电影、电视里看到的天堂，是祥云缭绕的人间宫殿，蒙上神的面纱。我们看到的地狱是刀山、火海、阴森恐怖的城堡。都是文艺作品虚构出来的。因此，在每个人的心目中，天堂和地狱的模样都是不同的。

笔者所见天堂和地狱，没有玉皇大帝，没有五殿阎王，是食人间烟火的现实生活，录像机作了真实记录。

稿子里刊发了五张照片。

（一）土屋：现任山前村党支部书记李志林的住所。

（二）庄园：前任山前村村长范进的四合院。

（三）工地：山前村肉食加工厂正在热火朝天建设中。

（四）车间：山前村肉食加工厂机器隆隆的生产场面。

（五）工厂：山前村肉食加工厂倒闭，大门加锁。

山前村人心目中的天堂是什么样呢？山前村的人没有更高的奢望，就是脱贫奔小康。小康就是山前村村民心目中的天堂。他们把小康生活视为天堂，奔向天堂之路寄托在肉食加工厂。

加工厂曾让村民狂喜，村民饲养的猪羊可以卖给加工厂，每户都有在加工厂上班的，拿着工资种地、经营副业，村民的感觉是在天堂。天有不测风云，村长兼任厂长的范进，卷款百余万元和情妇风流逃亡了。山前村加工厂没有遭遇天灾，被人祸搞垮，欠下巨额债务，村民失去工作，没有了工资，养殖的猪羊出不了栏，他们为生存发愁，感觉是一下子跌进地狱。

人们要问天堂离地狱有多远？

记者到实地，用摄像机进行了度量。时空中，两年光阴。地域距离一步之遥。加工厂只活了两岁。一步之遥却有深刻的含义。

范进走了一步，成为重犯逃亡被通缉，公安机关正在全力追捕。李志林走了一步，正在引领群众奔小康，走向天堂。

"天堂离地狱有多远"见报后，责任编辑约见文章作者进行了一次交谈，节录于下：

编辑：晓燕，你写过附加值的通讯，写的是李志林和山前村，此次发表文章"天堂离地狱有多远"，又是写李志林和山前村，你是出于什么动机？

晓燕：谈不上什么动机，是新闻工作者的良知驱使不能不动笔。你要是以前到过那里，此次故地重游，前后对比也会心酸，也会动情，说不定你会写出来更多。

编辑：文章中讲一步之遥，是什么样的一步？

晓燕：范进迈的那一步叫"贪婪"，是人生肮脏的一步。贪婪让他抓权又抓钱，贪婪让他淫欲膨胀花天酒地玩女人。

李志林迈的那一步叫"附加值"，是创业。那是神圣的一步，辉煌的一步。这一步迈得艰难，迈出去了，步伐坚定。

编辑：两年前你写过关于附加值的通讯稿，《春江日报》头版转载，引起轰动，你对附加值情有独钟？

晓燕：您弄错了，不是我情有独钟，是那位住在土屋里的李志林情有独钟。人们称他"附加值书记"，这是县长宋濂送给他的雅号。如今丹阳县山前村有位附加值书记，全省出名。

编辑：你发的照片中，土屋和庄园形成鲜明的对比，你想说明什么？

晓燕：住土屋者正在奔向天堂，庄园的主人走向了地狱。说明理念不同，会有截然不同的后果。庄园的主人追逐贪婪，住土屋者追求附加值，也就是追求事业。

编辑：你对附加值有没有新的理解？

晓燕：附加值的内涵没有什么要说的了，从附加值书记的实践中我们可以看到，附加值的理念抛弃了对金钱的追逐，一心一意做事业。

编辑：你的这一诠释很有实践意义。

晓燕：做企业是要赚钱的，不赚钱的企业不是好企业。但只想赚钱，就会追风，看到什么能赚钱就干什么，短期行为没有后劲，缺乏竞争力。附加值是贡献价值，想的是做事业，不以一时成败论英雄。他们打造自身品牌，锤炼过硬本领，只有这样，才能在激烈的市场竞争中，挺直腰杆南征北战。

编辑：这么说附加值书记很懂附加值理论，把理论知识用于实践了！

晓燕：附加值书记只有初中文化水平，但他认定附加值既然是经济学家讲出来的，是很有用的东西，凭直觉明白能从附加值中创造价值获取收入，以朴素的理念付诸行动。

编辑：这也证明了一种现象，书呆子可能被理论困死，没有什么作为，那些朴实地追求一种理念，勇往直前的人，勇于实践的人，反而能干出事业。纵观改革开放以来，成长起来的企业家，很多人没有高学历就是这么走过来的。

晓燕：附加值书记，想的是为村民，为集体做事，因此他容易接受具有社会"贡献价值"的附加值理念。

编辑：你又写出来一篇充满激情的特别报道，刊登《天堂离地狱有多远》文章的报纸被抢购一空，今天你又解读了在实践中追求附加值的理念，谢谢你晓燕。

第三十六章
重打锣鼓

　　李志林在县农业银行办完贷款手续,买了几本支票,又在刻印部取上丹阳县山前星火实业公司的印章,小心翼翼地放进帆布挎包里,来到汽车站,坐上通往山前村的班车。挎包里装着五十万元的转账支票,存到乡信用社就可以支取使用。大红章子盖到纸上就能凭此办事。在李志林看来挎包里装着的是两件宝贝,有了这两件宝贝,能让星火实业公司装上轮子向前冲刺了。他生怕挎包飞了似的紧紧抱在怀里。
　　晴朗的天气,李志林心情畅快,一路上总是眼望窗外,看着山川格外的绚丽多彩,天空中鸟儿的翅膀格外有力。同样的天,同样的晴朗,进城的路上怎么就没有这种感觉,回家的路上为什么这么畅快?他恍然明白了,因为挎包里有了两件宝贝。
　　李志林正在心里美滋滋的,汽车重重地颠簸了几下,把屁股从座子上颠起来又落下。颠簸中帆布挎包掉落地下,他急忙捡起帆布包,重新抱在怀里,暗暗骂了一句,这该死的路,怎么那么多坑坑洼洼。他向前方望去,路面上坑坑洼洼的麻子点还真不少。他突然意识到,星火实业公司前头是平坦大道,还是这坑坑洼洼?班车开上连心桥,他从车窗往下望去看到儿子的墓碑矗立在那里,一阵心酸,他正在心潮起伏,终点站到了。
　　车站围满了村民,眼巴巴地看着班车到来。班车停稳后,李志林踏出车门,看到张良举着丹阳县山前星火实业公司的牌子站在那里,儿子李向东站在张良身边。
　　张良看着李志林下了车,赶忙挤过来说:"姐夫,可把你盼回来了,就等你挂牌子呢!"
　　村民簇拥着李志林,来到星火实业公司门前,这里也站满了老老少少。他们看到贴心书记李志林,像是盼到了救星,小孩子乐得跳脚,大人拍巴掌。李志林激动了,颤抖着双臂满脸泪水,接过张良手中的牌子,神情庄重,小心翼翼挂了上去,丹阳县第一家私营企业成立了。
　　鞭炮响过以后,群众散去,李志林回过神来,掂量这块牌子的分量:她挂着山前村的群众的期盼，挂着丹阳县领导的寄托。生产资金解决了，机器能转了，紧跟着一大堆问题要解决。首先是那一百多万元的债怎么办？讨债的人常常来堵门，不能让人家总是堵门子要账，那叫什么事。他和妻子、妹夫、儿子四个人合计，由张良和儿子操办开工生产，李志林夫妻去拜访债主。

在丹阳县食品公司，李志林夫妇见到新任经理张全。在办公室里，李志林夫妻看到的是一副哭丧的面孔，一句客气的话也没有。听完二人的来意，张全虎着脸说："食品公司日子也不好过，你们厂拖欠的是劣质食品退货款，当初没告你们欺诈留了面子，今天你们上门找借口赖账，十天内不把款打到食品公司账户上，咱们法庭见。"

"张经理，我想范进的事听说了吧？那个瘪犊子害了山前村，消费者退货也给你们惹来麻烦，造成损失。山前村的人不赖账，你们的损失一定要赔。只是眼前恢复生产，拿不出钱还债，用不了多久厂子投产盈利，就可以还款了，请谅解。我们不是兜里有钱赖账不还，张经理要是信不过我的话，可以派人了解，去看我们的账。"赵晓娟耐着性子解释。

张全很不耐烦地摇摇头，"我们要的是钱，不想查你们的账，不要多说了，十天为限，请回吧。"二人被噎得什么话也说不出来。

路上，赵晓娟对丈夫说："张全咋那么不通情理，哭丧着脸，尽说噎人的话，没有个商量，他要是把咱们告了可怎么办？"

李志林叹一口气，"告状是人家的权利，我们没办法阻止，由他去吧。只要他不派人堵我们的大门，就谢他了，我看他是带着情绪，真看不懂张全的脸为什么那么难看。"

张全说十天为限，果然十天以后，法院向丹阳县山前星火实业公司送达诉状，原告丹阳县食品公司，请求偿还本金六十万元，支付利息。

接到诉状反复掂量后，李志林来到丹阳县律师事务所找到汪洋，二人相见谈论了一阵港商崔大华的忽悠，李志林对汪洋又感激了一番。

汪洋详细了解案情，为星火实业公司起草了答辩状。答辩状认可原山前村肉食加工厂欠下的债务，星火公司负责偿还。公司刚刚筹集到资金正检修设备，恢复生产，希望原告理解缓期还债，请求法院调解分期偿付。

法院开庭审理，李志林出庭参加诉讼。审理中汪洋告诉他，我找张全谈过，你们两口子登门为什么没个商量的余地？张全解释说，接交工作，因为这笔款和前任闹了不愉快，你们撞上了，朝你们发泄不满。李志林这回明白了，那次拜访张全为什么尽说噎人的话。

开完庭，汪洋陪着李志林见了主审法官，再次请求调解，分期偿付。

李志林在县法院开完庭，回到家里和妻子商量以后，郑重地给光明乡党

第三十六章 重打锣鼓

委写了一个报告，要求辞去党支部书记，请乡党委批准山前村党支部改选，选举新一任书记。报告里特别说明，辞职是为了集中精力办好星火实业公司，但不是为个人发家，是为了更好地带动家乡父老脱贫致富。

乡党委书记看过报告，和李一鸣商量，如何对待此事。李一鸣对李志林没有好感，他当不当支部书记并不在意，但他不敢主张批准改选，因为李志林是县里、省里挂了号的一心为公的好书记，是公众人物，同意改选上级要是怪罪下来吃不消。李一鸣最怕上级的脸色不好看，他不表态，他让书记做主。书记明白李一鸣踢球是耍滑头，书记虽然年轻，经过几年的官场磨炼，已不是当年新上任时的不谙世故了。党委书记深知其中的利害，他不想做这个主，说实在的他也不能同意李志林辞职，不能同意山前村党支部改选书记。他把李志林的辞职报告派人送到了县委，在报告上写了一句话：李志林是一位难得的基层干部，是村民贴心书记，不同意辞职。

县委几位领导，为李志林辞职报告这件事开了碰头会，县长宋濂在这个问题上是死硬派，这样的党的基层干部，打着灯笼都难找，坚决不同意李志林的请求。碰头会的结果，县委书记做了这样的批示：1989年7月27日，中央出台过一个文件，其中有一条是制止高干子女经商。李志林没有干部级别，更不是高干，子女近亲属经商不属于制止之列。妻子儿子可以经商，不批准李志林同志辞去党支部书记职务。批示要求李志林同志率领全村党员，领导群众办好集体企业，让全村脱贫致富，为全县的经济发展闯出一条新路子。

接到批示李志林犯难了，自己这个家楚河为界，集体和个人两军对垒，这盘棋怎么下？

乔本山听赵斌说了李志林写辞职报告这件事，气呼呼地来到李志林的家。李志林正为辞职报告县委不批犯难，看见乔本山满面怒容进了院赶忙迎出来，"本山叔您来了，看样子您在生气，生谁的气？"乔本山没有搭理他径自进了屋，李志林随后跟进来。乔本山气呼呼地坐在木凳上，从腰上摘下旱烟袋，装了一锅烟，赵晓娟从外面进来，见老书记脸色不好看，赶紧找到火柴为乔本山点烟。乔本山和善的目光看了赵晓娟一眼，把烟抽着了，抬脸瞪着李志林骂道："你小子长出息了，支部书记不想当，写什么辞职报告。你当书记是支部大会选举上级党委批的，你想干就干，不想干就辞职撂挑子，是不是学范进一门心思个人发家致富！你这是敲的什么锣鼓点！不要说县委不批，我老乔头也通不过。你当书记我举手赞成，你辞职我投反对票。"

"哎呀！本山叔，我写辞职报告不是您说的为了个人发家致富，您误会了。"

"我误会了？我误会了什么？你给我说清楚。"

"我家办起了私营企业，我是支部书记，这个企业怎么往下办？社会上有人骂私营是资本主义道路，我顶着资本主义帽了，当共产党的支部书记，我是有苦难言。"

"骂私营是走资本主义道路是他娘的放屁，何况你这个私营是逼上梁山，是为了救活一个厂，带动村民致富，你为什么不跟党员商量，就写辞职报告，你冷落山前村党员的心。"

"本山叔，我没有想那么多，我只是想支部书记家开私营企业不合适，再说了，能够胜任支部书记的有人选，我也应该让贤。"

乔本山眼一瞪，"我心里明白，你觉得赵斌能够胜任这个书记。赵斌是块好材料也能胜任，可是他能和你比吗！他能有你这样的号召力吗！你李志林不光是山前村的李志林了，你的胸前挂着五一劳动奖章，你的举动影响大，你辞职社会上怎么说？你想过没有为什么乡党委不表态？"

"哎呀！本山叔，我没有想那么多，我只想支部书记家办私营企业不对劲，我只好辞职。"

"你上任时，有两件事是发过誓言的，一件让全村人过上小康生活，一件找到失踪的钱桂花，活要见人死要见尸。我问你哪件事你做到了，没有做到就想辞职，没门。"

李志林看着满脸怒气的老人，赔着笑脸说："本山叔，我辜负了您的期待，您老消消气，书记我继续当还不成吗？"

听了这话，乔本山脸上顿时有了乐模样，"这还像你李志林说的话，有你这句话我的气就跑到九霄云外去了。"老人又转过脸看着赵晓娟说："侄媳妇，你也是党员，志林说他继续当书记，你可要监督他不要再写什么辞职报告了。"

赵晓娟笑着点头，"他要是再写，我就向您老打小报告，你再来骂他。"

乔本山呵呵笑了。

送走乔本山，夫妻二人回到屋里，赵晓娟瞧着丈夫，笑道："我说什么来着，辞职的事和老书记商量一下你不听，辞职不成还挨了一顿骂，活该！"

"你是木头脑子，我要是事先商量，辞职报告还能写得成吗，更不用说送出去了，我是想生米煮成熟饭再说。"

"生米刚下锅就熄火了，没有煮成熟饭，你这书记还得照旧当。"

"我想辞职，除了和老书记说的理由，我还有一点杂念，两头都顾太累，四十来岁了为什么要那么累。顾一头我们全家合起心来办好公司，照样带动村民致富。辞职组织上不批，我只好一心一意当好支部书记了。晓娟，对不起，公司的事，就得你多操心了。"

"有什么对不起的，小夹板是自己心甘情愿套上的，只有较劲拉好车。遇上为难的事，你在背后指点就是了。"

妻子的大度宽容丈夫高兴，把妻子拉到怀中，在脸蛋上结结实实地亲了几口。

同食品公司债务纠纷诉讼案，法院经过半年审理调解结案，星火实业公司分两期偿还六十万元，免去利息。这时的星火公司已开始盈利，有能力分期还债了。

第三十七章
欲望

公司将管理人员派到特区考察学习三个月，考察回来以后公司进行了产品结构调整。为此更新了设备，淘汰了市场滞销的猪肉罐头，提高了畅销的午餐肉生产能力，改进了山野菜的生产工艺，加大了猪肉市场供应量。设备更新，产品结构调整以后，公司的生产规模扩大了，学习外地经验管理机制更为灵活，企业面貌焕然一新。

两年以后星火公司前进了一大步，有了丰厚的积累。带动周边地区农民致富的同时，李家也发达起来。

中国人好犯一种病，穷的时候想问题就少，填饱肚子就满足。日子富裕了，事业发达了，欲望就多。一家兴旺百家眼馋，亲友都想沾光，星火公司发展了，李家的日子富裕了，各式各样的想法就冒出来，不让冒也不行，这不就是人性吗？

大哥李志勤找李志林商量：山前村有了星火公司人口增加很快，有了集市，人来人往很多。我在外打工看到人家开饭店赚钱，我和你嫂子商量，在村里开一家饭店。我是埋进黄土大半截的人了，想过过老板瘾。

开饭店过老板瘾，李志林琢磨一阵。开饭店想法不错，时间地点都对头。就是这过老板瘾，怕是只顾过瘾，把饭店开黄了。李志勤见二弟不表态，莫非他不同意，心里不高兴，脸上就显出来了。

李志林看李志勤的脸，晴转阴，解释说："大哥，开饭店我举双手赞成，二弟一定大力支持，只是开好饭店也不是简单的事，心里惦记着过老板瘾，饭店开黄了白费心血，过老板瘾大哥要好好思量思量。"

李志林赞成开饭店，李志勤想只要你同意开饭店，其他的事都好说，脸上阴转晴道："大哥头脑简单，想事办事一根筋，不对头的地方，二弟多点拨。我开饭店还得挂在你的名下，遇到大事你做主。"

李志林心中也在想，只要能听进我的意见，不贪图享受就好办，说道："大哥，这件事就这么定了，饭店开在什么地方，要摆开多少桌子，你和妹夫商量，他脑子好使。亲是亲财是财，建饭店花的钱，赚了钱怎么说，我们哥俩也要画个道道。我出钱建饭店，你当老板，赚了钱对半分，这样行不？"

这种安排出乎李志勤的意料，"行呢，行呢，你这么慷慨大哥和你嫂子都知足，我和妹夫去商量，我们李家的饭店，要让它红红火火。"李志林见大哥的高兴劲，好像吃了甜枣，心里也快慰。

李志勤迈步刚要走，李志信抬脚进了屋，看到李志勤就说："哦，大哥也在，正好我有件事要和大哥、二哥商量呢。"

李志林想，今天大哥和三弟都有事说，是合计好了来的还是凑巧，便问李志信："三弟有什么事，说吧。"

李志信说："山前木器厂嫂子帮着讨回欠款，靠集体山林支撑着，这两年效益还算可以。市场竞争厉害，我们的产品老面孔，买的人越来越少。赵斌厂长忙活村长那摊子事，木器厂的发展没有什么新打算，产品滞销他也是干着急，村干部把木器看成是块肥肉，都想插一腿，我这个受夹脖子气的副厂长，当得没有劲，不如我们花钱把木器厂买下来，让它姓李算了。"

李志信的想法让李志林大吃一惊，三弟怎么生出这么个念头，不对头呢！

李志勤发出疑问："买下木器厂，村干部能干吗？那是他们嘴里的肉。"

"我们是花钱买，不是白抓白拿，二哥说话比他们算数，干也得干，不干也得干。"李志信说得很霸道。

李志林越发觉得李志信的话不对头，面孔冷峻起来："三弟，你这个想法快快扔到脑门后去，李家买木器厂这事办不得，谁买都行，就是李家不能买。"

"为什么李家不能买？你不是把加工厂接了。"李志信语调生硬，带着不满。他的打算是，木器厂姓了李，他自立门户，当一个私企老板，收入又高又神气。

李志林心中不快，压着火说："我接下加工厂办私营是不得已，没有人愿意背上债务包袱收拾烂摊子，我接过来村民是赞成的。木器厂现在还是块肥肉，想吃的人很多，李家的人要是吞掉，村民会骂我们是第二个范进。利用我说话算数的权力强买，就更不对头。支部书记这个权不能滥用，滥用就和范进没区别了。"

李志信心里清楚，只要二哥摇头，这事神人也办不成。二哥办公司的成功他心里羡慕，一心也想当私营老板，他的老板梦被二哥顶回来，他很气恼，气头上容易说气话，他真的就说了："在村里受夹脖子气，有了打算家里人不点头，我这个副厂长不想干了，明天我就写辞呈。"他的嗓门挺高。

哥俩的争吵，赵晓娟从外面进来，只听到李志信说写辞呈。见丈夫和三弟脸色都不好看，她露着笑脸插上话："你们哥俩闹什么义气，三弟要写什么辞呈？"

李志林没有搭腔，李志信气昂昂地说："二嫂，你是通情达理的人，给评评理，我建议我们李家把木器厂买下来，二哥不干，说谁都可以买，就是李家的人不能买，这是什么理？木器厂的活我干不下去了，只好写辞呈。"

赵晓娟笑着说："三弟消消火，李家能不能买木器厂的事，我也整不明白。这个辞呈可不是说写就写的。气头上的话，不算数。"

"二嫂，我是心里不平衡，才提出买下木器厂的。我辛辛苦苦费那么大的劲，不管你赚了多少钱，只能拿死工资，年末拿点奖金还要看效益。看人家私营老板，干赔了干挣了都是自己的，挣来大钱成了大款，住洋房，坐小轿车，多神气。我这一不平衡，副厂长干得就不起劲。没有干头想写辞呈。"

李向秋看着李志信插上话："三叔写辞呈就是跳槽，这想法不高明。三叔是木器厂二当家的，有权去改变现状。李家买下木器厂，侄女觉得有些不妥。这个副厂长就这么窝囊地当下去，也不是法子，可以另想辙。我妈经常说的话，'柳暗花明又一村'，三叔想辙也去又一村嘛！"

李志信听侄女也是不赞成买木器厂，大哥有疑问，二哥反对，二嫂嘴里说买木器厂的事她弄不明白，其实她心里有横竖，也是不赞成。难道自己想的不对劲？又听向秋说可以另想辙，心里憋着的那股子气消了许多，转过脸来说："三叔没有你们年轻人脑袋瓜好使，侄女这么说，你帮三叔想想辙，咱爷们让他又一村。"

李向秋看着三叔笑着说："现在计划笼子开门放鸟飞，国家的企业，集体的企业，可以承包经营、租赁经营。三叔是木器厂副厂长，为什么不可以站出来，搞承包经营呢？我听村里的人讲，三叔管理厂子很有道道呢。"

"三叔也听说过承包经营和租赁经营，觉得挺新鲜，不明白啥意思。秋子让三叔明白明白。"

"这个问题子华比我知道得透彻，让子华说说吧。"

程子华腼腆地白了妻子一眼，你不讲往我身上推，看看岳父，笑了笑，说："承包和租赁经营，是改革中发明的经营方式，国家公布了条例。承包经营，就是把国家或是集体企业包给其他企业或是个人经营。经营者向企业主管部门交承包金。承包期间，企业经营管理，大事小事，承包人说了算，叫自主经营。企业财产的主人不变。现在，承包和租赁经营全国很普遍。承包木器厂，三叔可以放开手脚去干。"

向秋说："三叔，承包经营后，木器厂的当家人就得变了，现在是姓

第三十七章 欲望

赵，承包后改姓李。三叔想产品更新换代，可得准备大把的钱。木器厂现在的规模，少说流动资金也得一百万元。这是暂时的难题，闯过这一个关，可就真的'柳暗花明又一村'了。比方说，三叔一年纯盈利两百万元，交承包金一百万元，您就是百万富翁，多诱惑人，我真眼红。三叔，去实现百万富翁的梦想吧。"

"向秋，别没大没小的，说话规矩点。"

"哎呀妈，跟三叔说话，也不是旁人，随便一些嘛！"

"侄女心直口快，他们小两口，句句话都说到我心里。还是念大书的人，脑袋里装的东西多，眼界宽脑子也活。承包的活儿我真想试试呢，可这一百万元资金上哪弄去？"

长辈讲打算，自然会影响到晚辈。

李志林的儿媳姜秀玲，政治课教得不顺心，李志信话音刚落，秀玲接上了茬："三叔想承包木器厂，大伯父想开饭店，我也在想今后干什么？现在的政治课，不知道该怎么讲了，想改行对教师的职业又留恋，不知该怎么办好，请家里人帮我拿个主意。"

妹妹向秋接上嫂子的话："二嫂热爱教师职业，遇到政治课不好讲的难题，想改行决心难下，脚踩两只船。我看，不改行可以讲别的课，可以讲改革的政治课。人家李燕杰讲政治课，结合新形势讲话了，当巡回大使，出国做报告，嫂子要争当第二个李燕杰。"

这话说得秀玲脸上发烧，"哎呀，向春妹妹别忽悠我了，李燕杰是啥人物，有智慧有胆气，讲活了政治课，我哪有那份本事。只是我热爱教师这一行，政治课难讲了，讲数理化我没有功底，讲文史生疏，才脚踩两只船。"

"我和二嫂情况不同，学的企业管理，分到国有公司，原以为有个国企身份，吃大锅饭，是铁饭碗。现在情势大变，我在的企业，工资难以发放，铁饭碗变成瓷的了，现在只有一门心思跳槽！踩的是一只船。只要老爸不反对，我就回到山前村，走进星火公司。"

李向秋的丈夫程子华看了看岳父母，也表了态："我和向秋学的是同一个专业，在丹阳市工商局工作，给局长当秘书，饭碗是铁的，但干得不顺心，我烦那些琐碎的应酬和官场风气。我和向秋想跳槽！想和爸爸妈妈一起干私营。"

妹夫张良是心胸敞亮的人，没有个人的小打算，他看看妻子，说："二哥说了，星火要燎原，我现在的心思，就是给二哥当好助手，把星火公司的火烧得更旺，我们要到城里去建分公司，那才能燎原。"

李志林看了看，刚才还满脸怒气的李志信，也有了笑容，亲人们一个个都是笑脸，便道："玲子的两只脚，还是踩在教师这条船上吧。我不记得谁说的了，教师是人类灵魂工程师，将来玲子桃李满天下，是贡献也是乐趣。"

女儿、女婿期待着父亲表态，李志林对二人说："向秋、子华你们想回到山沟专业对口，爸爸打心眼里高兴。不要光想专业对口，要想到苦头，回来在公司里先干推销员了解市场，睁大双眼看清改革形势，星火公司要办大，需要一批年轻人扛大梁，爸爸希望你们再拉来一些有理想的年轻人。星火公司在山前村扑腾没有大出息，我们要把丹阳星火实业公司的牌子挂到城里去，到城里也不一定就是盯着食品生产。要扛着星火这面旗，眼睛瞄着市场，看到好项目，我们能干的就插旗。"

女儿、女婿回到身边，赵晓娟很开心，她觉得改革变化太快，经理担子力不从心，说道："我得让位了，我这个经理由妹夫来干吧，他道道多，我做帮手搞销售。"

她的话音刚落，妹夫张良摇头说："不可、不可，二嫂是有威望的，公司职工服气，管理人员佩服。在公司最困难的时候你讨回来债，大得人心，嫂子当领导人心齐听指挥，这个经理非你当不可。"

李志林见妻子和妹夫你推我让的，笑呵呵地道："你们别让也别推了，公司头不变动，公司发展了，不作调整都不行。"

李志林转过脸看着李志信，"老三要承包木器厂，能不能承包要看村长的态度，赵斌是村长兼任厂长，他不点头，谁也包不成。要是村长同意承包，承包金的事我们一起想办法，这不是大难题。"

三角债困扰时赵斌聘用李志信当了副厂长，赵晓娟帮着清欠收回资金，木器厂有了一段好时光。市场多变，老产品不能适应市场需求，好景不长又陷入困境。赵斌没有精力，也可以说没有那个能力改变木器厂不景气的状况，他犯愁。李志信提出承包经营，合了他的心意。村委会很快形成决议，李志信同村里签订了承包经营合同。

第三十八章
洗刷耻辱

范进的女儿范晓琳是学生会的委员,大二的时候,认识了同在学生会的高她一年级的学生李思源,大三的时候二人谈起恋爱。男朋友的父母是省城的高级干部,男朋友家她去过几次,男朋友的父母对未来的儿媳是满意的。范进潜逃以后,范晓琳为父亲的堕落感到羞耻,罪犯的女儿让她在同学和老师面前抬不起头来。因为此事男朋友的父母态度发生了变化,觉得和罪犯结成亲家脸上无光,让儿子解除婚约。

范晓琳知道情况后,找男友彻夜长谈,她含着泪对男友说:"我父亲的问题成为我们之间的感情障碍,这是无法回避的,我对有这样的父亲感到耻辱,我没有理由勉强你爱我,你有选择的自由。"

家庭的巨大变故,范晓琳的心里受到沉重打击,心态发生了变化,变得更成熟,更坚强,更理智。她不是感情不专的女子,她把感情空间和时间留给对方,由男友选择。她期待对方真诚的爱情。

范晓琳大学毕业分配在即,李思源内心是复杂的,父母脸面无光的观念也传染给了他,他中意范晓琳的靓丽和才华,舍不得因此分手,父母迫使他解除婚约他两难。一连几夜没有睡好觉,父母知道了,怕儿子闹出病来,母亲不那么逼他分手了。和范晓琳约会,他心里有了些许的宽慰,范晓琳说出可以自由选择,他内心泛起波澜,矛盾的心理,他一时难以决断,沉默不语。

范晓琳猜到他内心矛盾,"思源,不管你怎么想,我不打算留在省城工作,我要回到家乡,走出一条路。我父亲造孽欠下一百五十余万元的债,不能让好心的李叔叔承担了事,我就是做牛做马也要承担起偿还责任,洗刷我父亲给范家造成的耻辱。不这样做,这件事会压得我喘不过气来,心灵会受到一辈子折磨,思源,我希望你能够理解。"

范晓琳要回到家乡山区,出乎男友的意料,大学生谁不愿意毕业后留在大城市,找个好工作,他急了,"晓琳你好糊涂,你那是做傻事,回到穷山沟有什么出息。"李思源情思难以剪断,恳求道:"晓琳,留在省城吧,我和父亲说，想办法给你安排个好单位，这关系我们的一生幸福。"

范晓琳是经过长期沉痛思考，内心激烈的斗争，才下定决心回到家乡洗刷范家的耻辱，男友的几句劝说怎么可能动摇她的决心，她长长叹了一口气，轻轻摇摇头，"思源，别做梦了，因为我父亲是个大贪污犯，你爸逼你解除婚约，他怎么可能为我安排工作。我愿意和你厮守，但你也要理解我，没有我父亲的犯罪，也许我不会有这样的选择，我的家破碎了，逼我不得不如此，我们之间的缘分如果未断，我们都冷静一段时间，各自进行思考，三年以后，有可能的话，再续情缘。"

要洗刷父亲造成的家庭耻辱，范晓琳把恋情埋在心里，忍着情感的伤痛，和恋人定了三年之约。

范晓琳的母亲听说女儿要回来，准备了一些吃食，弟弟放假在家。母子盼亲人，这天早早来到汽车站。范晓琳在班车里远远地看到母亲和弟弟，隔着车窗向他们招手，还有几名乡亲也来迎接。

班车停稳，范晓琳第一个冲下车，和母亲、弟弟紧紧抱在一起痛哭，他们的哭，心情是复杂的，有喜有愁，喜的是范家有了大学毕业生，愁的是一家之主逃亡在外。几位乡亲过来问长问短，说了一阵子话。范晓琳和母亲、弟弟回到家，休息了一阵，吃晚饭的时候，她向母亲和弟弟说出自己回到家乡创业的打算。

母亲听女儿说回到农村走自己的路，急了，上前摸摸女儿的前额，说："晓琳，妈摸着你没有发烧，怎么说发烧的话，回到山沟有什么奔头，你男朋友的爹不是大官吗？你们俩都找个好工作，在城里安家，我和你弟弟也有个依靠。"

弟弟也反对，"姐姐你的想法太幼稚，咱们这个穷地方，还能创出什么业？留在家乡你这个大学生就白瞎了。我也想有个好姐夫脸上光彩，将来我大学毕业，分到一个城市，把咱妈接到城里我们团聚。考不上大学我也沾姐姐和姐夫的光。姐，你不能回来。"

母亲和弟弟的话，范晓琳心里直翻腾，亲人想到是沾光和依靠，这也没有什么错。父亲是没有指望了，母亲年迈，弟弟要念大学，只有靠自己。又转念弟弟一心想着沾光依赖就没有了志气。她看看母亲和弟弟，泛起一脸严肃，说道："母亲年老，要有人养老，想有个依靠，没有说的。弟弟还在少年，有未来的事业，不能老想着沾光和依靠。想多了，就把心气想没了，志向想丢了，人也想矮了。"

"说什么，你也不能留在农村，没有出息。"母亲掉着泪只是劝。弟弟还是帮着母亲说。

范晓琳耐心地劝导母亲和弟弟。古人说，有志者事竟成，我们这里的条件是差，可是志林叔创业遇到了那么多难处，一座连心桥，成为众人敬仰的丰碑。接下父亲整下的烂摊子，现在公司办得红红火火，志林叔就是凭着努力干出来的，我也能在这里走出一条路来，赚了钱，替父亲还孽债，洗刷范家的耻辱。"

弟弟心中不服气，"丰碑不能当钱花，要它有什么用？李叔是啥样人物，你怎么能比，我举双手反对你回农村。"

范晓琳觉得弟弟私心太重，想法消极，看问题幼稚偏激，耐心地解说："我是说志林叔的心气和志向，有了心气和志向，连心桥造成没有歇脚，又为附加值奔波，现在是星火公司的后台老板。星火公司就在眼皮子底下，人家就是在这穷山沟闯出一番事业。我就是一心投奔志林叔才决定回来的，想跟着他闯一闯，走出一条自己的路。妈，你不相信女儿能在山沟里长出息，你相信志林叔吧，人家干出样子摆在那里，不能不相信。相信志林叔，你对女儿就有信心了，是吧？妈！"

女儿一席话，母亲心里寻思，跟着李志林干，这倒是好主意，但她还是觉得在山沟不如在城里出息大，说道："山沟里咋也飞不出金凤凰，你要好好想一想。"

女儿说："妈，你就是看眼前，志林叔的星火公司，这山沟里是装不下的，用不了多长时间，就会把企业办到大城市里头去，那就是山沟里飞出了金凤凰。我在山沟里打出一片天地，比在城里当个干部更有出息。"

母亲被女儿说服了，脸上露出了笑容。弟弟听姐姐这么说，也有盼头，不愁眉苦脸了。

范晓琳说服了母亲和弟弟，已是深夜了，一家三口熄灯睡觉。第二天范晓琳早早起来忙活做饭，母亲也起来了，傻丫头你一天奔波回到家有多累，不多睡一会儿，起大早忙活做饭干啥？"妈，吃完饭我去志林叔家，晚了就不好找他。我心急，只想尽快见到志林叔。"母女说着话早饭做好，弟弟也起来了，一家人吃罢饭，范晓琳急匆匆来到李志林家。刚进院赵晓娟看见了，快步从屋里出来，范晓琳走过来恭恭敬敬鞠躬行礼，"李婶，您好！"赵晓娟浑身上下打量了一番范晓琳，喜眉笑眼地道："半年没有见面，这丫头长得更水灵了，听说你回来了，快快进屋。志林，范家丫头来了。"

李志林正在吃饭，回了一声，"晓琳来了快进来"，他的话音刚落，范晓琳迈步进了屋，来到李志林面前，扑通跪倒在地。范晓琳下跪来得突然，李志林夫妇都愣了，李志林说："晓琳，你这是干啥！快快起来。"

"为我爸谢罪，他对不起您。"赵晓娟上前把她拉起来坐在椅子上，范晓琳红着眼圈，一脸的愧疚。

李志林看着范晓琳一脸真诚，十分高兴，"哎呀！我们的才女大学毕业，人也更精神漂亮了，回来看看好啊，母女团聚是高兴的事，过去了的事不要再提了。"

"志林叔，您高风亮节，可以放下。范家的耻辱已经刻在我的脑海里，怎能放得下。我要用行动洗刷范家的耻辱，不这么做，我的心灵一辈子受折磨。"

赵晓娟插话："好孩子，这话我爱听，你打算怎么洗刷？"

范晓琳说："我爸贪污犯法，搞垮了厂子，是乡亲们的罪人，是范家的耻辱。我要留在家乡创业，为乡亲做实事，补偿我爸给乡亲造成的损失。"

李志林看了看满脸泪花的范晓琳，说道："大学生，又是高才生，不在大城市找工作回到山沟，你娘乐意吗？"

"我娘是反对的，她盼望我在城里出息。"

"你娘盼你在城里长出息是疼爱你。"

"娘是疼我，我不能顺着娘的心思留在城里。我爹犯法逃亡我脸红，我心跳，开始也想逃避，毕业后要求到边远地区，永远不回山前村。大学校园里讨论人生价值，为什么活？怎么活着？心灵受到很大震动。一个人不能选择亲生父母，可以选择人生道路，去勇敢地面对不幸遭遇。想通了有了勇气，毕业分配时，到哪里去，思想斗争得很厉害，和男朋友没有想到一块发生了冲突，他反对我回家乡，我铁了心回农村。他父母因为父亲犯罪逃亡逼他悔婚，我们相约，若是情缘未尽，三年后再谈婚论嫁。他留在城里，我回到农村。"

"有志气，也有勇气。"李志林赞许。

"我对妈说，家乡在您的领导下，追求附加值，穷山沟大变样，我愿跟随您为附加值做事，山前村发达了，我会前途光明，比在城里当个干部会更有出息，我妈最信服李叔，老人家听明白了，摇头就变成点头了。"

范晓琳说得很中肯，李志林点点头，"你妈是个善良的女人，生了一个好女儿。女儿要为爹向乡亲谢罪，为范家洗刷耻辱，这份心思了不起，真有男儿的那股气，李叔一定帮助你，李叔想听听你的打算。"

"李叔，我想好啦，办工厂。我学的是机电专业，毕业设计是低压电器开关，我拿到专利。我要办一家电器厂，把专利开发出来。还可以生产电器插头、插座。产品个头不大，市场不小，便于运输。投资不大，风险也小。李叔在猪羊身上附加值，我想在电器上附加值。请李叔投资开办，我技术入股，负责经营管理。这是我的梦想，听听李叔的意向。"

李志林听罢琢磨了一阵，喜上眉梢，"办电器厂，电器上附加值，好啊！很好。李叔听着挺对心思呢，你弄个计划，算一算钱的账，再查问查问市场行情，拿给我看看。计划可行，就落实。收入四六分成，技术占三，管理占一成。怎么样？"

"技术入股，我打听过，人家是百分之十五到百分之二十，三十高了，不合理，李叔。"

"李叔不计较百分比，对你，也就不去计较那个合理性了。我计较的是你要把厂子办好、办大。专家讲高附加值，我希望你把附加值高上去。高不上去，把本赔进去，李叔可要刮你的鼻子。"

范晓琳乐了："李叔您放心，范晓琳就要是锅里的馒头争那口气，我要让您重用，不让您刮鼻子。"

"好样的，李叔就喜欢这样的人。女大学生都想在城里搞对象结婚，生儿育女有一个小天地，有个安乐窝。你把这些丢开，决心回农村做事，为范家洗刷耻辱，李叔向你伸大拇指，从你身上李叔看到了希望，山前村一定会兴旺发达。"

几天以后范晓琳拿出来的建厂计划是小作坊，圈个小院，建几间屋子做厂房。买设备只需几万元，把流动资金算进去，满打满算十几万元。李志林现在不为资金愁眉苦脸了，范晓琳的计划，他签字照准。向范晓琳交代："建设要精打细算，但往刀刃上花的钱，不要抠门。买设备要吸取食品厂的教训，不要买二手货。想得远点，买先进的东西。钱超了计划，就临时打申请，只要你开支有道理，就多花点，不能凑合。"

范晓琳筹划的丹阳山前低压电器厂规模小，建设快，半年后投产，成了星火公司下属企业。

一年以后，范晓琳把赚到的十万元，开了转账支票，送到了李志林的手上，"李叔，这是为我爸先还一部分孽债，请您收下"。

李志林看看支票，还给了范晓琳，"孩子，李叔从来没有想过让人还这笔债，接下烂摊子是我应该做的"。

"不，志林叔，这笔债不还我心里不安，请您一定收下。"说着又把支票放在李志林面前。李志林看她很执着，想了想说道："晓琳啊！电器厂需要扩大生产，这笔钱你把它用好，让更多的村民进厂拿工资就是还了孽债。"范晓琳低头暗想：扩大生产创造更多工作岗位，让乡亲进厂拿工资，的确比忙着还孽债更重要。"志林叔，侄女听您的安排，这笔债暂时不还。"

李志林乐了，"我看电器厂大有希望，要加大投入，希望你把生产规模搞大了。"

星火公司追加了投资，扩大了生产。两年以后，丹阳电器厂盖起了高大的厂房，由最初的小作坊变成了有几百人的工厂。范晓琳的弟弟没有考上大学，进了姐姐办的工厂，给姐姐当助手。几年来范家母女的善良，使村民有了好感。特别是逢年过节，上了年纪的老人，没有到入学年龄的儿童，都会收到范晓琳母女送来的一份礼品。还有一张印着"谢罪"二字的名片，放在礼品中。

被范进抛弃的老婆孩子，在李志林的关照下，走出罪犯家属的阴影，又欢声笑语了。

第三十九章
集团

丹阳山前星火实业公司，经过几年的发展，有了三家下属企业：丹阳山前食品厂、丹阳饭店、丹阳山前低压电器厂，三家企业总产值已经超过千万元。经过酝酿，决定走出山区，利用丹阳县盛产的大豆生豆油，到城里开办丹阳星火食用油有限公司。

李志林和女婿程子华来到丹阳县城，拜访新任县委书记马明。在办公室里，马明接待了翁婿，见面第一句话就说："我们的附加值老板来了，快请坐。"说着为他们沏茶，问："这位年轻人是？"

"我的女婿程子华。"

"哦，一个女婿半个儿，也是父子兵。"

"马书记，你怎么给我加官晋爵了，当年宋县长封我附加值书记，如今你封我附加值老板，看来丹阳县的父母官，喜欢封赏。"

"这可不是封官，这是褒奖，你虽然在星火公司里没有头衔，你可是公司太上皇，地地道道的后台老板，你喊附加值出了名，企业是搞附加值的，附加值老板你当之无愧。"

李志林端起杯，喝了一口茶，把办公室审视了一遍，笑呵呵地道："马书记升了官，座椅没升级，回头让人给你送把老板椅来，办公室也得阔气阔气。"

马明听了这话摇摇头，正色道："李志林，你这是行贿，看我怎么收拾你！"

"哈哈，递给书记一条线，就认真了。山沟里的人，还没学会送红包呢！"

马明微微一笑，"我们别扯淡了，你李志林是无事不登三宝殿，说吧，干什么来了？"

"来向您讨教，打算筹建星火食用油有限公司，给每粒大豆附加值，建在丹阳县城，还是建在省城没有拿定主意，书记站得高看得远，请你参谋参谋。"

"我就知道你没事不会敲我的门，原来是不满足在山区里摸爬滚打了，跑出来拓展业务，好啊！好事！好事，大好事。"

丹阳县几位主要领导正为两件事头疼，第一件，大豆是本地优势产业，受到进口大豆的冲击，农民增产不增收，挫伤了生产积极性，全县大豆产量下滑，优势逐渐变成了劣势。第二件，国营豆油厂停产，几百名职工发不出工资，成为影响稳定的因素。县里食用油还要从外地进。马明正为这两件事发愁，李志林要进城生产豆油，他心中一亮，一连串说了几个好。

马明思索了一阵，喝了一口茶，问道："你们是小打小闹，还是铺开场子甩开膀子大干？"

李志林笑道："我们小打小闹好几年了，小孩子长大了，要寻大场子打长拳。"

"好！就是要有做大的气魄，你这样说，我有两点建议：按理我是丹阳县一把手，我得把你们留在丹阳县发展。我记得几年前，当时的宋濂县长说过，你们的公司产值过千万元，就会带动一大片，产值过亿元，就能够推动丹阳县的经济发展。我知道产值过千万元的台阶，你们已经跨越了。正在奔向第二个台阶，可是我这里庙小，你这神灵大，怕是将来留不住大和尚。当你觉得丹阳县城的天小时，要骂马明小心眼，影响你们发展。现在讲集团了，我建议你们组建企业集团。小拳头没有震慑力，攥成大拳头，重拳出击才有力度。把集团总部办到省城里去，那里山头大，站得高，看得远。"

拘谨地坐在一旁的程子华，鼓起勇气插话："办到省城去，马书记就不怕肥水外流？"

马明瞥了一眼年轻人，哈哈一笑，"我打得不是小算盘，我是这样看，你们把集团总部虽然设在省城，生产豆油是利用当地资源，在丹阳县建一个生产厂，丹阳照样有肥水。你们也不会不考虑在家乡招工，农民工到城里挣钱，在外地的肥水也能流回来。不过，我有一个要求，你们是不是考虑把国有企业丹阳县豆油厂救活？"

"马书记，您说的是兼并？"程子华首先做出了反应。

"年轻人思维敏捷，理解了我的意图。怎么样？有什么问题吗？"

书记发问，程子华看看岳父，李志林朝他点点头，让他往下说。

"在我看来这是双赢的买卖，兼并以后，星火公司利用现有厂房，更新设备很快就可以投产，原有职工不用愁下岗，县里甩掉了包袱，还可以收税。"

"志林啊！你的女婿有头脑有眼光，可造之才啊。"

他转过脸对李志林说道："大豆产业可是热门呢！国际粮商看中了中国大豆产业，已经把手伸进来了，国内也争着建大豆生产企业，看上了丹阳大豆，到这里踩点，我就接待了几波。大豆产业蛋糕人们会抢着切，建议你们找专家，好好弄个可行性调研报告。把市场需求和可能遇到的问题整明白了，想好对策，再骑马摇鞭子。我希望你们骑上马跑，但不愿意看到你们从马背上摔下来。"

"马书记，高瞻远瞩，我深受启发和教育。"程子华说。

马明摆摆手，"你们年轻人前途无量，我期待你大有作为，志林啊，要把你的乘龙快婿用好哦！"

李志林憨憨一笑，"马书记的话，金玉良言，也是抽鞭子，我们只好攥大拳头奔跑了，谢谢"。

翁婿二人告别了马明，走在路上，程子华说："爸，马书记是位心胸宽广的领导，想事情看问题，从大处入手，全局着眼。"

"是啊！是啊！李一鸣和他都是乡干部，李一鸣的资格比他老，李一鸣还是乡长，马明是县委书记了，心胸不同，干出来的事情不一样。马明干工作没有小心眼，群众拥护，上级领导高看。李一鸣为个人盘算，常常挨群众的骂，他这辈子当个乡长也就到顶了。"

李志林和程子华从县城回来，在星火公司的会议室里，召开了公司管理层和村干部联席会议，老书记乔本山应邀列席。在会上，程子华介绍了和县委书记见面谈话的经过，介绍了书记的建议。

程子华介绍完毕，李志林看看在场人，朗声说道："县委书记的建议很有眼光，很大气，把我们推到十字路口上，就看我们往哪个方向走了。我在回家的路上琢磨了一道，星火公司和木器厂，不能当小脚女人了，都得甩开膀子走路。我的意思是星火公司滚成集团，把总部放在省城，丹阳县城是我们大豆产业基地。木器厂也要走出去，到城里建分厂，和星火公司横向联合组建集团，我们的拳头就大了。这是我的设想，听听大家的意见。"

进城，横向联合，集团，太有诱惑力了，太振奋人心了。李志林话音刚落，响起一片掌声，一片热烈的掌声，一片欢快的掌声，一片赞许的掌声。在场人个个心情激动，一副副跃跃欲试的面孔，就连年逾七十的乔本山，也雀跃起来，拧了一锅旱烟，吧嗒、吧嗒有节奏地抽着，好似奏着乐曲。

村长赵斌说："李书记，你是画了一幅美妙的图，把山前村的人心都给画进去了，私营企业大发展，集体企业也要上台阶，下一步就是两兄弟拉起手来，敲锣打鼓怎么往前走了。"

乔本山乐呵呵地道："多亏了阎王这老小子开恩，把我的寿命延长了，山前村要大发了，我老乔头将来去见马克思，也有唠嗑的资本喽。"

一片窃窃议论，都是赞许声。李志林明白，自己的设想不用举手通过了。他挥挥手说道："没有异议，形成决议，下面分头落实，立即行动起来，散会。"

乔本山没有走，留下来对李志林说："你这个书记要走出山沟闹那个集团，可别忽略了一件事，两个人。一件事就是党的基层工作，要抓好。山前村先后丢了两个人，是羞耻。钱桂花是姜家的心病，一定要活要见人，死要见尸。范进这个狗东西还在逍遥法外，公安通缉了，我看追捕有点泄劲。晓琳是个好孩子，为她爹谢罪，也希望范进回来自首，接受审判。村里要督促公安追捕。"

李志林点点头，"本山叔提醒的是，我想增选一名副书记，协助我抓党务，您看行吗？寻找钱桂花单靠公安机关不行，我已经委托新闻界的朋友帮着寻找，他们的门路广。范进和我工作上磕磕碰碰，村民都知道，我要是出面督促追捕不合适，您老和赵斌谈谈，这是村长的职责。"

乔本山听罢乐呵呵地走了。

李志林回到公司马上召集开会，落实组建集团、开辟大豆产业基地的工作。第一个说话的是李志信，承包不想干了，还是想把木器厂买下来，自己当老板。

他的语调激昂，夹杂着怨气，和会议要落实的工作南辕北辙。李志林忍了忍，没有理会李志信，他安排程子华和向秋夫妻二人到春江市筹建集团总部，二人在那里待过，熟悉环境，还有熟人，容易打开局面。妹夫张良干过豆油生产，在丹阳县城负责兼并，建设大豆产业基地。儿子向东给姑父当助手。木器厂立足本地木材资源，到县城建分厂，集体企业的性质不能变，也要向前迈出一大步，具体安排是村长的事。星火公司只能是推动其发展，绝不能吃掉它。

"绝不能吃掉它"，这下李志信可真恼了，他站起来，一手叉腰，一手指着李志林，怒气冲冲地吼道："你说话胳膊肘往外拐，你还是我的二哥吗？你不让我买木器厂，我偏要买。我承包的收入可以买下木器厂，不用你出钱，你管不着。这事村长说了算，我找赵斌谈。"

李志林被二弟激怒了，忽地站起来，挺起胸膛怒视着李志信，喝道："我是不是你二哥，不是你和我怎么说，是由娘的肚子决定的，至于你还认不认我这个二哥，那是你的事，你是我的胞弟是谁也改变不了的。你有钱了可以谈论买厂子，当老板，我是管不着，想管也管不了。你要和村长谈买木器厂，木器厂卖不卖，赵斌得找我谈，他一个人说了不算，这事得党支部集体决定。"

买木器厂的路被堵死了，李志信的火可就更大了，一甩袖子摔门而去。

回到家里，赵晓娟对丈夫说："三弟怎么变成这个样子了，变得我都快不认识了，他咋那么霸道。"李志林苦涩地一笑，"赚了几个钱，快把姓都忘了，可不再是当年造连心桥时，那个有血性的青年三弟了，我担心他私欲膨胀走错了路。"

赵晓娟觑了一眼丈夫，说道："有一件事我得告诉你了，有传言三弟在木器厂的账目上做了手脚，收入上打埋伏。承包收入是按比例分成，他就少报收入，少报部分落入自己腰包。"

这话让李志林十分震惊，"你什么时候听说的，为什么不早告诉我？"

"我也是最近听说的，我知道你的火暴脾气，没有马上告诉你。"

"赵斌知道不？"

"我觉得他是知道了，碍于你的面子，赵斌是睁一只眼闭一只眼。"

李志林十分气愤，"难道老三要走范进那条路，看来真的管管他了。"

"谁说不是呢！那可是一条不归路。"

"怪不得他那么声严色厉要买下木器厂，可能是为掩盖他见不得人的勾当，看来得和赵斌好好谈谈了。

第四十章
链条

　　李志林坐在皇冠车里，跑在进京城的路上很惬意，山沟里的穷棒子，坐上了高级轿车。他想起前任党支部书记骑着毛驴跑贷款，暗自笑了。
　　司机不知他为什么笑，"李叔，想起什么事让你高兴，自个笑？"
　　"山前村老书记乔本山，骑着毛驴办事，硌得屁股疼。现任书记坐着屁股冒烟的高级车，舒服，跑得又快，十来年的光景变化可真大。"
　　"这是改革开放的结果，没有改革开放，李叔你是坐不上这屁股冒烟的家伙。"
　　"你说得很对，没有改革开放就没有我们的今天。"
　　李志林和司机聊着天，车子爬上山间公路，李志林神清气爽，隔着车窗远望露出云层的群山，似岛屿般在云雾中一簇簇地悬浮着。周围的山峦像一幅幅五颜六色的花布，山浪峰涛层层叠叠，刀削斧砍般的石林顶天立地。起伏的黄土山头，好似一片洪水波涛，幽幽的深谷显得骇人的宁静。李志林心中奇怪，身处群山中，山简直变了样，它们的形状与在平原望上来大不相同，山峰变得层叠、杂乱，雄伟而奇特。仰望，山连着天，天也是山，前后左右尽是山，头顶蔚蓝的天，好像你的额头都可随时触到山，碰到天。俯首，映入眼帘的是山涧潺潺的流水，洒满阳光的河面上波光粼粼。
　　李志林来了兴致，让司机停下车，他们下了车站在半山腰上。
　　孙山向远处瞄了一眼，仔细瞧瞧，用手一指："李叔，你看！那面的山像群猴出征。"
　　李志林顺着孙山手指的方向看去：只见远处有一座迷蒙的巨峰突起，周围还有几十座小石峰。仔细一看，那巨峰像手握金箍棒的孙悟空，那些小峰就像抓耳挠腮的小猴。瞧着，好似孙悟空正领着猴群向南天门杀去。重重叠叠的高山，看不见一个村庄，看不见一块大田，这些山就像一些喝醉了酒的壮汉，躺在那里。片片山坡，尽是苍翠的浓绿。山峰之中没有散尽的雾气，像淡雅丝绸一缕缕地缠在腰间，阳光把每片叶子上的雨滴，都变成了五彩的珍珠。

车子爬过这段山路，是一段砂石路，路面养护得很好，车子跑过扬起沙尘，却不颠簸。走过砂石路，来到平川是一段油路，维护得很不好，路面坑坑洼洼。走在这样的路上，车子像个醉汉，东倒西歪的。李志林心疼新买来的皇冠车，后悔不该开车进京，好心情被破坏了。他让司机找个路边饭馆吃饭，歇歇再走。

路边饭馆吃饭的时候，司机显得很疲劳，要了一壶浓茶提神，发着怨气："这该死的路，平川上的路，没有山路好走，还不如砂石路上开着痛快，这叫什么事！这里的交通局局长是白吃饭，应该撤职查办。"

若有所思的李志林，看着孙山说："你发没发现，路面好的地段都是比较富裕的地区。路面坑坑洼洼的，是贫困的地方。光明乡的路大部分都是这副德行，这就是不平衡。路段好坏，可以看出这个地方是贫困还是富裕。山东省的经济上去了，那里的路听说是又宽又漂亮。人们说要想富多修路。"

吃完饭，休息了一阵，又上了路，李志林对司机说："我们不着急赶路，可以悠着点开，累了就歇歇。"

二人聊着天，车子进了京城。司机没在京城行过车，走到立交桥上转圈，不知朝哪个方向开下来。司机骂了一声"邪门"。车停在旁边，二人下车靠在栏杆上四处张望，合计一阵又上了车。硬着头皮迎着路口开下去，问交警才知道，没有找着北，不是他们要走的路口。交警指引又开上桥再下来，路口找对了，没走多远，运气不佳遇上堵车，李志林心里直冒火。等了两个小时，交警才疏通，好不容易找了一家旅馆办了登记，孙山拨通了程子华住处的电话。

程子华先期到达，住在农业大学招待所，约定的时间李志林没来到，正心急火燎。接到电话，松了一口气，问明情况，赶忙打的来到李志林的住处。

程子华指引，车子开进农业大学，在招待所住下已是晚上，"爸，吃完饭您早点休息，明天上班，就去拜访农大张明教授，我和他约好了"。

第二天，程子华陪着李志林走进张明的办公室，老教授起身相迎，连说："稀客！稀客！"递烟，李志林摆手，端茶李志林接过。

几个人坐下来，教授说："广播里听到李老板的事迹，在贫穷的山沟里打出一片天地。我想象不出你是怎么克服困难走过来的。子华来谈到李志林这个名字，我脑子里印象很深，说起你们要搞大豆产业，心里特别高兴，为农民企业家搞可行性研究报告，义不容辞。一路奔波，休息得好吗？不要急，我们可以多花一些时间长谈。"

"教授的时间宝贵，不能占用太多。"

"人逢知己，不在乎时间。我们先谈谈可行性研究报告吧，报告做出来有几天了，子华已经看过。报告里头讲了大豆产业现状，预测了未来发展，附上了大豆生产分布图。关于豆油生产工艺，成本控制，提出了意见，不是我一个人拍脑门子，几个人的见解，详细内容无须多说，看报告就行了。我在教学和学术交流中有了一些心得体会。经营管理有链条，产业更应讲链条，我们谈谈链条问题。"

李志林说："教授，太好了，我们在山沟里办企业是盲人瞎马误打乱撞，前些年撞出一点名堂来。现在讲市场了，误打乱撞吃了不少苦头，教授讲链条，太好了，求之不得。"

教授说："关于经营管理链条，打个比方，骑自行车有前轮、后轮和驱动轮，驱动轮装在中轴上有条链子，把前轮、后轮和驱动轮连接起来。中轴转，驱动自行车前进。链条中缺了哪一环，自行车就不能动了。生产企业是中轴，产品是前轮，销售是后轮。中轴在那飞快地转，前轮和后轮有一个掉了链就出大问题，企业经营管理中，就是要把链条中每一个环节都抓好，不能掉链子。"

李志林谦虚地一笑，"教授，经营管理链条您比喻得很形象，经常骑自行车的人都有掉链子的体会，企业管理也好比骑自行车，掉了链子就寸步难行了，这个链条里可是大学问。"

"教授，后一个轮子市场，我们该注意些什么？"程子华问。

"市场营销你们比我内行，没有要讲的。竞争问题说几句，跨国粮商进来了，人家提溜的钱袋子大，腰杆子粗，有狼性。别看他刚进大门，有点傻乎乎的，东瞧瞧西看看，买你的东西肯出大价钱。等人家嗅出味道，把你院里的东西看明白，就要下口垄断市场，本土企业日子就不好过了。本土企业，要早做竞争的盘算。"

"我们决定上这个项目，没有想那么多，只是我们的食品厂生产的香肠、罐头不合上帝口味，不太欣赏。在山沟里生产香肠、罐头运到城里卖，还得花跑路的钱，不划算。找一条新路子，瞄上了豆油。听教授这么一讲，担忧了，担忧厂子建起来，你兴高采烈在那生产，外国粮食贩子抢饭碗，把你整垮可就惨了。"

"没想那么多，是情况不明，担忧就是了解了市场竞争的残酷，有了危机感。今天多一些担忧，明天碰到危机，就多一份应对之策。今天多一份担忧，明天就多些取胜的把握。"

"这么说，担忧是对了。"

"的确如此。"

李志林说："教授，今天谈得不少，太阳落了山，我们该慰劳慰劳肚子了。"

"赶到饭口我也不推辞,人老了胃口差,找个小饭馆,粗茶淡饭肚子满意。"

在一家饭馆,几个人找了个小间坐了,酒菜上来喝着酒吃着菜,边吃边聊。李志林说:"前些日子,在我们丹阳市,同一帮官员喝酒,上来一道红烧鲤鱼,他们那里有位土地爷,借着这道菜,挥动着筷子对着我扯了一套嗑:什么高看一眼、蛟龙摆尾、展翅腾飞、唇齿相依、倍感亲切。弄得我晕头转向,吃也不是,喝也不是,筷子都不知道怎么使唤了,急得直冒汗。"

教授道:"喝酒是祖宗传下来的,全世界的人都喝。酒桌上编几句劝酒的词,调节气氛未尝不可。有的人借酒戏弄人,很低俗。有些官员酒桌上也油腔滑调,称兄道弟不可取。做学问的碰到这种场合很难受,有几次,只好找借口退席。"

程子华见酒喝好了,让服务员上饭。教授说:"酒是粮食做的,不要浪费,门前清了。"

吃完饭坐下来喝茶。程子华问:"教授,您看明天我们什么时候到您那儿?"

教授看看表说:"现在离睡觉还早着呢,我们接着谈如何?"他看了看李志林。

李志林说:"教授年岁大,别影响休息。"夫人道:"他是熬夜将军,只要你们吃得消,他不在乎。"李志林笑道:"我是年富力强,子华是年轻力壮,只要教授吃得消,我们陪着。"

"那好,我们接着谈链条",教授瞧着李志林和程子华说道:"对豆油生产企业来说,有一个大豆产业链问题。生产原料是大豆,产品是豆油,副产品是豆渣和豆饼。豆油是产业链里的中间环节。大豆生产是上游环节,下游是副产品的利用。这个产业链可以拉长。上游要和大豆生产农场,农民建立长期合作关系,从一开始就抓好。东北是我国大豆主产区,丹阳大豆品质很好,身处丹阳原料是近水楼台。中国人有句话,远来的和尚好念经,防止灯下黑。大豆有一个种植成本和收购成本问题,种植成本高,收购价上去了,又涉及产品成本。你收购价低了,农民不合算,他撂荒,原料来源出问题。无米下锅,做不出饭来,威胁企业生存。价高了,盈利又画问号,这里面要琢磨的事挺多。比如:生产讲成本,收购和储存都有讲究,藏粮于民,就可以少建仓库,或不建仓库,可以省下一大笔建库资金,可以省下仓储管理费用。"

教授呷了口茶,继续讲链条,"下游,榨油副产豆渣豆饼营养价值很高,就豆渣而言,很多人认为是不值钱的副产品,其实它的营养成分很有特色,豆渣所含的维生素E,为全粒大豆的20倍以上;豆渣中的常量元素和微量元素,特别是钙、磷、铁、钾、锌等非常丰富,比豆腐、豆干等许多豆制品中的含量高得多,具有很高的利用价值。豆饼是幼畜、种公畜和怀孕乃至哺乳母畜的优质蛋白质饲料,各种畜禽都非常喜欢吃。上游连接生产基地,下游对副产品开发利用,产业链就拉长了"。

第四十一章
丹阳牌

　　李志林听教授讲完两个链条，明白了一个道理，办企业要讲链条。经营管理讲链条，产业也讲链条，讲链条大开眼界，讲链条让人容易抓住经济管理中的主要环节，讲链条可以把上、下游的产业串成串摆在眼前，就不会顾此失彼了。有学问的人才能讲出链条的道理来。心中盘算要星火燎原，就要用这样的能人。

　　在回家的路上，李志林向女婿交代：你回到省城，集团总部大楼建设要加快速度，要考虑招聘一批人，物色能在总部几个主要岗位上承担起责任的管理人才。"子华，你怎么看范晓琳？"

　　"那是个创业型人才，是位意志坚强的女子，为人正直。"

　　"好，有你这个评价就够了。"

　　李志林坐小车回到丹阳县，妹夫张良、儿子向东向他汇报工作：兼并丹阳豆油厂的一切手续都搞定了，下一步就是进行技术改造，为开工生产做准备。李志林点点头，"我带回来生产豆油可行性报告，那里面写了豆油生产工艺流程，你们吃透了这个报告，按着报告的工艺流程进行技术改造，设备更新。技术改造设备更新，我们需要专家指导。妹夫，我看你得进京了，让子华陪着你，请农大的张教授做我们的顾问。张教授若是愿意合作，我们举双手欢迎"。

　　张良说："可行性报告搞出来了，技术改造有了依据，谢天谢地。明天就去省城找子华，进京去聘请张教授。"

　　李志林对二人说："我得回村了，党支部还有一些工作需要处理。有一个问题提醒你们，原来丹阳豆油厂管理干部、技术人员要考核利用，利用他们的经验和技术，调动他们的积极性，发挥他们的专长。企业要大量用人，你们要特别注意这个问题。"

　　张良和程子华来到农大，见到张教授说明了来意。程子华比张良更了解李志林的心思，径直地说："教授，我们董事长让我们转达他的意向，我们公司更愿意和您合作。"

张明乐了，对二人说："你们的董事长，虽说是农民出身的企业家，他的眼界没有小农经济的局限，是宰相的肚量。有高瞻远瞩的胸怀，有谁不愿意和他合作呢！"

张良和程子华听了这话，心下明白教授赞同合作了，同声说："谢谢教授对我们董事长的理解，这么说我们达成合作协议了。"

张明出生在华北平原农村，小时候家里贫困，初中辍学半年，班主任爱惜他的好学上进，到农村找他回校复课。老师的诚意感动了家长，同意他复学，他回到学校硬是利用半年的时间，学习完初二一年的功课。高中毕业报考了农业大学，刻苦学习得到助学金，毕业成绩优异留校任教。教学中进行科研，转基因大豆研究取得了一项可以进行市场开发的专利。大豆深加工也获得了一项专利，专利是职务发明。经协商，按市场评估价转让，张明和学校共享转让费。张明为豆油生产提供技术服务，在丹阳食用油有限公司参股，双方签订了合作协议。

技术改造设备更新，是在张明指导下进行的。这天李志林来看望在车间里指导安装设备的张明，见面张明称呼李老板，李志林笑着道："哎呀，教授，你叫我老板生分了，我心里不自在。论年龄您是我的前辈，讲学问我是望尘莫及，我们之间说话您就喊志林好了，我会感到亲切。"

教授满意地笑了，"那好，恭敬不如从命，叫你志林，没准还可能喊你伙计，你可别介意。"

"教授，怎么方便你就怎么喊，就是不要老板、书记的那么客气了。"

"伙计，我们得给豆油起个响亮的名字了，全聚德烤鸭、狗不理包子，永久、飞鸽自行车都是名字，公认的品牌，产品的名字就是品牌。产品没有牌子就像一个人没有名字一样，你是大英雄没有名字，人们就无法知道你，无法了解你，无法宣传你。产品没有名字，创不出牌子来，你就很难在市场上立足。"

"教授，你说得很对，我们生产的豆油该起个什么样的名字为好？"

"伙计，你也别总是教授、教授的叫了，这样称呼多了一份尊敬，少了一份亲切。我们是合作伙伴，都是伙计。"张明说："我想过了'丹阳'这个名字就很响亮，取自丹凤朝阳这个成语的前后两个字。相传赤色者为凤，青色者为鸾，鸾凤均为神鸟，'丹凤朝阳'是凤凰向着一轮红日鸣叫，喻为稀有的吉兆。典故出自《诗经•大雅•卷河》：'凤凰鸣矣，于彼高岗，梧桐生笑，于彼朝阳。'诗中比喻凤凰为贤才，朝阳比作盛世。'丹凤朝阳'即贤才逢盛世之意。我们取'丹阳'这个名字，预示豆油市场兴旺。"

"老伙计，有你的，取个名字还用典故，我服了你的学问。"

"父母给孩子起名字，是很费脑筋的，翻词典找典故，让德高望重的长辈起名，甚至找名家起名，给我们自己的孩子命名，哪能不用心思呢！我们光起了名号还不行，还需要进行商标注册。你要是不注册，你把牌子打响了，别人可以盗用，有人可能抢注你的牌子，你再使用可就难了，人家告你商标侵权，向你索赔。"

"哎呀，还有这么多名堂，我们早年生产罐头、香肠没有想这些。没有想创什么牌子。"

"计划经济不在乎什么牌子，有生产厂家就行了，市场经济要讲牌子，讲名牌，产品没有牌子就没有竞争力。"

李志林兴高采烈，"那好，老伙计听你的，我们注册'丹阳'牌豆油，把这个牌子在市场上敲打得响亮。"

三个月以后，丹阳食用油有限公司开业，马明出席剪彩，王晓燕进行现场报道。招待宴席结束，李志林来到王晓燕下榻处，寒暄几句，王晓燕说，你托付寻找钱桂花的事，现在还没有线索，我会尽心的。

"谢谢你，晓燕。"

说真的，李志林的儿子李向东逐渐成熟了，说他逐渐成熟是因为他已经不是毛头小子，遇事有了自己的主见。他和父亲谈心，谈市场销售。

"爸，丹阳牌豆油的牌子是亮出来了，可是要打开市场还需要花大力气，爸，你是怎么想的？"

李志林看着儿子，"你不要问我是怎么想的，你是啥想法？"

"我琢磨了好一阵了，我想开头搞让利销售，便于打开市场。"

"哦！让利销售！说说看怎么让利。"

"我说的让利，不是折本低价促销，那样会乱了市场。我们的产品和其他企业比，要同质同价，我们采用代销的办法，把利让给销售者，让代销商感到代销不用多大资本，小本经营者比经销划算。"

"儿子，你变聪明了，能想出这个主意老爸高兴。你提出了一条销售路子，我们两条腿跑。一条腿是打广告推销。另一条腿就是你说的代销，代销商不用花本钱进货，我们提成上让利，调动代销商的积极性。"

丹阳牌豆油市场营销做得很充分。程子华利用他在春江市的人际关系，开辟销售渠道。张明教授也利用自己的熟人，寻找销路，赵晓娟熟悉食品厂的老客户，建起销售网。代销、推销一闹腾，丹阳牌豆油在市场上很快打开了局面。

丹阳牌豆油投放市场的时候，外国粮商在观望中国的大豆产业市场，竞争还没有到白热化的程度。两年后，星火集团的豆油生产厂收回投资，还清了贷款，这让集团董事长李志林松了一口气。

大豆是我国加入WTO后受冲击最大的农产品，3%的低关税、不设过渡期、没有进口数量限制，使得国外低价转基因大豆乘虚而入。在这种情况下，国内部分人士主张"两个放弃"，一是要放弃中国大豆生产，认为进口大豆就是进口资源，依赖进口满足国内市场。二是要放弃中国非转基因大豆，主张外国转基因大豆取代中国大豆品种。"两个放弃"所放弃的是主产区的农民就业，所放弃的是中国大豆产业。这种对大豆产业认识的偏颇，正好成为垄断粮商进攻的缺口。大豆加工业作为我国大豆产业链条中的关键环节，不仅影响上游几千万豆农的利益，也关系大豆产业链上1亿多从业人员的生计，还关系到我国粮食战略。

李志林感受到了竞争激烈，豆油销售，大豆采购都传来令他揪心的事。合资企业生产的豆油凭价格优势销售竞争。外资钱袋子大，财大气粗抢占大豆购销市场。李志林纳闷了，为什么中国人在自己家门口，比不过人家外来户。

外国粮商放出风，要和星火公司谈合资。李志林对外资缺乏认识，日本侵华给中国人留下的心灵创伤，使他本能排外。中国人的企业，为什么要洋人掺和，他拒绝了合资洽谈。

本能地排斥，把外商拒之门外。程子华对岳父排斥外商有不同意见，提醒不管用，说服也不听，他把顾问张明搬来了，张明坐下来和李志林谈心：

"李老板，美国人要和我们合资，我看不妨和他们谈，条件公平，也是我们把蛋糕做大的好事情。"

"老伙计，大鼻子还能给我们好果子吃？我们中国人自己合作，也不能和大鼻子一起干，哪能让肥水流到外国去。"

张明深感李志林对外资的偏见太深，这和他的经历有关，他耐心地解释："用外国人的钱合资、合作，国家是立了法的，对外开放是中央的大政策。外国人可以在中国办合资合作企业，还可以自己办，叫独资。外国人先是在中国花钱，然后才是赚钱。他们花钱把我们想办一时没有能力办的事办了。他们赚钱，我们也发展了经济，都是赢家。"

李志林对教授的话是认真思考的，同样的话，程子华说出来，他就听不进去。这就是权威效应。

"哎呀！老伙计，照你这么说，我们可以和美国人谈合资？"

张明觉得李志林有了松动，可以深入谈下去，说道："合资我们的蛋糕就可以做大，比如说我们自己做，也就能做到五斤，合资做到十斤，切一半还是五斤，做到二十斤，切一半就是十斤。想做大蛋糕，国内搞不到那么多钱，为什么不用外国人的钱呢？"

李志林似有所悟，说："他们派人来怎么管，能合心吗？"

张明说："不论是外国人还是中国人，做生意的都是想赚钱。赚钱就得讲经营管理讲效益。都讲经营管理讲效益，心往一处想，劲就能使到一处，也就合心了。外国人来了有个好处，可以把先进管理经验带进来，为合资企业培养中方管理人才。"

"听老伙计的，我们和美国人谈合资。我不懂使用外资的套路，谈不好，伙计你代表我谈怎么样？"

"哎！你身边就有合适的人选嘛，你的女婿是集团总经理，是个管理人才，他出面最合适。"

"我总觉得他嫩，有点放不开手，他能行吗？"

张明笑了，"伙计，说一句你可能不大爱听的话，看国内外这个大市场，他比你明白，把企业做大做强，他比你高明。中国人那句话，后来者居上，他的创新意识比你我强得多"。

"合资会不会把丹阳牌吃掉了，我们这块牌子很响，在市场上吃香。"

"正因为牌子响，吃香。我们谈合资就多了一个砝码，多了一项资本，丹阳牌可以做市场价值评估，做资本投入。"

"人家要是不干呢！"

"那就是没有诚意了，可能有别的心思。有的外商打歪主意，利用合资做幌子，吃掉中国企业品牌，垄断市场，所以，谈合资我们当然要多个心眼了。这就是《合资企业法》为什么规定中方资本不少于51%，也就是中方控股。合资为什么中方控股，就是防止外国狼居心不良，操纵中国企业，操纵中国市场。"

第四十二章
没有句号的现场会

马明和市委秘书长李明远,坐小车来到山前村。马明二人的到来事先没有通知,当他们走进村委会会议室时,弄得李志林等参加开会的村干部措手不及,大家急忙站起来,给两位领导让座。

"哎呀!马书记,搞突然袭击没个准备,怕是要慢待了。"李志林说。

"就是怕你们兴师动众地准备才突然袭击。你们正在开会,打搅了不好意思,我和李秘书长列席旁听,你们继续开会,开完会再说事。"

李志林摇头,说道:"那怎么行,我们开会讨论'五保'呀,邻居吵架呀,超生呀,零打碎敲的事情,领导的时间宝贵,一定有重要的事情,还是领导坐下来先说事吧。"

马明和李明远落了座,村长赵斌为二人泡上茶送过来,马明呷了一口茶说道:"为推动贫困地区脱贫奔小康,省委决定在山前村召开现场会,总结推广先进经验,表彰先进集体和个人,今天我们来打前站,落实会议准备工作。"

省委要在山前村开现场会,出乎人们的意料,李志林感到突然,"哎呀!省里在我们这里开现场会,这可是大事,山前村的动静大发了,这是我们的光荣,也是给我们鼓劲。马书记你这么一宣布,我肩膀上的担子可就不知道有多重了。"

李明远说:"按着省委的安排,这次会志林同志唱主角,介绍闹腾附加值的经验。"马明插话:"你这位附加值老板,带动了全市私营企业发展。你的另一个身份,附加值书记。一些乡镇企业现在是半死不活,你把村里集体经济也办活办大了,活蹦乱跳,因此,省里决定在这里开现场会,让你讲讲你是怎么拉这两套车的。"

"接待的事,由春江市组成的会务组安排,丹阳县和光明乡两级政府配合,不要你们操心。现场会是借山前村这块风水宝地,促促与会代表,推动全省脱贫工作。先和你们打个招呼。"马明说。李明远接着道:"你这书记加老板,现场会要介绍经验,市里有个材料组帮你总结,整出一个实实在在的，有分量的发言稿。"

上级意图弄明白了，李志林给英金山庄经理打了一个电话，命令准备好游船。派一辆车把乡政府领导接过来，陪市里领导吃顿饭。安排完毕对马明说：

"今晚咱们吃水乡宴，让原来这一方的父母官，体验体验今日的变化。"

"你这儿走向富裕，林子里的鸟多起来，人口猛增，什么时候发明了水乡宴？"马明不解地问。

"新买了一条游船，就有了这项发明。餐桌摆在船上，在水库里游弋，吃水产，满汉全席都是鱼，十里八乡的老百姓很喜欢吃这种宴席，送了个名号水乡宴。宴席上四条腿身上的肉不供应。水乡宴地方特色。"李志林向两位上级领导介绍水乡宴语调轻松，显得很自信。

马明任光明乡党委书记时和李志林就熟悉，见面常开玩笑，李志林这么说，他把脸一沉，"你设水乡宴招待，是腐蚀党的干部，居心何在！"

李志林不以为然，"马书记不要说得那么邪乎，水乡宴没有猴头、燕窝、鱼翅。只是吃水库里的鱼，喝的是当地高粱烧，合格品。请领导放心，绝对没有晋阳假酒。办事不能饿肚子，管顿饭尽地主之谊，怎么说是腐蚀呢！"

"我怕你那游船不保险，翻了船就成了水下客了！"

"没关系，我们有打捞队，救生艇，他们的服务满用心。"

"李老板不要拿我开心。"马明笑。

李志林忙说："不敢，不敢。"

游船上摆了两张餐卓，坐满了食客，乔本山到场作陪。

喝着老白干，马明感慨起来："本山大叔，当年您当支部书记骑着毛驴跑贷款，现任支部书记坐的按喇叭的家伙，不用摇鞭子抽驴屁股了。十多年的光景，变化多大啊！"

"当年你帮着贷款，你可是梁山的头目宋江下了及时雨。没有那三万元贷款，志林迈不出建桥第一步，连心桥有你一份功劳呢。"

"功劳说不上，当年想得很简单，你们建桥为村民脱贫，吃饱肚子，扔掉破补丁衣服。我当一方父母官，做点工作是分内的事。看你们采石那么艰难，还真捏一把汗。建不成桥，债务包袱可就大了。李家五弟兄，真有股子牛劲。中国人抗战八年打跑日本鬼子，一家农户奋斗八年硬是把一座大石桥架在英金河上。建桥英雄的壮举，是对我挥鞭子，不好好往前迈步都不行。"

李志林说："当时，凭着一股子气干起来的，采石队伍拉上山，才觉得不是那么简单，骑虎难下了，硬着头皮横下心来干，再大的困难也怕拼命的人，拼了命心愿实现了，那个高兴就甭提了。"

"正是你们拼命，才有今天的绿水青山一片兴旺。乡亲们感激，党和政府感谢你们做出的贡献。"李明远说。

"那时也没想什么贡献，只想脱贫，小康都没想。脱了贫不满足，新想法就冒出来了，想让乡亲致富奔小康。就琢磨建工厂，闹出了范鬼子那档子事，弄得上吐下泻。脏东西拉干净了，身子骨更壮实，干得有劲，带来山前村满山又青又绿。"李志林敞开心扉。

十二道菜上齐，除了一锅炖飞龙，一盘雁肉，全是不同烹调技术做出来的鱼。

新任镇党委书记陶真见满桌鱼肉，说道："李老板，你们的水乡宴，上的菜是水库里的鱼一统天下，我看不如叫'库鱼餐'，体现本色。"

"主意不错，陶书记，今后招待领导，不称水乡宴，就叫'库鱼餐'，听起来朴实，敬您一杯。"李志林借机向陶真敬酒。

"酒喝得差不多了，苦忆了甜也思了，志林，到此为止吧。"马明说。

次日，李志林来到镇党委会议室，镇党委书记陶真，镇长刘文章，镇办公室主任李汉在场，马明坐在椭圆形会议桌的一头。主持商讨现场会后勤保障。

市委办公厅主任李明远说："会期三天，现场会吃、住、行，要有妥善安排。'吃'省里规定了标准，按标准配餐。'住'英金山庄那儿的条件不错，容纳得下。'行'参加会议的省里领导，带小车来。市里领导和工作人员坐大客，再安排几辆大客，供会议代表乘坐。星火公司是会议参加者，不安排会务。"

"马书记有什么指示？"陶真问。

马明说："这次是脱贫奔小康现场会，不吃山珍海味，不弄大鱼大肉，大吃大喝就背离来会议宗旨。我看，会议开头和结束的会餐，那个水乡宴就蛮合适。就地取材，彰显因地制宜，符合会议方向。会议中间四菜一汤，飞龙是山珍，雁肉是稀缺的野味，不上了。"

李志林心想你马书记讲的，是我心目中的那个标准，大吃大喝，老百姓骂你口是心非。

马明的手机响了，他翻开机盖接听，传来急促的声音："塔山煤矿发生事故，瓦斯爆炸，十几名矿工在井下，市委决定您参加指挥抢救，处理善后事宜。请您马上回到市里。"

马明合上手机放进公文包里，对在场人说："发生矿难，市委通知立即赶回，这里的事由明远同志主持。"

镇党委书记陶真表示："马书记放心，我们全力以赴，做好会议后勤保障。"

镇长刘文章问："星火公司的代表是否住英金山庄？"

"星火公司是李老板，程子华和张良出席，李老板一定要住山庄的，程子华和张良同志可以随意。"

"哎呀，和省里领导住在一起，不自在。"李志林不情愿。

"省里选定在山前村开现场会，是冲着星火公司来的，确切地说是冲着李志林来的，附加值书记兼李老板，住得远远地就不对劲了。"马明说完起身走出会议室，司机随时待命，书记乘车立即发动。

李明远率领筹备组，经过半个月的筹备一切就绪。省委"脱贫奔小康"现场会，如期在山前村召开了，英金山庄忙碌起来。山庄接待过不少会议，这么高规格的会还是第一次。山庄管理者，服务人员显得很紧张，生怕接待不周，服务不到位出什么差错。

英金山庄是星火集团投资开办的，依山傍水。山庄是古典式园林风格，集建筑、山水、园艺、绘画为一体。达到了"虽为人作，宛自天开"的艺术境界。将人工美与自然美融为一体，在山区形成巧夺天工的奇异效果。宾馆建筑隐于山林之中，以山水作为景观构图的主题，依山就势，自然天成。宾馆建筑衬托了自然环境的整体美，将自然美提升到了更高的境界。宾馆建筑体现了中国传统思想文化的载体，园林厅堂的命名、匾额、楹联、书条石、雕刻、装饰，以及花木寓意、叠石寄情成为点缀山庄的精美艺术品。

李志林住进山庄应接不暇，最烦的是记者。省、市、县新闻单位都有记者到会，轮番采访弄得筋疲力尽，刨根问底让人心烦，怠慢了还有闲话扔给你。

王晓燕是采访组成员，晚上她来找李志林，二人在李志林住的房间相见，王晓燕坐下来朝李志林嫣然一笑说："近来你的身体好吗？千万注意不要当拼命三郎，把身子骨弄垮了。"

"谢谢对我的关心，庄稼汉出身，身子骨结实，垮不了。"

"我此行的任务是对现场会进行报道。我调到市电视台以后，可就不像在丹阳县来这里那么方便了，早就想来采访没有机会，现场会提供了机会，我们又见面了。"

"是啊！你高升了，看到的事情，想写的东西就更多，自然要忙，祝贺你高升。不过，不要忙得把老朋友给忘了。"

"看你说的，我怎么会忘掉呐。"

各个地区代表找李志林交流经验，李志林不得不让程子华和张良出面应对。

会议开始，省委书记赵炎讲了话，讲话结束，他接见了李志林，进行了一次谈话。

赵炎说："志林同志，人们都叫你附加值书记，也有人叫你附加值老板，这两个称呼虽然有点笑谈，我看代表了你的创业理念。附加值理念指导你创业，很欣赏你做成两件了不起的事，头一件是自筹资金建桥，方便了当地群众，活跃了山村经济。第二件，闯出一条脱贫的路，带富了一方。干的虽然不是惊天动地的伟业，却是感人肺腑的无私奉献。用一颗平常的心，做出了不平常的事，我要号召全省人民向你学习。"

李志林说："我文化水平不高，没念过大书，只是凭一股子气，做了那么两件事，领导看得很重我高兴。也担心名气大了，脑袋热了干蠢事。盛名之下其实难副，请领导让记者少吹一点。"

"盛名之下其实难副"是会务组为他准备的发言稿中的一句话，省委书记同他谈话用上了。

一场突如其来的特大暴雨降到丹阳，百年不遇，山前村首当其冲面临洪水威胁。上游洪水以千秒立方的流量，涌进英金河水库，水库容量三十亿立方米。大雨持续，水库如果超容，大坝垮塌后果不堪设想。为了抗洪抢险，现场会立即停下来，省长指令省政府、春江市、丹阳县抽调人员组成抗洪救灾指挥部，领导抗洪救灾。

谁也不想会议开到半道就散场，碰上特别情况不散也不行。丹阳市委副书记马明为现场会开锣，洪水涂上没有句号的结尾。

第四十三章
丢车保帅

暴雨、洪水这两个字眼让丹阳人心跳了。

山前村，接到汛情通报的其他村镇，人们顿时神色紧张起来。灾害是分水岭，灾害面前，想一些什么，干一些什么，黑白分明。

面对暴雨造成的洪水危害，李志林召集山前村党支部委员，村委会干部，星火实业公司管理层开会，参加会议的人个个焦虑。

李志林极力镇定自己，稳定大家情绪，他缓缓地说："暴雨把我们浇乱了套，情况大家都看到了。接到抗洪救灾指挥部通知，英金河水库大坝有垮塌的危险，一旦垮塌，就会淹没村庄，命令我们组织村民撤离。"

让村民撤离像一颗炸雷，把参加会议的人炸晕了。他们怎么也没有想到，山前村会有这样的厄运。

沉默！沉默！死一样的沉寂。

"工厂的设备怎么办？"沉默中，赵晓娟忍不住喊了一句。

"二十四小时内将用场大的机器拆掉搬到高处，破铜烂铁不要管了。这事由张良和程子华负责。赵村长，动员撤离工作就是你的事了。群众舍不得坛坛罐罐不愿离开，这项工作难做。我们绝不能让山前村的乡亲被洪水卷走一个，都带出去，一个也不能少。"

李志林像战场指挥员，果断地下达命令。接着道："水库是我们的生命线，政府派了抗洪抢险队伍在大坝上，我们熟悉情况也要安排人守护大坝。长江抗洪中央领导提出严防死守我和向东上坝，同子弟兵一起严防死守。"

"那不行！宁可我去也不能让向东去。你们爷俩得留下一个，就让向东一起和村民撤离，我和你上坝。"赵晓娟提出反对意见。

参加会议的人心目中，李志林为了建桥，牺牲了长子，不能再让他的二儿子去冒生命危险，都支持赵晓娟的想法。乔本山说："豁出我这把老骨头上坝，也不能让向东去。"

李向东不同意母亲的意见，他要父亲留下，向东的妻子姜玉玲，暑假回到山村，决心和丈夫在一起，此时此刻，向东干什么都是她的选择。

女儿向秋、范晓琳都表示，去守护大坝出不了多大的力，可能成为累赘，要求去动员群众撤离，照顾老弱病残。

李志林说："群众的安置是第一位的，这个担子不轻，还要增加人手做这项工作。"

"那就让向东也去动员。"赵晓娟说。赵斌说："向东和我在一起吧，撤离比上坝安全得多，要保护好志林这个儿子，不能让志林夫妇的后代再有牺牲了。向东必须跟我走。要么你们父子都留下，做撤离工作，我去坝上严防死守。"

向东死活要上坝，李志林理解儿子的心情，哥哥是榜样，在危险面前冲在前头。儿子的请求，大家的不同意见，在李志林的脑子里翻了几个儿，他拧起眉毛说：

"英金山庄是集团下属企业，管着抗洪救灾指挥部的吃喝问题，事不少，又碰上暴雨可能造成山体滑坡和泥石流，一旦发生泥石流对山庄的威胁可就大了。那两个小经理，别看他们嘻嘻哈哈的，平常把山庄管得还算像模像样，大灾来了六神无主。那些做饭的、炒菜的，还有管铺盖卷的，遇上突如其来的灾祸，人心惶惶。那里要有人去稳住神。老板的儿子去了，他们心里踏实，向东到那里去，这个担子可不轻，这也是对你的考验。玉玲也去当帮手，照顾老人和孩子。"

"是，服从爸爸命令。"

这时，又传来抗洪救灾指挥部的新消息：中央气象台预报，未来三天本地区连降大雨和暴雨，抗洪救灾要做最坏打算。英金河水库大坝加高，增加库容缓解洪水下泄压力的设想，被专家组否定。加高行不通有漫坝危险。一旦漫坝，形成瀑布冲刷坝基，库坝就容易垮塌，库容已超，近五十亿立方水涌下来，山前村被淹没，下游几十万群众也会受到严重威胁。

为了保护英金河水库大坝安全，省里决定在水库上游分洪，把山洪引到山前村，绕开水库流入英金河。洪峰来了山前村就被淹没。一定要加大动员力度，让群众在第二天傍晚全部转移。

水库的水位时刻都在上涨，抗洪救灾指挥部成员和省委主要领导正在大坝上商讨对策。

险情通报和分洪决定，让开会的人更加不安。

山前村人口增加了几倍，盖起来成片的砖瓦房，还有几家家冒烟的工厂，一家像模像样的饭店，一片欣欣向荣，乔本山围着村子转，乐得合不拢嘴。分洪淹没山前村，乔本山心疼这片土地，心痛满目一新的村庄，想不通。他认定山前村有龙脉，分洪毁了村子破坏了龙脉，那还了得，他吼道：

"上级决定分洪，为什么非要让水往山前村跑？难道就不能跑到别处去！山前村成了冤大头，向上级反映我们不同意。"

李志信暴跳如雷，"我承包的木器厂，有了效益，这一下子就毁了，我和本山叔一样想不通，坚决反对向这里分洪。"

李志勤惦记他装修一新的饭店，也反对向山前村分洪。赵晓娟觉得救活食品厂，付出的心血太多，舍不得毁掉，分流的洪水流向山前村。

"就是嘛！就是嘛！"多数人附和乔本山等人的意见。

反对向山前村分洪的情绪感染了李志林，他心里是十五个吊桶七上八下，村民的房屋毁掉，食品厂、木器厂、低压电器厂淹没，石桥保不住，多年的心血白费了。老天真是没长眼，往缺雨的地方下点多好！多年的心血啊！又转念我是村里的当家人，企业老板，上级的命令怎能打折扣，命令怎能不执行，于是他说："我们当干部的先扭过这个弯来，做好乡亲们的工作，村子没有了，只要人都活着，就是阿弥陀佛。"

"向春的坟墓和纪念碑怎么办？"乔本山焦急地问，"洪峰到来之前搬走，家财可以不要，向春的尸骨和纪念碑绝不能让洪水卷走。"说这话李志林语气坚定。

"那可不行。"乔本山又吼道："那里是山前村的龙脉，比祖坟重要，挖了龙脉，就破坏了山前村人的灵气，宁可让坟墓埋在泥里，洪水过后再把泥挖走，那里是一锹土也不能动。"

"洪水来了会不会把坟墓冲走？"有人提出疑问。

乔本山磕了磕旱烟锅，说："我看过那里的风水，洪水来了会窝在那里留下淤泥，不会冲走东西。"

有人还是担心，说："分洪的水头如果不是想象的那样，万一在那里冲出沟来，坟墓和纪念碑都会被洪水卷走。"

乔本山抽了口旱烟，这是他思考问题的习惯，说："不会的，向春地下有灵，不会让洪水把他的阴宅冲走的。"他相信灵气。

"本山叔您听我说。"

乔本山立即打断了李志林的话："我知道你小子要说什么，让我不要迷信。我是信仰不是迷信，明天一大早我就去看护向春的坟墓。"说完气呼呼地走了。

在场人受龙脉灵气的束缚，对移走坟墓分歧严重陷入僵局，最后李志林拍板，决定做好乔本山的工作移走坟墓。

刚要散会，抗洪抢险副总指挥马明来到会议室，大家起身让座，马明摆摆手说："非常情况，大家不要客气，情况紧急我不坐了。本山老人冲进抗洪指挥部，反对向山前村分洪。根据省委领导指示，我是来向大家说明为什么要向这里分洪。省里领导分析抗洪抢险全局的利弊，决定牺牲山前一个村和半个光明镇老百姓的财产,保住水库不垮坝,保住下游几十个村镇人民生命财产的安全,权衡大局才做出这样的决定。把洪水引到山前村下泄,这是舍小顾大,省委这着棋就是丢车保帅。"

第四十四章
剑拔弩张

　　撤出村庄的山前村村民，住进搭在半山腰的帐篷里。离开村庄难免留恋自己家里的坛坛罐罐，想象洪峰到来时自己的家会成为什么样子。帐篷里大人和孩子聚拢在一起，谁也不愿多说话，空气沉闷得像要爆炸，焦虑地等待洪峰的到来。

　　村长赵斌一个一个帐篷进行检查，有没有人偷着回村。基干民兵在回村的路上执勤，防止村民擅自回家。

　　李志林住在一顶较大的帐篷里，也是他的抗洪抢险指挥所，正和几个人商讨洪峰到来时如何安抚群众，出现险情怎样应对。一名男孩撕心裂肺"救命啊！救命啊！救命啊！"的喊声，在一顶帐篷里传出，陡然增加了紧张的气氛。李志林心头一震，急速叫上两个人，直奔发出喊声的帐篷。当他们走进帐篷的时候，看到村民吴国民的妻子，手拿剪刀和丈夫厮打。他们八岁的儿子，站在帐篷的一角，哭喊着救命。李志林三人赶忙把浑身是血的二人分开，强行按住他们坐下，稳定暴躁的情绪。狂怒的夫妻坐在那儿，呼哧呼哧地喘气，谁也说不出话来。

　　李志林走到惊恐的孩子面前，拉他的手，抚摸着他的头，安抚了一阵，轻声地问道："孩子，你爹妈因为什么事打架？告诉伯伯。"

　　父母不打架了，孩子惊恐的神色渐渐消退，待情绪稳定下来，说出了父母打架的起因："妈妈煮了三个咸鸡蛋，每人一个，我的那个吃完了，妈妈又把她的那一个给了我一半。爸爸不让给，让妈妈自己吃，妈妈非要给。爸爸说妈妈贱，不会保养自己。爸爸是好心，不知妈妈心里怎么烦得很，说我乐意给你管不着。爸爸一听也来了火，说我偏要管，就争吵，爸爸狠狠地打了妈妈一个耳光。妈妈嘴里流出来血急了眼，拿起炕上的剪刀就和爸爸拼命。我非常怕就喊了。"

　　李志林听完孩子的叙述在想：这对和睦的夫妻，从来不打架，今天这是怎么了？看来，洪水对他们的压力太大了，难以忍耐，受到一点刺激承受不了，便发泄焦躁的情绪。

李志林转过身来瞧着夫妻二人，和颜悦色地说道："我理解家园将要被洪水毁掉你们心烦，这是突如其来的天灾难以抗拒，吵架要是能够把洪水吓跑了，我动员全村人吵架。你们平心静气想一想，吵架只能为抗洪抢险增添麻烦。"

一顿架，这对夫妻焦躁的情绪释放出来，支部书记来劝解，心里渐渐平静了，夫妻对望，内心忏悔，后悔打架夫妻抱头痛哭了。李志林看到这里烟消云散，忙叫人喊来村医，为他们包扎伤口。

按倒葫芦起来瓢，这里夫妻打架刚刚平息，另一部分帐篷里出现了吵闹的景象。张寡妇有半坛子咸鸡蛋没有来得及带出来，吵着要回村去拿。王大妈说是针线盒落在家里，给孙女补衣服缺少针线，要回去一趟。要回村的不单是张寡妇和王大妈，一部分村民吵嚷着，回村最后看一眼他们祖祖辈辈住过的土屋。赵斌不批准，他们和村长争吵。

这可是棘手的问题，动员离开时费了那么多的唇舌，最后是民兵挨家挨户督促，才疏散出来。撤离时有三家钉子户，李志林的叔叔一家最牛，老寿星张嘉礼也是钉子户。三家钉子户，村长磨破了嘴皮，他们硬是不走。他们的理由是：都是七十岁以上的人了，已经是棺材瓢子，撤出去也是累赘，要和村子共存亡。

李志林只好请来乔本山一起动员，才拔除了钉子户。若是让他们再回到村里，谁能保证他们一个不落都按时回来。村长赵斌是负责撤离和安置的，群众的安全是他最操心的事，赵斌拦住死活不让走，僵持不下。

李志林听到吵嚷，赶来问明情况，拉下脸来对吵着要回村的人，严厉地说道："上游已经分洪，洪峰就要到了，几个咸鸡蛋，几根针几条线的，就值得去冒生命危险吗！好不容易疏散到这里安顿下来，在分洪的关键时刻你们要回村，怎么保证安全！谁也不能离开这里一步，一只猫也不能让它跑回去。"

他的话很有震慑作用，想回村的人不吵不嚷了。但是他们的心，飞回祖祖辈辈居住的土屋，面现激昂焦虑情绪。

这时马明和李华良来了，看到这里的紧张气氛，马明意识到，洪峰即将到来，群情躁动，急需稳定民心。吩咐李志林让情绪激动的人们，聚在大帐篷，有话要和他们说。

马明、李华良的到来，李志林紧缩的心情放松许多。他担心洪峰到来毁掉村庄，群情激愤局面不好控制，出什么意外。

在大帐篷里，马明向村民介绍：李华良是水利部的专家，他的祖先就是历史上大名鼎鼎的治水英雄李冰。我们这次百年不遇的特大洪灾，抗洪抢险工作李总一直在第一线，分洪和英金河两岸的大堤加固，保护水库大坝的方案都是李总提出的建议，省委做出的决定。你们有什么疑问，可以向专家提出来，请他解释。

群众是信任专家的，尤其是李冰的后代。听说水利部的专家来了，很多村民离开临时住的帐篷，冒雨来到这里，帐篷挤不下，就站在雨中，想听听专家如何看待抗洪抢险。

马明介绍完以后，乔本山挤到李华良的面前，提了一个问题："李总啊，今年全中国都闹水灾，是不是天命就该如此啊？"

李华良是水利专家，懂得气象，江湖术士讲的那套天命，他可是讲不明白。乔本山问天命，李华良一时语塞。

马明明白老乔头的观念，接过话来说："老人家，现在科学发达了，我们不讲皇帝老宣扬的天命，我们讲天象。虽然是一字之差，在人们对自然界的认识中，是差之千里。我们中国今年的大水灾，是气象周期性变化和地球自然环境的变化，加在一起作用的结果。怎么作用的，三言两语是说不明白的，这个嗑闲暇时间再和您唠。"他扫视了帐篷里外的群众，说道："自古以来人们讲天象，把星辰看作是神，后来就把神转世成人。因此，老百姓相信紫微星下界，坐江山，主宰臣民。皇帝老身边的一些江湖术士讲天象，就是讲天命，大灾大难是命中注定，或者是上天的安排。皇帝老让人这么讲，是愚弄老百姓，服服帖帖地相信天命。天灾是自然现象，因此我们讲天象。我们有智慧的老祖宗，就不讲天命，他们用智慧和洪水斗，驯服洪水变害为利，让它为人类服务。在原始社会，大禹治水就不讲天命。"

"那就请专家讲讲大禹治水是咋回事？我们开开眼。"乔本山提出请求。

李华良此来就是要向山前村的干部和群众讲大禹治水，减轻庄稼汉的焦虑，鼓舞人心。

马明插话："大禹治水，有整体观念。他把全国的山山水水进行规划，根据山川地理情况，将中国分为九个州，就是：冀州、青州、徐州、兖州、扬州、梁州、豫州、雍州、荆州。整体布局，分头治理。我们这里的筑坝分洪就是全面规划，整体布局，分头抗洪抢险。考虑的是全省一盘棋。"

李华良接着讲道："大禹每发现一个地方需要治理，就到各个部落去发动群众，水利工程开始的时候，他都和人民在一起劳动，挖山掘石，披星戴月地干。大禹治水的忘我精神，鼓舞着世世代代的人民。"

乔本山发感慨："哎呀！我们现在的领导干部也和大禹一样，在抗洪抢险中，和群众同甘共苦。现在和原始社会，还真有不少相似的地方呢！"

"我们现在讲共同富裕是理想，原始社会那个时候，是名副其实的共同富裕呢。"马明插话顺势点拨："我们在灾害面前，更要提倡这种精神，我为人人。只有做到我为人人，才会出现人人为我的局面。乡亲们！在灾害面前，想想我们的祖先，看看大禹，要舍得丢掉坛坛罐罐，要为抗洪抢险，力所能及多做一些事情。"

专家讲大禹治水的故事，转移了人们的思绪，缓解了焦躁的情绪。马明接着道："我们眼前的这座水库，存水是有限度的，大水直往水库里灌，灌满了撑破了肚皮，就可想而知了，所以，上级决定分洪。我们现在的分洪，就是用大禹治水的办法哩，开渠排水。我们要是不分洪，就会像大禹的父亲那样，一门子的堵，吃败仗，一不留神，大水就会把我们埋葬，送我们到东海见龙王。"

李华良说："大禹为了治水，到处奔波，经过十三年的努力，开渠筑坝，终于把洪水引到大海里去，先民过上了安稳的生活。后代人们感念他的功绩，为他修庙筑殿，尊他为'禹神'，整个九州也被称为'禹域'。也就是说，这里是大禹曾经治理过的地方。"

姜婶发出感叹："还是有文化的人，有知识懂道理，讲出来的事，有根有叶的。老少爷们，当前洪水就是我们的大敌人，大敌当前，我们要齐下心来，听命令，全省一盘棋。"

姜婶是山前村老一辈中的女魁，看问题有主见，做事有条理，邻里相处，讲公道，赢得村民的尊敬和信任。这次动员村民撤离村庄，她老人家配合赵斌没有少出力，她说出来的话，是有影响力的。

李华良、马明二人结合历史讲现实，从情绪上看，山前村的群众开始理解，上级为什么决定向这里分洪了。

这时，电话铃响了，是打给马明的，马明拿起听筒，传来市委书记宋濂的声音："老马啊！省里通报。分洪的洪峰预计一个小时以后，峰头就会到达山前村。大战在即，赵省长指示，抓紧做好临阵紧急动员工作对抗洪峰。我和赵省长正往指挥部赶。"

马明挂了电话，向在场的干部、群众说明了紧急情况，对李志林交代，山前村的群众就交给你们了，我和李总到光明村看看。

马明和李华良离去，李志林部署等待洪峰到来。赵斌领上几个民兵，一个一个帐篷进行检查，清点人数，稳定人心，迎接洪峰到来。检查时，发现民兵范良不见了。和范良一同执勤的人说，范良的儿子来找他，说家里有急事让他回帐篷，就没有再回来。赵斌听罢，急忙赶到范良所住的帐篷，帐篷里没有人，他赶忙把范良不见踪影的情况告诉了李志林。范良不见了，指挥所里的人迷惑不解，脑子里都画上这是怎么回事的问号？空气顿时紧张起来……

第四十五章
惊心动魄

　　光明村的村干部和参加抗洪抢险的部队干部，接到电话通知，都在村委会等候，马明和李华良匆匆到来，二人同在场人一一握手后，马明拉着李团长的手，激动地说道："感谢子弟兵来这里参加抗洪抢险。"

　　他没有顾上和其他人客套，站在那里神情严肃地说道："一个小时后，山前村就是一片汪洋，你们这里也要做好最坏情况的打算，动员群众做好心理准备，村子被洪水淹了，怎么办？"马明略一停顿，转了话锋："抗洪抢险我们浑身有使不完的劲，但洪水凶恶，抗洪抢险不是请客吃饭，不是做文章，不是绘画绣花，不能那样文质彬彬，那样温良恭俭让。和洪水斗，就得斗勇的同时更要讲智慧，要讲科学态度，不能使蛮力。我们请水利部的专家讲讲，祖先和洪水做斗争的智慧。"

　　众人鼓掌，李华良接上话头说："人们望子成龙常说的一句话，啥时候你能鲤鱼跳龙门。这个典故就是来自大禹治水。大禹治水讲究的是智慧，很有科学态度。举个例子，大禹要将黄河水从甘肃的积石山引出，水被疏导到梁山时，那里有一座龙门山挡住了去路。大禹察看了地形，让水流过去就得凿山开道。龙门山很大，就是用愚公移山的精神去干，何年何月才能把山凿开？治水刻不容缓，大禹动了脑筋，选择了一个最省工省力的地方，凿开了一个八十步宽的口子，就将水引过龙门山。

　　因为龙门山很高，顺流而下容易，逆水而上难上加难，黄河鲤鱼逆水来到这里，就游不过去了。许多鱼拼命地往上跳，只有极少数的鱼，能够跳跃过去，传说只要能跳过龙门，鱼就立即变成了一条龙在空中飞舞，或是进入大海。这就是后人所说的鲤鱼跳龙门。"

　　他扫视了在场的军民，接着道："大禹治水过程中发明了原始的测量工具'准绳'、'规矩'。到现在农村丈量土地还用准绳。我们现在用的米尺和卷尺就是准绳的改进。在原始社会，发明了'准绳'和'规矩'，显示出大禹的卓越智慧。大禹治水，什么地方开渠，什么地方筑坝，他都实地勘测，根据实际情况，进行规划设计，谋划好了再干。他吸取了父亲治水不得法的教训，想出来疏导治水的方法。就是开凿水道，让水顺利地东流入海，需要堵的地方再筑坝，疏导和拦堵相结合，把水驯服了。疏导和筑坝充分体现了大禹的才智和科学态度。"

马明插话："上级决定将洪水分到山前村，是经过多方分析科学测算才决定的。我们在这场硬仗中，可能遇到各种突发情况，要学大禹，我们要用智慧战胜洪水。情况紧急，请李团长回去，也给指战员们讲讲大禹治水的聪明才智。"

李团长看看马明和李华良，说水利部的专家讲更有说服力，时间还来得及，我这就通知集合，请李总到团部给参加抗洪抢险的指战员讲讲。李团长说完，李华良点点头，拨通了团部的电话，发出了集合等待的命令。

洪水吞噬你在的村庄，淹没住宅，亲眼看见你会是什么感受？山前村的群众，尽管做了充分动员，有了思想准备，还是经历了一场撕心裂肺、惊心动魄的震撼。

暴雨第三日的午后，大雨下着，英金水库大坝、连心桥、李向春坟墓四周新筑起的防洪堤坝，站满了人，分洪以后，库中水位减缓了上升。分流的洪峰咆哮着，卷着数米高的浪头，打眼望去白浪滔天铺天盖地涌来，站在坝上、桥上的人们看到山前村迎着水头的土屋被浪涛吞没，接着一片一片的瓦房隐没水中，厂房不堪一击倒下了，李志勤眼看着前进饭店的牌匾被巨浪抛起，在空中翻了个跟斗，钻进水中，他掩面痛哭。范家大院鹤立鸡群站在那儿，好像在说我能挺住。

突然有人喊：范家大院的房上有两个人和一条狗。

李志林朝房上望去，大雨中大院的房上果然有两个人和一条狗。便问是谁。

总指挥马明铁青着脸，叫过来赵斌责问："怎么搞的？你是负责撤离的，怎么还有人留在村里？"

赵斌目瞪口呆，急忙说道："我亲自带人检查的，喘气的都带走了，连一只鸡也没有留下，这两个人和那条狗难道是从地底下钻出来的？"

有人喊："那不是范良父子吗！"

话音刚落，站在山坡上的人们眼看范家大院高大的瓦房，经不住洪水的冲击，浪涛的击打，埋下头无可奈何地向山村人告别，人和狗淹没水中。不一会儿狗露出水面，人再也看不到了，咆哮的洪水滚滚东去，子弟兵放下救生艇要去搭救，到哪儿去救？人们只有望水兴叹了。

狗是有灵性的，在浪涛中，游到有人群的岸边，人们看到它嘴里叼着一个小布袋，狗爬上了岸用力往上拖布袋，李志林上前抓住布袋它才松开口。李志林拿过布袋打开一看，布袋里面装的是两瓶茅台酒。

人群里有人说："在帐篷里，我断断续续听到范良父子说什么茅台……范进……送礼……回村，后来就不知道他们的去向了。"

两瓶茅台，两条人命，酒值钱还是人命要紧！人们面对洪水扪心自问。

桥上的山村群众，看见洪水吞掉一所所房屋时，心里被重锤不断击打，可范家大院被吞噬时人们没有叹息。

李志林感叹：原来打算利用大院和连心桥对比，进行传统教育，看来老天不容范家大院站在那里丢人现眼了。

片刻的工夫，山前村变成一片汪洋，人们揪心。然而，洪峰并无怜悯之心，又咆哮着向连心桥扑来，人们还没有从村庄被吞没在汪洋的震撼沉痛缓过神来，连心桥、英雄的坟墓被洪水团团围住，由于英金河的泄洪作用，洪峰升高到一定水位，流入英金河滚滚而去，连心桥没有被洪水吞没。

马明率领抗洪人员，站在向春坟墓周围筑起的数米高的堤坝上，死死盯着有没有暗流向坟墓里涌进，水位接近坝顶十厘米时不再升高，马明慨叹，专家的测算是准确的，不用担心漫堤了。

站在马明身边察看水位的李华良说："如果本地区不再降暴雨，水位平稳一段以后会逐渐下降，最后退去。多亏省里领导果断决定分洪，依现在的水量计算，不分洪水库一定会漫坝，大坝垮塌，那损失可就比这大上几十倍，上百倍，说不定有多少人员伤亡。"他又语气深沉地说："就看今明的天气形势了。"

"现在只有我们面前，被淹没的土地是重灾区，灾后重建容易多了。"马明如释重负地对李华良说。

曾跪在向春坟墓前的五老，又来到护墓堤上，任你谁来劝说就是要坚守。他们说："我们都是快入土为安的人了，决心陪着向春看这洪水有多大能耐。他就是因为英金河水经常发脾气才长睡在这里的。洪水真的漫过来，就让我们和这孩子一起去吧！他也有做伴的了。"

李志林来了，他要和马明共同守卫、保护好儿子的坟墓。

王晓燕扛着摄像机守在堤上，坟墓堤坝上抗洪抢险的部队指挥员对她说："这里十分危险，请王记者离开。"

"当年石桥落成剪彩时，在英雄墓前落过泪，今天我要为英雄守墓。"王晓燕态度坚定，哪肯离去。

为保光明乡不被水淹，紧急加固了河堤，应对上游分流到来的洪峰。山前村被淹没后，洪峰和水库下泄的洪水交汇在一起，陡然河水猛涨，光明村前任党支部书记赵普也来到堤上查看水情，望着对岸看见了乔本山，喊道："老乔，乔本山，我们好久不见了，因为发大水又碰面啦。我们和英金河水有缘啊！"

"是啊！老伙计，英金河水脾气大，为了对付它的脾气，当年我们拉着手建桥，桥建起来了，它的脾气小了。"

"是啊，为了桥，山前村出了父子英雄。每年清明节，我都带领儿孙为向春扫墓，感谢他为修连心桥做出的贡献。今天英金河水又发脾气了，我知道你们拼命保护英雄的坟墓，大水相隔不能去保坟墓护堤坝了。祝愿向春地下有灵安息吧。"

"老伙计，英金河水发脾气，我恨不得一口把河水喝光了。"

"你真有海量。我家给你准备的那壶老白干等着你来喝呢！"

乔本山说："现在顾不上，等我喝干英金河水，再去喝你的老白干吧。"

"我们这里也面临决堤危险，决了堤一样无家可归，我们拉着手去流浪吧！"

"说严重了，共产党是不会让我们流浪的，政府会帮助我们重建家园，那时盖起的房子比现在要漂亮得多。"

"你说这个我信，我不去流浪了，我们还得一起喝老白干呢！"

一声炸雷，打断了两位老人的对话。雷声过后，又下起暴雨，人们在暴雨中，神色严峻，心往下沉。英金河大坝、护河堤坝、护墓堤坝，已是不堪重负岌岌可危，老天爷偏偏不长眼，一个时辰的暴雨过后，人们看到水位猛涨。

此时，马明在现场代表抗洪救灾指挥部，发出命令执行第二方案，要光明乡一侧抗洪军民撤离堤坝。抗洪人员刚刚撤离完毕，决堤发生了。

正当马明和李志林动员五位老人离开坟墓时，传来抗洪救灾指挥部的通告，在未来二十四小时内本地区连降暴雨，抗洪抢险形势更为严峻。指挥部命令坟墓周围堤坝上的抗洪抢险人员轮换休息，保证有足够的体力应对突如其来的险情。没有安排抢险的人员必须撤离。这下可难坏了马明和李志林，怎么能把五老劝下堤坝。

马明向五老传达了指挥部命令，五老无动于衷。李志林见情势紧急再次给五老跪下恳求他们撤离，马明请抢险部队的指挥员劝解，这才把五老搀走。马明命令李志林离开。

连续大雨的第四日凌晨，马明从堤坝上回到指挥部，和一位工作人员还没说上两句话，坐在椅子上睡着了。抗洪抢险最紧急的关头，省长赵炎没有离开第一线，坐镇指挥部。他看到马明坐在那里睡着了走过来，工作人员欲叫醒马明，赵炎摆摆手轻声地道："他太累了，让他睡一会儿吧。"说着脱下外衣，盖在马明的身上。

第四十五章 惊心动魄

这时抗洪救灾指挥部里几部电话铃响了，工作人员抓起电话，传来急促的声音，因持续大雨分洪到山前村的水位上涨，坟墓围堤出现漏水险情，水库水位缓缓上升，有漫坝危险，需要增加人力，调配应急物资抢险。赵炎权衡了现场情况，指示陪同的宋濂，立即下达了几个指令，顿时指挥部嘈杂起来，电话铃声，下达命令的喊声，人们跑动的脚步声，混杂在一起。嘈杂声没有把马明吵醒，宋濂不得不把马明推醒。马明睁开眼，看到指挥部里的景象，立即打起精神。

赵炎对马明说："坟墓堤坝出现漏水，水库有漫坝险情，你不能休息了，立即上堤，一定要守好坟墓护堤，不要出闪失。我们守护的不仅是一座英雄坟墓，我们守的是老百姓的心。五位老人龙脉灵气的观念，正如本山老人讲的，是他们的信仰，也是群众的信仰。不尊重群众的信仰，就会失去民心。得民心者得天下，得民心比保住财产更重要。宁可损失财产不可丢掉民心。我先到水库查看，然后再赶到你那里。"

马明当然明白，省长指示的分量，打起精神道："省长请放心，只要马明有一口气在，就不让它决堤。"说完起身急步奔向坟墓。

马明来到坟墓护堤上，护堤官兵正在和险情搏斗，他们用铁丝网拢住石头，投入堤坝的漏水处外围，用沙袋加厚护堤。部分战士干部泡在水中叠起人墙，减轻洪水的冲击。一部分人摞沙袋，另一部分抢险人员在加高堤坝。部队指挥员指挥战士奋力运送石头和沙袋。

马明来到护堤上，审视了现场，和部队指挥员磋商了一阵，便跳入水中。在部队的指战员中发现了李志林父子，他焦躁了，大声喊道："李志林父子给我上去，这是命令。"李志林父子哪肯，马明欲拉李志林父子离开。这时赵晓娟、姜玉玲婆媳赶来，婆媳看到丈夫泡在水里，都要跳进去，被官兵拉住。

五位老人也相继赶来，也要入水和李志林父子站在一起。马明在水中指挥抢险，岸上的情况令他着急，自己能分成两半有多好。此时省长赵炎视察完水库大坝赶到这里，看到混乱危机的情况很恼火，喊道：

"马明怎么搞的，是谁让老人、妇女到这里的？"马明是一百个不情愿让他们出现在这里，可是他们来了，他无法回答省长的责问。

乔本山说话了："是我们自愿来的，谁也阻止不了。"

气得赵炎想发火，但又觉得不知发到谁身上。只好爱心劝说五位老人和李家婆媳离开。省长的到来，这几人不再吵嚷下水了。

僵持了一阵，赵炎命令官兵把几个人强行劝走。漏水处外围加了几层沙袋，漏水明显减少，险情得到缓解。水中的抢险官兵陆续上岸，马明和李志林父子拉着手从水中走出来，所有的人都松了一口气。

王晓燕是跟在省长后面来的,赵炎申斥马明她就在身边,马明登上坟墓护堤,王晓燕跟在后面,马明吼道:"这里够麻烦的了,不要给我添乱。"
　　"我不是添乱,护堤我没有多大力气,我是用摄像机做现场记录。"
　　马明没有理睬她的表白,甩出一句话,"你自己看着办吧!"
　　现场发生的一切,都进入了王晓燕的镜头。洪水过后,她在抗洪现场录制的纪录片,被多家电视台播放,抗洪抢险采访组里,她的表现最为优秀,指挥部为她记了二等功。抗洪结束,她成了丹阳县电视台的副台长、台柱子。

第四十六章
祸兮！福兮！

祸兮福所倚，福兮祸所伏。祸兮？福兮？一场特大洪灾的降临，丹阳县受灾地区的干部和群众发出是祸，是福的叹息。

中央气象台的天气预报还是准的，第四天头上，老天爷累了想歇一歇，不再倾盆子倒水，太阳公公羞答答的，在云端里露出了脸。

李志林在帐篷里刚接完一个电话，赵普和乔本山来了，他笑呵呵地说："两位老书记驾到，帐篷里没有酒，吃小米饭，啃咸菜疙瘩，没东西招待，不好意思。"

赵普说："我可不是来做客，有事相求。说起来是村里的大事，光明村新任党支部书记是个年轻人，他不好意思来求你。我是人老脸皮子厚就来了。"

"赵叔，别说得那么客气，当年建连心桥光明村没少出力，帮了我们大忙，光明村有事只要我能帮上的，一定尽力，您说吧，什么事？"

"这场洪水，山前村没了，淹了山前村是政府的决定，肯定政府出钱，盖成青堂瓦舍的，真的应了毛主席说的话，坏事变好事。光明村也被水淹，泡塌了部分房屋，不像山前村成了平地，灾后重建面貌也不会有多大改变。我们想搭你们的车，把光明村也建得漂亮一些，村民都有这个愿望，我就来求你。你现在是有名气的人，在上头说话占地盘，跟上面说说，多扶助点救灾款，村民的土房都改成瓦房。"

伸手向上要钱，李志林从未干过，这样的请求李志林为难了，拒绝老书记的要求，话说不出口，和上级领导说要钱难张口，他犹豫。

乔本山看出来他为难的心思，说道："志林啊！是不是不好意思和上头说啊？这不是为个人的事，也不是为山前村说话，为受灾的老邻居说说情，又不是上不了桌面上的事，就不要难为情了。要不，我和老赵头跟你一起去见市里的领导，你引荐我们。"

李志林觉得乔本山说得在理，想了想对两位老人说："这件事，对光明村是大事，在县里市里也是大事，我们努力争取上级多拨一些救灾款，土房变瓦房，实现村民的梦想。"李志林把话头一转，"我们还可以眼睛看得远一些，把光明村迁到山前村的对岸，山前村和光明村隔岸相望。营子大了，人口多了就是城镇。我们叫它光明镇，前途无限光明。"

两位古稀老人听了李志林的展望，乐开了额头上的皱纹，乔本山说："还是你小子脑子活，想出来的主意就是妙。我们不向上级要钱了，我们代表村民去提这个建议。"

"对，对，对。"赵普一连说了三个对。"光明村迁移建光明镇，哎呀，老伙计我们老了，想不出这样的点子，你比我高明，选了个好接班人。"

"哎呀，老赵哥不是我高明，是山前村龙脉好有灵气，出了能人。"

"上级要是批准了，光明村的那个地方我去重建食品厂，那里的村民可以进厂当工人，山前村和光明村村民一起奔小康。光明镇富起来，还可以带动周围的村子致富。"

"志林呀，以前我们见面少，不知道你脑子里都想一些什么，这次见识了。你的心胸那么大，眼里看的事那么多，我回去要做光明村的工作，让村民跟着李志林干，光明镇建成选你做镇党委书记，率领群众奔小康。"

"我说赵叔，李志林不是当大官的料，当个附加值老板还能合格，当个村支部书记还凑合，我们一起到市里提建议建设光明镇，别提什么党委书记。"

水天一色，白茫茫的一片汪洋退去，山前村变成了沼泽。村民扶老携幼，从山庄，从帐篷里走出来向沼泽聚拢，站在一片高地上，看到被洪水毁掉的家园感叹。李志林、乔本山和赵普也来到这片高地上。

山前村在三年多的时间里，经历了两场灾难，一场是人祸，一场是天灾。范进卷款潜逃，搞垮了肉食加工厂，击碎了村民脱贫奔小康的梦，村民感到是从天堂跌进了地狱。在那一段日子里，人们是无精打采，三三两两聚在一起发牢骚，叹息今后的日子怎么过！李志林在灾难中挺身而出，承担了百余万元的债务，贷款救活了加工厂，人们才从沉重的打击中振作起来。经过三年多的拼搏，李志林的私营企业兴旺了，激励了村民重新燃起走向富裕的希望。正当山前村人铆足了劲，迈开步子奔小康的时候，一场百年不遇的洪水降临到头上，村庄被洪水夷为平地，工厂毁灭在波涛中，村民的坛坛罐罐被洪水吞没。大水也吞掉了村民发家致富的希望。尤其是老人，有生以来从没有经历过如此灾难，在沉重的打击中精神几乎崩溃。他们不相信自救能够重建家园，准备逃荒。他们也不相信政府会拿出一大把钱来帮助群众填饱肚子，住上新房。

乔本山来到老寿星张嘉礼跟前，老寿星颤颤巍巍手扶拐杖站在那里，眸子里闪烁着哀叹的目光，老人觑了一眼乔本山，慢慢抬起右手，指了指那一片沼泽，苦涩地求告："本山呐，村子没有了，我那口祖传的咸菜缸埋在泥巴里，心疼啊！那是我爷爷那辈子传下来的，儿孙们都是吃那口缸淹的咸菜长大的，我想把它挖出来，你知道的事多，你说行不？"

老寿星问计，乔本山想了一下，就说："老张哥，你那口缸是泥捏的火烧出来的不怕水，它怕硬家伙砸，房倒屋塌的时候，它囫囵不了啦，还是让它睡在那里的好。乡亲们的坛坛罐罐都埋在泥里了，千八百年以后，成了文物，让后代子孙们去挖吧。"

张嘉礼无奈地点点头，"那就听你的"。

乔本山又说："省长下令不迁走英雄的坟墓，我们的龙脉保住了，这比什么都强，保住龙脉就有灵气，有了灵气山前村会更兴旺发达的。"

这时姜婶也凑了过来，她认识赵普，过来打了招呼。她没有老寿星张嘉礼那种凄苦的神情，也许她一向乐观的心态，脸上总是挂着笑容，"哎哟！老少三位书记，还有老寿星，你们凑在一起，说得那么热闹，在说什么呀！一准是盘算灾后的事儿吧？"

张嘉礼看了一眼姜婶，"侄媳妇，我在叹息天灾，我心疼家里的那口咸菜缸，埋在黄土泥里了，多可惜。"

姜婶扑哧一笑，"张叔，还惦记你那口咸菜缸呀！村庄没有了，厂房没有了，风光的范家大院也没有了，咸菜缸算不了什么，等盖起了新房子我给您老送一口新的。"

"话是这么说，我那口咸菜缸是祖传的，在我手里毁掉，到九泉之下我怎么向老祖宗交代啊！"

"你老人家不是败家子，老祖宗要怪，就怪老天爷吧。"

姜婶提到范家大院，引起乔本山的话头，"范进这个浑蛋，还在逍遥法外，他要是看到大院被毁，他会心痛得跳河。他败坏了村办企业，要不是志林拯救了加工厂，山前村哪能过上今天的好日子。"

此时，一部分村民围拢过来，乔本山转过身，看着面前的村民，挥动右臂比比画画地说开了："山前村的老少爷们，你们看泥塘干了，这块平地有多好，是老天爷帮我们把坑坑洼洼整平了，靠我们的两只手一把铁锹，孙子辈也是整不成的。土房子没了，平地上盖新房，不要土的了，要盖砖瓦房，盖大楼，到时候山前村一片青堂瓦舍，灯火通明，该有多美呀！"

一位村民说："本山，你是做梦吧！土房我们都盖不起，上哪儿弄钱盖瓦房？"

"我说老弟，你别忘了志林书记说的那个什么加值？"

"噢！附加值？看我这破记性。我们要自己救自己，在附加值上打主意。"

　　李志林看着村民说："我们这次抗洪做了贡献，政府会帮我们建一个新的山前村。扪心想想，我们一不等，二不靠，三不向上伸手要，挥起我们两个拳头重建家园。要建一个大大的山前村，营子小了放不下几家工厂，招不下那么多人，逼着我们把营子建大，是不是这么个理啊！"

　　村民激动起来，"范进毁掉了厂子你救活了，这回老天爷把村子毁掉了，把庄稼冲走了，有你附加值书记领头，我们什么困难都不在乎了"。

　　姜婶插话："范进这个兔崽子糟蹋了我们的日子，可他老婆养了个好闺女。这孩子有出息，为范家洗刷耻辱，做了不少好事，我们重建家园，这闺女肯定出大力的。"一位村民插话说："范进这个狗东西不做好事，他老婆积德了，女儿有出息，儿子也成器。可好吃懒做的张寡妇，采集山货她懒得干，拉上人在家里玩纸牌，受她影响，两个孩子没有一个有长进的，成了村里的困难户。"

　　村民们七嘴八舌在议论……

　　有人问："李书记，听说我们这里发现了金矿，是真的吗？我们的山里有金子，村民可不可以进山挖金子？"

　　"进山挖金子？"李志林神色严肃起来，发现金矿的消息传出来以后，三弟李志信就吵着要去挖金子，为此在家里争吵了一顿。矿产是国家的，怎么可以随便去挖呢！这位村民又提出来，的确是个严肃问题。他想起姜婶和村民反映志信在木器厂做假账，一场洪水冲走了假账，也掩盖了他的违法行径，他要是带头到山里淘金，问题可就严重了。因此他神色庄重地说道："不错，地质专家在抗洪期间，为了保障水库的安全，查看咱们这里地貌发现靠近山前村的几座山头蕴藏着几种矿藏。初步判定这里的铁矿、金银、珍珠岩具有开采价值。要开矿需要经过政府审批，不允许个人私采乱挖，你们千万不要打这个歪主意。"

　　乔本山说："一场洪水是天灾，是坏事。老赵哥说坏事可以变成好事，我们这里就是坏事变成好事了。没有这场洪水，地质专家不会跑到这里来查看地形地貌，也就发现不了金矿、铁矿什么的。包头有个白云鄂博铁矿，成了钢铁基地，出现了白云矿区。大庆的荒原里发现油田，那里就发达起来，建成了大庆市。我们这里说不定也会出现一座城市。不管谁来开矿，都要用人，都要吃鸡鸭鱼肉，吃蔬菜，吃粮食，这是我们的机遇。"

　　李志林乐了，"本山叔，您人老了，脑袋没有生锈，很有想象力，想象我们这里出现一座城市。听说省市两级政府正在规划这里的建设，很可能被你说中了，在这里建设一座美丽的城市。您看到了机遇，这个机遇千载难逢，我们的老祖宗在这里生活了几千年了，到了我们这一代，才有了这个机遇，我们一定好好抓紧机遇，不能让它跑了，让它飞了，那就太可惜了"。

李志林转了话锋，"机遇我们要抓紧，可我们眼下的难题是没自己的房子住，党支部研究了，安排老人、孩子和体弱多病的人住进山庄，剩下来的住帐篷，凑合一段时间。我们等待上级政府搞出重建家园的规划，就抓紧盖房子，让人人都有自己漂亮的新家"。

第四十七章
向往

　　李志林听说马明来了,正在山前村的废墟上勘察。他派人通知了光明村的赵普,在帐篷里将乔本山和村干部召集到一起。赵普接到通知急忙赶来,一行人来到夷为平地的山前村原址。在这块被洪水造就的平整的土地上,看到了市委副书记马明等人正在那里比比画画,他们走到马明面前,马明和他们一一握完手,笑着道:

　　"两个村的元老书记来了,老乔七十三了吧?老赵比老乔小两岁是吧?都是古稀之人了,附加值书记年富力强,你们是这里的重量级人物,都好啊!"

　　乔本山笑呵呵地说:"马书记辛苦了,谢谢问候。您大老远地来了,也不到帐篷里歇歇脚,就站在这片废墟上瞭望了。"

　　马明看看帐篷说:"你们住的帐篷也不过就是挡挡风避避雨,恐怕歇脚也得站着,你看这里远眺有多辽阔,看了让人心旷神怡!"

　　赵普笑笑说:"马书记心里好敞亮,看着原来村落和冒烟的工厂,被埋在了黄土泥的下面,我们是只有感叹。"

　　马明笑了,"哎呀,赵老,话不能这么说,俗语说得好不破不立,旧的不去新的不来,老掉牙的坛坛罐罐,要淘汰的破铜烂铁没有了,我们要新的,要好的,要更漂亮的"

　　赵普接上茬,"话虽然是这么说,可这新的,好的,更漂亮的,风刮不来。那是要花大把钱的,两手空空我们正为此事犯难呢!"

　　乔本山插上话:"马书记,我和老赵思谋重建,心里头有了想法,想拉上李志林到城里拜见你们当大官的,灾区重建为民请愿,你来了,我们省得花路费进城,就地请愿。"

　　马明飒然一笑,"哦!古稀之人宝刀不老嘛!重建灾区为民请愿!但不知你们有什么愿望?重建灾区市里讨论得很热烈,分歧很大,提出了几个方案,需要听取当地群众的意见,有什么想法?你们谁谈啊?"

　　赵普有点不好意思地说:"我们请求在英金河畔建设光明镇,小营子建成大营子。"

赵普说完请愿的想法，把眼看着李志林，李志林回眸了一眼赵普，笑道："马书记，你知道，山前村和光明村就像嘴唇和牙齿紧挨着，在洪水中光明村的房屋倒塌了不少，我们有个愿望，把光明村迁到山前村的对岸，山前村和光明村隔岸相望，建一个大营子，营子大了，便于发展农村经济，人口多了就是城镇我们叫它光明镇，前途无限光明。"

马明乐了，"你们提出并村建镇，具备条件吗？建设资金哪里来？搭个架子是容易，怎么才能让城镇繁荣起来？城镇怎么才能持续发展？这都是大问题啊！"

李志林乐呵呵地说道："利用政府重建灾区的拨款，再自筹一部分资金，城镇就可以建起来了。我们两个村都有集体企业，还有一家上了规模的私营星火公司，一家低压电器厂，加上一处英金山庄，一家饭店，英金水库和原始山林是旅游资源，这是建城镇的经济基础。城镇的发展靠企业的兴旺，我们有信心让这里的企业兴旺发达起来。再说了，我们这里发现了矿产，国家在这里开矿，我们可以借力，后劲十足呢。"

"好啊！设想得有根有据，话说得很实在。不过……"马明卖了一个关子，把话打住。

马明的"不过"好像否定建镇的提议，三个人都有点发急。尤其是赵普，他冥思苦想要搭灾区重建这班车，把光明村建设得漂漂亮亮，打下今后发展的基础，死也就瞑目了。马明的"不过"让他心跳，马明这一关通不过，建镇的向往就泡汤了，光明村还得在老窝挪动。

人要是发急了，说起话来口无遮拦，可就冒失了，"老马啊！你可是从这里走出去的干部，难道就不让这里吃点偏饭！老乔哥想得更大胆，包头有个白云鄂博铁矿，出现了白云矿城区。大庆的荒原里发现油田，那里就建成了大庆市。我们这里发现了铁矿、金矿还有什么珍珠岩，说不定也会出现一座像鞍山那样的大城市。建个镇不过是小打小闹，发展成大城市是我们的梦想，你给个痛快话"。

乔本山听了马明的"不过"，心里直打鼓，赵普把他发感慨的话抖搂出来，他有点不好意思地摆摆手，"哎呀！我那可是听了志林建镇的设想，联想发现矿产说出来出现鞍山那样一座城市的话，那是没有根没有叶地瞎说，不算数的。现在不是讲可行性嘛，我们这里出现一座鞍钢那样的城市是胡乱说，建镇还是可行的。马书记，你可要灶王老爷上西天，为建镇多言好事啊！"

马明听罢哈哈大笑，"看来你们误会了我的'不过'，我的这个不过是要说重建灾区，不容许像小脚女人慢慢腾腾走路，也不能井底蛙，坐井观天。你们建镇的设想胆子是不是小了一点，乔老说出现一座像鞍山那样的城市并非是梦想，不久将来就可能出现。建镇是第一步，第二步在这里建设一座中等规模的现代化城市，我就是带着这个方案来征求你们意见的。你们这里是块风水宝地，建设要展望远景。"

听马明这么说，三个人都松了一口气。

乔本山说话了："马书记说对了，我们这里有龙脉，当然是风水宝地。"

"哎呀！乔老，别贩卖你那龙脉灵气了，为了龙脉灵气，赵省长让你们五老将了一军。不过省长倒是很欣赏五老的倔强劲儿，他说搞建设就要有这股子气这股子劲。"

乔本山开心地笑了，"要不将那一军，英雄墓迁走，说不定龙脉灵气就被破了，这一军将得有功呢"。

李志林道："老乔叔，可别说你那功了，那是给领导出难题，领导体察民情，顺了你们的意。还把我三叔搬出来，要扇我的耳光，你可够狠的！"

乔本山呵呵笑道："不狠点，你小子能下跪听话嘛！"

听着二人斗嘴，马明转了话题，"现在社会上有人议论，灾区重建当头的会不会搞'形象工程'？我向你们保证，马明为官要干为民造福的政绩，绝不搞为自己树碑立传的形象工程。真那么搞了，乔老代表山前村的群众，赵老代表光明村的群众，去扇马明的耳光。志林老板不要去了，忙你的附加值吧。"

赵普心里有件事不落实，便试探着问："马书记，灾区重建要给补偿，我们这里不能不多补一点，把新房建设得更漂亮。"

马明理解赵普的心情，略一思忖，微笑道："《防洪法》有规定，分洪区一旦使用，直接受益的地区和单位应当承担国家规定的补偿、救助义务。法律虽然做出了规定，但操作起来很有难度。受益地区的圈圈画到哪里、补偿的范围如何圈定，补偿的标准如何定，方法与标准等均有待研究。比如说，今年吉林西北部受淹，是由于黑龙江和内蒙古堤防溃决造成的。要避免这种损失，法律上该作何种规定？黑龙江和内蒙古要不要承担补偿责任？"

赵普担心了，"哎呀！照马书记这么说，我们这里的补偿是没有指望了"。

马明看看李志林等人，说道："我们这里是重灾区，向这里分洪是省委决定，这里的损失不能让受灾的群众承受，那样做就成了国民党政权了。省委已经决定，省市县三级政府，要尽最大努力，挖掘财政潜力，予以补偿。"

"省市县三级政府，要尽最大努力，挖掘财政潜力，予以补偿。"马明的这句话让赵普开心了。因为他相信马明的话是硬碰硬的，马明从来不放空炮，不说假话。

姜婶和范晓琳来到马明面前，这里的群众对马明有亲近感，她们是想和当地走出去的父母官说说心里话，姜婶笑着说："马书记你来了，没有房子住，到家里喝杯水都不成了。"

马明打量了老人精神爽朗，遭遇洪灾的打击，还是那样乐观，"姜婶，暂时没有房子住是天灾造成的，是坏事。我们要把坏事变成好事，等到受灾群众的住宅建设起来，我第一个到你家祝贺乔迁之喜，不光喝茶，还要喝酒呢！"

姜婶笑开了抬头纹，"说定了，那时你一定要来，要是不来，我们要生气呢"。

"一定，一定。您老是咱们山前村带头脱贫奔小康的女中魁元，应该给你戴红花，我要来喝乔迁之喜的酒，也要为您老庆功。"

"看你马书记说的，我不过就是想通过双手过上好日子，成了养猪大户。要是没有志林书记带头致富，我老婆子一家还得过叮当响的穷日子。好日子过上了，洪水跑来把家毁掉了。听说市里要在这里建大营子，那可是大好事，还听说是你提出来建大营子的，不少人反对。马书记你可是我们的贴心人啊！懂得老百姓的心思。要是建设大营子，我老婆子不养猪了，换上大个头养奶牛，让城镇里的居民喝牛奶。"

"那你可就成了老太君了，喝上您老的牛奶，可要为您评功摆好。"

范晓琳走过来，恭恭敬敬地向马明三鞠躬，凄楚地说道："罪犯的女儿代父向马书记赔罪，他辜负了您的栽培和期望。"

"哦！范晓琳，范进的女儿，我听说了您的壮举，大学毕业的高才生，不留恋大城市，甘愿回到家乡农村，为罪犯的父亲赎罪，为范家洗刷耻辱，你可是刚烈的女孩，有志气有才气，了不起呀。这个世道上多一些你这样的孝顺子女，我们的社会更和谐。"

有了市委书记的口头嘉奖，范晓琳心里热乎乎，脸红红的，喏嚅地说道："谢谢马书记理解，重建家园我一定好好表现，献上我一份绵薄之力。"

"好啊！把你那个低压电器厂办好了，办大了就是对重建家园的巨大贡献。"

"这么说马书记很了解我的情况，您可是日理万机呀！我办理低压电器厂，马书记也清楚。"

"你是典型人物，是我工作过的地方成长起来的，为家乡建设做了不少贡献，我要是不知道你的情况，就官僚了。"

"谢谢马书记的关怀。"范晓琳说罢又是深深一躬。

马明瞧着范晓琳问："在这里撤乡并村建镇，为未来发展成中等城市奠定基础，对可行性，你这位才女是怎么看的？"

马明征求意见，范晓琳心情激动，报之一笑，说道："听到传闻了，这个设想是马书记提出来的，从马书记口里说出，传闻得到证实，我心潮起伏。"她思忖了一会儿，仰起头说道："撤乡并村建镇，为未来发展成中等城市奠定基础，要说可行性，我们这里有矿产、旅游资源优势，有附加值老板的创业精神，这是两大条件保障，不是世外桃源的幻想。更重要的是有党和政府高瞻远瞩的决策和大力推动，资源优势和创业精神就能极大地发挥创造力，加上市场机制，建设城镇尽管可能遇到各式各样的问题和极大的困难，困难再大，有党和政府的正确决策，发挥群众的创造力，天大的困难也能克服。"

马明竖起大拇指，一连说："好！好！好！有见地，不愧是有抱负的才女。"

乔本山和赵普一起感叹起来，"哎呀，鼓舞人心，没有想到我们两把老骨头，还能看到那么好的前景。马书记，我们的愿望达到了，很不好意思，请你坐到我们的炕头上喝老白干，现在都办不成"。

"老白干留着以后喝，现在抓紧灾区的规划建设。"

李志林看着姜婶说："马书记，我们还有一块心事，姜婶的儿媳妇失踪20多年了，活不见人死不见尸，成了姜婶一家的一大心病。老书记交代给我帮着查找，至今渺无音讯，是压在我心里的一块石头。这件事拜托马书记帮忙寻找。"

马明以手抚额，"噢！想起来了，就是20多年前出走的钱桂花吧！记得，记得。姜婶的儿媳，我回到市里对这件事一定做出安排"。

第四十八章
抹不去的苦涩

钱桂花，一名普通农村妇女的失踪，让人感到怪异，多年来牵动着许多人的神经，失踪的当年曾经引起周围十里八乡的震惊。为何引起震惊，这是因为钱桂花的失踪事先毫无征兆，过后没有留下任何蛛丝马迹。好奇心人人有之，人们议论纷纷。不过，像很多引起震惊的事物一样，震惊过后慢慢就被人们淡忘了，不再是人们议论的话题。钱桂花失踪20多年过去了，唯有姜家和亲友、部分村干部没有淡忘。说来奇怪，近几年钱桂花的失踪又从人们的记忆里挖掘出来，摆在桌面上，成了热门话题，引起众多人的关注，姜家的人更为揪心。或许你要问，这是为什么？我告诉你，这是因为山前村处在急速变化之中。如果仍停滞在贫困的境况，人们吃了上顿没有下顿，只顾劳累奔波养家糊口，谁还有心思回忆过去。山前村处在巨变之中，尤其是遭遇洪灾，灾后重建人们展望未来，一片喜气洋洋，不免会有更多的向往和回忆，富裕起来的人们的向往和回忆就更多。

姜婶来到李志林一家住的帐篷，孙女姜玉玲见奶奶来了，搬来一把椅子扶她坐下，李志林拿过一个小板凳坐在了她的身边，姜婶叹了一口气，"唉！马书记谈我们这里的今后建设，上头为老百姓想的是那么美好，我们有好日子了，可是！可是！玉玲的母亲不知道在哪里，真是个苦命的人儿，她嫁到姜家是个勤劳温顺的好媳妇，做媳妇六年多，没有和公婆拌过嘴。任劳任怨没有过上好日子，如今日子好了，不知秀玲的母亲是生是死，让人放心不下。"说着落下泪来。

听着奶奶的诉说，秀玲依偎在老人的身上，脸上挂出两行热泪泣不成声，悲悲切切地道："妈妈失踪那年我五岁，是个什么也不懂的孩子，想妈妈就向爷爷奶奶和爸爸哭着喊着要。长大了才明白，妈妈的失踪对三位老人打击有多么大，不仅承受失去亲人打击，还要承受风言风语的压力。在我的幼小心灵的记忆里，妈妈十分疼爱我，我调皮妈妈哄我，从来不打我。我也是有丈夫做妈妈的人了，作为妻子、母亲，怎么可能忍心抛弃丈夫和孩子离家出走呢！妈妈的失踪一定是发生了什么意外。她要是活在人世上，说什么也要找到她亲人团聚。如果不在人世了，找到妈妈的尸骨，让她老人家回到老家入土为安。近来我的这个愿望更强烈了。"

赵晓娟瞟了一眼低头不语的丈夫，知道他这会儿心里不好受，一定是翻江倒海，他看着儿媳祖孙伤心的样子，不免辛酸起来，陪着落泪。姜家人要找到亲人的愿望，作为亲家何曾不是李家的愿望。她想安慰儿媳祖孙，话又不知该这么说。儿子李向东说话了，"爸！妈！奶奶！秀玲的母亲也是我的妈，一提起这件事我和秀玲一样伤心牵挂。但我不想哭，我只想找，近来我偶尔听到村里的老人说，当年张寡妇的丈夫看见我岳母采集山野菜，有一个陌生的男子在山上找过她，可惜老人被英金河的水夺去了生命，无从问起。我去问过张寡妇老人，老人年事高了，对当年的事没有什么记忆了。我岳母的失踪也许和那个人有关，否则当年就不会有拐骗的传言了。我们可以从这个线头上找，明天我和秀玲就进城去公安局，请求破案"。

寻找钱桂花，李志林接任党支部书记十几年来一直受到困扰。在报上刊登过寻人启事，石沉大海，派人寻找没有线索。他为此事费尽了心思。李志林抬起头，看着几个伤心的人，对儿子说："向东啊！你说得那个线头，当年也向公安机关提起过，公安局的人说了，这个人是什么模样，哪里人一无所知，就连说话的口音也不知道，算不上什么线索，公安局内部有分歧，此案也就不了了之，你不要去县城找公安局了，马书记已经答应帮着寻找，他肯定会和公安局谈的。"

为找钱桂花，李志林给王晓燕打电话询问查找钱桂花下落的事。王晓燕打趣说："你托的事我怎么会不挂在心上，只是年头长了，当年有没有留下什么线索，只好像你一样，天南海北地拜托朋友，尤其是新闻界的朋友帮忙，拜托也不过是撞大运。富有同情心的朋友，也在向外传播钱桂花失踪的故事。我会尽十二分的努力。"

马明在灾区考察结束以后回到市里，进了办公室立马安排了两件事。第一件让秘书通知公安局局长和广播局局长来见我。第二件下午听取建设光明镇规划汇报。

不一会儿，公安局局长、广播局局长先后敲门进来，待两名局长坐定后，秘书沏茶，马明面色郑重地对两位局长说："请你们二位来，有一件事安排你们去做。山前村20多年前有一名叫钱桂花的失踪了，钱桂花失踪牵动着全村百姓的心，乔本山和李志林两任党支部书记，都关心这件事下力气查找，至今是渺无音讯。你们可能不知道钱桂花是李志林儿媳的生母，是春江市劳动模范姜婶的儿媳。20多年来，姜家牵挂钱桂花，活要见人死要见尸。钱桂花的丈夫为了寻找妻子，差一点因车祸丧命。为了安慰灾区群众，安慰姜家，安慰牵挂钱桂花的亲人，我们有责任帮助寻找钱桂花。"

广播局局长说:"寻找钱桂花,李志林早已托付给王晓燕帮忙,晓燕向我汇报了这件事,我指示她负责查找,发动新闻界的朋友搜寻蛛丝马迹。"

公安局局长说:"钱桂花失踪的事,听丹阳县公安局局长讲过,当年姜家报过案。是离家出走,还是遭到拐骗,或者出现什么意外死亡,没有线索无法判断,也无从下手侦查,成了悬案。"

马明对公安局局长的解释不满意,眉毛一耸,斩钉截铁地道:"悬案不要再悬着了,悬案要破。钱桂花失踪,不要仅仅看成是普通的刑事案件,要视为政治任务去完成。当年我在光明乡当书记,知道这件事,丹阳县公安局对案件的性质是离家出走,还是被拐骗,或是意外死亡,看法不一,又不是大案,也就悬起来了,线索是可以找的嘛!不要因为有难度就放弃。"

"是!马书记,我们安排警力侦破。"公安局局长说。

"广播局也要加大信息搜集力度,扩大信息搜寻范围。"马明看着广播局长说。

"是!马书记,我们重新做出安排。"

马明看着二人,严肃地道:"请你们两个局配合起来,广播局发现了线索,你们寻踪探访,也要把信息提供给公安局,由他们侦查,一定要搞清楚钱桂花失踪的原因,还是那句话,活要见人,死要见尸。"

王晓燕开着一台213吉普,由助手刘雅丽陪着来到山前村,她们驶过连心桥,举目望去,眼前满目苍凉。昔日工厂的轰鸣,鹤立鸡群的范家大院,车来人往铺着油路的那条大街,装修一新的饭店,熙熙攘攘的人流,已成为记忆中的影子。鸡鸣狗叫,炊烟袅袅的村庄不复存在,变成了一大片淤积形成的平川。

李向东第一个看见那片空阔土地上沙尘滚滚,快步走进帐篷对李志林说:"爸,出去看看,不知道什么人开着车在那一片平地上撒野呢,扬起的沙尘遮蔽看不清什么车,更看不到人。"

帐篷搭在山坡上,李志林走出帐篷,在高处朝祖祖辈辈居住过的那片土地看去,仔细观瞧是一辆小车,带着一溜沙尘在那里狂奔。

李志林看见二位记者哈哈笑道:"我还在纳闷呢!没刮大风怎么起了沙尘暴,原来是二位女士在这里过车瘾制造的。二位不要在这里喝西北风吃沙尘了,有话到山庄里说。"李志林挥挥手喊道:"王经理,你的本家来了,开客房招待两位贵宾。"

"附加值书记不要忽悠了,我们算什么贵宾?"王晓燕笑。

"人家称呼你们什么'冤'之王,自古以来为'王者'都是贵人嘛!"

刘雅丽感到这位农村干部说话诙谐,很有魅力,对他产生了好感。嘻嘻一笑说:"李先生听说您有两个头衔:附加值老板,附加值书记,我不知道该这么称呼您？"

李志林哈哈一笑，"别听附加值那套嗑，不是附加什么，是头头脑脑们拿我开心强加的，还有你们这位王女士，嘴上没有把门的，一欢呼我就臭名远扬了。"

"哎呀，我闻到的是附加值老板香飘万里，听到的是对附加值书记交口称赞。"刘雅丽眨眨眼。

英金山庄最好的一间餐室门口，李志林等候赵普。乔本山就住在山庄，也在院里候望。李向东开着桑塔纳进了山庄停在餐室门前。李志林走过去打开车门，扶赵普从小车里出来和两位记者相见，寒暄过后，乔本山走过来拉着赵普的手走进餐室，他看见了赵晓娟说："侄媳妇，洪水闹得你瘦了。"

"赵叔还是那么硬朗，快请坐。"

人到齐围满了桌，酒菜上来服务小姐斟满了酒，李志林举杯说："今日贵宾临门，请两位前辈作陪，人们常说接风洗尘，温泉水已为两位客人洗了尘，我们共同干杯接风。"

王晓燕心里想，好你李志林，还没忘了兜风的沙尘拿我们开涮，看有机会怎么收拾你。

李志林说："这第二杯酒祝两位前辈健康长寿，共同干。"王晓燕有酒量一口喝干，刘雅丽酒量不大不敢多喝，李志林劝道："这二位是老功臣，村里人的主心骨，这杯酒得喝下。"刘雅丽看看顶头上司，勉强干了。

李志林又说："这第三杯喝谢酒，谢我们会吹喇叭的王记者，没有她们这一行吹喇叭不热闹，雅丽记者就不用陪了。"刘雅丽心里想，一些老板和女性喝酒，拿你开心往死里灌你，这位附加值老板体谅人。

"玉玲，给王记者敬酒，她为寻找你妈，没少费心思。"李志林吩咐。

姜玉玲端起酒杯走到王晓燕面前，叫声："王姨，真是要好好谢谢，虽然还没母亲的下落，是您让我看到希望，我敬您一杯。"

"你妈我们还没有寻到线索，有领导的关怀、督促，有众多人的关注，我想很快就会有说法的。"

王晓燕把话转入正题，她说："这次来是采访洪水过后灾区人怎样准备重建？李志林书记和两位老前辈是我们重点采访对象。我们想了解你们的想法。"

乔本山乐乐呵呵地道："我这把老骨头，抗洪中没出上什么力，添了不少乱，晓燕记者都照在镜头里了，今后建设我也使不上多大劲，没有好讲的。要讲李志林，话可就多了，不过面对面我不能讲。讲了，李志林没有胡子可吹，他可要瞪眼，怪你瞎吹乱侃。在大伙面前他对我瞪眼，我这老脸往哪搁，还是背对背说吧。"乔本山的诙谐感染了大家，人们都很兴奋。

王晓燕说:"尊重乔老前辈的意见,背对背。我借这个机会向大家透露一个情况,省里决定在这里建设省级旅游景区,现在的山庄要改头换面才能适应今后的发展。英金河两岸还要建一些景观,把水库的水引到英金河两岸的山上,使两岸的草更绿,树更多,野生动物成群。光明镇的名称已经得到批准,光明镇建起来就是十万以上人口的城镇,是未来的光明市。省规划院的规划设计草案,修改后城镇更为宏伟壮观。这里山清水秀将会成为旅游胜地,居住在这里的人很幸运。建镇以后的发展,你们的遐想和省里的规划不谋而合,未来城市的美好展望我就不讲了。"

"这次采访,是领会上面的精神,"刘雅丽截住话头,"赵省长夸你李志林是个人才,懂得利用附加值赚钱,又不往钱眼里钻,顾全大局。说你是农民出身的企业家,理论懂得不多,道理却明白不少,比我们一些高级领导干部还懂事。下一届省人大代表会你可能被选为全国人大代表,是省长的提议。"

"龙江三千万人民期待你们这里兴旺发达,做新闻的更想第一个看到灾区重建后的辉煌。附加值老板,是走向辉煌的领头雁。附加值书记是当地群众奔小康的脊梁。李志林这个符号是我王晓燕眼里的双料货。"王晓燕看向李志林说道。

此时,王晓燕的手机振动起来,接起来就听到一个熟悉的声音说:"晓燕,我们在沈阳采访,听人讲了一个遗产纷争案件。我去采访女主角,女主角避而不见。采访中有人讲女主角不是本地人,是20年前嫁到这里的,叫王彩云,是龙江丹阳口音。丹阳口音让我联想起你讲的钱桂花失踪之谜。我不知道王彩云遗产纠纷的故事,算不算是一个寻找钱桂花的线索。"

王晓燕顿时兴奋起来,"霞姐!谢谢你提供的信息。外地人、二十年前、丹阳口音,这11个字的信息量太重要了。"

第四十九章
一念之差

沈阳电视台记者王霞，一次采访中，偶然听到人们议论一个案件：丈夫意外身亡，引发了遗产纷争，纷争的女主角叫王彩云。王霞无意采访这个案件，也没有兴趣把王彩云列入采访名单。当她听到王彩云这个女人是外地人，龙江丹阳口音，20年前嫁到这里，她的神经细胞兴奋了。

外地人，丹阳口音，20年前。这些信息对于远在春江市的同窗王晓燕来说太重要了。

王霞立即拨通了王晓燕的手机。找到王彩云的户籍档案，王彩云住在何处就一目了然。不料王彩云不见生人，脆生生吃了闭门羹。主人避而不见，两位记者哪肯甘心，二人商议后，打起了外围战，先摸这家公司的底。苏家屯天明建筑公司是城郊乡的居民罗天明20多年前创办的，经过20多年的经营，罗天明在世时，有固定职工200余人，积累了几千万元资产。

罗天明车祸身亡以后，妻子王彩云带着一双儿女，支撑这份家业。罗天明去世不久，罗的前妻生的女儿和罗天明的父母，同王彩云打起了遗产官司。如今遗产官司在法院纠缠半年多了，王彩云官司缠身，哪还有精力经营公司，一家很有生机的企业眼见就要落败了。

两位记者想到了王彩云打官司的代理人，他们找到了在当地小有名气的律师陶真，没有藏着掖着向陶真道明查访王彩云的意图。为了寻找20多年前失踪的人，进行这次查访，陶律师十分理解，他便说服王彩云和两位记者面对面，陶真应两位记者的要求没有透露真实意图，只说是采访案件，王彩云也想借助舆论打赢这场官司，便同意了。

王晓燕打量王彩云，这女人50多岁，圆圆的脸，皮肤白白的，大大的眼睛，保留着青春时俊美的面庞。她若是钱桂花已经没有村姑的一丝影儿了，这女人已经修炼成高雅的夫人形象。钱桂花的女儿姜玉玲长得和眼前的女人多么像，心里对这个女人的身世明白了几分。插言："王女士，就从官司的起因说起吧。"

谈起因，必然牵扯到自己的身世，这是王彩云想回避的。谈论案件说起因天经地义，又是无法回避的，她又叹了一口气，"丈夫不幸车祸身亡，为争遗产，继女和公婆把我告上法庭。他们贪得无厌，官司拖得时间很长，打得很累，也很伤心。请两位记者说公道话，希望舆论能够帮我的忙。"

"这么说，王女士和不幸去世的丈夫不是原配！"王晓燕刻意发出这样的话。

王彩云心头一颤，这是往心窝里扎刀子，无奈地点点头。

王晓燕灵机一动，说道："听王女士的口音是龙江省丹阳人，我出生在丹阳，在那里长大，说起来我们还是同乡呢！"

"同乡"这个字眼显然对王彩云震动很大，低头不语。

王晓燕接着问："王女士离开家乡有多长时间了？"

在老家成年的，口音是很难改变的，王彩云不得不承认老家在丹阳。"咳！离开那里20多年了，那是个穷地方。"

"穷地方"，王晓燕三人互相对视一眼，王晓燕看着钱桂花说："如今的丹阳和20年前相比可是大变样了。就拿光明乡的山前村来说，可不是当年的荒山野岭，野兽出没伤人，英金河泛滥吞没人畜的景象了。那里的人富起来了，这么说吧，他们都过上了小康生活。"

提到山前村王彩云十分震惊，心情慌乱，脸色煞白。王彩云的心慌意乱没有逃过三位旁观者的眼睛。

王晓燕继续刺激她，"山前村出了一名建桥英雄，他的名字叫李向春，刚刚20岁就牺牲在建桥的工地上。那儿涌现出两名劳动模范，附加值老板、附加值书记李志林全国闻名。还有一位姜婶在全省是响当当的人物，她就是姜本善的母亲。建桥英雄的弟媳，就是姜本善的女儿。当然了山前村还出了一个败类叫范进，贪污行为特别严重，犯了砍头的罪，公安机关在全国通缉。"王晓燕提到的每个人，都敲击着王彩云的心灵。

王彩云坐立不安，神色慌张推辞有事先走了。

王彩云离开以后，两位记者加上一名律师，对王彩云的举止言谈进行了分析。

王霞笑说："陶律师，你不觉得你的当事人闪烁其词是掩饰内心的秘密，我看十之八九她就是钱桂花。"

陶真也笑着说："王记者，不是十之八九，是百分之百。只是她为什么要回避身份，这里面一定有不好说出口的隐情。20多年了，老家有结发丈夫，有女儿，她在这里又成家生子，这是重婚。在这里已经有了让她满意的家，生活富有，她不会情愿打破这种平静。"

王晓燕说："陶律师你说得很对，我看王彩云思想包袱很重，我有个不情之请，请你帮助我们做做王彩云的工作，你是他的律师，你的话她容易听进去。让她面对现实，亲情是不可掩饰的，也是掩饰不了的。"

陶真欣然道："我愿意效劳，为失散的亲人能够团聚，出一点力也是积德的。"

王晓燕回到春江，把这次采访向局长和市委书记马明做了汇报。马明叫来公安局局长安排："你们尽快查清两件事，王彩云是不是钱桂花。记者、律师可以猜测推断，你们侦查中也可推测，但做结论就不能是推断的了，丁是丁，卯是卯，不能张冠李戴。第二件，查明了王彩云就是钱桂花，要查清钱桂花是自愿离家出走，还是被拐骗。要是拐骗，尽快把犯罪分子缉拿归案。"

陶真来见王彩云，王彩云很不高兴地质问陶真。心里烦躁不安，现在官司缠身，公司停业，如何应对让人烦恼。偏偏在这个时候，记者来查身世，20多年的往事，翻腾起来多么让人难堪。要是认了，家里的人来了会闹成什么样子！现在的一双儿女会怎么看我，这个家还是个家吗？我怎么应付得了。不！不！不！现在不能把自己的身世捅破。想到此，她压抑着沉痛，放下脸来，说道："陶律师，钱桂花和我毫不相干，请你不要说这件事烦我了。你还是把精力放在我委托的事情上，帮我打好官司吧！"

春江市公安局的两名侦查员在沈阳，通过侦查确认了王彩云的身世，她就是失踪20多年，原籍丹阳的钱桂花。

一场询问在沈阳市苏家屯律师事务所进行。询问人是春江市公安局的两名侦查员。在询问陷入僵局之时，侦查员抽出一张照片，给了被询问人。王彩云拿起照片打眼一看，浑身战栗起来，把照片贴在胸前，放声痛哭，20多年的酸甜苦辣涌上心头，悲痛地说："你们什么都知道了，我还能说什么，我就是钱桂花。"

钱桂花承认了身世，侦查员说："这就对了，钱桂花女士。你要知道，你的失踪牵动着多少人的心啊！上至市委书记，下至原来山前村的父老乡亲，更不用说你的亲人了。"

身份的面纱已经揭开，侦查员和律师没有鄙夷的目光，钱桂花没有那么多的顾虑了，期期艾艾地说出了20多年前那段难以启齿，又不得不说的经历：二十年多前一天，钱桂花在光明村集市上卖自家采摘的山野菜，遇到了一个男子被骗失身，鬼迷心窍，被一百块钱诱骗离开了山前村，后被拐卖了，索性遇到的买主是个好人，也就是现在已故的丈夫。他的诚意感化了自己，后来领了结婚证，也曾想回家看看女儿，罗天明怕和家里人联系上破坏了这个家的安宁，不同意回去探望，后来就再也没回去过。

春江公安局的两名侦查员走了以后，钱桂花内心一直是忐忑的。身世曝光打破了在沈阳家庭生活的平静。如何面对家乡的亲人，这成了她又一个心结。想到此，泪珠成串儿扑簌扑簌落下……

一切都还想不出个所以然来，陶真来找她，告知女儿、女婿带着外孙，明天就飞来。女儿要来在钱桂花的意料之中，但来得这么快，来得这么突然，钱桂花缺乏心理准备，她慌神了。

母女离散20多年以后，这是历史性的见面，草草相见可能会留下很多遗憾，对未成年的子女来说，应该让他们的心理准备更充分一些。王晓燕担当起营造氛围策划角色并提议利用"烛光晚宴"的形式，让母女进行王霞说的历史性相见。

姜玉玲25岁生日这天晚上，钱桂花在一双儿女的陪同下，来到女儿女婿住的酒店，一眼看见一对小夫妻，妈妈怀中抱着一个小宝宝，她知道这是女儿、女婿和外孙了。似曾相识又不相识，此刻，她心中的酸甜苦辣又涌上来，满眼含泪，姜玉玲看到母亲下了车，抱着宝宝由丈夫陪着走上前来。母女相见这一刻，二人腿都像灌了铅，相视对方满面流泪，却迈不动步。一双儿女搀扶着母亲钱桂花朝前挪步，姜玉玲在丈夫的相伴下，一步一步向母亲艰难地走去，母女在艰难的步履中靠近，靠近，靠近……

第五十章
尾声

　　洪灾过后，为了适应旅游业的发展，英金山庄进行了大规模改建，一年以后扩建完成，一座民族风格的豪华度假村展现在英金河畔。灾后尚存的水库大坝进行了修整。连心桥加固重新装点，像挂在天空中的彩虹。英雄墓地更换了新的墓碑，栽上苍松，显得更为肃穆。连心桥和坟墓，作为山前村摆脱贫穷的象征保存下来，成为人们心灵中的景点。来此地旅游的人，总要缅怀英雄壮举，在坟墓前凭吊，凭吊英雄事迹，鼓舞斗志，也不免站在大桥上感慨，感慨山村的巨变，了解历史的人，免不了对大石桥和赵州桥对比，他们对比的不是桥的雄伟，对比的是时代的变迁……

　　英金河两岸完成了绿化带，夜晚五彩灯光点缀，两岸居民三三两两在河堤上散步，一张张笑脸是那么满足。

　　水库重新焕发了青春，粼粼碧波，鱼儿个头大了，畅游得更为欢快。林中的鸟多起来，山花开得更鲜艳，英金河的洪涛被驯服了。蓝天白云俯视着这片新土地，天然人造美景织成美丽的风光画卷。

　　山前村这块土地上，天还是那片天，地还是那片地，却是正在发生天翻地覆的变化。塔吊林立，夜晚聚光灯把工地照耀得如同白昼，成片的楼房厂房拔地而起，一座新兴城市在废墟中建设起来……

　　乔本山是第一批搬进住宅楼的居民。早饭后，他领着孙子来到一处工地，这里正在建设星火集团大厦。李志林和星火集团的几名管理人员，在现场检查工程进度查看工程质量，乔本山来到他们面前。

　　李志林看到乔本山，把手中的施工图纸，交给了一名技术人员，和乔本山搭上话，"本山叔哄孙子好悠闲啊！对您的仙居还满意吧？"

　　乔本山胡子一撅，一脸笑呵呵，"哎呀，我是住进了天堂，什么都新鲜，我和老伴高兴得好几夜睡不着觉啊。我乔本山晚年还能享受这样的福，高兴得不知道感谢谁了。"

　　"感谢总设计师，总设计师给我们设计出来的。感谢改革开放，是改革的春风，吹来的运气，我们才有今天的好时光。"

"还是附加值书记高明,一下子就说到根上了。"

赵晓娟喜眉笑眼走过来,搭上话,"本山叔,子孙满堂,住进了青堂瓦舍享清福,活上一百多岁,创个什么吉尼斯寿星纪录。"

"侄媳妇,借你的吉言,活够了再去阎王那里报到。"

"本山叔,讲岔了路,共产党员要到马克思那儿报到。"

"对!对!你看我这记性。"

半年后山前村原址,一个特殊的场面开始了,几台卡车拉着施工机械和工具开进现场,姜玉玲的母亲钱桂花,走在第一辆卡车的前面,一台披着红花彩带的本田轿车跟在卡车队伍的后面。

钱桂花由女儿、女婿陪着,后面跟着丈夫姜本善,她拖着沉重的脚步,走到山前村乡亲们面前,羞愧地向家乡父老鞠躬,深鞠躬三次,流着泪说:"钱桂花对不起家乡父老,我被一百元钱冲昏了头脑,背离亲人出走,一走就是二十多年。一百元钱,一念之差,和亲人相距千里,离别了多年,给乡亲们丢了脸,今天钱桂花回来谢罪。"

乔本山由孙子扶着,走到钱桂花跟前,端详了一会儿说:"桂花侄女,你的事,你的亲家李志林跟我说了,当初你是受了骗,离开山前村的。都怪当时的山前村太穷了,'穷'字逼人们跑出山沟。本山叔当时是村里的当家人,家没有当好,你的一念之差不能全怪你。浪子回头金不换,回来就是好样的,本山叔打心眼里高兴,今晚和大侄女喝几杯老白干,为你接风洗尘。"

"桂花谢谢本山叔的谅解!"说着深深鞠躬,"本山叔,侄女当初是为了一个'钱'字出走的,现在侄女把这个字已经看得明白一些,不钻钱眼了。侄女带回一台小轿车,在乡亲们面前没有资格坐,送给养育过我的山前村父老,晚年天伦之乐,坐车兜兜风。"

"那我就代表他们谢谢侄女。"说着来了个滑稽敬礼,老人的幽默引起一阵哄堂大笑。

李志林对在场的群众说:"山前村的女儿钱桂花带着施工队伍回来,她是为建设家乡回来的,我们欢迎她回来为家乡添砖添瓦。"

乡亲们用热烈掌声,表达了对她出走的理解,归来的欢迎,钱桂花从热烈的掌声中得到安慰。

范晓琳的母亲来到钱桂花面前,声音颤抖着说:"大妹子你回来了,你是带着施工队伍回来的,建设咱们家乡,父老乡亲欢迎你,脸面多光彩。唉!我那个挨千刀的,贪污集体的钱,拐着人家老婆逃走,抓回来关监狱。你是因为钱被骗离开山前村,那个挨千刀的兜里揣足了钱逃跑的。缺钱的人出走带着钱回来建设家乡。兜里装着大把钱的人跑出去,抓回来坐牢,你是好样的，范进是个挨千刀的。"

一片话说得钱桂花心酸又高兴，"老姐姐，我是一念之差，走了那么一步，带着施工队伍回来，父老乡亲这么热烈欢迎，我高兴"。

王晓燕和王霞扛着摄像机走过来，钱桂花拉着二人的手说："当着乡亲们我对两位恩人说谢谢，多亏恩人让我和亲人团聚，多亏恩人和亲家李志林，赶到朝阳为我排解了财产纠纷。没有恩人的帮助，罗天明留下的家业就毁了。他的父母在子女的鼓捣下，争要孙子，争夺财产，没有恩人的帮助，我怎么应付得了。"

王霞说："桂花大姐，不要总是恩人、恩人的了，我和晓燕是凭着良知做了点排忧解难的事，不必太挂在心上。"

王晓燕把钱桂花的丈夫拉在妻子身边，又把女儿、女婿叫过来为他们合了影。对钱桂说："看到你受到乡亲们真诚地欢迎，我为你高兴，也为你们一家人团聚祝福。"

王霞走过来，拉住钱桂花的手，指指李志林说："多亏了你的亲家到苏家屯帮助排解遗产纠纷，拿出几百万元资金，让你摆脱了继承罗天明遗产的困境，不然罗天明留下的公司就得解散，保住公司，才有你今天带着千余万元资产荣归故里，讲恩，他才是大恩人。"

钱桂花点点头，"是啊！王记者你说得对，我女儿找了个好婆家，我的亲家那么仗义，带回来的公司，我管就得管黄了，一定交给亲家掌管。"

"桂花姐，那你就想对了，你的亲家会在建筑公司身上弄出更多附加值来。"王晓燕插话。

王晓燕想起什么，说道："桂花姐，你当年失踪，还有一个人记在心中，就是新任春江市委书记马明，当年他是光明乡党委书记。你失踪那会儿，是他指示乡民政助理向丹阳县公安局报案，公安人员勘验调查确认没你有被野兽残害。因此，家里人和乡亲多年来一直在设法找你。我们把你回乡和家人团聚的事告诉了书记，书记特别高兴，说放下了一块心事。要我转达对你和家人的祝愿。捎来'灾难兴邦，磨难育人，多做贡献'这十二个字，是勉励你，也是勉励灾区群众。"

听了书记的勉励，钱桂花眼含热泪倾诉衷肠："我做梦也不会想到，我一念差了，背井离乡二十多年，引起那么多人的牵挂。二十多年前，山前村是个穷得叮当响的地方，英金河水把山前村和外面隔开了，我从光明村嫁过来，回趟娘家都坐在河边发愁。就是做新娘的时候，穿上了新衣服。进了婆家门，穿的衣服是新三年旧三年，缝缝补补又三年。玲子到了五岁，也没有穿上一件新衣服。那时候做梦就想过好日子。采集山野菜想卖点钱，没有市场，姑娘小伙子想进城都是幻想。我没有想到二十多年家乡变化这么大。那座桥,那座墓碑,那座水库和山庄,出现在我的面前,我像是在做梦。在我心里,家乡的天更蓝了,山更绿了,人更亲了,庄稼人的日子富了。这样的天,这样的地,这样的日子,有谁还要远走他乡。"

"叶落归根"是游子情结。年岁大了总要想归宿,离开家乡二十多年的钱桂花,终于找到了归宿。

李志信做梦都想开金矿,融资合同签订了,时光过了半年多,一千万美元的梦想破灭了。破灭的原因是:郑子明在办事处挂牌以后离开中国,此后,说是在"文莱国"出车祸丧生,李志信和美国兄弟投资公司也联系不上了。郑子明是出了车祸到那个世界去了?还是游山玩水,骗吃骗喝得逞,再也活不见人死不见尸,只有天知道了。

李志信梦想破灭,债权人不干了,告他利用合同诈骗,被判刑十二年。

……

数年后,已是春江市广播电视局副局长的王晓燕,在英金河大堤上散步,昔日食品厂和范家大院也都只能靠回忆了。李志林陪她在这座繁华壮丽新崛起的城市转了一圈。

时空变化,故地重游,王晓燕还像当年那样,用摄像机记录关于这个城市的发展。她的笔端又会有怎样的潇洒呢?